2014年度

文艺评论工程项目

中国文联理论研究室
中国文艺评论家协会
中国文联文艺评论中心 编

文艺评论文选

当代中国出版社
Contemporary China Publishing House

图书在版编目(CIP)数据

文艺评论文选. 2014年度 / 中国文联理论研究室,中国文艺评论家协会,中国文联文艺评论中心编. -- 北京:当代中国出版社, 2015. 8

(文艺评论工程项目)

ISBN 978-7-5154-0610-7

Ⅰ. ①文… Ⅱ. ①中… ②中… ③中… Ⅲ. ①文艺评论—中国—文集 Ⅳ. ①I206-53

中国版本图书馆CIP数据核字(2015)第162546号

CHINA LITERATURE AND ART FOUNDATION
中国文学艺术基金会
中国文学艺术发展专项基金
资助项目

出 版 人 曹宏举
策划编辑 胡志华
责任编辑 胡志华
责任校对 康 莹
装帧设计 志 远
封面制作 谢 珂
出版发行 当代中国出版社
地 址 北京市地安门西大街旌勇里8号
网 址 http://www.ddzg.net 邮箱:ddzgcbs@sina.com
邮政编码 100009
编 辑 部 (010)66572264 66572154 66572132
市 场 部 (010)66572281 或 66572155/56/57/58/59 转
印 刷 北京中科印刷有限公司
开 本 720毫米×1020毫米 1/16
印 张 21印张 3插页 355千字
版 次 2015年8月第1版
印 次 2015年8月第1次印刷
定 价 59.00元

目录

排名以姓氏拼音为序

李 准 | 抓住热点，集中讨论，推动发展

文艺评论中的热点、难点和前沿问题，大都是直接关系着文艺创作、文艺理论研究和文化事业管理发展方向和前景的重要课题。对这些课题的集中讨论与争鸣，是文艺评论发挥作用、扩大影响的重要着力点，也是推动文艺评论自身不断与时俱进的新的生长点。

当前我国文艺评论很活跃、很热闹，新提法新主张不断出现，但似乎很少能形成全国评论界都关注的热点、难点和前沿课题。即使有一些重要的热点和难点，也很少有集中的、深入的并产生重大影响的讨论和争鸣，这和由资本操控的某些作品、演艺明星的一边倒的铺天盖地的热炒构成了鲜明的对比，很是让人感慨系之。

借今天的机会，我想提出一个建议：有关研究和宣传部门能否组织力量，在认真梳理和研究的基础上抓住一些最有普遍意义和时代思想深度的热点与前沿课题，推动在重要评论阵地上分期分批地展开热烈而又有深度的集中讨论？作为个人意见，我先提以下几个课题供大家参考，看可否作为重要的评论热点和难点来集中加以讨论与争鸣。

1. 文艺的本质属性与市场经济的关系。文艺作品是精神产品，它的精神属性中包含着意识形态性和审美属性；在市场经济条件下，它又要以商品形式进入流通领域，在这个范畴中它具有商品属性。意识形态性、审美属性和商品性之间是什么样的内在关系？是主从关系还是并列关系？是统一关系还是两张皮

关系？如果是主从关系，谁是主谁是从？对这一问题的回答是一个带有根本定位性的问题，其他问题，诸如社会效益与经济效益的关系，要不要发展文化产业、如何发展文化产业，整个文化事业要不要实行产业化管理，文化市场与物质生产市场的管理应当有什么样的区别等等，都是派生的问题。所以说，只有在集中的深入的讨论中对这一课题作出新鲜的、科学的、令人信服的回答，才能给文化体制改革提供一个统一的、坚实的理论基础，否则，文化体制改革就会陷入混乱。

2. 经济全球化、“普世价值”与坚守民族文化优秀传统、社会主义核心价值观的关系。经济全球化是时代潮流，我们只能积极迎接它的挑战，因势利导，但经济全球化是否等于民族、主权国家的过时，是否等于文化的全球化？进而言之，进一步扩大开放、加强中外文化交流是否意味着作为各种文化体系核心的价值观也要全球化？从另一个视角看，我们应当如何看待西方文化特别是美国文化霸权话语在全球的扩张和众多发展中国家民族文化的危急处境及今后出路？所谓“普世价值”的内涵究竟是什么？西方大国特别是美国在“普世价值”的宣传和使用上如此翻云覆雨、信口雌黄（比如，他们说反对细菌战是普世伦理，可在东京大审判中他们却把日本细菌战头子石井四郎从监狱捞出来待若上宾，后来又对中朝军民使用细菌战；他们在科索沃、伊拉克问题上宣扬人权高于主权是普世伦理，在北奥塞梯、乌克兰问题上又说主权高于人权是普世伦理）说明了什么？真正的普世价值与各民族优秀文化传统（包括其核心价值观）是不是共性与个性的关系？我国社会主义核心价值观是由什么决定的，它与真正的普世伦理是不相干？是背离？还是为普世伦理提供了新的更美好的支撑与方向？我们的文艺创作应如何体现两者的关系？这是一个不可回避的难题，晚讨论不如早讨论，各说各的不如集中争鸣。

3. 文艺创作中的时代精神与“人性深度”的关系。这是一个老话题，又是一个新热点。什么是人性？人性是先天的、抽象的、永恒的？还是在具体的社会实践中生成和变化着？所有的人都一样，不分民族、国家、阶层，“都一半是天使，一半是魔鬼”？毫不利己、专门利人是最美的人性还是违背人性？当代我国的时代精神是什么？这种时代精神与人性的互相塑造又意味着什么？什么是当代文艺创作中的“人性深度”？只有写人性的扭曲、变态才能写出人性深度，写人性的光明、写革命先烈和当代英模的献身精神就会陷入人性的浅薄？只有渲染原欲、感官冲动才称得上表现了人性的本真，写理性的自觉、革命信仰的追求就是对人性的强加？当代我国市场经济发展对人性的塑造作用是单向的还是双重的？如果有双重性，怎样表现这种双重关系才算写出了人性深度？在这个问题上，我们不能动辄就搬出美国标准、法国标准、英国标准、日本标准，而应当从我国实际出发，经过深入讨论找出一个中国标准来。

4. 推动我国马克思主义文艺理论发展的主要支撑和思想资源是什么？当代我国马克思主义文艺理论的新的生长点在哪里？在文艺界许多最热闹的场合，马克思主义文艺理论已经被边缘化了。但今天在中国艺术研究院马克思主义文艺理论研究所主办的这个论坛上，还是有必要提出马克思主义文艺理论发展的思想资源和新生长点的问题。马克思主义的本质是革命的、批判的，马克思主义文艺理论的巨大生命力在于，一是有科学的世界观和方法论为指导，二是能随着时代的发展不断吸收新的东西创造新的论断。当前我国马克思主义文艺理论发展无疑首先要立足于新的社会实践包括文艺实践去创造，同时应当主要吸收、依托什么思想资源来推动自身前进呢？有人主张新儒家思想，有人主张西方马克思主义理论，有人主张西方现代哲学文化理论，有人主张某些新美学。马克思主义文艺理论新的生长点在哪里？有人说是本体论，有人说是审美论，有人说是生产论，有人说是传播媒体论。这两方面分歧与难点，都需要通过更集中的讨论和争鸣来推动解决。

5. 如何推动马克思主义美学原理的当代建设。钱学森生前多次讲过，美学理论是哲学通向艺术各门类的共同的中间桥梁。这话很有道理。我以为，马克思主义美学原理就是马克思主义哲学通向马克思主义文艺理论的桥梁。马克思主义美学理论的当代建设不仅对自身发展有迫切性，而且也直接关系（推动或制约）着马克思主义文艺理论的发展水平。现在的问题是，美学界的各种新提法、新主张不断出现，有点令人眼花缭乱，而对一些重要问题（如美的本质、美的范畴、审美的标准等）却缺乏集中深入的讨论和争鸣，对一些重要的有争议的艺术现象（如美术中的当代艺术、行为艺术，文学中的网络小说）也缺少有美学高度的理论批评，乃至有的对美学理论缺少起码研究的人竟也到处大讲美学。对我国美学理论尤其是马克思主义美学理论的发展来说，当务之急就是对一些重要课题进行集中的有专业水准的深入讨论与争鸣。我还建议，在“马克思主义理论研究与建设工程”中，应增加一项马克思主义美学原理的研究和教材编写。

以上五个课题的提出，纯属个人一孔之见，而且只是举例式的。高水平的同志一定会比我作出更好的概括。更关键的是，要有人有单位为这种集中讨论和争鸣创造条件，推动实行。马克思主义文艺理论研究所举办的“全国青年文艺论坛”就是一个很好的尝试，可喜可贺。祝愿论坛越办越好，作出更大的成绩和影响。

“认识是思维对客体的永远的、没有止境的接近。”（列宁）对文艺发展中重要课题开展集中的深入的讨论与争鸣，也呼唤着组织者参与者的非凡能力和献身精神。再次向马克思主义文艺理论研究所的朋友们表示敬意。

作者系中国文艺评论家协会名誉主席

本文原载于《文艺理论与批评》2014年第5期

路 侃| 文艺批评最需要什么？

怎样充分体现自己的价值，是文艺批评面临的一个问题。文艺批评该怎样充分赢得创作者的重视，怎样更多地赢得读者的喜爱，怎样更好地发展壮大自己，都反映了文艺批评的价值问题。

文艺批评可以说是一种思想的艺术，它最大的价值是可以为文艺、为社会提供文化思想。每一时代的文艺批评大家都以独到的思想贡献影响文学艺术。中国古代文论的“兴观群怨”、“言不尽意”、“发愤著书”、“文气”说、“风骨”说、“滋味”说、“意境”说等精辟思想，影响产生了无数优秀作品，成为中国文学的优秀传统。其中孔子的“兴观群怨”说还引导了古代社会统治者通过诗歌来了解社会民情。马克思的戏剧要更“莎士比亚化”的主张，恩格斯的“美学观点和历史观点”的批评标准，别林斯基的典型即“熟悉的陌生人”的精辟概括，都深刻影响了一百多年的文艺创作。文艺批评的最大意义就在于通过思想激发艺术创造力，激发创作活力、潜能、创新与竞争力。好的文艺批评能够使创作者可以达到、尚未达到的艺术才能、思想高度，充分地释放出来。

当下文艺批评最缺乏的正是思想。在文艺的宏观认识、文艺的战略性问题上，文艺批评缺少切实说明文艺实际问题的理论建树，历史上曾经有过的许多有活力、有创见的理论探索不多见了，能够引起人们关注，对社会生活发生影响的见解也不多见了，较多的是对西方当代文论的简单阐释，脱离实际的评说，是缺少社会共鸣、缺少有力量的个人视角。在微观分析上，在批评的议题设置、文艺新现象认识、文艺热点分析、代表性作品评价上，文艺批评也缺少切中实际的有影响有力量的思想见解。这些与当代西方文艺理论批评所具有的影响形成差距，也与后现代主义对传统、本质、真理、理想、价值解构的影响有关，和消费时代的文化娱乐化有关。但这并不等于文艺不需要思想，好莱坞的娱乐大片一面不断扩张娱乐的想象，一方面总是充盈着美国精神，让超级英雄从拯救美国到拯救全世界。文艺思想的发达是社会和文化进步的表现。思想来自实际、来自实践、来自人民。文艺批评的精神思想也来自文艺实际，来自社会实践。文艺批评特别需要密切联系文艺实际的发展变化，联系社会生活的发展变化，联系人民群众的实践与心声，提出阐释中国文艺精神，引导中国文艺创作，对社会生活发生积极影响的有益思想。

文艺批评本也是一种充满文采的美文。中国古代有许多著名的文论、诗论、画论、书论和小说评点，既是文艺理论批评，又是精美的诗歌散文随笔，许多名篇都是文体和思想同样著称于世。如《文心雕龙》之"操千曲而后晓声，观千剑而后识器"，《沧浪诗话》之"不着一字，尽得风流"，金圣叹小说评点之直取文心，"略其形迹，伸其神理"，这样的灼见和文采，今天的文艺批评还很少有新的超越。现代文学大家的文艺评论往往也是通俗晓畅、启人心智的。美学家王朝闻先生曾经写过不少随笔式的美术评论，如《不到顶点》《一以当十》，均从经典和形象入手，说明一个艺术规律、创作道理，生动贴切，通俗入理，产生过很好的影响。但现在，这样深入浅出、通俗晓畅、哲理深厚的批评美文不多见了，评论文章往往过于理性，缺少艺术、通俗和生动。文风不仅是形式，往往也表现作者的思想状态和精神追求。

批评的文章要写得好，需要批评者比创作者有更开阔的视野。王国维《人间词话》谈艺术家创作思维与形象的关系是"入乎其内"，又"出乎其外"，"入乎其内，故有生气；出乎其外，故有高致。"其实这也正是文艺批评应该具备的思维方式。"入乎其内"，就是要求批评家要有丰富的艺术感性，更懂艺术，更理解作品，熟悉创作规律，与不断变化的创作现象保持密切联系，文章才能鲜活生动。"出乎其外"，是体现文艺批评的基本特征，是一种艺术理性，是批评家的社会视野和思想文化视野，决定文艺批评提出问题的能力。站得高，视野开阔，批评才会更有新意。感受艺术的生动具象与看到作品的社会民生文化艺术意义相结合，就使文艺批评更具有可看性。

当下的文艺批评在"入乎其内"和"出乎其外"两方面都需要加强。一方面，很多文艺批评对新作品、新文艺现象了解不多，理解不够，甚至缺乏艺术体会；另一方面，又缺少社会的、历史的、价值观、文化观等宏观立场，就难以发挥文艺批评对创作、对社会的积极建言作用。文艺批评对网络文艺一般既缺乏了解作品创作，又存在单纯从形式上认识的问题。网络文艺不仅是新的文艺现象，也是新的传播，新的社会文化和新的社会生活的兴起，需要从社会、文化、科技、文艺等综合角度认识，才会有更高的认识。文艺批评分析问题的着眼点、着力点十分重要，要从文艺实际出发，也要从社会大环境出发。有针对性的文艺批评，不仅有益于创作，也具有社会批评、社会引导的重要功能，有利于促进社会和谐。

文艺批评要体现自身价值，必须有更多的建设性。这种建设性根本上体现在对文艺本质的正确认识，就是要正确区分文艺与其他文化形态的异同，区分文艺问题与其他问题的不同，从文艺规律出发评价文艺，用科学民主的方式讨论文艺，从繁荣文艺、发展文艺生产力的角度对待文艺。讲建设性就要有认识新的文艺现象的能力，有发现创新、声援创新、激励创造活力的能力。其中很重要的问题是正确对待艺术个性、探索和失误，以及正确认识和对待艺术的片面性。在反映社会生活上，文艺和社会科学有一个很大的不同，就是反映对象时的片面性。文艺总是从很小的、很个别的方面表现一段历史、一面社会、一个人生、一个主题，以小见大，片面中见全部。王朝闻先生说的“不全之全”、中国画的“留白”，都典型地说明了艺术的片面性特点。优秀的文艺作品往往都是片面的，全而又全则常常流于平庸。片面就是文艺的特殊性。但艺术的片面中是有主导的，就是艺术家的感情、立场、艺术目的和美学追求，这种主导决定艺术片面性的高下成败。

新的文化环境下，文艺批评还迫切需要一种传播的变革。传统的文艺批评媒介是图书、期刊、报纸，其中图书和期刊承载了深度和专业的文艺批评，报纸则是面向大众的文艺批评，并在纸质媒介中使文艺批评最有时效。电视时代使文艺批评更具有传播时效，形式从抽象走向具象，突出了评论家主体，深度评论走向形象化、大众化。网络时代到来使文艺批评呈现全民性、即时性、自由性的特点，评论前所未有的快捷，意见前所未有的丰富，形式前所未有的多样，同时又鱼龙混杂，奇正共存，但专业的、传统媒介的文艺批评明显较少介入，这使一些本应更有影响的文艺批评失去了更大的空间。网络时代文艺批评要有大的发展，必须成为网络的一员。进入网络文化，不仅是文艺批评传播上的变革，也将是其形式的变革，将促进批评文风的变革，促进精英文化与大众文化、与社会生活的密切联系。

当下的文艺批评还特别需要有一种浩然正气，这是文艺批评能赢得社会尊重的关键。中国古代儒道释的文论都主张为文者必先要有好的内心修养。老子讲“致虚极，守静笃”，孟子说“吾善养吾浩然之气”，司马迁立志“发愤著书”，刘勰讲构思要“疏瀹五藏，澡雪精神”，曹丕说“文以气为主”，或形式或内容，都是说为文先要有一种精神境界。当下文艺批评要有大的变化，要有所作为，关键是要有精神境界。首先有一个批评家用什么样的价值观和品格立身的问题。现在影响文艺批评信誉的，是某些文艺批评与“利益”的关系，某些文艺评论被用于利益交换，与不正之风构成瓜葛。这方面，特别应该向鲁迅和老一辈艺术家学习。鲁迅坚持唯物史观，经济独立，思想敏锐，总能对社会不平和文艺问题发出有力的声音。许多老一辈文艺理论家无论在艰苦岁月，还是和平年代，总是不求虚名浮华，潜心研究创作，颇有成就，为人所尊敬。面对文化理想与利益追求，文艺批评是坚守学术品格，还是为谋利而忽视精神，需要作出选择。文艺批评的正气还体现在要有敢于担当的精神。面对众声喧哗的文化多元环境，真知与歧见、平庸与错误相互混杂，文艺批评不能瞻前顾后，顾虑太多，必须发出正确立场、正确价值观、坚持实事求是精神、丰富文化内涵的有力声音，用精神的正义和朴实的美文，树立文艺批评的良好形象。

作者系中国文艺评论家协会副主席
本文原载于2014年8月11日《光明日报》

王一川 | 中国艺术公共领域的当代构建

进入改革开放时代以来，在长期的国家化艺术与个人化艺术的对峙局面，或前者对后者的抑制局面之间，逐渐地兴起了一个有着一定的缓冲及调节作用的中间地带，从而为艺术家的艺术创作和公众的艺术鉴赏及评论开辟出一定的自由空间，这就是艺术公共领域。这一领域在中国诚然不是始于改革开放时代，但确实是伴随这个时代才逐步得以复苏的。也正是这种复苏才推进了当代中国艺术的活跃与繁荣局面。探讨当前中国艺术公共领域问题，有利于弄清艺术的活跃及持久繁荣背后的社会公正与公平环境及其相关机制因素，因而对当前中国艺术的发展具有重要意义。出于集中思考艺术公共性及其相关问题的考虑，笔者于 2009 年首度提出艺术公赏力概念[①]。这里考察中国艺术公共领域问题，正是希望由此而对艺术公赏力的社会环境及机制提出一种观察。

公共领域理论的来由及桌子之喻

人们今天谈论艺术公共领域，总会上溯到基本的公共领域概念。后者在当代学术界的流行当与德国哲学家尤尔根·哈贝马斯（Jürgen Habermas，1929— ）有关，他的公共领域理论及其对“资产阶级公共领域”（bourgeois public sphere，

① 王一川：《论艺术公赏力——艺术学与美学的一个新关键词》，《当代文坛》2009 年第 4 期。

又可音译为布尔乔亚公共领域）的专门研究，起到了一种开拓性作用。而他的理论的源头，又来自包括政治哲学家汉娜·阿伦特（Hannah Arendt，1905—1975）在内的众多理论先驱。由于如此，这里有必要先对阿伦特和哈贝马斯的公共领域研究做简要回顾。

汉娜·阿伦特是在《人的境况》（1958）里标举公共领域（public domain）概念的。其中的公共一词被她赋予了两重基本含义：第一，是指“任何在公共场合出现的东西能被所有人看到和听到，有最大程度的公开性”，这意味着“去私人化（deprivatized）和去个人化（deindividualized）”。[①]第二，“表示世界本身，就世界对我们所有人来说是共同的，并且不同于我们在它里面拥有的一个私人处所而言”。对于由这两种意义引申出来的公共领域概念，她给出的一个形象而确切的比喻是，围桌而坐的人们或人们可围坐的桌子。这就是说，仿佛有一张桌子放在围它而坐的人们中间，这桌子既能聚拢人们，又能让他们之间彼此保持一定的距离，从而既相互联系又相互分开。如此，公共领域的作用就明确了：“作为共同世界的公共领域既把我们聚拢在一起，又防止我们倾倒在彼此身上。”[②]这样的公共领域，是指人们的行动（action）得以具体实现的场所，就是一种人们相互之间展开平等对话、共同参与行动但又能够保持彼此独立性的政治空间。在阿伦特看来，人生的意义在于参与公共领域，与同类一起行动，从而超越低级层次的劳动与工作而达到更高层次，乃至不朽。“只有一个公共领域的存在，和世界随之转化为一个使人们聚拢起来和彼此联系的事物的共同体，才完全依赖于持久性。如果世界要包含一个公共领域，它就不能只为一代人而建，只为活着的人做规划，它必须超越有死之人的生命长度。”[③]政治以及公共领域，是一种引导人们抵达伟大、辉煌及不朽的艺术。正是人们的潜在的超越尘世的不朽愿望，产生了政治，从而也产生了可以实际地通向不朽的途径即公共领域。“正是公共领域的公开性，能历经几百年的时间，把那些人们想从时间的自然侵蚀下挽救出来的东西，包容下来，并使其熠熠生辉。在我们之前的许多世代，人们进入公共领域，是因为他们想让他们自己拥有或与他人共有的东西，比他们的现世生命更长久，不过这样的时代现如今已经一去不复返了。”[④]阿伦特

① ［美］汉娜·阿伦特：《人的境况》，王寅丽译，上海，上海人民出版社 2009 年版，第 32 页。
② ［美］汉娜·阿伦特：《人的境况》，王寅丽译，上海，上海人民出版社 2009 年版，第 34 页。
③ ［美］汉娜·阿伦特：《人的境况》，王寅丽译，上海，上海人民出版社 2009 年版，第 36 页。
④ ［美］汉娜·阿伦特：《人的境况》，王寅丽译，上海，上海人民出版社 2009 年版，第 36 页。

由此推论说，自古希腊以来，西方政治就不再配称为政治了，人们只有劳动而无行动，只有行政而无政治，因为，日益扩张的“私人领域”导致了“公共领域”的日益萎缩，公共领域在现代已然失落了。

在阿伦特看来，公共领域是个人获取人生意义的重要途径，不过，要紧的是，这条途径不是简单地把人导向完全泯灭相互差异的同一性，而是对差异性或异质性的尊重和维护。人们在公共领域中参与政治，总是要通过语言行为的。具体说，就是通过辩论和讨论，同其他人发生关联，由此成为交往共同体的成员。“公共领域的实在性依赖于无数视角和方面的同时在场，在其中，一个公共领域自行呈现，对此是无法用任何共同尺度或标尺预先设计的。因为公共世界是一个所有人共同聚会的场所，每个出场的人在里面有不同的位置，一个人的位置也不同于另一个人的，就像两个物体占据不同位置一样。被他人看到或听到的意义来自于这个事实：每个人都是从不同角度来看和听的。这就是公共生活的意义。……只有事物被许多人从不同角度观看而不改变它们的同一性，以至于聚集在它周围的人知道他们从纯粹的多样性中看到的是同一个东西，只有在这样的地方，世界的实在性才能真实可靠地出现。”① 在这里，人们总是带着多元和差异而在公共领域中相遇的，这种公共领域的特点，不在于人与人之间达成意见的完全一致，而在于确认并尊重如下差异性事实：“虽然每个人有不同的立场，从而有不同视角，但他们却总是关注着同一对象。”② 这表明，阿伦特的公共领域的共同性不在于达成共识，而在于面对共同关注的同一对象时，能够尊重彼此观点的多元性和差异性。

哈贝马斯在 1962 年出版《公共领域的结构转型》一书，继阿伦特之后把公共领域（public sphere）作为自己的社会交往行为理论的重要一环加以探讨。他在对公共领域的兴衰做历史考察基础上，作出了更加系统和细致的分析，提出了一系列相关概念，如“代表型公共领域”“文学公共领域”“政治公共领域”等，由此发展了公共领域理论。不过，与阿伦特的公共领域概念从人的政治性出发，突出人与人之间相遇的异质性（多元及差异）、强调多元及差异是政治生活的本质不同，哈贝马斯的公共领域理论则致力于将作为公众的彼此具有差异性的私人聚集在一起，就公共事务进行对话、协商，实现社会交往，最后达成

① ［美］汉娜·阿伦特：《人的境况》，王寅丽译，上海，上海人民出版社 2009 年版，第 38 页。
② ［美］汉娜·阿伦特：《人的境况》，王寅丽译，上海，上海人民出版社 2009 年版，第 38 页。

共识。所以，与阿伦特强调尊重各自的观点与意见不同，哈贝马斯寻求消除相互差异而达到一致。这一点构成了这两种公共领域理论的显著差别。

还应看到，哈贝马斯的公共领域理论，主要是在“资产阶级公共领域”意义上展开的，是指一个由“私人集合而成的公众的领域”：“资产阶级公共领域首先可以理解为一个私人集合而成的公众的领域；但私人随即就要求这一受上层控制的公共领域反对公共权力机关自身，以便就基本上已经属于私人，但仍然具有公共性质的商品交换和社会劳动领域中的一般交换规则等问题同公共权力机关展开讨论。这种政治讨论手段，即公开批判，的确是史无前例，前所未有。”[①] 显然，哈贝马斯的公共领域指的是介乎国家与社会之间公民参与公共事务的场所。而剧院、博物馆、音乐厅及咖啡馆、茶室、沙龙等恰是公共领域得以集中显现的地方。在哈贝马斯看来，正是国家与社会的分离构成资产阶级公共领域产生的前提。在国家与社会的张力场中，私人逐渐聚集起来，成为相对独立的公共领域。

从阿伦特到哈贝马斯，两人的公共领域理论之间的差异不妨简化为一对形象比喻：始终围桌而坐的众人与最终去掉桌子的众人。对阿伦特而言，如果被众人围住的桌子好比能始终保障众人之间开展公正自由辩论的必要的社会规范的话，那么，公共领域就是一种人们共同参与公开且平等辩论的政治生活状态。由于众人之间的多元和差异是无法消除和不必消除的，因而被大家围坐的桌子不能被搬开，而是必须始终放置在众人中间的。但对哈贝马斯而言，他主张的公共领域理论则仿佛致力于让围桌而坐的人们通过社会交往而抽掉那张分离他们的桌子，使得他们最终走向并肩而坐，或手拉手向前走。这样的比喻难免有其蹩脚处，但毕竟可以约略地指出，阿伦特的公共领域理论更突出人与人之间的差异，而哈贝马斯的公共领域理论则寻求化解人与人之间的差异的鸿沟而实现相互沟通。前者以古希腊政治生活为理想典范，后者带有明显的当代乌托邦拯救意味。

尽管如此，无论是阿伦特还是哈贝马斯，他们所谈论的公共领域都显然打上了西方社会的浓重烙印，或者说正是西方社会的公共领域现实的理论投影。但能否直接用来把握中国的现实，还需要具体分析。不过，有一点是应当可以

---

① ［德］汉娜·哈贝马斯：《公共领域的结构转型》，曹卫东、王晓珏、刘北城、宋伟杰译，上海，学林出版社 1999 年版，第 32 页。

基本肯定的，这就是，公共领域宛如人们得以围坐在四周的一张桌子，或围桌而坐的人们。这张桌子具有一种标志性或象征性作用：它既是人们之间相互距离（多元化及差异）的呈现和保障，又是其相互交流及形成共识的可能性的揭示。正是由于有了这张桌子，不同的人们才得以围坐在一起，相互交流彼此的不同意见。假如真的搬走这张桌子，那么人与人之间的距离（多元化及差异）就似乎不再被承认了，而所谓公共领域也就随之不再存在了。可见，这张无论怎样的桌子，实际上对公共领域的存在具有十分必要和重要的实际价值及象征意义。如此，把公共领域的复杂作用高度浓缩为一张人们可以围坐在四周的桌子，应当说是颇为精当的。

就艺术公共领域来看，人们所可以围坐在四周的桌子这一比喻，在这里应当有如下多重含义：第一，人与人之间总是存在差异或不同，这是毋庸置疑的和一时难以根本改变的，而任何共识或一致性诉求都不能掩盖这一几乎是永久的或绝对的事实；第二，不过，存在相互差异的人与人之间总有着与他人沟通的强烈渴望，以便缓解或化解这种差异之感；第三，而这种相互沟通的达成必须确保是在公正和平等的情况下，也就是务必在公平规则下进行；第四，人与人之间的公平沟通不宜仅仅以双方或多方之间口头承诺的方式进行，而是需要在双方或多方之间的一种客观中介规则保障的情境下进行，就像数人之间的沟通不宜直接以身体器官的接触而展开，而是需要中间摆一张桌子去使其保持距离一样；第五，这种客观中介规则保障既确认人与人之间存在隔阂，又确认他们存在沟通的可能性，就像这张桌子一面把人与他人隔离开，另一面又让他们之间连接起来一样；第六，这种客观中介规则的必要性和重要性在于，它可以确保人与人之间展开公平对话、力求差异中的沟通，正如那张桌子能保障人与人之间展开公平对话、实现差异中的沟通一样；第七，一旦去掉这种客观中介规则的保障，人与人之间的差异中的沟通就不存在了，正像那张能使人们围坐在一起对话和沟通的桌子不能被轻易撤掉一样。记住上面这几重含义，我们可以更加靠近当前中国艺术公共领域问题。

中国艺术公共领域的复苏式构建

在中国，这张人们可以围坐在四周展开对话的桌子究竟怎样呢？尽管有关公共领域的讨论已持续多年，但对公共领域在中国是何时形成的，却存在争议，据学者研究，至少存在三种意见。一种意见是，中国在明代以来、特别是晚清社会确实已逐步发展出公共领域。另一种则持质疑乃至反对态度，认为中国社会在近代还不曾出现足以同国家形成对抗的自治空间。[①] 跳出这对争议观点看，还存在第三种意见，这是由美国学者黄宗智首先提出的。他认为，研究中国史不宜从西方近代社会经验中直接抽离出国家与社会二元对立的理念，而应采用“国家 / 第三领域 / 社会”的三元模式。由此，他主张用“第三领域”（third realm）概念去代替公共领域。在这里，“第三领域”是依照哈贝马斯的在国家和社会之间存在一个双方都参与其间的区域的模式而提出的，是指一个“政府与社会成员都参与其中并相互作用的空间”，这个空间“具有超出国家与社会之外的自身特性和自身逻辑的存在”。[②] 而受到国外学界的影响，国内学者也对公共领域理论作过一些讨论，并形成大致两种观点：一种考察近代中国的公共领域的形成，重点关注学会、报纸、学校、集会等；另一种则侧重于政治领域，主要运用公共领域理论对会馆、公所和商会等机构组织展开研究。[③]

鉴于在现代中国社会，艺术公共领域的形成是一个难以形成一致意见的问题领域，这里不妨暂且把这个问题悬搁起来，转而直接考虑如下两方面问题：一是现代中国艺术公共领域的呈现及其作用；二是改革开放时代以来中国艺术公共领域的复苏及持续构建。

首先来看现代中国艺术公共领域的呈现及其作用。以梁启超和陈独秀先后于 1902 年和 1915 年创办《新小说》杂志和《青年》杂志（第二期起更名为《新青年》）为鲜明的标志，当锐意革新的早期现代知识分子创办现代学术杂志并发表现代文艺作品及理论文章时，现代中国艺术公共领域就已经诞生了。其根据就在于，这批知识分子可以利用现代传媒舆论阵地而自由发表文艺作品或政治主张了。而到 1921 年中国最具影响力的两大文艺社团“文学研究会”和“创造社”成立，当现代知识分子深深地懂得要效法现代西方知识分子以社团姿态和现代传媒平台而从事文艺创作与批评活动时，现代中国艺术公共领域的活跃呈现及其所产生的巨大的社会启蒙作用，就更应当是不容置疑的了。

---

① 余新忠：《中国的民间力量与公共领域——近年中美关于近世市民社会研究的回顾与思考》,《学习与探索》1999 年第 4 期。

② 黄宗智：《中国的“公共领域”与“市民社会”？——国家与社会间的第三领域》，见邓正来等编：《国家与市民社会》，北京，中央编译出版社 2002 年版，第 420—443 页。

③ 陈梅龙、苏冲：《近代中国公共领域初探》,《学术论坛》2005 年第 11 期。

其次来看改革开放时代中国艺术公共领域的形成。这种形成，由于严格说来只是被一度毁坏的以往艺术公共领域的恢复及其持续构建，因而可以更确切点说是现代中国艺术公共领域的复苏式构建。在改革开放时代之初的 1978 年及之前，艺术领域起主导作用的力量是国家意志，那时还不可能存在真正意义上的艺术公共领域。从毛泽东于 1951 年亲笔修改《人民日报》社论《应当重视电影〈武训传〉的讨论》时起直到 1978 年改革开放启动前夕，中国艺术公共领域出现了一段长达二十余年的断裂。那时期的艺术界人士，例如艺术家或文艺青年等，即便有公共言论，也只能是在有限的个人领域、家庭领域或国家意志控制力相对稀疏的边缘领域发布及传播。因此，那时的艺术在准确的意义上属于一种国家化艺术或国家性艺术，也就是完全服从于国家意志的艺术理论、艺术创作、艺术鉴赏和艺术批评的艺术。在此，对改革开放时代以来中国艺术公共领域的复苏式构建，可以指出如下几方面原因或动因。第一，中国艺术公共领域的复苏性构建，首要地来自国家艺术管理战略及其政策的主动改变，其中的关键之一是包括艺术家在内的知识分子政策的改变。而这又是出于国家改革开放进程的特定需要。在改革开放进程开始之前，艺术家被归属于小资产阶级或资产阶级知识分子阵营，被要求自觉地以工人阶级为典范而实行“改造”和“自我改造”。进入改革开放时代，国家需要让包括艺术家在内的整个知识界全力以赴地为改革开放和经济建设效力，因而制定并或真正全面执行知识分子是工人阶级的一部分的政策。首先是坚决承认知识分子是“劳动者”：“一定要在党内造成一种空气：尊重知识，尊重人才。要反对不尊重知识分子的错误思想。不论脑力劳动，体力劳动，都是劳动。从事脑力劳动的人也是劳动者。将来，脑力劳动和体力劳动更分不开来。发达的资本主义国家有许多工人的工作就是按电钮，一站好几小时，这既是紧张的、聚精会神的脑力劳动，也是辛苦的体力劳动。要重视知识，重视从事脑力劳动的人，要承认这些人是劳动者。”[①] 邓小平在历史反省基础上重新阐释毛泽东的知识分子政策：“应该承认，毛泽东同志曾经把他们看作是资产阶级的一部分。这样的话我们现在不能继续讲。但是从整个革命和建设过程来看，毛泽东同志是重视知识分子的作用的。”[②] 邓小平进而宣

① 邓小平：《尊重知识，尊重人才》（1977 年），见《邓小平文选》第 2 卷，北京，人民出版社 1994 年版，第 40 页。

② 邓小平：《完整地准确地理解毛泽东思想》（1977 年），见《邓小平文选》第 2 卷，北京，人民出版社 1994 年版，第 43 页。

布把知识分子纳入“工人阶级”这个历史主体的队伍之中：“我国工人阶级的地位已经大大加强，我国农民已经是有二十多年历史的集体农民。工农联盟将在社会主义现代化建设的新的基础上更加巩固和发展。我国广大的知识分子，包括从旧社会过来的老知识分子的绝大多数，已经成为工人阶级的一部分，正在努力自觉地为社会主义事业服务。”[①]把知识分子视为工人阶级的一部分，就成功地克服掉毛泽东在“文革”等时期曾有过的失误，转而一举将知识分子从社会各阶层中的底层和革命的对象即“资产阶级”的境地，重新提升到精英阶层及领导者的地位上，使其重新获得思想自由权和艺术创作权。例如，一批右派作家如从维熙、张贤亮和王蒙等重新获得文艺创作的权利。不仅艺术家作为“工人阶级的一部分”重新发挥主体作用，而且他们在艺术领域确实获得了新的思想自由及言论自由权利。

进一步看，邓小平通过实施国家文艺政策的两方面转折，有力地促进了艺术公共领域的重建：一方面，公开宣布坚决弃绝国家直接干预文艺创作的行政弊端：“党对文艺工作的领导，不是发号施令，不是要求文学艺术从属于临时的、具体的、直接的政治任务，而是根据文学艺术的特征和发展规律，帮助文艺工作者获得条件来不断繁荣文学艺术事业，提高文学艺术水平，创作出无愧于我们伟大人民、伟大时代的优秀的文学艺术作品和表演艺术成果。……文艺这种复杂的精神劳动，非常需要文艺家发挥个人的创造精神。写什么和怎样写，只能由文艺家在艺术实践中去探索和逐步求得解决。在这方面，不要横加干涉。”[②]另一方面，他又宣布把创作自由归还给文艺家：“我们要继续坚持毛泽东同志提出的文艺为最广大的人民群众、首先为工农兵服务的方向，坚持百花齐放、推陈出新、洋为中用、古为今用的方针，在艺术创作上提倡不同形式和风格的自由发展，在艺术理论上提倡不同观点和学派的自由讨论。”[③]这里所提两个“自由”，即艺术创作上的“自由发展”和艺术理论上的“自由讨论”，实际上就意味着艺术家的艺术创作自由和艺术理论及批评自由的全面重建。邓小平还指出：“不继续提文艺从属于政治这样的口号，因为这个口号容易成为对文艺进行横加

---

① 邓小平：《新时期的统一战线和人民政协的任务》（1979年），见《邓小平文选》第2卷，北京，人民出版社1994年版，第185—186页。

② 邓小平：《在中国文学艺术工作者第四次代表大会上的祝词》（1979年），见《邓小平文选》第2卷，北京，人民出版社1994年版，第213页。

③ 邓小平：《在中国文学艺术工作者第四次代表大会上的祝词》（1979年），见《邓小平文选》第2卷，北京，人民出版社1994年版，第210—211页。

干涉的理论根据，长期的实践证明它对文艺的发展利少害多。但是，这当然不是说文艺可以脱离政治，文艺是不可能脱离政治的。”[①] 如此，正是在这一国家艺术新政实施过程中，艺术公共领域开始复苏和强势生长。

第二，与国家艺术管理措施的宽松化有关。改革开放时代以来，国家对艺术创作成功的奖励与对艺术创作失败的惩罚，都采取了新的宽松化政策，从而为艺术公共领域的形成铺平了道路。国家对认为成功的艺术创作，不再沿用过去对八部样板戏和浩然等那样的褒奖政策，例如被不适当地奉为唯一正确的艺术创作标本并号召所有艺术家只能照此典范进行创作，而不得有其他创作道路。同理，国家即使对认为有害的艺术创作，也毕竟不再像过去对“胡风反革命集团”“三家村”等那样不仅采取政治惩罚手段，而且诉诸法律惩罚，将当事人投入监狱，甚至也不再直接发动类似《武训传》批判那样的政治“运动”了，而只是限于严厉的政治批判和内部行政撤职等有所节制的惩罚措施。例如，对部队作家白桦的剧本《苦恋》的批判，虽有来自国家领导人的严厉的批评，但毕竟不再将其投入监狱了，也不再搞全国性的“运动”了。对此国家文艺政策上的重要改变，邓小平是有明确的自觉的：“当然，对待当前出现的问题，要接受过去的教训，不能搞运动。对于这些犯错误的人，每个人错误的性质如何，程度如何，如何认识，如何处理，都要有所区别，恰如其分。批评的方法要讲究，分寸要适当，不要搞围攻、搞运动。但是不做思想工作，不搞批评和自我批评一定不行。批评的武器一定不能丢。”[②] 他还进一步告诫说：“对待这些问题，我们不能再走老路，不能再搞什么政治运动，但一定要掌握好批评的武器。”[③] 从批《苦恋》再到后来“清除精神污染”和批判人道主义思潮等事件，虽然政治惩罚措施和思想批判等依旧严厉并令文艺界震动，但毕竟不再像过去那样动辄剥夺艺术家的人身自由，也不再搞大规模的政治批判“运动”了，而是给被批判者留下了法律上的人身自由空间。这样的直接的艺术后果之一，就是一种不再直接受到国家意志控制的艺术自由空间，也就是艺术公共领域，开始真正逐步恢复和加强了。

---

① 邓小平：《目前的形势和任务》（1980 年），见《邓小平文选》第 2 卷，北京，人民出版社 1994 年版，第 255—256 页。

② 邓小平：《关于思想战线上的问题的谈话》（1981 年），见《邓小平文选》第 2 卷，北京，人民出版社 1994 年版，第 390 页。

③ 邓小平：《关于思想战线上的问题的谈话》（1981 年），见《邓小平文选》第 2 卷，北京，人民出版社 1994 年版，第 391 页。

第三，得益于知识界的思想自由呼唤。随着国家的知识分子及艺术管理政策松动，知识界对思想自由或言论自由发出了日甚一日的热烈呼唤。文学、历史学、哲学、政治学、经济学、社会学等领域都从自身视角去对思想自由加以合法性论证，例如谈论“异化”“人性论”或“人道主义”等论争，促进了艺术界的创作自由政策的松动。

第四，受惠于市场经济及其相关社会和文化环境的发展。1985 年以来市场经济的迅速发展，特别是邓小平南方谈话所引领的市场经济建设提速，给中国全社会带来了新的发展活力并开放了一系列新的可能性，从而给艺术公共领域建构提供了更开阔的自由空间。这主要表现在，越来越活跃的市场经济或商业在国家意志与私人意愿或个人意愿之间拓展出一片居间地带，便于两者之间展开相互对话和调和，而正是在此过程中，艺术公共领域得以快速生长。

第五，出于艺术界自身的变革需要。要挣脱“文革”时期艺术创作桎梏，就需要探索新的艺术表现形式、手段，吸纳新的艺术创作理念，这更需要弱化国家意志的控制而释放艺术家个体的自由意志，使得艺术家可以自由地从事艺术变革或艺术革命。这样的艺术变革行动，假如没有艺术公共领域的保障，是不可能的。从牛棚里“归来”的老作家巴金，就发起了一场“说真话”的自觉和动员。他以八年时间完成五卷本《随想录》（1978—1987 年），把“说真话”及“真实性”视为艺术家的生命。他真诚地相信艺术可以讲真话、建立真实性。“于是我下了决心：不再说假话！然后又是：要多说真话！”他还留下这样的诤言：“讲出了真话，我可以心安理得地离开人世了。可以说，这五卷书就是用真话建立起来的揭露‘文革’的‘博物馆’吧。”[①] 这里的所谓“说真话”，其实就是说艺术家自己的话，而不一定完全按照国家意志去说话。这也就是等于要争取艺术公共领域的权利。

与老作家巴金的话题集中于艺术家的创作态度上的真诚不同，一些更年轻的艺术家则偏重于搅动长期被视为禁区的艺术形式的变革浪潮。画家吴冠中就尽力张扬绘画的“形式美”的重要性：“美，形式美，已是科学，是可分析、解剖的。对具有独特成就的作者或作品造型手法的分析，在西方美术学院中早已成为平常的讲授内容，但在我国的美术院校中尚属禁区，青年学生对这一主要专业知识的无知程度是惊人的！”他呼吁把遭到禁锢的形式美重新解放出来，准

---

① 巴金：《合订本新记》，《随想录》1—5 集，北京，人民文学出版社 2000 年版，第 VI、XI 页。

许研究其科学性，并倡导由此重新总结和发展自身的美术传统：“广大美术工作者希望开放欧洲现代绘画，要大谈特谈形式美的科学性，这是造型艺术的显微镜和解剖刀，要用它来总结我们的传统，丰富发展我们的传统。”在此基础上，他得出如下结论：“我认为形式美是美术教学的主要内容，描画对象的能力只是绘画手法之一，它始终是辅助捕捉对象美感的手段，居于从属地位。而如何认识、理解对象的美感，分析并掌握构成其美感的形式因素，应是美术教学的一个重要环节、美术院校学生的主食！”①这种对形式美的自由探讨热潮，与“文革”时代及此前占统治地位的内容美学相比，无疑客观上传达出艺术公共领域的复苏的信息。

而这种信息并非仅仅在美术界透露出来，在电影界也可明显地感受到：“我们的电影艺术战线至今不能形成一种局面，一种风气，就是理直气壮地、大张旗鼓地大讲电影的艺术性，大讲电影的表现技巧，大讲电影美学，大讲电影语言。……我们常见的一些评论文章，一般都是偏重于思想内容的分析。即使偶然有一些坚持研究‘艺术特色’的文章，也往往是泛泛地从形式如何为内容服务这个角度作些分析，至于形式本身，很少有人做深入的研究。”②这些论者呼吁致力于诸如电影艺术语言这类艺术形式领域的革新，“立即开展对电影艺术的表现形式这一方面的研究工作。而这一研究工作的十分重要的一个方面就是认真分析、研究、总结世界电影艺术语言的变化和发展，寻找其中的某些规律性，以便借鉴和从中汲取营养，以促进我们电影语言的更新和进步，促进我们的电影艺术更快地发展。”③这种对艺术形式变革的呼吁，其实也只是一个由头，由此透露出艺术家争取艺术创作自由的努力，而同样也等于是在要求建立同时超乎国家意志和私人行为之上的居间的艺术公共领域，以便让艺术家能真正找到一张围坐在一起展开公平对话的桌子。

此外，还应该补充的是，艺术公共领域的形成也可以被视为全球化进程的中国化后果。其实，改革开放进程固然是中国自身面向世界开放的自觉过程，但也同时可以视为从西欧发动而后扩展到全世界的全球化进程在中国实施其地

---

① 吴冠中：《绘画的形式美》，《美术》1979年第5期。

② 张暖忻、李陀：《谈电影语言的现代化》，《电影艺术》1979年第3期，据丁亚平主编：《百年中国电影理论文选》下册，北京，文化艺术出版社2003年版，第12—13页。

③ 张暖忻、李陀：《谈电影语言的现代化》，《电影艺术》1979年第3期，据丁亚平主编：《百年中国电影理论文选》下册，北京，文化艺术出版社2003年版，第13页。

方化策略的过程。也就是说，中国当代艺术公共领域的形成，与一直在寻求进入中国的全球化势力的艺术化呈现有关。如果说，改革开放之前的中国，由于政治、经济和文化领域一度只向以苏联为代表的东欧社会主义阵营（加上亚洲的近邻朝鲜和越南）开放，因而全球化程度很低，属于全球化进程的中国化或地方化的衰弱期或停滞期。那么可以说，改革开放时代则属于来自欧美的艺术公共领域的全球化进程在中国获得地方化的过程。正是伴随自外输入的全球化艺术公共领域相关知识的传播，中国艺术公共领域获得了持续的富有感召力的参考范本。

由于上述几方面（当然不限于此）的共同作用，当代中国艺术公共领域在复苏中逐渐重新构建起来。虽然这种复苏式构建过程不是一蹴而就而是逐渐进行的，同时这一过程始终伴随阻碍或反对的力量，但毕竟已经在进行了。至少在 1980 年代中期，中国艺术公共领域已经在一边形成而又一边发挥自己的作用了。也就是说，至少从那时起，对中国艺术家和公众来说，那张大家可以围坐在一起的桌子已重新制作出来。

艺术公共领域的存在要素

如何认识当今中国艺术公共领域的究竟呢？我们知道，中国当代在国家与个人之间尚不存在西方意义上那种相对独立而又能发挥中介作用的社会组织范畴（如宗教界、社会团体及其他民间力量），因而对公共领域在中国的问题就需做具体的审慎考察。

可以说，艺术公共领域在当代中国，是指在国家、个人、知识界和艺术产业界等之间存在一个想象的，在艺术创作、生产、营销、鉴赏及消费上具有一定的自由度的中间地带。这是政府管理者、艺术家、艺术企业家、艺术商界、艺术消费者（含收藏家）、艺术媒体和艺术批评家（含策展人）等多方力量之间展开相互博弈的竞技场域，宛如一张人们可围坐而对话的桌子。如果不是从历时的演变角度而是从共时的聚集角度看，当代中国艺术公共领域的存在，也就是那张桌子的存在，是由若干要素或层面而综合构成的。简要地看，这些要素中应当有下列方面：国家改革战略、政府艺术政策、市场经济环境、艺术传媒平台、艺术家和公众。其中，国家改革战略、政府艺术政策、市场经济环境、艺术传媒平台相对说来更偏于客体条件一面；艺术家和公众则更偏于主体条件一面。

（一）国家改革战略

这里的国家改革战略，是指国家有关政治、经济、文化和社会等方面的以改革开放为核心的战略规划及相关部署。例如，党的十一届三中全会（1978）和十二届三中全会（1984）所分别启动的改革开放进程和城市经济体制改革进程，带来中国政治、经济、文化和社会等的巨大转型。这样的巨大转型由于可以在国家意志与个人意愿之间开辟出开阔的自由空间，自然会有助于艺术公共领域的生成和运行，从而为艺术创作和批评在20世纪80年代的繁荣确立了国家制度保障。假如没有这样两次国家战略部署，就不会出现20世纪70年代末期至80年代前期的"伤痕艺术"热潮和80年代后期的诸多艺术新潮（"寻根文学"、"第三代诗"、"先锋小说"、电影"第五代"、'85美术新潮、新潮音乐、实验戏剧等）等的蓬勃兴旺的局面。党的十七大报告制定了"提高我国国家文化软实力"的发展战略（2007），十七届六中全会则审议通过了《中共中央关于深化文化体制改革　推动社会主义文化大发展大繁荣若干重大问题的决定》（2011），则分别从国家战略的高度为艺术界在社会生活中的作用的提升提供了来自国家层面的战略要求和保障，从而客观上等于为中国艺术公共领域的建构提供了有利条件。

（二）政府艺术政策

这是政府艺术管理政策的简称，由政府艺术管理机构出面，代表国家意志行使艺术管理职责。作为上述国家改革战略的具体化进程或相关方面，政府部门的艺术管理政策有利于艺术公共领域的生长和运行。邓小平的《在中国文学艺术工作者第四次代表大会上的祝词》（1979）可以说是改革开放时代出现的第一份最为重要的而且至今也仍有其历史性意义的政府艺术政策文献，特别是其提出的保障艺术界两大自由（艺术创作上的"自由发展"和艺术理论上的"自由讨论"）的方针，等于从政府管理层面自觉而有效地推动了中国艺术公共领域的建构，包括有关中国艺术公共领域的具体的两大自由的保障性政策的制定等。

当然，政府艺术政策既有开放的一面，又有限制的一面。2011年和2013年，国家广播电影电视总局先后出台两项政策文件，一个是《关于进一步加强电视上星综合频道节目管理的意见》，其主要内容是规定各地方卫视在17：00至22：00黄金时段娱乐节目每周播出不得超过3次；另一个是《关于做好2014年电视上星综合频道节目编排和备案工作的通知》，规定每家卫视每年新引进版权模式节目不得超一个，卫视歌唱类节目黄金档最多保留 4 档。这两项分别被媒体称为“限娱令”和“加强版限娱令”的政府艺术管理文件，都旨在加强电视台娱乐节目调控力度，防止过度娱乐化和低俗倾向，以满足公众的多样化、多层次和高品位的收视需求，从而直接影响电视艺术节目的制作、观看和营销等方面。

不过，政策限制也应是有法可依并尺寸有度的，其底线在于保障公众（包括艺术家和普通公众）的艺术自由。一些沉重的历史教训必须吸取。四川诗人流沙河与同人于 1957 年创办诗刊《星星》，并在创刊号上发表借物咏志的《草木篇》，其中《仙人掌》这样说：“她不想用鲜花向主人献媚，／遍身披上刺刀／主人把她逐出花园，／也不给她水喝／在野地里，／在沙漠中，／她活着，／繁殖着儿女……”这样的仙人掌意象竟被直接解读为“反党反社会主义的大毒草”，诗人因此而被打成“大右派”，被判押回老家“劳动改造”，失去艺术创作的自由。更极端的例子是康生借助小说《刘志丹》而制造出一桩特大的“现代文字狱”。1962 年 9 月 24 日上午，党的八届十中全会在中南海怀仁堂开幕，毛泽东发表讲话时，收到康生递的一张条子，上面写道：“利用小说进行反党活动是一大发明。”毛泽东便在讲话中念了这张条子，接着说，“现在不是写小说盛行吗？利用写小说搞反党活动，是一大发明。凡是要想推翻一个政权，先要制造舆论，要搞意识形态，搞上层建筑，革命如此，反革命也如此。”① 由此制造出株连上万人的特大政治冤案，直到 1979 年才被正式平反。② 这样的政府艺术政策限制显然是严重阻碍艺术公共领域的建构的。记取这样的历史教训，有助于政府艺术管理部门通过法治去切实保障艺术公共领域的正常运行，而不是倒退回人治的无序轨道。

（三）市场经济环境

公共领域的建构而言，市场经济的作用具有复杂性。一方面，它并非艺术的天然温床，而是往往可能以市场价格去取代或牺牲公平、正义、责任等社会价值诉求；另一方面，它也非艺术的天敌，而是可以通过市场杠杆，在国家意志与个人意愿之间开辟出一个具有中间、中立或中介性作用的调和地带，有助

---

① 薄一波:《若干重大决策与事件的回顾》下册，北京，中共中央党校出版社 1993 年版，第 1096 页。

② 中共中央【1979 年】53 号文件《中共中央转批中共中央组织部关于为小说〈刘志丹〉平反的报告》，作出为“《刘志丹》小说案”平反的决定：“习仲勋等同志关心这部小说的创作……是完全正当的。……所谓利用写《刘志丹》小说进行反党活动一案，是康生制造的一起大错案。文化大革命中，康生伙同林彪、‘四人帮’，更加变本加厉，搞出一起株连甚广的现代文字狱。”

于艺术自由不受来自无论是国家意志还是个人意愿的粗暴干预。市场经济环境既可以助长“为金钱而艺术”的倾向，也可以推动“为人民而艺术”的倾向，也就是所谓“为人民币而艺术”还是“为人民而艺术”的不同选择。市场经济环境恰如一柄双刃剑，既可以保障也可以瓦解艺术公共领域的建构。一幅画到底值多少钱？一部电影或电视剧是否会受到观众喜欢？一部长篇小说能否被读者接受？这些都似乎完全是市场说了算。但其实，在市场的背后，隐藏着的是诸多非艺术因素之间的暗中较量。不能把市场经济环境对艺术公共领域的建构想得太理想，也不能想得太悲观。无论如何，在当今时代，市场经济环境对艺术公共领域的建构和维护来说是不可或缺的客观要素之一。关键还是社会各界如何以合理的规则去保障处于市场经济环境中的艺术能给参与其中的艺术家和公众都带来公平感。

（四）艺术传媒平台

随着传媒技术的不断发展演变，艺术所赖以传输的传播媒体为艺术公共领域的建构提供公共媒介平台。这些传播媒体既包括传统媒体如书籍、报纸、杂志、广播、电影和电视，也包括新兴媒体如国际互联网及其相关的移动网络、数字技术等，它们分别依托相应的传媒产业而生存和发挥作用，成为艺术公共领域的必须的开放的作用场所。在不同的时代，艺术传媒平台的特点有所不同。在改革开放时代之初的20世纪80年代，书籍、报纸、杂志、广播、电影等传统的传媒平台承担了艺术公共领域建构的重任；进入90年代，以电视连续剧《渴望》的热播为标志，电视艺术迅速走向发达，成为艺术公共领域的开放和公平的经常场所；进入21世纪以来，互联网及其相关的网络平台等新兴传媒势力则充当了艺术公共领域的惯常场所。值得重视的一点在于，与过去的传媒平台偏重于艺术家（传者）对公众（受者）实施单向传播相比，如今以国际互联网为代表的新兴传媒势力，则越来越注重艺术家与公众之间的双向互动。它们凭借自身网络平台的开放、公正、传输快捷、便利等技术条件，为艺术家和公众双方的沟通建立起以往无法做到的双向互动平台。这种双向互动的意义在于，艺术家特权受到一定程度的削弱，而公众的艺术权利正得到一定程度的加强。也正是由于国际互联网的全球传播特性，当今时代任何一个开放的国家要想取消艺术公共领域而恢复艺术强制，就传媒技术本身而言都是难以奏效的。

不过，另一种情况也是需要正视的，这就是当今国际互联网平台往往营造出一种绝对的艺术自由幻觉，似乎艺术创作和批评都可以为所欲为，而不需要顾及任何社会责任。王竞导演执导的影片《无形杀》（2009），取材于现实生活中轰动一时的“铜须门”事件（2006），讲述了这样一个与互联网的“人肉搜索”紧密相关的“偷情门”故事，可以让我们想见艺术网络平台的所谓自由造成的后果。影片始于一段网络“人肉搜索”画面，随后展开以刑警张瑶为代表的警方的犯罪追踪过程，带有明显的犯罪悬疑片特点。影片交织着两条破案线索：一条是张瑶等的破案，牵扯出“偷情门”事件的男主角高飞；另一条则是两位网民自发地追踪逃亡的“偷情门”事件的男女当事人。由此讲述了这样一则故事：警方发现一具无头女尸，将目光锁定为嫌疑人高飞。经讯问，高飞并非凶手，但也并非绝无干系。死者名叫林燕，嫁给外企高管程涛后就辞职在家，在网络游戏中碰巧与高飞相识，产生地下情。有趣的是，激动的高飞竟将做爱过程自己拍摄下来。不想这段视频后来成为程涛讨伐妻子偷情的罪证。愤怒的后者想到了自由的传媒平台国际互联网，于是化名在网上公开讨伐同样是化名的罪人，一时间网络舆情激奋，轰动全国。而富有正义感的网友们则以“人肉搜索”找出真实的林燕和高飞的生活信息，并公布于网上，对他们发起了愤怒的“网络通缉令”。两位男女当事人更是因此而在家庭中分别遭遇妻子和丈夫的愤怒追究，造成事态难以收拾。正是巨大而无形的网络通缉逼迫他们中断了正常的生活，分别开始了逃避：高飞选择隐姓埋名，携带买来的身份证四处避祸，惶惶不可终日；而林燕在逃跑途中遭遇网民的无情指认、歧视和声讨，眼见走投无路，索性在与不良网民的激烈搏斗中选择投水自杀（这个情节可比肩于现实生活中的“铜须门”事件）。

这部影片的最值得注意的人物，是那两位网民追踪者。他们中，一个代表网站为谋利而行使假正义的伪善面孔，另一个代表充满正义感但又不辨是非、跟风说话的普通网民，无论如何，都以媒体自由、公平、民主、正义等堂皇名义，自发地对两位“偷情门”事件主角展开“追杀”。其实，他们并非事件的真正主角。而真正的主角则是国际互联网这个传媒平台本身，也即号称自由、公平、正义的网络平台本身，它以似乎无限制的绝对的网络暴力而成为日常生活中的“无形杀手”。

刑警张瑶是这整个“偷情门”事件的目击者，她从这场闹剧中能反思什么？不妨想想影片结尾处，她特意让高飞看的林燕生前最后发给他的短信：“我会在一个没有网络的地方和过去告别，愿你幸福。”当今世界，可以到哪里去寻找“一个没有网络的地方”？由此看，这部影片实际上可以让我们形象地和深入地反思国际互联网这一特大传媒平台，及其在当今艺术公共领域建构中的作用。一方面，它似乎可以提供无限制的自由，也就是跨越国家意志和个人意愿之上的宽阔无边的自由；但另一方面，这种自由又往往可以无视乃至毁灭当事人应有的正当权利和自由，以及与此相关的他人的正当权利和自由。试想，当这个平台的网络暴力可以凌驾于道德准则和社会法律之上时，这个艺术公共领域乃至这个日常生活世界，还能完整地存在并运行吗？一旦没有了那张可以围坐而平等对话的桌子，艺术的公共自由就不再有了。重要的是探究如何确立特定的规则以保障艺术公共领域的健康和稳定运行。

（五）艺术家

这是指艺术公共领域中艺术作品的创造者，当然也是对公众实施影响的艺术信息的传者。相对于前面几个要素而言，艺术家属于艺术公共领域中的两大主体要素之一，通过特定的艺术行为去创作艺术品以便影响公众，从而成为艺术公共领域的一大显赫角色。艺术家的艺术行为包含诸多方面：

第一，艺术品。作为艺术家的艺术创作行为的结晶，艺术品可以通过其艺术形象系统或明或暗地传达艺术家本人的思想及主张，如创作倾向、艺术观念和相关社会意识等。这些思想或主张往往存在于艺术品的蕴藉丰厚的艺术形象系统中，通过它们而得以间接地呈现，而并非直接说出，从而包含诸多不确定因素。一定的艺术品的产生和准予存在，可以折射出艺术公共领域的开放与公平程度。影片《芙蓉镇》（1986）讲述一名右派（秦书田）和一名新富农（胡玉音）的故事，由此对“文革”及此前的“反右”等政治运动提出了激烈的影像反思，触及了当时中国政治中的一个重大的敏感问题。其结尾有关疯子敲锣大喊“运动啦！运动啦！”的巧妙设计，宛如警钟长鸣。这部影片尽管伴随激烈的内部争议，但其最终摄制成并获第七届金鸡奖最佳故事片、最佳女主角、最佳女配角和最佳美术奖等四项大奖，确实能在一定程度上佐证其时中国艺术公共领域的开放度和公平度。至少，在当时国家意志与艺术家群体的自由意志之间的角力中，后者在一定程度上取得了胜利，也从一个侧面见证了中国艺术公共领域复苏与建构上的新进展。

第二，艺术活动。艺术家参与其中的艺术思潮、艺术流派、艺术社团、艺术书刊、艺术展演等艺术活动，往往代表艺术家本人的思想及主张。从 20 世纪 70 年代末期到 90 年代，可以先后见到“伤痕艺术”“反思艺术”、’85 美术新潮、新潮音乐、’89 现代美术等诸多艺术思潮，还有“寻根小说”“第五代”“先锋小说”

等艺术流派，以及“厦门达达”“第三代诗”“他们”“海上诗群”“莽汉主义”“整体主义”“非非主义”等艺术社团。特别是1985年众多艺术社团的风起云涌局面，凸显出那个年代中国艺术公共领域的开放及活跃程度。艺术社团一成立，就必然要开展艺术活动。而出版艺术书刊、进行艺术展演等，必然成为其存在的当然标志。’85美术新潮中就成立了“北方艺术群体”“厦门达达”“浙江池社”和“湖北部落”等美术社团，涌现出王广义、高名潞、徐冰、舒群、张晓刚、毛旭辉等风云人物，诞生了具有前卫意识的《美术思潮》《美术报》《画家》等美术报刊，并引发老资格刊物《美术》《江苏画刊》《美术研究》等专辟版面加以关注。这些艺术家乐于参与其中的艺术活动的自由举办，显示了艺术公共领域的正常运行，正像古代的“兰亭雅集”“西园雅集”等文人唱和游玩的结社活动一般。这些艺术活动集中体现了艺术家的艺术创作自由和艺术批评家的艺术批评自由。

第三，艺术生活。这是指带有物质层面意义的艺术家所居住并活动于其中的艺术状况，也就是指由居住场所、日常生活、艺术创作、艺术交流等环节构成的艺术家日常生活方式。从20世纪90年代起，北京曾先后出现过艺术家集中居住的圆明园艺术村、宋庄艺术村等艺术村落。

一位亲历者这样记述圆明园艺术村：“圆明园艺术村发展的鼎盛时期是1993至1994年，那时各类艺术家有300余人，我去时其鼎盛时期刚刚过去，许多艺术家由于各种原因都已离去，原本画家较集中的福缘门村当时也仅剩数十人。后面福海和别的地方所剩艺术家也很少。那时候虽然人已不多，但画家们仍然无拘无束地创作，悠游自在地生活，圆明园原有的那种蓬蓬勃勃的生气还有。里面主要的一部分创作力量大多都还在。那时，我所住的院子里除了画家外还有音乐家。他们不停地创作，疯狂地从事艺术活动。他们有时在福海岸边聚会，有时又在树林里弹唱跳舞。最让我不能忘记的是他们经常熬夜，一个曼陀铃一弹就是多半夜，吵得我不能睡觉。听说天亮他们出去到卡厅，一首新曲卖几百元至千元不等。包括后来被一些歌星唱红了的有些优秀歌曲。直至现在我还清晰地记得他们半夜里反复修改弹唱时让我久久不能入睡的情形。可惜这些年轻人都没有留下名字。我虽然在圆明园住过仅仅半年多，但那时圆明园中我所接触最多的却是画家。……搬进去后一接触，才知道这里很多都是近乎流浪的艺术家。他们当中有不少年轻人，虽然他们自由自在地在这里生活与创作，但生活上大多陷于贫困的境地。当时的圆明园艺术村里还没有正规的艺术品交易市场，故所以画家们当时的状况大都可以说是为艺术而艺术的，纯艺术的。其多数也是倾向于油画和现代艺术的。当时我没有听说过有什么不好的事情发生。所以，我觉得那一段圆明园画家村的发展情形大体上还是比较健康的。我是受学生钟天兵的影响去圆明园的，故那时天兵常领我去一些画家的居室看画，也与他们做过诸多交谈。当时他们给我留下的印象大都是很纯朴和执着的。没有当时官方的那些画家架子大，难以接近的感觉。……记得我的南侧房里住过一位画家，我经常见他每天只吃两顿饭，每顿一个馒头或一个饼子，喝些开水充饥，依然每天勤奋作画，乐此不疲。当时这样的现象很普遍，可见那时圆明园的风气。”① 艺术家们能在聚居在此，自由地过自己愿意过的艺术生活，画画、写歌、唱歌、跳舞、聚会等，表明艺术公共领域处在正常运行的状态中。

这位亲历者还这样反思艺术村存在的原因说：“那时的社会改革开放虽然已有十年之久，但数十年来人们根深蒂固的思想观念还没有彻底的动摇。但文化艺术作为时代的风雨表，作为学术和精神自由的表征，其发展已很敏感。尤其是经过八五后大量西方观念的介入，国内艺术界对过去一些旧的创作模式、艺术观念的反思以后，全国各地的艺术家，特别是一些基层或平民艺术家，已强烈地要求和呼唤打破官本位，打破旧的各种管束和条条框框，实现艺术创作的平等和自由。他们十分渴望寻求一个平等的艺术园地，去追求艺术的自由，去实现自己真正属于自我的创造。再者，一些美院毕业后无法就业，漂泊在京城里的游子，他们工作无着，精神苦闷，自然就想聚在一起，借艺术而寻求寄托。这一部分人对圆明园艺术村现象的形成也起到了推波助澜的作用。应该说，这是我所感知到的圆明园艺术村形成的主要原因。”② 这里关于“实现艺术创作的平等和自由”，“寻求一个平等的艺术园地，去追求艺术的自由，去实现自己真正属于自我的创造”等切身体会和反思，当然是仅仅出于个人视角，但毕竟也是有一定的道理的。如今，90年代意义上的艺术村已几近消失，取而代之的是新的艺术群落和艺术集聚区，例如北京的798等艺术区。简单说来，以圆明园艺术村为代表的90年代艺术村更多的是自发的和规避政府管理的，虽然享有更多个人自由但也容易陷入无序状况；如今的北京798等艺术区虽然起初属于自发形成，但后来迅即被纳入政府的文化创意产业管理渠道中，不同程度地获得了文化产业或文化创意产业的优惠政策扶

---

① 胡达生：《我所知道的圆明园艺术村》，2013年4月24日，见http：//artist.artron.net/20130424/n441104.html。

② 胡达生：《我所知道的圆明园艺术村》，2013年4月24日，见http：//artist.artron.net/20130424/n441104.html。

持和管理。从往昔艺术村到今日艺术区，一字之差，集中凸显的是自发的个人化艺术与政府管理下的产业化艺术的不同（在极简易对比的意义上）。

（六）公众

这是艺术公共领域的两大主体之一，一般属于艺术公共领域中的艺术鉴赏者和评论者。如今的互联网时代的公众，与过去相比，已经变得种类多样了。简要地分析，可以见出至少四种类型：旁观型、入场型、参与型和互动型。

一类是旁观型公众。他们只需从旁观照艺术品而不必直接介入其创作过程，更不会改变作品的内容。公众阅读鲁迅的小说《狂人日记》、观赏徐悲鸿的绘画《田横五百士》、观看陈凯歌执导的影片《黄土地》等，这些鉴赏行为不会导致艺术品的内容发生任何实质性的改变。

二类是入场型公众。他们实际地入场观看表演，从而配合和帮助艺术家完成作品。那些作品虽然已经预先创作、设计或编排完毕，甚至已经形成完整的剧本，但必须依赖于观众的入场观赏才能最终完成。入场型公众，意味着要实际地进入表演现场，与演职员或艺术家面对面地相遇而观赏。他们的角色是双重的：既要以旁观态度去观赏，又要以见证人或击赏者姿态去助推其最终完成，或者精彩、圆满地完成。他们的入场观赏诚然不至于导致艺术品的实际内容发生多少改变，但可以直接影响其完成的质量及其精彩程度。假如没有实际地进入剧场观赏的公众，音乐会、舞蹈演出、戏曲表演等艺术创作预先设计或编排得再高超，也只能等于半成品。观看当今京剧《梁祝》，张火丁其人还没现身而只有演唱声音响起时，观众或“戏迷”的喝彩声就已响亮起来，这样积极的即时互动肯定会给予舞台上正待现身的张火丁以强烈的内心激励。而每遇精彩或动情处，“戏迷”们势必尽情喝彩。而张火丁在这种观众的激情互动中，更是会竭尽全力表演角色，力求以完美的艺术境界去回报自己的忠实“戏迷”。他们的喝彩声诚然不可能改变这部作品的情节、唱腔、动作等具体内容，但完全可以影响演员表演的整体质量及其圆满程度。

三类是参与型公众。他们处在与旁观型公众对应的另一极端，就是不满足于仅仅旁观，而是必须响应艺术家的有意识召唤，实际地介入艺术创作过程，并且与艺术家和其他公众一道共同参与完成艺术品创作。德国艺术家博伊斯的《给卡塞尔的 7000 株橡树》，就是艺术家及其家人同当地居民一道合作完成的。艺术家的“作品”其实起初只是一个初步的设计方案，只有当公众实际地参与植树过程、并共同完成7000株橡树的种植后，这件作品才算最终完成。当然，艺术家的真正意图在于，以此去实际地履行其“人人都是艺术家”的艺术理念。显然，这件作品及其深层艺术理念，倘若离开了该市公众的实际参与，是不会真正成立的。

四类是互动型公众。这是专门针对当今国际互联网时代的特定公众群体及其特殊作用来说的，是指那些实际地参与艺术品的改编、制作、播映、展演、海选或评论等环节的公众。网民常常是这类公众的主干。当今的网民公众，常常通过网络评选或评论，参与艺术品的创作及批评，甚至通过实际地到影院拉动票房，而实际地支持自己钟爱的艺术品的完成。郭敬明执导的《小时代》《小时代2》和《小时代3》正是这样的影片。这些观众堪称郭敬明作品的铁杆“粉丝”，以誓死捍卫偶像的姿态力推其票房。还有的互动型公众，往往通过特立独行的批评性评点去改变对于艺术品的观赏印象，在公众中铸造出新的鉴赏效果来。网民的《〈山楂树之恋〉之泡妞技术全攻略》就以“任何时代任何社会，爱情都离不开金钱和物质”这一独特的主题诠释，向艾米、张艺谋等原著者和导演的艺术品发起了尖锐的挑战。更突出的实例，自然莫过于2005年底至2006年初胡戈通过网络平台而以短片《一个馒头引发的血案》向陈凯歌执导的影片《无极》发动的挑战了。再有就是2005年湖南卫视的“超级女声”选秀节目的完成及其造成的轰动性效应，极大地得益于、甚至依赖于普通公众的基于网络、手机短信等传媒平台的投票参与。他们的参与会直接影响、甚至改变选秀的结果。

如果说，前两类公众更多地归属于传统媒体占主导时代的艺术，而后两类公众则更多地归属于新兴媒体主导时代的艺术。相比而言，后两类公众更能体现当今时代公众与艺术品相遇时的新特点，也更能契合当今时代艺术公共领域的新特点：艺术的自由极大地依赖于艺术家和公众的自由创造、自由参与，以及自由而公平地实现双向互动。

如上有关当今中国艺术公共领域的六要素的划分，自然属于一种极简化式描述，不能完全涵盖，目的只在于简略地呈现艺术公共领域的当前状况。

艺术公共领域的机制与实质

在当今中国艺术公共领域的实际运行中，上述存在要素往往不会相互孤立地单独发挥作用，而是呈现为错综复杂的相互冲突与调和格局，这就需要考虑艺术公共领域的运行机制及其社会法治保障问题。换言之，那张人们可围坐而谈的桌子的制作及其作用，不是依赖于简单的行政命令，而是需要社会法治机制的保障和维护。简要地看，当今中国艺术公共领域的运行机制，可以从如下几组需要调节的关联范畴去把握：政府管理与审美自律、商业消费与社会关怀、全球时尚与地方传统、媒体自由与艺术伦理。

第一，政府管理与审美自律。代表国家意志的政府艺术管理行为，与代表个人意愿的艺术家及公众的审美自律或审美自主性诉求之间，往往存在这样或那样的冲突。假如其中任何一方完全抑制或战胜另一方，使其完全无法声张，那么，艺术公共领域中的平衡态会丧失掉，而艺术公共领域就会实际上消失或名存实亡。因此，要维护政府管理与审美自律双方之间的相对平衡态，就需要倚靠法治条件下的协商机制。

第二，商业消费与社会关怀。这是从艺术家及文化产业角度来说的，是指他们的商业动机与社会责任感之间的协调状态。简单地讲，就是通常所谓“为人民币而艺术”还是“为人民而艺术”的问题。但实际的情形远为复杂多样。商业消费是市场经济环境中的必然现象，它既非社会关怀的天然盟友，也非其天敌，而是可以利用的条件；而社会关怀则是艺术家和文化产业在适应商业消费时所必须同时承担的责任或履行的义务。

第三，全球时尚与地方传统。在全球化浪潮中乘势而来的外来文化艺术时尚，简称全球时尚，与对此加以竭力抵抗的地方文化艺术传统，简称地方传统之间，常常会形成尖锐的矛盾。如今，对全球时尚简单地“视若洪水猛兽”而“御敌于国门之外”，已难以奏效，因为这毕竟早已是媒体自由的年代了，国际互联网的无所不在的开放性决定了重新闭关自守的不可能，从而为全球时尚的无孔不入提供了便利条件。相反的是，全球时尚有可能激发起地方传统的一种积极的自我开发姿态：借助于全球时尚风的冲击，且退且战地重新激活、发掘或提炼出自身传统中那些足以同全球时尚风相抗衡或对话的要素来。

第四，媒体自由与艺术伦理。这里的媒体自由，实际上是指媒体信息自由，是指以传统媒体和新兴媒体等传媒平台所建构的信息交流的开放性或无限制性，包括提供巨量信息、匿名发送和接收信息、传者和受者的即时双向互动、去时空化等等。当今世界正处在似乎无边的媒体自由环境中，这就给似乎无限的艺术自由提供了便利条件。而艺术伦理则与媒体自由相对，代表一种从事艺术活动时需要承担的社会责任。伦理之伦，繁体字为倫，形声字，从人，仑（lún）声，本义是指辈、类，也有条理、顺序的意思。伦，主要是指人伦，即人与人的关系。

伦理，简单讲就是指做人的道理，具体是指处理国家与个人、个人与个人、个人与社群等的相互关系时应遵循的道理和准则。它由一系列指向言行的观念、规范或准则组成，包括人的情感、意志、欲望、幻想、理智等，涉及人的人生观和价值观等方面。艺术伦理，是指从事艺术时需遵循的做人道理和行事准则。例如，娱乐类电视真人秀如《中国好声音》《舞林争霸》《中国好歌曲》等节目，虽然要考虑娱乐效果或收视率，但也应当同时顾及节目的艺术伦理问题，这就是面对公众和当事人如真人秀演员都需要遵守起码的法律、真诚、公正、公平、责任及义务等原则。国际互联网平台所开放的似乎无限度的媒体自由，与艺术家、公众和文化产业所需要遵循的艺术伦理之间，难免有时会出现对立或矛盾。就各种艺术媒体或涉及艺术的媒体而言，保障公众的艺术自由与承担必要的艺术伦理责任之间，需要形成平衡态。例如，一味地为了收视率而让真人秀选手胡乱编造个人身世以吸引评委及公众眼球，或为了收视火爆而不顾演职员性命安危去冒险，都有违起码的艺术伦理原则。据来自《中国梦之声》第二季首播现场的消息，自称“流浪歌手”的组合“欢快男生”用自身的励志故事和《张三的歌》打动全场观众，但随即遭到韩红的大声怒斥：“你们根本不是地铁歌手，不是流浪歌手，告诉我你们为什么要用梦想这个词来欺骗大家？”韩红严肃曝光其中歌手孙浩的身份：“你是前开心麻花的成员，为什么要说自己是流浪歌手？！”韩红愤怒地要求“欢快男生”退出《中国梦之声》舞台：“不要企图用这样的故事去欺骗所有观众的泪水，在韩老师这里，休想！我认的就是‘真实’两个字！”在现场观众“下去”的喊声中，两位学员颇为难堪地下了场。[①] 如果这里报道的胡编励志故事的情节属实，那么，艺术伦理问题就决不再是可以无视的偶然性问题了，它直接牵涉艺术家及艺术人、甚至每一个公民的起码的社会伦理素养问题。

上面一直在讨论的当代中国艺术公共领域问题，它的来由、形成、存在要素和运行机制，说来说去，在艺术公赏力问题域中占有什么地位？归根到底要解决什么问题？也就是说，作为艺术公赏力问题域的一个组成部分，艺术公共领域问题的实质在哪里？

要认识这个问题，首先应回过头来反思一个再简单不过的概念问题了：人们为什么既不是用艺术国家领域概念，也不是用艺术个人领域概念，而是一定

---

①《“中国梦之声”第二季首播，韩红现场打假》，2014 年 9 月 22 日，见 http：//www.yn.xinhuanet.com/ent/2014-09/22/c_133662277_2.htm。

要用艺术公共领域概念呢？显然，单就这个问题来看，答案已变得很清楚了：就当今人类艺术生活来说，重要的不再是让艺术从属于高高在上的国家意志，也不再是让它归属于孤傲无比的个人意愿，而是宁愿交付以上两者之间的居间领域或中介地带，正是在那里，人们可以享受到艺术自由。为什么？这仅仅是因为，在当今时代，把艺术单纯地分别归属于国家意志或个人意愿，都必然地是违反艺术的本性及人的本性的，这个本性就是当代社会中人的公共自由。艺术，恰是那些不得不生活于当代现实中的人们，力求跨越现实中国家意志与个人意愿的双重束缚转而另觅个人自由的途径。当然，严格说来，这里的艺术自由，不能仅仅被视为艺术家的艺术创作的个人自由，也不能仅仅被视为文化产业的艺术生产的机构自由，当然也不能仅仅被视为公众的鉴赏自由或评论自由，而应当被视为以上多方面共同构成并且共同体验到的相互共存的公共自由，也就是以他人（或他者）的艺术自由为自我（或我者）的艺术自由的前提的相互的艺术自由，即艺术公共自由，正像前面所说相互差异的人们要展开平等对话必须拥有一张共同的桌子一样。为艺术公共自由的实现而打造一张人们可围坐的共同的桌子，正集中代表了艺术公共领域的当代构建的意义。

由此看，艺术公共领域的存在，其实质在于建构和维护公民的与艺术活动相关的公共自由。而妥善处理政府管理与审美自律、商业消费与社会关怀、全球时尚与地方传统、媒体自由与艺术伦理之间的关系，恰恰是为了维护这种艺术公共自由，确切点说，是为了形成艺术公共自由所赖以保障的机制化的艺术公共领域。只有通过建立在社会法治基础上的艺术公共领域机制，而不是任何个人的个别意志的历史作用，艺术公共自由才能获得持久的保障。也就是说，那张不同的人们可以围坐在一起的共同的桌子的打造，不应当仅仅寄托于杰出个人的强力作用，而必须寄望于法治化的社会中立机制的中介作用。这是中国艺术的持久活跃和繁荣所必需的一个基本条件。如此一来，优先处理上述政府管理与审美自律、商业消费与社会关怀、全球时尚与地方传统、媒体自由与艺术伦理之间的关系，对中国艺术公共领域的当代构建的重要性就是不容置疑的了。

作者系中国文艺评论家协会副主席、中国文艺评论家协会理论委员会主任
北京大学艺术学院院长、教授、博士生导师
本文原载于《中国高校社会科学》2014年第6期

向云驹｜ 央视春晚是新民俗吗？

最近一些时日，马年春晚引起全社会的广泛关注。央视春晚一向都是社会议论的中心与热点，特别是临近春节，人们对它翘首以盼，不禁要作出种种猜想：谁来执导？谁上什么节目？会是什么风格？会有什么亮点？近年来尤其关注赵本山是不是有新节目？能不能在春晚相见？是不是继续由他一统春晚小品节目之天下？等到年三十，春晚一播，或喜或忧，或怨或嗔，央视春晚又成为人们品头论足的焦点，使得春晚成了人们在这一个春节里最有嚼头、最值得品味、最被人回味的事件或精神年夜饭。今年的热议与往年不同。一是 6 月中旬，新华社播报，有关领导赴中央电视台专题调研央视春晚，不仅给予 30 年来春晚的业绩与影响以高度评价和充分肯定，而且对其文化身份作出了新的评估与定位。指出，春晚已然应该成为国家文化项目，应举全国之力办好之。二是随后不久，央视正式宣布，马年春晚将由冯小刚出任总导演，并聘请了包括冯骥才、赵本山等一大批业内知名人士作为顾问团队。这些信息让人们提前把目光聚焦马年春晚，也让人思考春晚的意义。

把春晚定性为国家文化项目，让我们记起另一种关于春晚的议论：央视春晚是我们当代的新民俗。春晚是不是新民俗？能不能成为新民俗？可不可以现在称之为新民俗？目前在民俗学界还存有较大的争议，没有在民俗学界达成普遍的认同和共识。

但是，“春晚是新民俗”的议论还是启发我们对春晚作出更为深刻深入的思考和研究，这对春晚的发展，对我们理性看待春晚现象都是十分有益的。

我们先看央视春晚不能和难以成为一种民俗的文化障碍，大概有如下三点：

1. 积累、流传、传承的时间不够。民俗是一种文化传承现象。时尚性的风潮性的文化或流行文化都不能称其为或称其为民俗。民俗学界一般认为，一种文化现象要成其为民俗，必须流传、坚持、传承有百年历史或三代以上。按照这个时间性的限制，央视春晚自创办至今不过 30 年，要称之为“新民俗”，视其为民俗之一种，为时尚早。

2. 缺乏参与性与互动性。民俗的最大特征和最典型的性质就在于它是族群、群体、民族、全体性的文化认同、文化记忆、文化行为，是全体性或全民性参与其中的，具有参与性与互动性。央视春晚是一种电视节目，它的播出由电视台决定，参与其中表演的表演者都是在电视台的演播厅里或某一指定的场所。电视观众除了被动观看外，不能参与表演，不能现场叫好或把这种叫好传递给表演者。

3. 央视春晚具有易碎性。它是电视制作播出者的文化供应，很容易因为节目调控或某种好恶而突然中断、取消、停办。反过来，观众也很容易放弃观看，放弃选择，放弃坚守。

这些可能都是央视春晚要成为一种新民俗的致命弱点。

但是，央视春晚自创办以来，坚持至今，也有它成为一种民俗的种种可能和优势，或者说，它已然形成了若干鲜明的民俗特色和民俗性质。归纳起来，也有以下三点：

1. 央视春晚是一台电视文艺作品，但是 30 年来，它坚持融入民俗，融入春节，融入大年三十，由一台电视文艺晚会，逐渐转变为具有年俗性的文化大餐、精神大餐，成为除夕夜里的不可或缺的文化生活。它并不是以独立的文化样式成为一种新民俗，而是以古老的春节民俗中的时代元素、现代样式，丰富、补充、完善老民俗，故而成为老民俗中的新民俗，是老民俗的文化变异、时代变迁中的一种表现形式。所以，虽然央视春晚创办延续不过 30 年，但是春节、除夕、守岁的传统民俗却是有着几千年的历史了。春晚所取代和替代的是传统春节民俗中的“讲古”、“围炉夜话”、“守岁”的传统方式，它使旧民俗注入了新的样式和形式，可以更好地延续和传承其文化精神。

2. 央视春晚是人们在特定的除夕之夜的一种文化观看。这是一个文化时间和文化空间。在时间上，这是特定的大年三十除夕夜的观看时间，这个时间，人们在大团圆，在享受天伦之乐，在除旧布新，在聚精会神、专心致志地迎接新的一年和新的吉祥的到来。这个空间是以每个家庭为单元的等候、团圆、祝福和观看，是足不出户、家庭团聚、吉祥幸福的文化空间。在电视出现与发展的一百多年的时间里，电视机已经在现代生活、信息社会里建构起自己作为一个家庭中的空间中心，并以其技术和艺术的魅力把家人团聚在一起。央视春晚在这样的时刻播出，在这样的家庭氛围中被观看，一方面这是一种年夜的被观看，另一方面这又是以家庭为单元，但又是全民广泛地、统一地、民俗式地被观看，所谓家家团圆在此时，因此，它不能被轻易取消，不能轻易被放弃，也不能轻易被替代、转化或消失。

3. 央视春晚适应了中国人对春节除夕夜的文化氛围的要求，它以每年的生肖性突出其民俗性，以祝福、吉祥、团圆、欢乐、隆重、喜庆，突出年俗此时要求的仪式性、神圣性、引领性（春晚相声、小品一直坚持其中的讽刺与幽默，并控制在一个合适的度中，是符合民俗规制的；如果这个时候过于强调刺激、过于突出批判，会与民间年俗不宜讲不吉利的话、不宜不喜庆相悖）。央视春晚也通过问候、祝福、电话、短信、留言、请进来和走出去，加强观众的参与互动，它往往集纳年度文艺人物和文艺精品以吸引观众，它往往也吸纳年度性全民热词、热语、热事件，吸引更多观众关注并产生共鸣；它往往也能在播出之后，释放出后续影响的能量，使春晚的某些词语、某些人物、某首歌曲、某个明星、某个作品成为此后一个时期甚至一个年度的热门话语或热议话题，参与到民俗流行与建构之中来了。

由此可见，说央视春晚已经成为一种老民俗中的新民俗并不是毫无道理的，相反是言之有据、行之成理的。

把央视春晚定性为一种新民俗或视之为一种民俗现象有什么意义呢？

民俗是人们自觉遵从的文化行为。民俗者，化育成习，习染为俗也，就是具有共同的价值和行为准则。民俗具有全民性，认同感，是不可或缺的文化事象、文化行为、文化仪式。央视春晚作为民俗现象，附着在年俗之中。中国年俗是全中国人民的集体民俗事象，具有悠久的历史传统，是国家假日制度和民众生活节律的重要组成。年俗也是国家级非物质文化遗产代表作。故而视央视春晚为一种国家文化项目是准确的、必要的。国家文化项目就超越了中央电视台的体制定位。它的举办不能局限于中央电视台，它的存废也不能仅仅由中央电视台轻易作出取舍。

央视春晚作为一种新民俗，必须始终不渝地坚持整个春晚的年度性：一年一生肖，以生肖为轮回和生肖文化为岁时逻辑。必须强调与突出年俗的祝福性、贺岁性、吉祥性、团圆性、欢乐性，彰显其全民意义下的民族大团结、中华大团圆的节日精神。必须坚持此时此刻电视文艺的导向性和艺术性，即导向正确、主题健康、艺术多样、精彩纷呈、雅俗共赏。央视春晚以弘扬主旋律、传播正能量为己任，对于形成、强化、推行社会主义核心价值观具有不可替代的文化引领、价值导向作用。

央视春晚作为一种新民俗，还可以在国际文化舞台上展露中华文化的形象和魅力。年俗是中国众多非物质文化遗产中体量最庞、内容最繁、时间最长的最大的非物质文化遗产，它是全球华人的共同的民俗节日。春晚因此应该具有全球传播的优势，也应担负起为全球华人团聚、祝福传递心声和情感的作用，它应该向全世界表达中华民族在自己最大的节日里向全世界人民表达友好、欢乐和祝福，向海外侨胞、港澳台同胞拜年、祈福，从而发挥民俗展示民族风采、激发民族凝聚力和民族生命力的功能。

央视春晚在由一种单纯的电视文艺晚会成长为一种具有全民认同、全民遵从、全民沿袭的民俗文化过程中，将一种非互动、非现场的观赏逐渐演变成一种习俗惯例，创造了文艺史、电视史的奇迹。这个奇迹的创造靠的是它长期不懈地对年俗的融入和年复一年的文艺创新、文艺精彩和文艺魅力。只要它继续坚持这样一个民俗化的走向，它就将与年俗有更加深入的融合。它的生命与魅力就将与古老而又常新的年俗一样强大而生生不息，也将与传承年俗的中国人民一起迈向更加辉煌的未来。

作者系中国文艺评论家协会副主席
《中国艺术报》社长、中国文联文艺资源中心主任
本文原载于2014年1月4日《光明日报》

张德祥 | 文艺应当引领新时代的新风气

2014 年 10 月 15 日，习总书记在北京主持召开了文艺工作座谈会，他从实现中华民族伟大复兴的历史高度，阐明了文艺在当前历史进程中的地位和作用，指明了文艺发展方向。他强调指出：“文艺是时代前进的号角，最能代表一个时代的风貌，最能引领一个时代的风气。实现‘两个一百年’奋斗目标，实现中华民族伟大复兴的中国梦，文艺的作用不可替代，文艺工作者大有可为。广大文艺工作者要从这样的高度认识文艺的地位和作用，认识自己所肩负的使命和责任，坚持以人民为中心的创作导向，努力创作更多无愧于时代的优秀作品，弘扬中国精神、凝聚中国力量，鼓舞全国各族人们朝气蓬勃迈向未来。”这是对文艺事业的期望与要求，也是对文艺工作者的重托与鼓舞，在文艺界产生了热烈反响。

是的，一个时代有一个时代的文艺，文艺与时代息息相关。进步的文艺，总能为它的时代提供积极的精神营养和思想力量，提高人们的精神境界和道德情怀，促动时代进步和社会全面发展。近代以来，文艺始终与中华民族共命运，同忧患，先天下之忧而忧，为民族的救亡图存呼号呐喊。“五四”新文化运动之后的新文艺，更是肩负起思想启蒙的使命，从个性解放，精神觉醒到民族救亡，始终站在时代前列，引领着民族解放的时代主题。尤其是延安文艺座谈会之后，文艺进一步与时代相呼应，与人民相结合，从人民大众中找到了力量源泉，形成了划时代的“人民文艺”的潮流，对人民大众投身民族解放斗争起到了巨大的促进作用，“唤起工农千百万”，“敢教日月换新天”。新的文艺，新的面貌，新的天地。20世纪，对中华民族而言，是抗击侵略，浴血奋战，凤凰涅槃，浴火重生的世纪，是从贫弱交加的苦难中、从列强欺侮的屈辱中艰难地站立起来的世纪。恰恰是在这个从危亡到新生、从古老向现代转变的历史进程中，创造了新的文艺，也只有新的文艺才能感应时代脉搏，顺应历史潮流，唱响古老民族走向新生的希望与力量。名家辈出，群星灿烂，读一读鲁迅，就会明白为什么我们的国民必须要觉醒，听一听《黄河大合唱》，就会感受到我们民族的觉醒与力量。说“五四”以后的新文艺是时代前进的号角，是民族精神的灯火，实不为过。新文艺，为中国社会进步、为中华民族自信自强地屹立于世界东方提供了强大的精神力量。

回顾历史，不难发现，凡是文化昌明进步、文艺健康繁荣的时代，都是历史走向文明、国家走向强盛的时代，汉代如此，唐代更是如此。唐代的诗歌、散文、书法，大家迭出，高峰并峙：诗之李杜，文之韩柳，楷书之欧体颜体，草书之颠张狂素，皆是双星对出，交相辉映。如果说汉代的文艺以古朴浑拙著称，那么，唐代的文艺则以豪迈气势夺人。后人一再仰叹的“盛唐气象”到底是什么？“白日依山尽，黄河入海流”，“星垂平野阔，月涌大江流”，“大漠孤烟直，长河落日圆”，我们从这些句子感受到的是一种壮阔意象，想落天外，思接八荒，日月星辰，大江长河，盛唐气象首先就是这样一种大胸襟、大格局、大气量，这里没有任何的小家子气。“仰天大笑出门去，我辈岂是蓬蒿人”，“莫道前路无知己，天下谁人不识君”！今天读这样的句子似乎觉得唐人很“狂妄”，实际上，我们的先人就是这样自信，舍我其谁？这是一种志存高远、底气十足的自信，因为豪情在胸，壮志凌云，催促着人们开拓进取。正是这样自信的胸怀和气度，创造了文化高峰，创造了盛唐时代。唐之盛，有其历史趋势，有其文化精神，有其文艺境界。“文艺最能代表一个时代的风貌，最能引领一个时代的风气”，是之谓也！可见，一个伟大的时代，一定有其坚实的、健康的文化精神作支撑，一定是有其文艺的春风召唤。文艺与时代，就是这样密切相关，相辅相成，因此，可以说，没有中华文化的繁荣兴盛，就不可能有中华民族的伟大复兴。

文艺是风，观风知世。有怎样的文艺，就会对社会发生怎样的影响，这就是“风”化。从这个意义上来看，文艺之于社会的作用实在不可低估。中华民族正走在复兴的路上，中国人民正以伟大的实践创造着未来。在这样的历史情境中，时代需要怎样的文艺？文艺能够发挥什么作用？习近平总书记强调指出，

"作家艺术家应该成为时代风气的先觉者、先行者、先倡者，通过更多有筋骨、有道德、有温度的文艺作品，书写和记录人民的伟大实践、时代的进步要求，彰显信仰之美、崇高之美。""广大文艺工作者要高扬社会主义核心价值观的旗帜，把社会主义核心价值观生动活泼、活灵活现地体现在文艺创作之中，用栩栩如生的作品形象告诉人们什么是应该肯定和赞扬的，什么是必须反对和否定的，做到春风化雨、润物无声。要把爱国主义作为文艺创作的主旋律，引导人民树立和坚持正确的历史观、民族观、国家观、文化观，增强做中国人的骨气和底气。"很清楚，文艺应当通过生动的艺术形象承载和传播正确的价值观，引导人们树立正确的价值观，为历史存正气，为世人弘美德，为中华民族伟大复兴凝神聚气，激励人们创造美好生活的信心，增强做中国人的骨气和底气，树立中国人的自信和尊严。这是历史的要求，是时代的呼唤，是文艺应当引领的新时代的新风气。

毋庸讳言，我们的文艺在引领时代新风气，培育社会主义核心价值观方面还有不尽如人意之处，甚至文艺自身某些方面还存在着价值观模糊不清的问题，比如，不惜牺牲作品的文化品位以迎合市场，拿低俗庸俗粗俗当通俗，追求单纯的感官刺激，娱乐至上，停留于低级趣味；比如连绵不断的宫廷戏、后宫戏，传播"主子""奴才"之类腐朽观念，传播邀功争宠、尔虞我诈、勾心斗角的权谋文化，传扬寡廉鲜耻的"厚黑"主义，把腐朽当神奇；比如某些作品或节目张扬的慕豪华、竞奢侈、显铺张、比阔气，为金钱财富唱赞歌，以奢侈为时尚，嘲笑"勤俭节约"的传统美德，助长拜金主义，等等，都是为了迎合社会上某些看似堂皇实则荒谬的观念。迎合市场，就是把收视率、票房看得高于一切，当了市场的俘虏。另一方面，文艺缺乏直面现实的艺术勇气，不敢鞭笞现实社会中存在的假恶丑现象，相声失去了讽刺功能，影视剧长期不敢涉及反腐败题材与主题，作品中不能有腐败分子，只能无限放大家庭里婆婆妈妈的杯水风波，把家庭当世界；再比如文艺的创新动能不够，雷同模仿、机械复制、同质化严重，等等。这样，文艺就不能很好地起到"用光明驱散黑暗，用美善战胜丑恶"的作用，也很难从正面引领时代风气。因为文艺自身就底气不足。

习总书记的讲话，对文艺提出了新的要求。文艺要肩负起新的历史使命，就不能被市场牵着鼻子走，不能随波逐流，相反，要引领市场，通过引领市场实现引领时代风气。文艺要通过自己的精神力量，通过自己的艺术魅力，通过真善美的价值观念引领人们的精神生活，树立和弘扬社会正气。真善美是文艺的永恒价值，真善美与社会主义核心价值观是内在统一的。“只要中华民族一代接着一代追求真善美的道德境界，我们的民族就永远健康向上、永远充满希望。”文艺，不能只是娱乐的工具，而应当成为真善美的旗帜。期待中国文艺开创新的时代，引领新的时代风气，振奋民族精神，凝聚中国力量，激励中华民族朝气蓬勃走向更加美好的未来。

清风吹来，雾霾必然散去。

作者系中国文艺评论家协会副主席、中国文联电视艺术中心主任

本文原载于2014年10月22日《光明日报》

白建春

碧桃满树　时见美人
——诗人画家阮章竞的艺术世界

晚霞落江江底红，
云龙桥似跨江虹；
小鹰飞过杨柳岸，
少先队歌飘上虹。

当我们读到阮章竞先生这些饱满高亢而又精致甘醇的诗句的时候，脑海自然就会浮现出色彩浓郁、构图完美的画面，从中听到江涛的低语、轻风的吹拂，还有那弥散在漫天流云中的歌声。以“画面”开篇的叙事长诗《漳河水》，质朴充盈的诗意弥漫于画境的华贵与温婉，使写景、抒情和叙事的浑然生成达到了无迹可寻的极致。从燃烧着青春之火的《未熟的庄稼》，到宿鸟鸣林的《晚号集》，他的文学作品无时不在恰当而充分地营造出诗画交融的意境，给人以身临其境的感动。这样的诗作使人感到作者是一位严谨纯熟的画家，而他的画作又使人感到作者是一位狂放无羁的诗人。正是这种似乎矛盾的神秘诱惑，引导着我们走近这位诗人画家的艺术世界和人生旅程。

诗人与画家——画家是本体

阮章竞先生首先是一位著名的革命诗人，在中国当代文学史上占有突出地位。同时，他也是一位特立独行、成就卓然而又在生前鲜为人知的“无名”画家。尽管自己在诗歌创作方面已经取得了令人羡慕的成就，他还是在《画游絮语》中不无遗憾地写道：“美术世界，是儿童最喜欢窥视的世界。直到古稀之年，这个世界，依然无时无刻不在吸引着我。可惜的是，由于历史的偶然安排，使我早已没有时间去逛游了。”这不仅因为美术世界是他一生最为钟爱的世界，而且因为这种钟爱一直影响着他的审美观念、价值取向、思维方式、性格特点，以至命运的抉择和生活的哀乐。如果说成为画家是他天生的禀赋，成为诗人是历史的机缘，那么成为诗人画家则是他人生的熔铸。

美术使他进入文艺丛林。阮章竞先生曾在《故乡岁月》写道，他从小喜欢看画，看人画画。他不记得家乡大小村庄的庙宇、祠堂都有哪些，只记得里边都有壁画、砖刻和石雕。从来就不知道全村最大的那座庙里供奉的是什么神，却一直念念不忘这座庙宇的雄伟壮丽，甚至始终记得大门两边栩栩如生的人物、神仙、龙凤、狮子、仙鹿，以及花花草草。因为喜欢看捏面人和关公、张飞、武松、樊梨花、孙悟空、猪八戒等面人形象，喜欢华丽的舞台和服装，他喜欢上了古典小说和戏剧。上小学时，因为对同时担任各科艺术课教学的一位老师极为崇敬，他在学习绘画的同时也爱上了音乐。正是因为对美术的热爱让他敲开了一扇又一扇知识的门窗，每到县城总要抓紧时间去书摊和书店看书，使他在求知和探索的道路上越走越远。谈到走上诗歌创作道路的原因，他自己的解释依然是，第一就是因为喜欢画，“一见画册，画中的意境，就想到诗”。在太行山根据地，他是剧团的编剧、导演、音乐指挥，同时还是美工，为剧团制作海报和演出布景。演出之外，在剧团经过的村庄创作壁画、为各种重大活动创作宣传画，都是他乐于担当的任务。1946 年秋冬之交，他为在长治召开的“太行群英会”设计了英雄门。18 年后重返故地，他发现不仅那座门楼仍然保存着，而且那条马路也被命名为“英雄路”了，也许这是可以令他感到欣慰以至自豪的事情之一。

美术使他走上革命道路。他学习油画的天涯艺术学院不是什么正规院校，却使他有机会在与知识分子的接触中了解到了五四运动和左翼文学运动的一些信息，朦胧意识到了时代潮流的涌动。正是出于对油画的喜爱，他了解了欧洲的文艺复兴，以及达·芬奇、米开朗琪罗、拉斐尔等欧洲艺术大师的主要思想和创作成就，通过一个小小的窗口看到了外面的世界。《阿 Q 正传》《神女》《春蚕》等一系列革命文学作品的阅读，使他的视线从帝王将相、才子佳人转到了争取民族解放和民主自由的新人物和劳动者，同时萌发了阶级斗争、工农解放的意识。苏联电影所展示的那个崭新的社会，构成了他对改变现实的美好期待，他盼望苦难的中国人民早日得到拯救。1934 年，对艺术的追求和对前景的渴望，使他选择了遥远的上海，靠口袋中的一块钱开始了自己的异乡岁月。在那个文化发达、思潮激荡的城市，他如饥似渴地吸取进步思想的营养，怀着满腔热血投入到救亡歌咏活动中，十分幸运的是，这期间伟大的民族音乐家冼星海与他相遇，并且成为他投身革命事业的领路人和走上民族音乐和革命文艺道路的导师。1937 年淞沪抗战爆发后，他在冼星海的帮助下到达山西陵川参加了八路军，不久就担任了太行山剧团的政治和艺术指导员。正如他的女儿阮援朝所说，绘画和音乐方面的艺术准备，使阮章竞在抗日根据地的文化工作中如鱼得水。而冼星海关于艺术必须始终扎根民间土壤、必须来自生活，艺术的灵魂来自不朽的民族精神的创作主张及其成功实践，则在哲学高度和美学立场以及艺术风格方面给了他深刻的影响。

美术使他安顿了自己的人生。他还在《故乡岁月》中告诉我们，为一个米店画《关云长夜读春秋》挣来的三元钱，是自己在少年时代用画笔赚来的“第一桶金”。并且说，从此“我学画便入了迷”，那时“我多想做个画家”。曾经有个伯爵的儿子对凡·高说过：“要是一个人能当上画家，他干吗非要当伯爵不可呢？”从对艺术的挚爱程度和人生选择的唯一性来说，他们确实有些相似。上学的时候，他把零钱一个个攒下来，积少成多，去买画谱。走进社会的第一个职业，他选择了去当油漆学徒，一是出于生存方面的考虑，二是因为这个行业有画工，也许还可以找到一条成就理想的“曲线救国”之路。无论何种境遇，美术都是他的力量源泉和精神寄托。即便是在史无前例的十年浩劫中，他依然在发挥画画“解愁的功效”，以期“自娱自乐”，且曰“工间操耳”。到了晚年，曾经的一切都一天天渐行渐远，只有美术与他不离不弃。在夫人远行、哀伤寂寞、健康状况迅速恶化的最后三年里，他还是留下了六件作品，并对一幅牡丹图作了题款：“未画此花起码已有六十年，小时用油画颜色画在婚礼之家具上，每有此活，余喜画之。八十有三想起画之，全不成体统，知余老矣。”在这漫长的人生历程中，美术是他永恒的情侣，给了他所需要的温存与慰藉。

诗作与画作——画作即本真

阮援朝说：“缘起是在爸爸远行之后，整理他的遗稿时，才知道他创作了那么多的绘画作品，才知道他是那么酷爱绘画，才知道我亲爱的爸爸是那样的才华横溢。只读阮章竞的文学作品，而不读他的画，无法完整地看到他的本真。”阮章竞先生留下的美术作品，有 200 多幅国画，100 多幅彩色画棒速写，以及近 500 幅的写生手稿，内容涉及对祖国壮丽山河的描绘，对战争岁月的追忆和故土的思念，以及一些发乎性情的即兴之作，涉猎十分广泛，亦可谓洋洋大观。但是对于文学艺术家来说，写什么和画什么并不具有决定性的意义，问题在于怎么写和怎么画。正是在这个让同时代的许多人都迷失了方向的问题上，他以自己的作品给出了答案——这个答案就是在特殊历史条件下悄悄绽放的那一株美术奇葩。

一个自为的世界。马克思曾经在《1844 年经济学哲学手稿》中指出，无论从哪一个方面来说，“人的本质的对象化都是必要的”。而当这种生命的欲望和才能的表达在社会现实中无法实现的时候，他就会倾向于为自己营造一个对象化的审美世界，来表达自己真实的情感，实现自己虚拟的理想。虽然没能在自己魂牵梦绕的美术天地里“逛游”终生是阮章竞先生最大的遗憾，但职业和身份的移位，却使他的这个天地免受政治风雨的摧残，使他对自己所擅长的这门艺术一直保有本真的心态。确实难以想象，在那些主题创作无所不在、宣传画布满街头、口号响彻云霄的日子里，竟有这样一个似乎“与世隔绝”的纯正清新的艺术世界存在。而且在许多红极一时的名作都已经被人遗忘的今天，它却能够作为新的发现令人感到惊奇，并且被人们由衷地喜爱，令人久久不能忘怀。

一种自我的创造。他喜爱中国画的皴擦点染、笔墨酣畅，也喜欢西洋画的色彩饱满、立体感强，喜欢中国山水画的空灵高远、咫尺万里，也喜欢西洋人物画的造型准确、真实生动。一部《芥子园画谱》是他最早的老师，而米开朗琪罗、罗丹这样的西洋美术大师，不久又成为他的偶像。早在当油漆店学徒的时候，他就开始了绘画艺术中西结合的思考和探索，矢志不渝，终成正果。其中国山水画作品，往往会在传统艺术语言之中加入西方艺术语言的因素，表现出震撼人心的量感、反差、气势和力度，似乎云腾雾漫之中，可闻涛声在耳。那些花鸟虫鱼之类的即兴小品，则是纯粹的中国风格、中国气派。而其油画棒作品，不仅是他本人在绘画领域的独特贡献，也代表着这一绘画种类所取得的极高成就。这个成就基本特征可以归纳为“中西结合”，但是它的本质所在，决不可终止于形式因素的概括。因为这种结合并非源于形式和方法的追求，而是因为他具有中国画抽象的悟性和西洋印象派画家对于内在生命的感知能力，并且在自己的表达冲动中把意象中的线条和色彩化作水乳交融的意象。抛开内容不讲，这线条和色彩本身就形成了自然的律动，蕴涵着激荡的血液，也洋溢着中国书法的力度与神韵，足以让人感受到它无穷无尽的神秘铺张。凡·高说过："当我画太阳时，我希望使人们感觉到它是在以一种惊人的速度旋转着，正在发出威力巨大的光和热的浪。当我画一块麦田时，我希望人们感觉到麦粒内部的原子正朝着它们最后的成熟和绽开而努力。当我画一棵苹果树时，我希望人们能感觉到苹果里面的果汁正把苹果皮撑开，果核中的种子正在为结出自己的果实而努力！"从阮章竞先生用油画棒所创造的艺术世界中，我们同样可以直观感受到这种客体和主体的本真。

一种自在的精神。舒乙先生说过，阮先生"65 岁以后的画达到了非常高的水准，真正达到了写意，达到了奔放，达到了刚强，达到了意境。不太拘泥于像与不像，不太拘泥于真实的细节，达到了艺术上比较高的层次"。尤其赞扬他"奇形怪状的古树"和"大山"画得非常棒。子曰"君子比德于玉"，饱经风霜、傲然屹立的古树和自在天地、敦厚无言的大山同样是作者的意念表达，寄托着自己的人格理想。那些山，那些树，那奔流的大河和悠然的云朵，那轻盈的金鱼和铁干生春的梅花，有信心和魄力，有涵养和韧性，有一泻千里的舒展与欢畅，也有困惑、忧愁和感伤。这些都是作者性情的流露和心灵的外化，而不只来自于外在的物象。他在谈到一次写生的感受时说："人爱自由，鸟爱自由……把古树用铁栅栏办起来，实在不应该！"可见他那颗似乎静若止水的心，一直充满着自由的渴望。正是这种崇尚自由的精神，这种无所不在的同情心和推及万物的善良，使他在自己的绘画世界中可以把一切生命的有机成分融合为一个深沉饱满的美的统一体。

诗魂与画魂——画魂即诗魂

他的工作岗位和社会职业是诗人、作家，并且还是一位党的文艺工作的组织者和领导者。他在文学领域和绘画领域投入了毕生的精力，文笔和画笔都是他心灵的凭借和拓展的武器。不过他生前主要是以诗歌著称于世，在绘画方面的成就可以说是鲜为人知。直到上一个世纪的末尾辞世之后，人们才发现了他在绘画方面的独特成果，这样的发现给所有熟悉他和他的创作的人都带来了意外的惊喜。他的老战友彦涵先生说，虽然自己在太行山时就知道他会画画，但还是没有想到，“章竞同志不仅是中国现代文学史上著名的诗人、作家，还是一位具有专业水准的画家”！由于发现了“一个全新的、丰富的、多面的阮章竞”，对其诗画艺术创作特质及其关系的研究，也就成为一个新的课题。

时间的空间。正如马克思所说，“时间是人类发展的空间”。任何一个文学艺术家的发展空间，他的特质，他的成就，都离不开他所经历的时间（即历史）的影响以至规定。革命战争时期，文艺是一支特别能战斗的生力军。新中国成立初期，文艺是一个时代激情迸发的歌者，阮章竞和许多主流作家、艺术家一样成为耀眼的星辰。他们创作了一大批具有强烈时代特点的主题作品，其中有些作品堪称那个时代的经典。但在后来一个历史时期内，政治倾向和思想倾向上升为文艺批评的唯一准则，文艺批评以至批判，往往是“把留胡子的信念当作剪胡子的标准”，直至发展为“文革”期间的蒸馏思想，锻炼人罪。作为百折不挠的革命战士和“虽九死而未悔”的文学艺术家，他和他的战友们在历史的嬗变中，经历着政治与艺术之火的冶炼。这种冶炼使他的信念更加坚定，追求更加执着——虽有隐忍，品格不曾改变；虽有挫折，理想从未失落。这理想是共产主义的理想，这品格是共产党人的品格。尽管有些词汇今天已经不再时髦，但却是时代的赋予，是他与自己生命等值的获得。画作中那伟岸的高山是他信念的化身，那汹涌的川流是他心底的波澜。在他的思想和情感的世界里，没有什么能够与自己为之奋斗终生的革命事业平分秋色。

并行的分离。常言道：“达则兼济天下，穷则独善其身。”这是儒家所确立的人生理想，也是中国知识分子的一般品格，即便当代的革命知识分子也是一样。实际上无论境遇如何，这都是一个具有完善人格的知识分子与生俱在、并行不悖的两面，否则便没有积极的作为，也不会有充实的自我和理智的人生。对于阮章竞先生来说，在如火如荼的战争年代，诗与画都是战斗的武器，和平建设年代，他也有过“诗画共生”的创作时期。但不同的创作心态和表达手法告诉我们，其绘画历来就有，并且越来越突出地体现出了“独善其身”的意义。正如其《评传》所说：“作为诗人的阮章竞采用的是典型的革命艺术表征模式，作为画家的阮章竞采用的却是一种偏于印象主义的艺术表征模式。他是以一个合格的革命诗人的身份来写诗的，但却是以一个爱画者的个人身份来作画。”他自己也说：“我非画家，没有包袱，写生工具，铅笔、钢笔、油画棒、粉笔，随心所欲，用中国皴法画山画水，好坏由之，而自得其乐。”服务革命的诗篇与“自得其乐”的绘画，不过是“兼济天下”与“独善其身”的外在形式而已。

内在的统一。实现人的真正自由和全面解放是马克思主义美学和整个理论的核心。无产阶级革命时代的文学艺术家，历来把自己的创作事业视为他们所从事的至高无上的民族和人类解放伟大事业的一部分。其中的矛盾和困惑都是源于他对革命事业的忠诚与忧思，即便看似“独善其身”的绘画，也属于其“兼济天下”的精神世界的有机构成。正如他在《画游絮语》一文中所说：“我和我同代的人，都是在民族生死存亡的危急关头出生长大的。多少美术学校的学生，投笔从戎，改拿木刻刀，与敌人战斗到最后胜利。我有好多这样的战友。这代人对老根据地、故战场，特别有感情。我没有照相机，也不会照相，故每去访问，总要在征战路、故战场、宿营地，画几张速写。”所以，这些地方在他的山水速写中“占了不少分量”。他为自己曾经参加过的战斗而自豪，为烈士墓地的“门亭残缺，菅草萧瑟”而震颤神伤。一切矛盾和冲突都必然而自然地在革命情感的燃烧中熔化，诗与画因此绽放出不同的艺术色彩，而又深植于一位曾经冲过战火硝烟的革命战士的心灵沃土中。只要按照如此简单的逻辑，我们就可以发现他的诗与画的本质的共性，理解他在线条和色彩的挥洒中所凝结的复杂感情。而对这些作品过于技术化的外在解读，则很容易掉入某种意识潮流的陷阱。

晚唐司空图《诗品》曾曰：“采采流水，蓬蓬远春。窈窕深谷，时见美人。碧桃满树，风日水滨。柳阴路曲，流莺比邻。乘之愈往，识之愈真。”这个“美人”就是他的灵魂。他和他的文艺界的战友们，都是富有革命激情和聪明才智的时代赤子，而不是通体一色的革命“狂人”。对于所有曾经为人民解放和祖国光明奋斗的人来说，他们的遗憾就是不被后人所理解。今天的我们应该怀着一颗敬重和谨慎的心，走进诗人画家阮章竞那个一轮太阳照耀下的色彩缤纷的艺术世界。

作者系中国文艺评论家协会理论委员会副主任

《求是》杂志总编室副主任

本文原载于《诗国》2014年第10期

常祥霖

互为经纬 水乳交融
——《单弦牌子曲》序

由包澄洁、张蕴华、姚振生三位合作编著的《单弦牌子曲》出版了，无论作为非遗的成果展示，还是普及专业知识，或是曲艺学术研究而言，都有着非凡的意义。

单弦牌子曲（含岔曲）是2008年6月被列入第二批国家级非物质文化遗产（曲艺类）名录；张蕴华是第四批国家级代表性传承人。《单弦牌子曲》的出版发行，说明了这个项目不仅保持着活态传承的状态，也证明保护工作又上了一个新台阶。

单弦牌子曲，是曲艺领域的大曲种，大在历史厚重，流传久远，流布地域广阔，大量遗存的珍贵。与单弦牌子曲相联系的历代名家众多，且流派纷呈，在历史的千变万化中，生生不息，薪火不断，表现了极强的生命力。单弦从业者或单弦票友，对单弦艺术大都有着“执子之手，与子偕老”般死心塌地的情感。在他们眼里，单弦牌子曲有着贵族的血统，出身的门第与那些由沿街乞讨发展而来的曲种不是“一码事”。认为，演唱单弦牌子曲是可与琴棋书画相提并论的清高风雅、有文化、有品位、有面子的事情。单弦牌子曲，最常见的演出是一位演员，台上站立手持长穗八角鼓有说有唱，一位琴师坐在一旁弹弦伴奏。也有分包赶角的对口单弦，大规模的如单弦牌子曲联唱，可以十几个或者几十个人参加，最小的则是一人自弹自唱。无论曲牌还是文本，都具极其丰富的表现力。曲本有短段，也有中篇，有文辞雅训的风花雪月，也有街头巷尾的家长里短，曲牌丰富多样，既可表达缠绵悱恻的儿女情态，也可以抒发金戈铁马悲壮豪迈之情。可以说单弦牌子曲在其历史沿革中，早已经构成了和中国成千上万民众的血肉相连、齐心共享的精神家园。

我是老北京的满族人，喜爱单弦似乎是家传的天性，1976 年参加全国曲艺调演，我拿出的作品有一件是单弦《花正红》。本以为对单弦还算熟悉，可是与真正的专业节目要求相差了十万八千里。单弦乍一接触以为很简单，一旦入门才知道门道很多，规矩很严。如果没有词作家张士夑老师掰开揉碎、耳提面命的教导，以及字斟句酌的删改加工，如果没有后来白奉霖先生一字一板的装腔编曲的经历，我注定是一条不开窍的糊涂虫。看着《单弦牌子曲》，我想起王安石“看似寻常最奇绝，成如容易却艰辛”的诗句。有过实践体验才懂得，单弦艺术的水很深，写单弦、唱单弦的难度很大，研究单弦的古往今来的责任很重。所以，多年来我对演唱单弦牌子曲的赵玉明、马增慧、阚泽良、张蕴华、杨子春等艺术家敬爱有加。对创作单弦、研究单弦的杜澎、张剑平、马聚全、王决等前辈，也是萦绕怀抱，念念不忘！

这本《单弦牌子曲》的作者是包澄洁、张蕴华、姚振生三位。这种音乐家、艺术家、评论家三结合的成果有着思维缜密的理性表达，又渗透着具浓浓深意的感性色彩。理性感性互为经纬，你中有我，我中有你，水乳交融，避免了艺术家自传中屡见不鲜的单一、偏执、自恋自吹的弊端。在这里三人各有优势，相互融通。由此，我认定书中的种种观点客观公允，书中所叙述事件和人物真实可信，对于单弦牌子曲本体的认识、发现、感悟，经验的归纳总结具有相当的认识价值和审美价值。

包澄洁先生是“戏曲曲艺两门抱”，儒雅谦和又极端细致讲究，年轻时在曲剧团工作的经历让他无论舞台上下，整天浸淫在曲艺和曲剧旋律中，作为曲剧音乐的主体构成的单弦牌子曲，就是与他荣辱与共、生死相依的寄托。我读过他的论文《从八角鼓到北京曲剧》以及他和贾志刚等合作的《中国近代戏曲史》之《戏曲音乐》，无不显示他在戏曲曲艺音乐方面极其深厚的造诣和严谨缜密的学术态度。在本书第一编“八角鼓溯源到 20 世纪单弦牌子曲的流派”部分里，可以感知他的苦心。别的不说，仅对相关人名的提及就不少。随便一看，宝小岔、文小槎、司瑞轩、德寿山、石玉昆、全月如，形成流派的荣剑尘、常澍田、谢芮芝、谭凤元、曹宝禄以及作家溥叔明，研究家王素稔等等尽数在此。不但把单弦牌子曲的来龙去脉，几度兴衰，说得有根有据头头是道，而且把关于单弦历史发展中的各种说法、理论观点，进行条分缕析的阐述，对前人的成果给予充分的推崇和真切的褒扬。在诸多关于单弦牌子曲类的著述中，我认为包先生此番已经有诸多新发现，达到新高度。他不仅学术态度认真严谨，在学术道德方面也极令人钦佩。

姚振生先生是老北京。他遍访世界各地，见多识广，身为大学教授，在高台教化之余，喜欢对下里巴人的相声、评书、数来宝评头品足。嘴上功夫自然了得，写文章也是快手高手。但凡是出席曲艺研讨会座谈会，他总是旗帜鲜明，观点犀利，没有好好先生那些俗套。本书第三编那些评述张蕴华的文章，如“声美曲美人更美”“品张蕴华《拷红》赞王实甫《西厢记》”“美的追求爱的奉献”等，篇篇精彩。只有在博学深思的前提下，才会如此有鞭辟入里、情真意切的文化认同感。

如果说包澄洁、姚振生二位撰写的属于严谨理性关照下的真知灼见，那么单弦牌子曲国家级代表性传承人张蕴华的自述，算得上充满浓情厚谊的华彩篇章。

张蕴华自述部分，行文语气与第一编、第三编完全不同，遣词造句平和自然，亲切生动，实事求是。没有拿捏作态，故作高深，一切风行水面就如在日常听她与友人闲话家常般的自然口语，也如在舞台上每一场演出，处处显得清新淡雅，时而也露出大家熟悉的俏皮幽默。自述从考进中央广播文工团说唱团当学员说起，一直说到功成名就桃李满门的今天。“学艺”“挫折”“深造”“重新出发”“教学”“怀念”时间跨度半个多世纪，风霜雨雪痴心不改。其中学艺的偶然，求艺之虔诚，从艺的艰苦，得艺之兴奋，跃然纸上。“谭凤元老师门下”“北京市农村文化工作队”“小剧场说新唱新”“夭折的曲艺青年队”“文化大革命”“老舍茶馆”“台湾、欧洲行”记述了生活道路与艺术经历，从中可以读出她喜怒哀乐的真性情和那个时代留下的痕迹；“老舍茶馆演唱的心得”“说书人与人物身份的转换”“表演中说与唱的转换”“曲艺是个性化极强的艺术”涉及单弦形式的继承与创新，单弦曲本与曲牌的结合与改进，单弦演员与伴奏配合与交流，单弦表演的写实性与写意性等等，学术性思考形成她长期向前辈的学习，更来自半个世纪的不断实践，不断钻研揣摩，是“到了快退休了才明白”。算得上历经了人间冷暖的“人前显贵”也好，“背后受罪”也罢的心血结晶。正是这些，才构成了非物质文化遗产的“完整性”“真实性”，具有了非物质文化遗产的核心价值。张蕴华不是一般意义的单弦演员，而是讲究艺术原则立场，有地道完整的“继承”体验，又有极强责任的“传承”实践的单弦艺术家。

给我强烈印象的还有她对前辈、同辈和晚辈的那一份实实在在的厚道与淳朴。但凡对单弦艺术有益的人，她都是无条件地感恩戴德，看看提及的那些人名，这个感觉就会油然而生。她没有鹤立鸡群的傲慢与自得，而是把自己置身于流光溢彩的曲艺画廊，和他们共同铸就单弦艺术的辉煌，分享着成就与荣誉。谭凤元、罗荣寿、韩德福、王长友、王世臣、罗荣寿、关学曾、刘司昌、骆玉笙、孙书筠、石慧儒、赵学义、王素稔、张喜林、王松声、赵其昌、陈涌泉、李绪良、王毓宝、赵玉明、马玉萍、马增慧、包澄洁、李金斗、李增瑞、梁厚民、韩宝利、马岐、栗丽、刘亚辉、种玉杰、陈志锋、张亚平、李红军、王淑玲、钟喜荣、马小祥、冯欣蕊、李想等等，京城内外，老少四代几十人，字里行间充满了敬畏和感恩。

已故曲艺大家刘学智先生说过，“成功的曲艺家，应当是上台能演出，下台能创作，张口有理论，身后有学生”。按照刘先生的标准，张蕴华就是名副其实的成功的曲艺家，是当之无愧的国家级非物质文化遗产代表性优秀传承人。

有人说，非遗已经进入“后申遗时代”。按照“后申遗时代”的说法，这个时代所关注的应当是申遗成功以后，如何落实到真正的保护的历史阶段。面对《单弦牌子曲》的编辑出版，我想答案是具体而有力的。根据联合国教科文组织的相关规定，保护非物质文化遗产，应当注重其真实性、整体性和传承性，《单弦牌子曲》这本书，为此作了生动形象的注解。

所以，我再一次向大家热情推荐！

作者系中国曲艺家协会理论委员会主任，中华曲艺协会名誉会长

本文原载于《单弦牌子曲》北京美术摄影出版社 2015 年版

陈善君｜　克邦散文：个体日常生活的审美化表征

美国著名现当代文学理论家艾布拉姆斯认为，文学活动应由世界、作者、作品、读者四个要素构成，这四个要素不是彼此孤立或静止存在的，而是相互依存、相互渗透、相互作用，构成为一个有机系统的。如果依照这个系统来梳理、考察刘克邦先生的散文创作，不难发现他的散文是从生活中来，到生活中去，和他的生活世界紧密联系在一起的，所以显得特别真诚和自然，让人一眼就可以看出他的散文当真就是“写”出来的，而绝对不是“作”出来的，他的散文如同随影赋形，水到渠成，瓜熟蒂落般从纸张上生长出来的一样。然而生活毕竟不能等同于文学，这中间要依靠创作者进行加工和转化，凝聚着创作者的心血和智慧，打上创作者鲜明的个性烙印，最终产生出价值不等的文学文本。

综观克邦先生的散文创作，实质上，他就是把他的日常生活，进行审美化处理，是用他的“文字”系统处理他的“数字”系统（见唐隽《数字和文字演绎出的精彩人生》）。具体则表现在他对他的日常生活进行诗性的体察、领悟与表达上，所以他的散文作品能够很好地表征他的日常生活的诗性。

生活世界不乏诗情

任何作家和个人都离不开时代和社会的哺育。生活世界既是作家寄身生存之所，也是作品精神灵魂之源。迄今刘克邦先生已经结集出版了《金秋的礼物》《清晨的感动》和《自然抵达》三本散文集。他的散文基本上写的是他的人生经历和自己工作、学习和生活的情和事，写他的所见所闻所思所感，总之丝毫没有脱离他的生活世界。我们通过阅读他的《一篇日记的“蝴蝶效应”》《考试》《谈话》等一些散文篇目，很容易就会弄清楚他的人生历程。克邦先生他出生于新中国成立以后不久，按照现在通行的划分，应该属于“50后”。这一代人尽管多次遭遇政治风波（见《与母亲夜行山路》），经历物质极端匮乏之苦（见《吴老师》），不断受到社会转型冲击，然而这一代人获得的理想和信念教育是有成效的（见《由“踮起脚尖”所想到的……》），社会给予他们的机会相对较多也公平些，他们的精神追求和精神生活并不孱弱（见《大树、熔炉、方舟》）。这个世界为克邦先生从事散文创作提供了天然的资源和原始的基础。加上克邦先生虽然年幼丧母，遭遇不幸，但社会的同情，亲友的扶助，老师的关爱，百姓的照顾，使他深切体会到“世界充满爱”（见《自然抵达·怀揣温馨》）。特别是他后来通过考学当上国家公务员，事业上遇到贵人（见《老处长》），婚姻上找到贤妻（见《飘香的鱼汤》），家庭事业双丰收，理想信念布曙光，一路走来，他的人生本身就是一首好诗，本来就是一篇美文。（谭谈《让人生更美丽》）如此“诗化的人生”，构筑了克邦先生从事文学创作的“第一世界”，为他的文学创作提供了丰厚的源泉，奠定了坚实的基础。他的审美，他对诗性的体察、领悟、表达无不建立在这个基础之上。

创作主体满怀诗兴

我们知道，其实顺利的人生道路有时并不利于文学创作。不平则鸣，愤怒出诗人，古已有训。苦难是人生最好的大学，高尔基业已说过。现在的年轻人也有句口头禅说：“所以平凡，因为幸福。”那刘克邦先生为何乐此不疲于散文创作呢？这读读他的作品，应该就会懂的。我认为，这首先在于他有颗感恩的心。克邦先生敦厚至诚，率性秉直，资深评论家龚政文曾用“性情其人，真诚其文”为其书代跋，可见于他而言，如果不把对生活的感恩、对时代的感恩形诸文字倾吐出来，他的内心就仿佛得不到安宁，就好像做了一件错事还没有得到原谅。《湖南日报》记者何淼玲访谈克邦先生时，也得出了这么一个结论。克邦先生自己也认为："一切源于生活的馈赠。"可见，感恩的心为他提供了创作驱动力。其次，他有一颗文学的心。父母亲幼时对他的熏陶，自身的禀赋和努力，还有凭一文改变一生命运的机缘，工作中他对文字的了解和体悟，这一切使他对文学始终情有所钟，积累日深，往往一发而不可收。文学的心为他提供了创作的可能和条件。（见龙佳访谈《"我手写我心"》）最重要的是，他还有一颗良善的心。毛泽东文学奖给他的颁奖词是："刘克邦以最质朴率真的笔墨，还原日常生活的丰厚质地，发掘平凡生活中的温暖诗意，讴歌寻常人物心灵中的真善美……"社会的公平正义、生活的期盼渴望、人性的美好温暖，常常促发他来自灵魂深处的呼唤，使他情不能已，起笔为文，承担起一个知识者的责任，甚至是一个"官员"的责任。他在接受访谈时曾多次谈到这个问题，明确表示："'为文'和'为官'其实是相得益彰的，两者并没有多大冲突，而且像文学这种高雅、有品位的兴趣爱好，不仅无害于你的本职工作，甚至对你做好人、做好事大有益处。我通过写作，宣扬真善美，鞭挞假恶丑……心中时刻装着百姓群众，书写他们的伟大与纯真。"可见，良善的心赋予了他创作的使命感、荣誉感，赋予了他创作的向度、力度和高度。工作之余，生活之间，克邦先生想写、能写、会写，所以佳作迭出也就不足为奇了。

字里行间充满诗意

在"诗化"的人生世界中，克邦先生通过对周围日常生活诗性的体察、领悟和表达，创作出一篇篇精美的散文，这些散文字里行间到处充满着诗情画意。著名作家王跃文说："人活着的最高境界是返璞归真，这也是散文创作的最高境界。克邦先生为人为文皆如此。他的散文多在庸常与平实的生活中发现美，文字里充满真诚温暖的正能量。世间浮华喧嚣，而克邦先生的质朴清新给我们别样的审美感受。"确实如此。首先，我们应该看到刘克邦散文的内蕴很美。刘克邦的散文是他诗化人生的表征，也是他的人生诗化的升华。他的作品满含着通透的对美好的向往和对真诚的呼唤，这使得他的一篇篇散文充满着浓郁的人性光辉和清新的童话般的色彩，读来使人感到特别熨帖和舒服。其次，他的散文对情感节制得很好。他一般不在文中直接表明观点，常常只是叙而不论，有时需要点题，或者情非得已，非作出价值判断不可，他的态度也往往是出人意料的宽容和大度。他往往是在我们想到要指责的时候却自责，想到要批评的时候在反思，想到非怒不可遏不可的时候却选择了沉默。比如在《罚款风波》一文中对那位交警的处置，那完全是他咎由自取，可是克邦先生却表达了十分的遗憾和愧疚。克邦先生完全没有一般作者的拯救意识和救赎情怀，甚至连一点精英意识和自命清高的影子都找不到，读他的散文，就像是在听一位受到委屈的朋友向你倾诉，需要得到你的安慰似的，而这对激发读者的主体地位和情感意识来说是照顾得非常到位的。比如《我好怕她再叫我“先生”》《大洋彼岸见闻点滴》等等篇目特别明显。再次，他的散文结构和语言很美。他的散文的结构都是无意为之，任凭语言尽情流淌和情感悄悄流露，看起来就好像没有结构一样，实质上如果只要不是那样叙述，反而会显得非常别扭。比如《金秋的礼物》以时间为序，中间能穿插则穿插一点妻儿的事情和想法，不能穿插则接着往下叙述，非常自然，也很合理。他的语言也是如此，真诚和朴实得没有任何装饰，就连作者的夫人也说：“你的文字太真实了，没有一点加工，很多细节都没有装饰，都是原生态的反映。”没有任何一点的夸张与造作，或许这正是文学语言追求“绚烂至极归于平淡”的体现。谭仲池先生认为：“克邦的散文写得朴实、明朗、深邃且富有浓厚的生活气息和炽热的亲情、乡情、友情。他写的这些与他有着直接联系和接触的真实人和事所表达出的真情、挚意和感怀联想，就可以看出他是用心、用情写的，因此篇篇散文都透着他对社会、人生、自然、世俗乃至他乡异域的人事和历史、文化风情、现实波澜、影像的敏锐感悟、深沉思考和灵魂关照。”讲得很对也很有诗意，克邦先生的散文情感真挚，文字简练，叙述舒缓，带着淡淡的哀愁和淡淡的喜悦，含蓄蕴藉，诗意盎然。

审美宗旨符合诗教

孔子云，《诗》可以兴，可以观，可以群，可以怨。克邦先生的散文同样可以使人向上、向善、向前。著名作家唐浩明先生在读过刘克邦的散文后，由衷感叹：“克邦借助文学升华自我，我们借助克邦的文章滋养心灵。我喜欢与克邦这样的人做朋友，也喜欢读克邦写的这种散文。”说得不错，多读克邦先生的散文，极有利于修身养性、砥砺志气、完美人生。刘克邦的散文没有政治说教，没有巧言令色，没有高声大气。有的只是他以自己的言行作出表率，“怀揣温馨”，引领大家见贤思齐，不断走向前去。他在孩子面前如此（《家长座谈会》），在同事面前如此（《下乡记》），在遭受冤屈的时候如此（《遭受冤屈的故事》），在生死之间同样如此（《生死之间》），在读者面前当然也不会例外。有的只是他以自己的目光察言观行，“真情咏叹”，树立心灵标尺，目送大家走向佳境。不管是“馄饨店里的感动”、“芙蓉路上的邂逅”，还是“一段友情的波折”、“罚款风波”，甚或有关“羽毛球拍子”、“送礼”等诸多故事，克邦先生都是娓娓道来，不温不火，微言大义，让人在和风细雨中经受灵魂的洗礼，很好地起到去恶扬善的作用。有的只是他以自己放低的身段，“品味人生”，托举大家开阔眼界，开阔胸怀，攀登人生的高峰。对亲人和友情的赞美，对英雄和功绩的顶礼，对同行和事业的推崇，对弱势群体和小人物的欣赏……姿态低了下去，人物和世界顿时高大起来。克邦先生的谦逊和谨慎，给了这个世界和他的读者以无限的能量和温暖，能够激发出许多蝴蝶效应，在他矮下去的地方，飓风或许就在那里孕育生发。大音希声，大雪无痕，刘克邦先生的散文对人的心灵的净化和对理想信念的坚定作用就是这样潜移默化、润物无声着。《礼记·经解》云：“温柔敦厚，诗教也”，或许指的就是克邦先生此类文章的审美功用和价值。

克邦先生的散文创作，在他自己日常生活的世界里，汲取水分、阳光和养料，在他“诗化”的人生道路上，放出自己的审美眼光，在庸常与平实中，寻找诗性、发现诗性、表达诗性、激发诗性。一方面他通过写作来升华自己的生活质地和精神境界，向“诗意地栖居在大地上”掘进，实现个体人生的“诗化”，另一方面，他也通过这氤氲着自己“诗化”人生、聚合着自己人生“诗化”的充满诗意的文本，把自己的世界敞开，与人分享，把温暖和能量播撒开去，让人性和美好的东西开遍大地。

综上所述，通过艾布拉姆斯的四要素系统原理分析，我们可以发现克邦先生的文学生活和日常生活积极良性的互动，全面和深入地探讨了他的散文文本的诗意成因和审美表征和价值，这比单纯分析他的文本要富有成效得多。特别要指出的是，由此我们可以发现，刘克邦先生的散文创作及其所取得的成绩，一是源于他的生活世界的诗性，以及他对这种诗性主动和自觉的追求和打捞，二是源于他的诗性表达，以及他的表达诗性，而这样的创作和表达方式在散文界是比较独特和少见的，也是难以复制的。此外，还有诸如他的写作姿态和叙述温度，他把日常生活和美学原则有机结合起来……都值得散文界、理论界作进一步的借鉴和探讨。当然，克邦散文存在的题材领域有待拓展，表达方式和结构安排有待更为丰富和多元的问题，也要引起重视，以便日后取得更大更好的成绩。

作者系湖南省文艺评论家协会副主席、秘书长
本文原载于《生命的意义——刘克邦〈自然抵达〉评论集》
湘潭大学出版社 2014 年版

陈晓云｜ 多屏时代的影像叙事与跨界传播①

在当下这个由高科技带来社会巨变的时代，由于科学技术的迅猛发展及瞬息万变，各种媒介形态的相互交融，使得电影传播已不仅仅局限于封闭的影院空间，也不再仅仅通过电视传入千家万户，而是借助更具包容性和影响力的网络媒介，凸显出新媒体时代更为多元与丰富的多屏联动的意义，而同样由科学技术的发展所引发的跨界传播，给电影创作、制作、传播、接受都带来了新的话题。多屏时代的影像叙事具备怎样的特质，跨界传播又会给影像叙事带来怎样的变化，是本文试图重点讨论的话题。

电影传播的三种形态

从电影作为媒介这一角度来认知电影，我们至少可以获得两个层面的认知：电影作为艺术媒介，以及电影作为传播媒介。从电影作为艺术媒介这一角度而言，任何一种艺术媒介都有其长处和局限，不同的媒介样式有着不同的内容与形式规范，电影也不例外，而这，恰恰也成为多种艺术样式并存的主要原因之一。换言之，并非任何题材、故事都适合电影这种媒介，这至少可以部分解释为何某些在现实生活层面具有感染力的事件进入电影叙事之后会全然失

---

① 本文受“中央高校基本科研业务费专项资金”资助。

去魅力，这个话题需要另文加以讨论，此处不再赘述。而电影作为传播媒介，从影院电影、电视电影到网络电影，构成了迄今为止电影传播的三种基本模态。不同的传播平台一定程度上决定了电影作为影像叙事与传播手段的不同特质与形态。

影院电影作为最为传统与经典的观影方式，至今依然具有不可替代的意义。事实上，在科技高度发达、电视也趋于数字高清的今日，所谓的视觉冲击力并非吸引观众进入电影院的唯一动机，更重要的原因，还在于其聚众观看的特点，亦即由聚众观看所能引发的群体效应，对当下社会生活于钢筋水泥丛林之中的“孤独的个人”依然有着极大的吸引力。从咖啡馆、茶馆、戏院观戏，到专业影院的出现，再到多厅影院的繁盛，影院观影呈现出多元化发展的态势。除了常规影城之外，北京等城市的一些文化创意场所，还有小型艺术电影放映沙龙，不定期举办相关的电影观摩研讨活动。虽然电视、网络等媒介开始介入电影传播，但影院放映依旧是电影节、影展、新片首映等活动首选的传播媒介。

不可否认，电视、网络等媒体出现之后，分流了很大一部分观众，电影的商业需求也使得影院电影自身有了诸多改变。观影环境的舒适豪华，视听设备的先进高档，商业设施的齐全配套，成为现代城市影院的基本特征之一。同时，影院的功能也不再仅仅局限于看电影，而成为体验新技术和新形式的媒介平台。“电影发明时采用了宽 35mm 的胶片形式，并采用了 4：3 的画幅宽高比。这种胶片规格和画幅形式给了放映画面以很大的局限性，总给人以置身画外、通过窗口看风景的感觉。为了增强电影观赏的临场感，人们设计了各种各样的方案，例如加大胶片宽度和改变放映画面宽高比，将银幕设计成巨型、环形或球形，利用双目视觉原理摄制和放映立体电影，将座椅设计成随剧情的进展而活动，添加吹风、喷水、散发香气等感官刺激等等，由此而产生了各种各样的特种形式电影，或称新形式电影。这些电影形式的共同特点是采用比常规电影大许多倍的银幕、高保真的多声道立体声还音和高清晰度的画面，以使观众获得很强的临场感，从而沉浸在剧情当中。”[①] 3D 技术更是给影院电影带来了大批回流观众，传统电影情节点的吸引力被新奇的视听感官体验所取代。3D 电影可以制造出某一物体突然迎面而来的更加逼真的视觉效果，从生理反应上来说极富刺激性。从某种意义上看，电影似乎回到了它的童年时代。

---

① 李念芦主编：《影视技术概论》，北京，中国电影出版社 2006 年版，第 228 页。

随着电视的发展，影碟的出现与盛行，影院观影不再成为唯一的观影方式。“打开电视看电影”这句观众耳熟能详的广告语，事实上也成为当今观众看电影的主要方式之一。因而，电视电影构成了又一种观影方式。此处所谓“电视电影”，指的是借助电视媒介播放的电影，而非作为一种类型的电视电影。

电视是一种革命性的媒介，“电视来临之后，许多东西都行不通了。不仅电影，而且全国性杂志都遭到这一媒介的沉重打击。甚至连环漫画的发行量也锐减下来。”[①] 较之电影而言，电视是一个更具有包容性与参与度的平台，而且操作简便，收费低廉。我们只需动动手指，就可以自由选择自己喜欢的节目。这是电视媒介自身的优势，电影自然也不会忽略对此媒介的利用。理查德·厄尔豪斯称：“1950 年代，电视的发明及其普及化将电影院中的电影引入了家庭。电视提供了越来越多的节目，包括一些以前只能在电影院中看到的电影。毫无疑问，电视发展了（如果不是完全意义上的发明）它自己的独特形式。但是在电视上放电影，电影的内容并没有因为其载体的改变而不同。这使得我们相信，虽然媒体可能有差异，但信息本身是一样的。”[②]

作为两种不同的媒介，电影与电视显然是有区别的。相比于以光学、声学、化学、机械学等为科技基础的电影，电视是一种电子传媒。比较而言，电视的制作手段更加方便快捷，而且借助微波、电缆、通信卫星传送信息的技术手段也比电影院的放映更具有现代色彩，全世界数十亿观众可以同步看到通过通信卫星传送的电视节目，奥运会、世界杯足球赛、美国 NBA、奥斯卡颁奖乃至海湾战争、汶川地震正是通过电视现场直播的手段走入千家万户的，成千上万的球迷也是通过电视屏幕上罚失点球之后落寞的背影疯狂地爱上罗伯特·巴乔的。从观众接受角度看，“电视的视觉要求取决于这样一个事实：完成的作品是播映在一个很小的屏幕上的，并且往往是供家庭观众在一间半明半暗的房间里观看的，同时还有各种分散注意的情况。因此，远景镜头、中景镜头和结构上的细微变化大都不能引人注意，就像一幅出色的绘画印花邮票上会使细节丧失无遗一样。只有特写镜头具有视觉感染力。照明处理也被减少到最低限度，因此只剩下一个或亮或暗的画框。尽管在视觉影像上进行了富于创造性的努力，但是

---

① ［加］马歇尔·麦克卢汉：《理解媒介：论人的延伸》，何道宽译，北京，商务印书馆 2003 年版，第 384 页。

② ［英］理查德·厄尔豪斯：《视觉文化》，葛红兵等译，桂林，广西师范大学出版社 2011 年版，第 205 页。

最后播放的仍然是一幅完全缺乏微妙细节的非常小的画面，而在放映影片时，视觉影像正是由这些细节构成的”[①]。但这种情形随着科技的发展而正在获得改变。从影像载体来看，电视电影之媒介从录像带、VCD 到 DVD，从模拟到数字的变化，直接改观了其观看效果。

网络电影是对影院电影、电视电影进行有效媒介整合的结果，也是科技、艺术和生活发生根本性变化的体现。随着新媒体技术的不断发展，电影放映和传播的承载体也日趋多元化。

互联网时代的电影传播

同理，此处讨论的网络电影，指的也是借助网络平台播放的电影，一种依托新技术而产生的电影传播媒介。与前面讨论的影院电影和电视电影相比，网络电影有着迥然相异的特征。

交互性

交互性，即互动性，是网络电影区别于影院电影和电视电影的最为本质的特征。麦克卢汉指出：“电子媒介使信息传播瞬息万里，地球上的重大事件借助电子传媒已实现了同步化，空间距离和时间差异不复存在，整个地球在时空范围内已缩小为弹丸之地。”[②] 在由网络造成的距离感逐渐缩小的世界中，对人们来说，网络的传输、信息的获得仅需一台可以上网的电脑，可以固定，也可以移动。网络电影的观看方式也有了多种选择。此外，“电子媒介的同步化性质，使人类结成了一个密切相互作用、无法静居独处的、紧密的小社区”[③]。比较而言，传统的影院电影和电视电影基本是单向的媒介传播，亦即属于我播、你看的系统，而网络电影真正实现了互动、反馈与交流。如豆瓣网的电影版，分为“正在热映”“近期热门”“在线观看”“热门豆列”“本周口碑榜”“豆瓣电影 TOP250”“最受欢迎的影评”等板块，形成一个全电影社区性质的交流媒介与平台。

---

① [美] 李·R. 波布克：《电影的元素》，伍菡卿译，北京，中国电影出版社 1986 年版，第 52 页。

② [加] 马歇尔·麦克卢汉：《理解媒介：论人的延伸》，何道宽译，北京，商务印书馆 2003 年版，第 2 页。

③ [加] 马歇尔·麦克卢汉：《理解媒介：论人的延伸》，何道宽译，北京，商务印书馆 2003 年版，第 2 页。

网络电影的交互性还体现在人人皆可做导演的低平台参与度上，微电影这一主要依赖于网络传播的电影新形式，给人们提供了自主创作的无限可能性，这也是它区别于以往所说的“短片”的主要特点。微电影作为对常规电影类型的补充，说明“在一个无时无地都相互联接的 C 时代（The Connected Era），个人电脑、电视、智能手机、移动电子显示屏、平板电脑等诸多小屏幕竞相分割着受众的观看视野。时间碎片化、网络草根化、娱乐个人化，‘微电影’拆解了传统大银幕电影营造的集体白日梦，在新媒体时代形成新的‘注意力经济’”[①]。另一方面，微电影事实上也成为青年导演走向未来常规电影的一个重要平台和通道。然而，值得关注与反省的是，也正因为网络便捷、自由度大、交互性强的特性，使得网络电影自身也出现了鱼龙混杂的现状，需要人们加以辨析。

移动性

影院电影时代，观众观影必须聚集在一些特定的场所；电视电影时代，虽然电影观影场所由剧院、电影院之类的公共空间进入了更具私人性的客厅与卧室，但观影方式依然具有固定而非移动的特征。而网络电影则不同。借助网络平台播放的电影具有“移屏”的特质，起码取决于两个技术因素，一是作为影像载体的屏幕的轻便化与微型化，除了固定于办公场所或教室、家庭等空间的投影、电视、电脑屏幕之外，平板电脑、手机等均成为观看影像的主要载体，从而给其移动性带来了可能；二是无线网络的出现及发展，使得“随时随地”下载与观看成为可能。而网络技术还处在日新月异的发展过程中，谁也不知道下一步到底会出现什么。

比如“无屏超级电视”的出现。“无屏超级电视又叫智能投影电视，就是带电视功能和智能功能的投影机。”所谓无屏，即可以采用投影技术将画面投放到白墙等任何类似幕布的载体上，并且画面大小可以自由调整，具有移动便携的特征；所谓超级，指的是它融合了电脑或安卓等智能方案到投影机内部实现智能融合；所谓电视，一方面是采用投影技术，将电视驱动方案应用到机器内部，亦即将电视高频头集成到投影机内部，用来看电视，另一方面是用投影机内置的智能方案播放软件来看网络上的影视资料。也就是说，它与一般智能投影的区别是，既有 TV 接收功能，又有安卓智能方案。[②] 我们还很难预测“无屏超级

---

① 聂伟、吴舒：《微电影：演变、机遇与挑战》，《上海大学学报》2012 年第 4 期，第 31 页。

② 参见“百度百科”之“无屏超级电视”，http：//baike.baidu.com/view/13695598.htm？fr=aladdin。

电视”本身的前景，但有一点是可以肯定的，移动性是未来电影观赏的主要通道与趋势之一。

个人性

从影院电影、电视电影到网络电影的发展，可以明晰地看到从“集体”渐而指向“个人”的痕迹。

影院观影是典型的集体仪式活动。杰姆逊认为：“电影时代到来以后，一般来说人们又必须聚集到一起了。”① 罗伯特·考克尔也认为：“去看电影意味着走出家门，看电影是一种团体性的城市活动。”② 在影院电影时代，“放映机、黑暗的大厅、银幕等元素以一种惊人的方式再生产着柏拉图洞穴——对唯心主义的所有先验性和地志学模型而言的典型场地——的场面调度。对这些不同元素的安排重构着对拉康发现的‘镜子阶段’的释放所必需的情境”③。电影这种与生俱来的“聚众”特征，为20世纪的人类建构了一个共享的文化空间。

与影院电影相比，电视电影已然部分摆脱了这种“集体”的特质，但它依然带有一定的“家庭”色彩。而网络电影的出现，则使其传播方式与观影方式更为明确地指向“个人”。“集体”，在此成为一个虚拟的平台。

“新媒体提供了新的观影方式，对电影产业而言已不再是可有可无的传播媒介，而是传统电影产业链拓展盈利渠道的重要环节。”④ 也就是说，网络电影已经成为电影媒介的重要发展趋势。

2014年上海国际电影节传递出来的最令人关注的信息是，“BAT已经入局，中国电影产业将迎来新一轮的危与机”。所谓BAT，指的是三大互联网巨头百度、阿里巴巴、腾讯对中国电影产业的介入与颠覆。阿里巴巴集团副总裁、数字娱乐事业群总裁刘春宁说：“我坚定不移地认为，中国电影市场将成为全球最大的市场。我们的电影院、银幕数、观影人次都在快速增加。此外，我们跟美国站在同一起跑线上的就是蓬勃发展的移动互联网产业。中国有13亿人口，有近10亿部智能手机，5亿平板电脑，还有5亿家庭电视屏幕，这些屏幕未来都

---

① [美]杰姆逊：《后现代主义与文化理论》，唐小兵译，北京，北京大学出版社2005年版，第196页。

② [美]罗伯特·考克尔：《电影的形式与文化》，郭青春译，北京，北京大学出版社2004年版，第210页。

③ [法]让－路易·博德里：《基本电影机器的意识形态效果》，见李迅译，李恒基、杨远婴主编：《外国电影理论文选》，北京，生活·读书·新知三联书店2006年版，第562页。

④ 聂伟、吴舒：《微电影：演变、机遇与挑战》，《上海大学学报》2012年第4期，第33页。

将是我们电影产业持续发展的基础。”① 虽然人口与手机基数并不能简单地说明问题，但其中所论及的新的趋势，无疑不可阻挡地渐渐成为现实。

互联网给电影带来的变化，是全方位的，也因此，传统电影模式将受到有力挑战。从创作角度而言，延续百年之久的电影制作流程将会改变；从传播角度来说，网络院线所建构的客厅观影，以及“随时随地”的多元化观影，或许将部分取代传统影院，而成为新的观看模式与盈利手段，4K 电视与高品质音响将超越原先电视电影所带给人们的视听感受。

多屏联动与影像叙事

同一题材的不同影像文本所构成的叙事，在网络盛行之前，我们至少能够看到这样一个电影与电视这两种媒介联动的个案，比如发生于 20 世纪末围绕着“香港回归”展开的媒介叙事。中国政府于 1997 年 7 月 1 日对香港恢复行使主权，香港特别行政区成立，央视连续 72 小时现场直播，这一具有超长时段的电视叙事，与谢晋导演的影片《鸦片战争》一起，共同构成了一个关于“历史”与“现实”的文本互涉的宏大叙事，也可以视为多媒介共同参与叙事的一个重要个案。如果说，《鸦片战争》作为一部“历史题材”的影片，更多指向“历史”，而这种历史指向同时显然包含着现实指涉，那么，电视直播则是一种更趋于“现实”层面的叙事形态，尽管它同样包含着关于“历史”的记忆。历史与现实，就是通过电影与电视，通过一部影片与一次直播，被有效地整合起来。有论者如是说：“香港回归是各种媒介宣传报道的重点。中国人把来自各方面的信息整合，建构了一个跨越 150 年的大叙事。它浓缩了中国人对于外国，特别是对待西方列强的复杂感受。完整叙事一般由三段组成：开端、发展和高潮。如果说这个大叙事的高潮是令全球瞩目的电视转播的香港政权交接仪式，那么，为了使中国人把压抑多年的情绪彻底释放，使这个大叙事功德圆满，就必须把开端和发展部分补齐，为高潮做好铺垫。‘再现历史’是电影所长。电影参与补充它的第一章，那就是：《鸦片战争》，它的功能是，为香港回归补写历史，追述前因。”“这是电影制造的历史影像与电视报道的现实影像接轨的一种尝试。

① 参见《“电影公司就是为 BAT 打工“将一语成真？》，http://money.163.com/14/0623/07/9VDHSPKA00253B0H.html。

我们生活在一个影像占据空间和时间的时代，影像与现实混杂，不同影像的并存共同建构了当今人们的视觉经验，在一定程度上决定了人们的思维方式。况且，一般人通过电视转播看到的香港回归交接仪式，也是一种影像。电影的虚构影像与电视的现实影像对接起来，形成了前因后果的逻辑关系，仿佛让人们看到一种完整的形象化的历史与现实融合的流程。其主人公是一个抽象的群体概念——中国人，它超越了具体的时空，在与西方人长达150多年的冲突中，历尽沧桑，不屈不挠，香港失而复得，终于扬眉吐气。"[①]

如果说，上述文化事件未必是刻意的媒介联动行为，而更像是一种电影与电视的邂逅，那么，在湖南卫视的亲子互动真人秀节目《爸爸去哪儿》、浙江卫视的专业音乐真人秀节目《中国好声音》获得收视成功之后分别拍摄的影片《爸爸去哪儿》《中国好声音之为你转身》，则更像是精心策划的媒介跨界传播案例。这两部票房差异颇大的影片，在"电影叙事"这一问题上则几乎遭遇了一致的批评。媒体用《〈爸爸去哪儿〉火爆，中国电影没救了？》为题来质疑"'五天就拍好'的电影两天收获1.7亿票房"的怪象，探寻"同样综艺节目改编的《中国好声音》电影版就票房惨败"的原因。[②] 在当下中国电影的生态环境中，票房并不能成为衡量与判断一部影片创作／制作水准的唯一标准，有时候甚至不是主要标准，"烂片"的屡屡票房走红是个警示，无论于"产业"，还是于"文化"。此种怪象同时也一再验证了有什么样的观众就有什么样的电影的说法。也就是说，一部影片事实上是在文本、作者、观者共同参与之下才得以最终完成的。至少在判断一部影片是否是真正的"电影"方面，似乎多数普通观众并不太在意这个问题，但它却应该也必然是专业领域所需要直面的问题。对于这样一些至少以两种不同的媒介（电视与电影）来呈现或表达同一题材的案例来说，如何发挥各自媒介优长，创作出具备各自专业感的影视作品，而同时又能获得观众认同，则是影视人无法规避的话题。

从微电影《老男孩》（肖央导演，2010年）到剧情长片《老男孩之猛龙过江》（肖央导演，2014年），则提供了多屏叙事的另一个可供讨论的文本，或者说另一种模式：由网络视频到影院电影。事实上，网络视频受众与影院观影观众有着更多内在的一致性，相比较于通常意义上的电视观众而言，即便是同样作为

---

① 胡克：《转型期电影走势——评1996—1997年中国电影》，《当代电影》1998年第1期，第13页。

② 参见《〈爸爸去哪儿〉火爆，中国电影没救了？》，http：//view.news.qq.com/original/intouchtoday/n2692.html。

电视剧观众，前者更多关注的是美剧，或者韩剧。此种一致性，为网络视频往影院电影延伸提供了更多可能性。而对于《老男孩》这个文本而言，与前述的《爸爸去哪儿》不同，《老男孩之猛龙过江》对原作微电影有了更多重新结构的叙事成分。作为一部类型杂糅的影片，它融会了多种类型片的影像/叙事元素，尽管依然能够看出某些类型拼凑的痕迹，但对于处在类型片起步阶段的国产电影来说，这种尝试仍然是有启发与借鉴意义的。两个文本相比，不变的则是对于青春记忆的不可遏制的怀恋，以及对于底层人音乐梦想的企盼，还有一而再成为流行的从《老男孩》到《小苹果》的主题歌。另一个可供参考的信息是，这部影片上映四天票房过亿，其女主角屈菁菁获封“国民前任”。[①]

由于网络传播所具备的与传统电影传播不同的特点，给影像叙事带来了新的问题，以及更多的可能视角。当电影传播不再被限定在影院、家庭等固定的场所，而在“移动”中进行，那么，一部影片的长度是否仍然限定在两小时左右的标准长度？这种时间限定对处于飞机、地铁、公交车等运动状态中的观影者而言，显然并不适合，网络时代的观影事实上更具有短片化与碎片化特征，这大约可以部分解释“微电影”这种形态在近年来的勃兴。但微电影之“微”，显然包含但又不仅仅包含其长度，仅就其长度而言，也并非是标准长片的“截断”。更重要的是，这种长度在数十秒至数十分钟不等的影片样式，由于其影像载体的多样化，也由于其观看环境的多样化，这一些都给其影像与叙事层面的表达带来了新的要求。也就是说，微电影有着它自己的影像与叙事法则，以及与之相关的美学与文化特征。

事实上，在电视电影时期作为主要观影模式的 DVD 播放，已然改变了影院电影的观影习惯，诚如波德维尔所言：“在影院中，无论你有何动作，电影都会一直正常播放。但在观看 DVD 时，你则可以按下暂停、快进，或是跳过某一幕，打乱章节播放顺序，甚至将整部影片倒序播放。”[②] 波德维尔由此得出的结论是：“DVD 让电影变得更像一本书。”[③]

多屏时代的出现，恰恰并不意味着某种“屏”的消失，而是它们共同构建

---

① 参见《〈老男孩〉票房过亿 屈菁菁获封“国民前任”》，http：//ent.qq.com/a/20140716/046827.htm。

②［美］大卫·波德维尔、克里斯汀·汤普森：《观照电影：艺术、评论和产业的观察》，何超译，北京，世界图书出版公司 2014 年版，第 329 页。

③［美］大卫·波德维尔、克里斯汀·汤普森：《观照电影：艺术、评论和产业的观察》，何超译，北京，世界图书出版公司 2014 年版，第 330 页。

了当下影像传播的多元特质。影院电影、电视电影和网络电影作为电影传播媒介的主体，所产生的一系列的媒介行为，也将走向一条更加密集、互联和智能的大数据媒介化生存之路。

作者系北京师范大学新媒体影像研究中心主任
艺术与传媒学院教授、博士生导师
本文原载于《艺术百家》2014 年第 5 期

楚小庆

“反植荷渠”艺术样式演变及其对中国建筑装饰设计的影响考略①

引　言

在中国传统建筑（主要是寺庙等宗教建筑和宫室园林等宫廷建筑）装饰中，通常在藻井中通过采用“反植荷渠”的设计样式来表达特定的文化含义，同时这种作为文化符号的纹样设计也具有相对固定的指代性。这种样式的表现方式，常常以在中心部位绘制或制作浅浮雕形式的倒垂式荷花造型为典型特征，并在周边饰以多种花卉纹样。就表现形式而言，这种样式主要呈现为彩绘和浅浮雕两种基本样式，而这两种样式又常与建筑彩绘结合在一起。在中国古代艺术文献中，曾有多处对这一装饰样式予以描述。如在宋代李诫所撰的《营造法式》藻井一节中，就引用东汉王延寿的语句“圆渊方井，反植荷渠”。并解释“反植荷渠”之称，是因其“为方井图，以图渊及芙蓉华叶向下故云反植”②。该文中不但

---

① 本文为 2013 年度江苏省社会科学基金重点项目“当代技术发展与艺术形态嬗变的关系研究”（编号：13YSA002）；2013 年度江苏省文化科研课题重点项目“当代社会技术发展与艺术形态嬗变关系研究”（编号：13ZD03）；2013 年度江苏省第四期“333 工程”科研项目资助计划“当代技术发展与艺术形态嬗变的关系研究”（编号：BRA2013158）；2013 年度江苏省“五个一批”人才资助项目“当代社会技术发展与艺术形态嬗变的关系研究”（序号：O1）（苏宣通［2013］86 号）；国家“211 工程”三期“艺术学理论创新与应用研究”重大项目。

②（宋）李诫编修，梁思成注释：《营造法式注释》卷二，见《梁思成全集》第 7 卷，北京，中国建筑工业出版社 2001 年版，第 38 页。

说明了"反植荷渠"这种装饰艺术样式的造型特点，还暗示了这种样式所处的位置"圆渊方井"和所属的建筑类型等相关信息。

本文主要采用图像与文献考证相结合的方式，通过对佛教石窟寺庙藻井和其他建筑装饰中出现的中国传统建筑装饰"反植荷渠"艺术样式的生发来源、主要分布、不同发展类型、造型特点及其装饰艺术风格以及文化寓意等内容的梳理，就其发展演变和传承传播的基本脉络提出进一步探讨的可能。值得我们关注的是，"反植荷渠"艺术样式在历史传播过程中具有不同的审美文化指向，尤其是该样式中心部位的荷花造型在明清时期逐渐转变为龙纹，并且从宗教建筑寺庙装饰拓展到宫廷装饰和现代的公共建筑装饰之中，这一趋势一方面体现了"反植荷渠"艺术样式从"实用"性装饰向象征性文化符号演变的历史过程；另一方面也生动地显示了中国传统建筑装饰艺术在不同历史时期根据审美文化需求更迭而出现的造型变化，以及其文化象征寓意的逐步演变过程。

中国传统建筑装饰"反植荷渠"艺术样式的文化渊源及造型特点

以现有的文献记载来看，对"反植荷渠"样式最早的描述见东汉时期文学家王延寿所作《鲁灵光殿赋》。从中可知"反植荷渠"样式在西汉时期已经被宫廷建筑所用。[①] 不过这种样式显然也在寺庙等宗教建筑装饰中出现。这种现象的出现至少反映了这样一种可能，即"反植荷渠"样式属于早期建筑所特有的一种装饰设计手法，具有其他样式所不能替代的装饰目的和意义。就这一点，可从古代西域石窟藻井的装饰中寻找到有力的证据：如开凿于 5—6 世纪的新疆库木吐喇石窟第 21 窟和开凿于北凉时期（397 年或 401—439）的敦煌石窟第 272 窟中就饰有"反植荷渠"的装饰纹样。由于上述石窟开凿时间相对较早，窟内所绘的"反植荷渠"样式具有一定的研究参考价值。从库木吐喇石窟开凿的时间以及表现手法、艺术风格等来看，这种样式显然与鲁灵光殿所绘"反植荷渠"的特征基本一致。只不过库木吐喇石窟第 21 窟顶部藻井装饰中的"反植荷渠"艺术样式不仅意在装饰，还以"荷花"来指代佛的形象，具有特殊的宗教寓意和文化象征性。从时间来看，我们可以判断"反植荷渠"样式在西汉时期的灵光殿建筑装饰中出现的时间要早

① 灵光殿修建于西汉时期，是汉景帝刘启之子鲁恭王刘余在曲阜建造的宫殿。汉景帝于公元前 188 年至前 141 年在位，足见这种装饰样式在公元前 2 世纪时已经被西汉宫廷建筑所采用。

于佛教石窟寺。或许这种样式经汉代（戍边军队）传入西域，因为库木吐喇石窟壁画明显受到了中原汉地风格的影响，不排除“反植荷渠”纹样也是同样的渠道传至龟兹等地的石窟寺。

既然“反植荷渠”样式在寺庙（石窟寺）中具有特殊寓意或指向，同宫廷建筑防火灾和装饰美化的双重“实用”作用还有一定的区别。这种样式相同，但目的却不尽相同的现象说明，不同类型建筑的使用目的决定了“反植荷渠”纹样所指代的“功用”。笔者认为，中国古代建筑的材料和构筑方式，就决定了防火是建造完成之后长久使用需要特别关注的头等大事。因此，与水有关的装饰图形可能在不同的传统建筑装饰中得到运用，应当具有重要而特殊的含义——这或许也解释了“反植荷渠”纹样在宫廷和寺庙建筑中均有出现的原因。对这种作为水生植物的“荷渠”在建筑物中具有“厌火”寓意的描述，在《海碌碎事》里就有记载。如：“屋栋之间为井形，而加水藻之饰，所以厌火灾也。”[①]又有对绘制水藻的明确解释是因：“荷、麦、藻三者皆水物，所以厌火灾。”[②]以此来阐述藻井装饰中绘制水生植物的具体原因。另有文中谈及“藻井”的“井”字实则也与“厌火”相关。故在《尔雅》中又有这样的记载：“荷，芙蕖，种之于员渊方井之中，以为光辉。”从上述不同记载分析，藻井所绘皆为“水物”，不仅能“厌火”，还可为增“辉”。

以上分析说明，其一，中国传统建筑之中的“反植荷渠”纹样主要是对水生植物的形象描绘；其二，在建筑装饰中有选择地考虑到了对建筑有避火之意味的水生植物，具有明确的“实用”价值导向性。

在部分中国古代艺术文献中，也对“反植荷渠”这一样式的形式特点进行了相关描述。比如《格致镜原》中这样论述：“其茎倒植于藻井，其花下向反披押猎，花叶参差貌。”[③]在该句中，狎猎有五彩缤纷之意，是对花卉的形象描绘。从这种造型样式的布局分析，荷纹居于中心部位向下倒立，是以“反植”得名的原因，也说明了其外在形式的特点。并且，宋李诫在《营造法式》中，也对这一样式给予了专门的解释：“荷茎缀其根于井中，其叶下垂，故云倒也。”[④]并提到：“于顶心之下施垂荷或雕华云卷。”[⑤]以上记载说明，尽管不同文献对这种藻井建

①（宋）叶廷珪撰，李之亮校点：《海碌碎事》卷四下，北京，中华书局2002年版。

②（宋）李诫编修，梁思成注释：《营造法式注释》卷二，第38页。

③（清）陈元龙撰：《格致镜原》卷二十。

④（宋）李诫编修，梁思成注释：《营造法式注释》卷二，第38页。

⑤（宋）李诫编修，梁思成注释：《营造法式注释》卷八，第215页。

筑装饰样式的记载略有区别，但所描述的“反植”和以荷为中心花饰等特点均基本一致。顾名思义，文中提到的“其叶下垂”，显示了荷花图形“倒”或“反植”的特点。

通过对以上分析得出，“反植荷渠”装饰纹样具有以下基本特点：一、是其位置主要位于中国传统建筑群体的屋栋之间；二、是这种装饰造型图案所表现的艺术样式以水藻为饰，以反置荷纹为中心，并且成为相对固定的程式化装饰纹样；三、是这种建筑装饰纹样的民俗文化寓意主要在于厌火，目的是防止木结构建筑易生的火灾；四、是中国传统建筑装饰也采用“反植荷渠”的艺术样式达到气派、堂皇、华丽、富贵的装饰美化作用，甚至是显示社会地位、文化等级的作用——即中国古代艺术文献中所表述的“以为光辉”。这说明“反植荷渠”有其明确的审美功利目的而并非仅仅为装饰之用。

笔者在上文中认为，“反植荷渠”艺术样式虽然无历史文献明确记载这种艺术样式源于中原内地的建筑装饰设计，而且由于缺乏木结构建筑实物，但如果从克孜尔石窟（约开凿于 3 世纪，8 至 9 世纪逐渐停建）、库木吐喇石窟（开凿年代约稍晚于克孜尔石窟，在南北朝后期至盛唐时期最为繁荣，13 世纪伊斯兰教东传入后被废弃）和伯孜克里克石窟（约开创于 5 至 6 世纪的吐鲁番地区高昌王国时期，废弃于 13 世纪末）等石窟寺开凿的时间相比，西汉灵光殿建造的时间要更早。所以，现有的古代相关文献均表明这样一个事实，就是“反植荷渠”艺术样式在创作时间上首先应当出现在汉地的宫廷建筑之中，而非西域的石窟藻井装饰传入中原。

对此，也有部分研究者有类似看法，如认为河南新郑李家楼国大墓出土的青铜礼器——春秋荷鹤方壶（目前推测为创作于公元前 571 年至前 530 年的春秋中晚期郑成公与郑简公时期），顶部壶盖制作为镂空的外开式荷花形，应当是“反植荷渠”艺术样式在中原出现的早期形式。① 不过仔细考察就会发现，以上所述青铜礼器装饰纹样的艺术特点在如下三个方面与“反植荷渠”样式存在进一步商榷之处：一是“反植荷渠”艺术样式在建筑中具有显著的“厌火”作用，是建筑（藻井）装饰整体造型和文化符号的一部分；二是“反植荷渠”艺术样式是以倒植向下的荷花为主要特征，春秋荷鹤方壶上镂刻的荷花则表现为向上的造型构

① 具体可参见张晓霞：《佛教对传统荷纹的影响》，《苏州大学学报》（工科版）2004 年第 6 期，第 32 页，以及莫殿霞：《敦煌石窟藻井井心荷花图案的探析——北朝至隋唐时期荷花纹样造型的变化》，《文物世界》2006 年第 6 期，第 15 页。

图和艺术风格；三是青铜礼器镂刻荷花的装饰纹样未在其创作出现之后的其他器物上得到广泛应用，而“反植荷渠”艺术样式则在汉以后的（宫廷或墓室等）建筑装饰和石窟寺（庙）的宗教建筑装饰绘画中得到广泛运用。不过以上这些，也可以从一个侧面证明，在中原汉地的相关器物中，已经存在对莲纹样式的描绘。

相比之下，公元 1 世纪以前印度的部分荷纹雕刻为团花状纹饰设计，整个造型设计中荷瓣较多且在图案形式上与“反植荷渠”样式较为接近。其荷花的花瓣组合形式及造型特点，均与“反植荷渠”艺术样式相符合——这无疑暗示了二者之间存在着某种密切的联系或文化传承关系。（参见图 1）

图 1　左、中图为印度 2—3 世纪以前的莲纹雕刻，右图为孔雀王朝时期的莲纹雕刻。（转引自张晓霞：《佛教对传统荷纹的影响》，《苏州大学学报》（工科版）2004 年第 6 期，第 33 页。）

从“反植荷渠”艺术样式发展的过程来看，其传承变化并不是呈单一的发展路线，而是在不同地区同步传播，整体来看大致有两条基本的发展路径：

其一，“反植荷渠”艺术样式在中原内地建筑（含陵墓建筑）装饰中发展，并逐步变化为一种文化身份和社会地位的象征。

“反植荷渠”艺术样式在中原早期的建筑（含墓葬建筑）藻井中已有发现。如在 1956 年《东汉沂南古画像石墓发掘报告》中就指出，该画像石墓葬的藻井就是以荷花装饰的，研究者认为：“王延寿的鲁灵光殿赋谓‘圆渊方井，反植荷渠’，这墓虽只有方井，但用荷花为藻井的装饰，却和灵光殿一样。”① 东汉张衡在其《西京赋》中就有：“蒂倒茄于藻井，披红葩之狎猎。”② 又说明“茄者荷也”。至唐时期，甚至规定有较高身份和社会地位者才能在其建筑构造中建造藻井，

① 南京博物馆、山东省文物管理处编：《沂南古画像石墓发掘报告》，北京，文化部文物管理局 1956 年版，第 6 页。

② （梁）萧统编，海荣、秦克标校：《文选》，上海古籍出版社 1998 年版，第 11 页。

足见这种装饰设计样式也代表着一种社会地位和身份特征。如当时的社会等级制度就曾规定：“况王公以下房舍不得施重拱藻井。”[①]

其二，“反植荷渠”艺术样式在石窟寺（西域和敦煌等地的石窟寺）建筑装饰中也有出现，并将莲花的寓意予以拓展。说明这种建筑装饰纹样在历史演变过程中，不但在纹饰颜色和形式方面产生过变化，而且在表现内容或寓意方面也体现出一定的延展性。

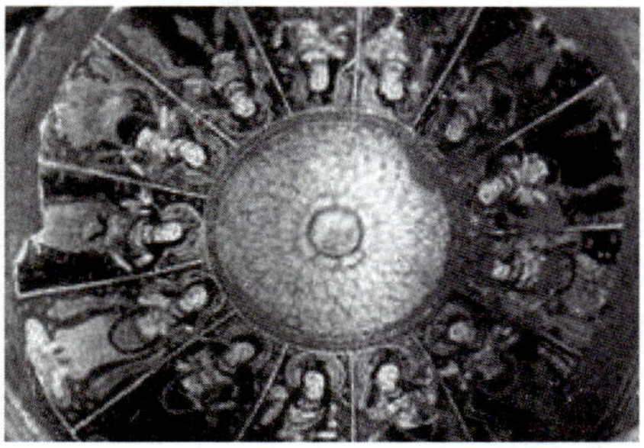

图 2 新疆库木吐喇石窟第 21 窟所绘“反植荷渠”，5—6 世纪（笔者 2007 年摄）

图 3 龙门石窟莲花洞窟，北魏（图片来源：http：//www.suitangcity.com/lygl/jdgl/438.html）

虽然荷花装饰纹样并非随着佛教（建筑）的传播进入中原，但“反植荷渠”样式并不限于中原各地，在古代新疆和甘肃等佛教石窟藻井装饰中也有所体现。如吐鲁番齐康湖石窟第 4 窟主室（入口处）藻井以及敦煌莫高窟第 272 窟藻井中均绘有“反植荷渠”装饰样式。对于藻井中的荷花图案，当前学界仍存在不同的观点。这其中，有观点认为：“是以荷花为佛法，并以此为中心的佛法世界。”[②]这一观点显然暗示“反植荷渠”实为佛教（石窟）建筑装饰的一种特有样式，是一种文化符号。这种现象，可以从新疆库木吐喇石窟第 21 窟、吐峪沟石窟第 44 窟、敦煌莫高窟第 272 窟、龙门石窟莲花洞窟和云冈石窟第 7 窟等石窟寺的部分洞窟藻井装饰图案中得到证实。（参见图 2、图 3）此外，建于北宋时期的宁波保国寺大殿藻井，与克孜尔石窟中的造型格局基本一致，均是以荷花为中心由内向外的辐射造型，不同之处仅在于宁波保国寺大殿是以木

① 《唐会要》卷三十一《杂录》，北京，中华书局 1955 年版，第 575 页。

② 袁德领：《试释莫高窟第 272 窟的内容》，《敦煌研究》2002 年第 5 期，第 17 页。

图 4　宁波保国寺大殿藻井中的木结构“反植荷渠”样式，北宋（笔者 2011 年摄）

结构构建且藻井斗拱并不做过多修饰。（参见图 4）

综合以上分析，从对中国传统建筑装饰造型“反植荷渠”艺术样式的历史回顾和图像分析来看，至少有着三个不同指向：一是“反植荷渠”艺术样式在文化含义上的防火功用，其文化内涵包括民俗文化上的“厌火”之寓意；二是其艺术样式和符号造型指代“佛法”的文化符号；三是“反植荷渠”艺术样式自身也是一种文化符号，也是一种社会地位与文化身份的符号象征。这三种不同的意寓指向，实际上在更深层面体现了其不同的社会功用目的和审美文化特征。需要指出一点，在佛寺建筑装饰“反植荷渠”艺术样式中，由中心荷纹向外呈辐射状的构图形式是一种较为典型的造型风格，有些在其中绘有头部紧邻荷花且呈环绕状的佛像图案。

“反植荷渠”纹样艺术风格对中国传统建筑装饰的影响及当代应用

中国传统建筑装饰“反植荷渠”艺术样式在不同历史时期及不同地域所呈现的造型风格也不同。例如，在莫高窟除第 272 窟之外，还有开凿于北朝时期的第 249、268 和 431 窟采用了这种样式，其藻井装饰艺术风格均体现了造型简洁，以及纹样种类和层次变化相对单一的艺术特点。其艺术特点可以概括为整个造型图案主要采用黑、白、朱、青和绿色为主，颜色之间缺乏深浅变化（以平涂为主），并且藻井边缘的纹样与色彩均较为简单，整体无复杂纹样，甚至装饰纹样中的荷花造型就是以圆形或稍加荷花瓣装饰的圆形组成。同样，在山西大同云冈石窟藻井装饰中，“反植荷渠”样式也同样体现了北朝时期形式单一的装饰风格。整个造型图案设计以平棋与藻井相结合，荷纹造型简单，色彩也并不丰富。其艺术风格可以概括为：“与东汉王延寿《鲁灵光殿赋》描述‘圆渊方井，反植荷渠，发秀吐荣，菡茜披敷’相符，是汉代以来方井叠涩结构建筑形式的特点。”①

至隋代，中国传统建筑之中藻井的装饰艺术风格越来越趋于体现华丽的表现方式，并多采用套叠形式构图。“藻井井心的荷花装饰图案，无程式化，形象新颖，千变万化，可谓各逞其思，各有其妙。它的结构框架对唐代藻井的装饰发展有着极大的影响。”②隋唐时期，中国传统建筑藻井之中的方井结构产生了变化，主要表现为多层套叠，绘制于其中的“反植荷渠”艺术样式开始具有纹样多样、用色丰富以及线条、构图、颜色等更加富于变化等新的时代特点，中间的团花形状呈现多样变化，而且部分石窟中的藻井在“反植荷渠”纹样之外绘有四个环绕荷花的飞天造像，以此加以新的修饰。如开凿于初唐的莫高窟第 322 窟，就是这时期藻井装饰的代表作之一。在盛唐时期（705—781），中国传统建筑中的藻井在整体装饰上显得愈发富贵华丽，这也显示这时期的装饰工艺开始变得相对成熟，图案绘制工艺也愈发精湛。如莫高窟第 320 窟的藻井纹样是以“云头纹，小花瓣，荷花组成的宝相花。四周分别以方胜纹、半团花、连续菱形纹、花瓣纹、垂角纹、彩玲、璎珞纹作边饰。赋色精细，以朱、青、绿、黑、白五色交相辉映，并进行叠晕，产生色调浓烈、华丽的装饰效果”。③至唐代后期，藻井装饰中的“反植荷渠”纹样开始讲求精致，不仅增加了方井的层次表现，而且装饰纹样变得更多且整体色彩开始趋向清新淡雅，一改盛唐时期华丽繁缛的装饰视觉效果。这一时期的“反植荷渠”纹样作为一种较为成熟的艺术样式开始具有一定的程式化倾向。

从资料中可以看到，无论是北朝时期“反植荷渠”纹样简洁粗犷的艺术风

---

① 张华：《云冈石窟窟顶雕饰图案》，《敦煌研究》2003 年第 4 期，第 20 页。

② 莫殿霞：《敦煌石窟藻井井心荷花图案的探析——北朝至隋唐时期莲花纹样造型的变化》，第 17—22 页。

③ 莫殿霞：《敦煌石窟藻井井心荷花图案的探析——北朝至隋唐时期莲花纹样造型的变化》，第 17—22 页。

格，还是隋唐时期逐渐趋于富贵华丽的造型、色彩变化，这期间绘制的“反植荷渠”装饰纹样均遵循了一个基本的造型特点：就是始终延续着以莲花为中心，水生草纹为辅的装饰构图原则。“反植荷渠”装饰纹样中主要的题材和构图式样都没有变化。这也间接地说明，经过了从两汉时期至北朝时期，直至唐代后期的这一历史发展过程，这种“反植荷渠”的装饰纹样在中国传统的建筑藻井装饰中已形成相对固定的造型模式，成为一个作为具有一种固定的文化象征寓意的整体文化符号。

在中国传统建筑中的塔寺建筑方面，建于辽代的山西省朔州市应县木塔的藻井装饰造型，整个八角形的藻井井边是由层层叠加的木结构塑造成“反植荷渠”的艺术样式，上绘五彩遍装，虽为木底，但所绘的图案颜色对比鲜明。至清代，建筑装饰中的“反植荷渠”样式在宫殿建筑中的应用，已经逐渐发展成为一种权力与威严的象征图形。藻井的型制、层次和空间跨度也更加多样。如紫禁城太和殿下方上圆形的藻井结构，在型制、空间跨度和绘制工艺的精湛水平等方面均体现出了皇权至上的装饰理念。而养心殿采用了绿色和金色搭配装饰殿内藻井。（参见图 5）此外，北京天坛的皇穹宇藻井装饰，就采用了与建造形式一致的圆形，体现了“天圆地方”的文化理念，藻井装饰造型由中心向外层层辐射（其样式与宁波保国寺大殿藻井相同）。圆形藻井、装饰纹样和色彩搭配组成了一个层次丰富又浑然统一的立体空间。不同的是，这两处藻井中，本应该位于整个装饰纹样中心位置的荷花图案已经被龙纹所替代，体现出了“天圆”

图 5　故宫养心殿藻井装饰，明嘉靖（笔者 2011 年摄）

之意和皇权的象征。（参见图 6）随着这种变化而同时出现的另一个宫廷建筑的文化特点是，龙纹不仅取代了位于中央位置的团花状的荷花图案，藻井的周边部位也出现了环绕的龙纹装饰图案。

图 6 天坛皇穹宇的圆形藻井装饰，明嘉靖（笔者 2011 年摄）

历史发展到了现当代时期，由于对“反植荷渠”纹样造型的借鉴而创造生发出了新的艺术样式，以及建筑装饰的场所变化导致对装饰纹样的不同要求，其已不再具有“厌火”的民俗文化寓意和“佛经”的隐喻象征意义，但仍能够表达其独特的装饰艺术语言。例如，在 20 世纪 50 年代由原中央工艺美术学院院长常沙娜教授主持的人民大会堂宴会厅顶部天花装饰设计，就借鉴了敦煌石窟具有唐代藻井装饰设计风格的“反植荷渠”艺术样式，不但烘托了人民大会堂的雍容华贵、落落大方的整体风格以及符合宴会厅功能需求的喜庆的环境气氛，而且表达了吉祥团圆的美好寓意，与中华民族大团结和世界民族大团结的主旨相契合。（参见图 7）不难发现，这种源于早期佛教建筑及宫廷建筑的装饰艺术样式，已逐步发展成为一种具有浓厚中华传统文化色彩的艺术符号。这表明中国传统建筑装饰中的“反植荷渠”艺术样式发展到今天，已经演化成为一种装饰性的图符，原先具有的如防火等某种隐喻的功能已经被弱化，在现代化的今天已经彻底摆脱了宫廷建筑或佛教建筑艺术中的特定的指代及文化象征功能。

简而言之，中国传统建筑装饰设计中的“反植荷渠”艺术风格的演变及其影响，从一个侧面反映了中国建筑装饰艺术的审美发展历程。中国建筑装饰纹样“反植荷渠”的艺术风格可以基本概括如下三点：一是“反植荷渠”装饰纹

图 7　人民大会堂宴会厅天花设计，20 世纪 50 年代（笔者 2001 年摄）

样的造型、色彩、构成等经历了简洁概括到繁缛华丽，再到清雅庄重的发展过程，这是一个不断完善的艺术创作过程；二是“反植荷渠”纹样曾表现了“厌火”的民俗功能和“佛法”的文化寓意，以及象征皇家权力和社会地位、文化身份等不同的指向，呈现出一个动态的变化过程，这个过程是和社会政治结构的发展进步、科学技术水平和生产力水平的不断增长以及人类社会文明程度的逐步提高相同步的；三是“反植荷渠”纹样从最初的一种简单的装饰艺术形式，已经逐步演变成为中国传统（建筑）装饰艺术中的一种成熟的造型形式，已经被抽象成为一种具有深厚的中华优秀传统文化积淀的吉祥的文化符号，具有喜庆、圆满之意。

结　语

通过上述分析，我们对中国传统建筑装饰“反植荷渠”艺术样式的造型形式和文化寓意有了基本的认识。以上可以概括为如下三点：一、“反植荷渠”艺术样式是中国古代建筑装饰中具有明确寓意和指向性的艺术手法，但这一样式在宫廷和佛教建筑的装饰中显然有不同层面的指代关系；二、这种样式自身经历了作为一种特殊功能和社会作用的装饰文化符号的历史发展过程；三、“反植荷渠”艺术样式在整个发展演变过程中并没有出现程式化的固定、单一的模式，而是呈现出了以荷花为主题的表现为多种装饰艺术风格的造型形式，其核心题材不变，形式、色彩等随时代发展而有相应变化。

此外，“反植荷渠”艺术样式也随着建筑的不同形式而呈现出圆形和方形等不同的构图变化。而在宫廷建筑和宗庙等公共建筑中“反植荷渠”纹样中荷花则被替换为龙纹，这反映了不同历史时期、不同功能场所的创作创新和创新形式对“反植荷渠”艺术样式的借鉴，从而表现出了不同的场所精神。如明清时期宫廷建筑中的藻井装饰就将这种样式中的“水物”替换为了象征皇权的龙纹；而新中国成立之后建起的人民大会堂，在宴会厅顶部天花装饰的图案设计中则去除了繁缛的纹饰细节，弱化了皇权象征，显示了民主、团结的时代精神，从中华优秀传统文化积淀中抽象出了精炼的文化符号，表达了中华民族和世界民族共同期望实现吉祥、团圆、和谐的美好生活的愿景的文化寓意，这种触动和破除皇权的革新在更深层次上则彰显了人民当家做主的豪迈心情和改天换地的开拓进取精神。这种艺术样式和社会文化在相互影响中不断更迭变化，时代精神也不断融会其中，艺术风格的新形式、新变化不断涌现，这些又一起催生了艺术创作的不断创新发展，中国传统建筑装饰设计也在不断展现出与时代相映衬的新的艺术面貌。

作者系江苏省文化艺术研究院副院长、副研究员
《艺术百家》杂志常务副主编、副编审
本文原载于《敦煌学辑刊》2014 年第 2 期

崔　伟| 加强对民营戏剧的科学管理和有效指导

随着文化体制改革的成功推进，特别是党的十八大以及十八届三中全会提出“大力推动社会主义先进文化的大发展大繁荣，坚定不移发展社会主义先进文化”，我国的戏剧事业得到全面发展。不仅优秀作品和人才不断涌现，演出市场充满生机活力，而且在创作、演出的体制、机制上也呈现出前所未有的繁荣面貌；其中民营戏剧群体的异军突起和剧目创作的数量大增，越来越成为构成当前戏剧艺术多彩局面，特别是影响当代戏剧发展与观众审美趣味的重要方面。

新世纪以来的十多年中，民营戏剧从新生事物到蓬勃发展，并且很快就在数量和文化演出市场的辐射影响力方面远远赶超国有剧团，且这种发展与萎缩的反差，随着文化体制改革的推进、文化政策的完善，以及文化市场的更加成熟还将加大。在民营戏剧飞速发展的情况下，其越来越成为戏剧艺术创作、演出主体的态势将更加凸显，同时更应看到民营戏剧对社会和观众的影响也会越来越大。因此，如何有效及时引导民营戏剧健康发展，已是不容忽视的重要文化管理课题！

民营戏剧实体目前根据城乡特点也呈现出两种形态。在一些内地省份和基层，民营剧团基本是以地方戏曲的演出为主；而在北京等经济、文化比较发达和观众文化层次较高的大都市，民营剧团则以小剧场话剧和实验戏剧的形式大量存在。应该说，两种形态的剧团，因为生存环境与观众群体的不同，在发展中面临的现状与存在的问题也存在着迥然的差异。

据数据显示，北京市 2011 年底注册的营业性文艺表演团体就有 504 家，其中民营团体 452 家，占总数的 89%，比 2010 年新增 46 家；2012 年 6 月，民营艺术院团已达 530 家，也就是说，在短短的 6 个月内增加了 78 家，超过 2011 年全年增长的数量（见《北京商报》2013 年 7 月 5 日）。而且，大多数民营戏剧团体都非常重视通过新媒介推广他们的演出。他们演出的广告尽管在电视台和报刊等传统媒体上并不多，但却往往利用青年人喜爱的网络、广播和地铁、车身、站台广告等形式，在宣传势头和传播效果上不可小觑。此外，不久前北京的有关电台也开设了专门介绍民营小剧场演出的节目，邀请剧社经营者、编导和演员介绍推广新上演剧目，并赠送演出票。事实是，由于目前国有话剧院团在演出剧目、票价，特别是剧目的艺术风格多样化与欣赏效果上还不够“亲民”，以及当前城市交通不便等原因，导致艺术欣赏个性化极强的青年戏剧观众群体越来越成为民营戏剧的忠实粉丝和拥趸。因此，民营戏剧实体在思想和艺术方面对当前青年文艺欣赏者群落的影响也越来越大。

在充分肯定民营戏剧艺术的发展合理性与积极意义的同时，一些民营剧团和演出中也存在着艺术创作倾向上亟待注意和加强管理、指导的突出问题。具体表现在：一些作品题材上更多是描写城市白领和少数族群的一种小众情调、小资趣味，在“坚持以人民为中心的创作导向”方面有待强化；一些剧目在表现内容上过度追求娱乐化，在世界观、价值观方面鼓舞人、激励人的积极精神作用相对弱化；还有些剧目仍然以噱头、恶搞，甚至解构历史和经典为卖点，没有解决好寓教于乐的艺术课题。

正因为一些民营戏剧作品在表现内容上存在着题材偏窄、内容偏小、格调偏低的问题，因此在艺术水平和对观众的审美影响上比较粗糙、浅显，缺乏对观众的深刻影响和心灵震撼。尤其要看到的是，由于目前民营戏剧演出的观众多是大学生和刚走上工作岗位的青年，他们在世界观、艺术观、审美观等方面处于一个正在形成的关键阶段，民营戏剧在题材、艺术风格与质量上的局限性一定程度地会影响到青年观众和社会文化的审美观、价值观。

民营戏剧作为文化体制改革后出现的新事物和繁荣社会主义文化的新力量，不仅应得到全社会各方面的热情帮助，大力支持，其作为精神文明和社会文化的创造与传播者，更应自觉地承担起社会主义先进文化陶冶人、鼓舞人、净化人的精神铸造、心灵慰藉、审美提升的作用。绝不应从发展伊始就在弘扬核心价值体系方面责任弱化、思想淡化、艺术退化，特别是消减中国话剧艺术与生俱来的在思想和艺术方面的强大“正能量”。因此，在目前文化体制发生深远变革和日渐走向多元、完善的格局中，尽快通过加强管理和指导，使刚刚起步的民营戏剧“走好、走正”非常重要，迫在眉睫。因为它关系到未来新兴起的文艺业态和新体制能否健康发展，正确前行，迸发活力，特别是保证“坚持以人民为中心的创作导向”，贴近实际、贴近生活、贴近群众，做到为人民群众所喜闻乐见，起到鼓舞人、教育人、陶冶人的精神产品的重要作用。

根据当前民营戏剧的发展现状和存在的问题，建议社会和文化主管部门应采取有效措施，建立适当机制，更加亲和与人性化地帮助扶持民营戏剧这支文化新生力量健康前行。首先应尽快设立民营剧团艺术发展基金和建立民营戏剧团体评价体系，支持资助优秀剧本搬上舞台，定期奖励思想性、艺术性、观赏性上乘的优秀作品。其次，要从民营戏剧剧本创作这个基础而又薄弱的环节抓起，鼓励那些具艺术功力和社会责任感的职业剧作家为民营剧团创作优秀作品，并对作品排演和剧作家的劳动给予物质与精神上的表彰奖励。第三，以简朴灵活的方式创办民间戏剧艺术展演周、展演月等展示平台，由观众、专家、媒体、演出商等共同评选出优秀作品，政府以文化购买的形式对这些作品给予推介推广，如印制剧本集，鼓励弱小和缺乏演出剧目的民营剧团搬演。第四，地方文化部门应将特别优秀的民营戏剧作品纳入文化惠民、为民项目，在公益性演出以及剧场演出费和媒体广告宣传方面给予优惠或减免。第五，切实加强文艺评论的导向、批评作用，重点培养并鼓励年轻一代的戏剧评论家多关注民营戏剧，以引导民营戏剧的正确发展，提高观众的审美水平。第六，有关文化部门可举办多样而灵活的读书班、讲习班等，紧扣民营戏剧和从业者的需求与缺失进行充实有效的思想与艺术培训。

总之，提升并使民营戏剧快速并健康发展的关键是应尽快打造一支有社会责任感和艺术创造力，既能焕发新的文化体制机制的灵活优势，又能在实现中华民族伟大复兴的中国梦的追寻中，用人民群众喜闻乐见的戏剧艺术鼓舞观众、陶冶观众、感染观众的民营戏剧艺术的生力军。

作者系中国戏剧家协会分党组成员、秘书长
本文原载于2014年2月25日《人民日报》第14版

高　伟 | 杂技节目的三个维度

改革开放以来，我国杂技事业和杂技创作发展很快，不仅在国际上受到普遍欢迎，在国内也越来越受到人们的青睐，杂技越来越多地出现在各种晚会上、电视荧屏里以及各种选秀节目中，人们普遍赞誉现在的杂技越来越好看，杂技在人们心中的形象已得到很大提升。

观众说好，是看热闹，只要好看、惊险，大家就会鼓掌欢呼。但在行业内，什么样的杂技节目是好节目，大家心中都有一杆秤，这杆秤的准星虽各有不同，却有一个基本衡量，这个基本衡量就是标准，对于一个行业来说，标准是行业公认的评价尺度，在这个尺度下，可以有不同见解。

我以为，对于一个杂技节目可以从三个维度来考量，这三个维度是：技巧、审美、人文。

技巧的维度：新、难

技巧是杂技的本体。我国杂技界历来有重视本体创新的传统。技巧的“新、难”是杂技界公认的评价标准。

“新”是对传统而言。技巧的本源由四个基本元素组成：腰（腰的运动形式）、腿（腿的运动形式）、跟头、顶（倒立）。任何一个杂技节目都离不开、也超不出这四个基本元素，节目就是由这四个基本元素通过不同的排列以及发展、变异组合而成。节目中带有道具的，则表现人驾驭道具的能力极限，同样也离不开这四个基本元素。基于这种本源性的局限，杂技近三千年的发展一直处于不断创新的过程中，否则它可能就会因受众的喜新厌旧而消亡。

“新”可分为两种，一是技巧的新，一是节目的新。技巧的新是由上述四个基本元素的不同变化而来。技巧不可能凭空变化，只有在本源和传统的基础上才能出新。节目新是指节目的形态和内容有创新。首先，杂技的腰、腿、跟头、顶就是四种基本运动形态，它们的不同组合又变换出多种形态；其次，单独的技巧不能构成一个节目，只有技巧的组合以及它们之间必要的联结才能完成节目的构型。由此可知，技巧创新是节目创新的必然，但是新节目也可以根据构思与立意的不同，由原有技巧的不同组合运用所构成。所以，技巧是节目的基础，节目的创新都是在这个基础上完成的。当然，技巧创新肯定可以提升节目的审美价值。

“难”是对技巧而言。技巧是“克服身体障碍的方式”（苏联杂技理论家康兹涅佐夫语）。技巧的不同，表现出的“难”有所不同，技巧的叠加、力量的挑战、柔韧的曲率、腾跃的高度、空中的胆识、平衡的奇巧、造型的独特等都是展现难度的方式。技巧是对身体极限的挑战，就像人类对科学认知的进步过程一样，人类对人体结构的科学认知也是一步步加深，导致技巧挑战的难度越来越大，也越来越接近人体极限。

“新”与“难”是相互依存的，有“难”必有“新”，惟其“难”更深一步，才有“新”的更高一层。技巧的“新、难”是杂技产生艺术审美功能的重要基础，但是仅有它不等于就能成为艺术作品，要想成为艺术作品，则还应具有审美的维度。

审美的维度：奇、美

杂技艺术区别于其他艺术门类的主要特征就是展现新、难、奇、美的技艺动作，苏联杂技理论家尤·德米特里耶夫曾说过：“杂技虽然形式繁多，但是奇异性永远是杂技的基础，如果说它是杂技的形式，那么没有它杂技就不可能存在。犹如诗没有韵律、戏剧没有对话、绘画没有颜色就不能存在一样。”“同时，奇异性也是杂技艺术的特殊内容”可见“奇异性”是杂技最主要的审美特征。任何一个创新性的技巧，因其更接近于身体极限，带给受众不可思议的奇特感受，构成了杂技特有的审美效果，所以“奇”是衡量杂技作品的重要维度之一。

不同技巧具有不同的表现形式，所以“奇”有奇险、奇绝、奇美、奇特、奇巧、神奇等等不同向度的词汇描述，比如高空节目常有“奇险”，柔术节目常有“奇美”，力量型节目常有“奇绝”等的表达。杂技节目到达这个层面，激发起了受众的审美感情，才发挥出艺术特有的功能。

“美”是个被普遍讨论的话题，也是艺术作品最应具有的品质。杂技作品是否“美”是在受众审美过程中被界定的，所以杂技作品“美”的话题实际是审美的话题。杂技的“美”也有不同，如：技巧美、造型美、形象美、内容美、意境美、整体美，等等。技巧美、造型美是外在的形式美感，意境美、内容美、整体美等是作品深层的境界。

杂技一个很重要的特征是：形式即内容。人们所看到的技巧形式如果没有其他艺术手段的介入，它就是杂技的全部内容。这个特征导致杂技不擅叙事，也不具有表情达意的功能；其造型虽然具象，可见可闻，有表面感知的意义，但却缺乏审美想象的空间。这是杂技的短板。所以形式美、造型美只是达到了艺术审美的浅表层次：悦目，令观者产生快感。目前仍然有大量杂技作品，包括很多获奖作品停留在这个层次，难怪某位跑文艺口的著名记者说：现在的杂技美则美矣，但是留给我们的意蕴和思索不多。

而艺术审美，必须要从外在形式导向对内在的观看与审视，从快感导向心理情感深层的美感。我国一些杂技创作者在创作过程中以及通过同国外马戏的交流，逐渐对此有所认识，遂开始向着“有审美意味”的杂技创作方向努力，借助和融入舞蹈、戏剧、音乐、体育及舞美等多种手段，创作出一批具有意境美、形象性和整体美感的杂技作品，杂技审美开始进入较深的层次：养心。这就是我国古代美学理论中所说的“象外之象”“旨外之旨”。

人文的维度：情、思

“情”有爱国情、民族情、同胞情等大爱之情，同时也有人与人、人与家庭等的仁爱之情。“思”可以是哲思、情思，也可以是相思、思绪等。

杂技因其技巧追求人体极限的本体特点，一直被杂技创作界认为比较适合表现宏大主题，表现民族精神和家国情怀以及崇高、勇敢、攀登等精神主题和大爱之情。这种认识长期指导创作实践，所以杂技作品的主题通常都与历史、民族、社会等相联系，表现出文艺服务与建构社会精神的功能。可以说，杂技创作在这方面取得了很大成绩，发挥出应有的正能量。

但是也产生了一个问题，即主题单一化、技巧功能化，限制了杂技对身体语言多义性、隐喻性等的探索，这也是导致“全国杂技一台戏”的同质化现象的原因之一。近些年来虽然也出现了主题扩展的作品，比如《绸调——蓝色遐想》（成都军区战旗杂技团）、《行为艺术——度》（福建省杂技团）、《墨荷——蹬伞》（浙江曲艺杂技总团）等表现情感、哲思、意境的作品，但对杂技创作整体而言，这类作品还很少，没有形成普遍状态。同时杂技作品缺少对个体生命的关注的情况也没有改观。

如同舞台拉远了杂技与观众的距离一样，杂技与“人”自身和人的心灵的距离也渐行渐远，疏离“人”的本体而缺少真实生命的再现。杂技作为身体语言的演绎艺术，本应与“人”的个体生命和心灵发生更多交集，如国外很多杂技节目就很有触动心灵的感悟。第 10 届中国吴桥国际杂技艺术节上，瑞士杂技艺术家表演的《空竹》，只有两个人表演，空竹在他们的操控下如影随形地往来于二人之间，表达了二人相濡以沫的情感传递，作品技巧并不高难，但境界高雅脱俗；第 23 届法国巴黎“明日”世界杂技节上，美国艺术家表演的《滚环》，同样是借助滚环的转圜，表现了相思意绪的惆怅。作品朴实无华，直抵人心，与观众产生了心灵的触碰，最后该节目获得了银奖第一。他们的作品能给我们心灵的净化和情感的升华，就是因为他们的创作更多表达对生命状态的关注，对生命情感的宣泄，对心灵世界的抚慰，所以才会创作出具有浓厚人文色彩的作品。杂技技巧追求的是向人体极限挑战，是向人的意志、情感挑战，所以杂技创作者应该更多关注人的精神世界中理想、信念、爱与美的渴望，开掘日常生活和普通生命中所蕴含的具有永恒性的哲思，表现个体生命中丰富的心灵空间和情感世界。如此，杂技才会走近观众，走进人心，走进人的精神世界，给人以充满爱与情、哲与思的心灵启示与震撼。近读 5 月 9 日《中国艺术报》，第 5 版上的一个标题深深触动了我，这是文章中陈丹青对学习绘画的小学生所讲的一句话，他说：你们画的不是世界，而是你们的内心。我以为这句话道出了艺术创作的真谛。

今天，文化艺术的发展已经极大地提高了受众对艺术的认知，欣赏的口味和格调也有了很大改变。受众在观看节目过程中追求的是审美愉悦，是艺术的享受。他们对杂技技巧并不了解，他们追求的是杂技给予他们的感官享受和精神满足。所以，我认为杂技创作首先应以审美维度为先，即创作杂技节目首先从艺术审美的维度、人文的维度去考量，然后才是技巧维度，在“美”与“情”的前提下追求技巧的“新”与“难”，这样就大大开阔了创作视阈，使杂技从以“技”为先走向以“艺”为重，完成“技”与“艺”的融合。这不仅符合当下审美的要求，契合了艺术的本质，也使它更符合世界马戏发展的潮流，为中外文化交流、为多元文化的融合共通创造更好的条件。

作者系中国杂技家协会中国文联杂技艺术中心副主任

本文原载于 2014 年 5 月 16 日《中国艺术报》

郭云鹏| 俄罗斯马戏节随想

金秋九月，我踏上了俄罗斯这片神往已久的热土，参加由俄罗斯久负盛名的马戏团——尼古灵马戏团主办的第13届莫斯科青少年国际马戏节。在莫斯科虽然仅停留短短数日，赛场内外却给我留下诸多美好记忆，亦增长见识，亦令人回味，遂以粗笔记之。

马戏风情街

尼古灵马戏团创立于1880年，迄今已有130多年的历史，是俄罗斯最古老的马戏团之一，在俄罗斯乃至世界马戏发展史上具有举足轻重的地位。如今，一走到尼古灵马戏院坐落的莫斯科花园大街，人们就被浓烈的马戏风情所包围。

马戏院米黄色的高大建筑矗立在主干道旁，两匹腾跃白马的马戏团LOGO在灯光下熠熠生辉。台阶下，尤里·尼古灵在小轿车边站立的铜像，吸引每一个路过的行人，或驻足或留影，凝固的铜像仿佛在告诉人们，这里曾是俄罗斯马戏史上最著名的丑角大师之一尤里·尼古灵的主场，是他给走进剧场的每一位观众带来无尽的欢笑。在剧院对面的街心花园里，一组铜像依然引人注目：三个形态各异的小丑围成一圈，一只小丑惯用的道具箱散落一旁，而在场地中间，一个打着伞、骑着独轮车的小丑正在忘情表演……

其实，在花园大街上，马戏的元素远远不止这些。近在咫尺的地铁9号线，以“老马戏团”来命名这个地铁站；路边的指示牌特别标注着前方就是著名景点“尼古灵马戏团”；近两公里的街心花园道路两旁的灯箱上，全部是尼古灵马戏团的演出剧照；就连剧场旁边的汉堡王快餐店，也张贴着尤里·尼古灵不同表情搞笑夸张的剧照。花园大街是莫斯科一条古老的大街，而马戏让它更加闻名遐迩，因为在莫斯科，一提起尼古灵马戏团，人们就会毫不犹豫地告诉你，它在花园大街！

在不举办马戏节的日子里，尼古灵马戏院一周六天上演着精彩的马戏。因为在俄罗斯，马戏和芭蕾被誉为国家的两大艺术瑰宝，是地地道道的国粹，不少来自世界各地的游客都会慕名而来，把来此观看一场马戏作为来莫斯科旅游的必选项目。

传统马戏依然充满生机

传统马戏表演中，除了杂技，驯兽、小丑是不可或缺的重要组成部分。纵观俄罗斯马戏节，我们可以看到俄罗斯是传统马戏坚定的衣钵传承者，杂技、驯兽、小丑各门类在这里群英荟萃，传统马戏显示出勃勃生机。

在本届马戏节中，就有来自俄罗斯的驯狗、驯虎、驯豹、驯狗熊等种类繁多的驯兽表演，而且在不同组的各场比赛中，都有驯兽表演，占整场演出的比例达四分之一以上。此外，每个驯兽节目中，动物数量之多、表演能力之强、训练水平之高令人咋舌。观众们疯狂的叫声、不断的鼓掌声表达了他们对驯兽节目的喜爱。相比之下，我国的驯兽与俄罗斯的差距已不是一般的大。

俄罗斯马戏秉承传统，却时刻没有忘却创新。在《驯狗熊》节目中，几只身长两米多的成年大狗熊，没有在传统的金属拦网中，而是在开放的马圈中进行表演，装扮成吉卜赛艺人的驯兽师，在欢快的民族舞蹈中与狗熊一起嬉戏玩耍，身高体重的狗熊们丝毫未显笨拙，一会钻杆，一会套环，一会倒立前行，一会又骑在马背上与马一同疾驰，在尽显高超驯兽技巧的同时，给观众们展现出一幅人与动物和谐相处的生动画面。

尼古灵马戏团的创始人萨拉蒙斯基喜欢说一句话：“如果观众看马戏不笑，那还叫什么马戏团？”小丑，从马戏团创立之始就被定位于一个十分重要的地位。在尼古灵马戏团的办公大楼里，张贴着马戏团不同历史时期小丑的照片，其中不乏女小丑。波波夫、尼古灵都是其中最为闪耀的名字，许多观众对他们表演的内容虽然已熟记于心，但还是一次又一次地来看他们的演出，成为马戏团最为忠实的粉丝。

在俄罗斯，有着专门培养小丑的学校，许多年轻演员都是从这里学有所成，最后走上马戏舞台。本届马戏节上，就有两对小丑出演，他们既有独立的节目，又有换场间的小桥段表演，无不引发观众发自内心的欢笑。而其中一对二十出头的小丑则分外出彩，他们将生活中的趣事夸张放大，逗得观众捧腹大笑，表现出很强的综合素质。据他们讲，俄罗斯的小丑在国际马戏界非常受欢迎，每年都有众多俄罗斯小丑活跃在世界各地的马戏节。

评委对杂技精品的共识

高难技巧是杂技艺术的本体，也是其区别于其他艺术门类之根本所在。一个优秀的杂技节目，必定是技巧性与艺术性完美结合的产物。这样的理解在马戏节国际评委中达成共识。本届马戏节成人组三个获得金奖的节目：俄罗斯的《抖杠》、中国的《顶碗》、俄罗斯的《驯狮虎》，也再一次印证了这一评判标准。这些节目之所以能够夺魁，首先都得有高人一等的动作难度技巧，然后才是音乐、服装、编排的艺术润色，二者的完美结合才使得它们在众多的竞争对手中脱颖而出。

反观一些观众虽反响热烈但最终并未获得大奖甚至没有获奖的节目，很多都是折在动作难度低的短板上。在评委会上，多位评委就直言有些节目属于业余水平，普通的表演还行，前来竞赛还有差距。有的评委甚至尖锐地指出，某些表演不是靠技巧来征服评委，而是靠华丽的服饰、绚丽的灯光来吸引眼球。这样的评价何尝没在我们国内出现？只能说是英雄所见略同。

俗话说，外行看热闹，内行看门道。普通观众不可能也不需要知道杂技技巧的动作的高难与否，观众与评委、表演与参赛，有着本质的区别。一个杂技节目但凡要成为一个精品，技巧与艺术必须齐头并进，缺一不可，而且只有精品才可能既立得住赛场，又占得住市场。

正确审视中国杂技

此次一对来自埃塞俄比亚的《蹬人》选手在比赛中十分抢眼，深受马戏节主席马克西姆·尼古灵的青睐，并带头起立为他们的精彩表演鼓掌。最终该节目获得少年组银奖——银象奖。而他们的老师，则是在中国吴桥杂技学校留学，学成而归的埃塞俄比亚杂技学子。他们的谈话，无不流露出对中国杂技的崇敬之情。

由于国外缺少专门的杂技学校，很多杂技节目是家族传承，或演员出于兴趣爱好从事杂技表演，导致很多国外演员技巧难度不够，会表演的节目种类偏少。也正是此种原因，国外演员分外注重节目的艺术表现力，以期弥补技巧难度的不足。而中国杂技演员扎实的基本功、高难的技巧，无论在排练场还是赛场，经常可以看到外国演员为之竖起大拇指。在羡慕中国杂技演员的扎实的基本功的同时，经常有国外演员渴望能够有机会来中国的杂技学校学习，以提高技艺，学会更多的节目。

反观国内，我国艺术界却存在一种怪现状，总认为国外的东西就好、都先进，要发展进步就得学习西方的，这种思潮也深深影响着中国杂技。纵观世界杂技赛场，中国杂技是国际赛场奖牌有力的竞争者，中国杂技健儿在世界各大赛场都捧杯夺冠。可以说，没有中国杂技的参与，这个赛场的奖牌会因此成色不足。如果中国杂技一无是处，为什么国际各大马戏节会纷纷发出邀请函？为什么中国杂技会在国际赛场频频获奖呢？当然，中国杂技也面临着各种的困难，存在着诸多的问题，但是正确地审视自身是多么的重要。既不妄自菲薄也不一味媚外，中国杂技才会迎来真正的发展。

在莫斯科短暂停留了七天。在训练、彩排、比赛、评选中，时间匆匆而过。七天中，我亲历了马戏节这道艺术大餐从粗陋简敝到精致华彩的蜕变，目睹了中国演员适应场地、克服失误到完美呈现、勇夺桂冠的感人时刻，时间虽短，却收获满满。利用演出间隙，我来到了位于莫斯科西南郊的新圣女公墓，这里长眠着俄罗斯不同历史时期两万余名社会各界名人，其中就有尤里·尼古灵。在一片松林中，尤里·尼古灵雕塑静静矗立，他歪戴着礼帽，手中夹着一支香烟，似乎仍然沉浸在表演中。不远处卧着的狗是他最忠实的朋友，它在尼古灵去世的同一天亡去，令人唏嘘……

作者系中国杂技家协会研究部主任

本文原载于《杂技与魔术》杂志2014年第5期

侯仰军

从现实到浪漫
——文化选择下的牛郎织女传说

“年年七月七，牛郎会织女。”又是一年七夕节，到了民间传说中牛郎会织女的日子。牛郎织女传说作为中国四大民间传说之一，自先秦到今天已经流传了两千多年，牛郎织女凄美动人的故事催生了数不胜数的优秀文学作品，促成了盛行于各地民间的“七夕”“乞巧”等重要习俗。

梳理一下牛女传说的来龙去脉，可以看出，现在流行的牛女故事，是两千年文化选择的结果。以汉民族为主体的中华民族在骨子里爱好和平、宽厚待人、同情弱者、反抗强暴、追求真善美、向往自由平等，这不能不表现在对历史事件、历史人物的评判和对文学作品的创造、改编上，作为口口相传的民间文学故事的牛女传说向男女追求自由幸福、反抗家长专制、唯善唯美的情节上发展，自在情理之中。

从星宿到情侣

牛郎和织女原是银河系的两颗星宿，天文学上牛郎星叫河鼓二，织女星则被称为织女一。牛郎星在银河东南边，织女星在银河西北边，两颗星相距 16.4 光年。把两颗星宿编排成一对有情人，是我国古代人民的杰作。《诗经·小雅·大东》云：“维天有汉，监亦有光。跂彼织女，终日七襄。虽则七襄，不成报章。睆彼牵牛，不以服箱。……”开始把天上的织女星想象为一个织布的织女，把牵牛星想象为一个挽牛的牵牛郎。此时，织女、牵牛还是天汉二星，“七襄”、“服箱”亦仅为比喻，但人物形象已隐现其中。到了战国后期，人们开始把牵牛和织女说成一对有情人、而爱情最终成为悲剧。1975 年 11 月在湖北云梦睡虎地出土的秦简《日书》记载：“丁丑·己酉取妻，不吉。戊申·己酉，牵牛以取织女，不果，三弃。”（甲种一五五正）；“戊申·己酉，牵牛以取织女而不果，不出三岁，弃若亡。”（甲种三背）意思是，在牵牛娶织女之日是不宜婚娶的，否则会遭遗弃或离异。也就是说，到了战国后期（最迟秦朝初年），天上的两个星宿牵牛和织女已经被人们演绎成一段爱情悲剧故事了。这在一个生机勃发、富于幻想的时代，再自然不过了。

西汉时期，戴德的《夏小正》有“是月织女向东”，《史记·天官书》有“织女，天女孙也”，《淮南子》有“七月七日夜，乌鹊填成桥而渡织女”。这些只言片语，为牛女传说的进一步丰富集聚着素材。到了东汉时期，《古诗十九首·迢迢牵牛星》里出现了银河相隔、“盈盈一水间，脉脉不得语”的情节：“迢迢牵牛星，皎皎河汉女。纤纤擢素手，札札弄机杼。终日不成章，泣涕零如雨。河汉清且浅，相去复几许？盈盈一水间，脉脉不得语。”在东汉末年泰山太守应劭的《风俗通》里，则出现了鹊鸟架桥让织女渡河的故事：“织女七夕当渡河，使鹊为桥，相传七日鹊首皆髡，因为梁以渡织女故也。”（《岁华纪丽》引）

至南朝刘宋《齐谐记》：“天河之东，有织女，天帝之孙也，勤习女工，容貌不暇整理。帝怜其独处，许嫁河西牵牛郎。嫁后竟废女工。帝怒，令归河东，惟七夕一会。”牛女传说已有了完整的情节。牛郎、织女还都是天人，天帝的行为也不是很可恶，织女受到惩罚的原因是废女工，即放弃了自己的工作职责。南朝萧梁时期的宗懔在其所著《荆楚岁时记》中则说：“牵牛娶织女，借天帝二万钱下礼，久不还，被驱在营室中。”牛女分离的原因，在“嫁后废织”之外，又多了一条“借钱不还”（也许牛郎无钱还债）。借钱不还，神性的牛郎在向人性的牛郎过渡。这是人按照自己的生活方式去设想神的生活的一个典型案例。

唐代以后，牛郎逐渐变成了一个凡人。随着人们价值观念的变化，社会上出现了爱情至上、婚姻自主的时代潮流，所谓“但得一个并头莲，煞强如状元及第”，使牛女传说的情节更加丰富。为了增加故事性，牛郎有了哥嫂，哥嫂虐待牛郎并强迫牛郎分家另过；再后来又有了划银河的恶人王母娘娘。总之，作为口口相传的民间文学故事，牛女神话一步步向男女追求自由幸福、反抗家长专制、冲突更尖锐、对比更鲜明、故事性更强上发展。

从无奈到恩爱

20 世纪 80 年代，中国民间文艺家协会组织全国的民间文艺工作者对我国各民族、各地区的口头文学进行了拉网式的普查，获得了巨量的第一手口头文学资料。陈泳超先生据此主编的《中国牛郎织女传说·民间文学卷》收录涉及牛郎织女的传说故事 142 篇。由于口头文学是在乡村民间流传的，在传统的坚守上民间比官方更持久，更有耐力，也就最有代表性，我们选择其中牛郎织女故事比较完整的 83 篇进行分析。

这 83 篇传说，基本上都包含牛郎、织女、结婚、分离、王母娘娘（或天帝）、银河及相会等要素。牛郎织女之所以分离，既有王母娘娘不近人情、棒打鸳鸯的故事，也有织女厌倦牛郎、逃回天宫的事例，更有牛郎织女婚后荒废耕织引得天帝（或王母娘娘）发怒的“异文”。在这些传说中，织女的形象决定着情节的发展和主题的展现。第一种，织女对牛郎无爱情可言，她和牛郎结婚生子是迫于无奈——仙衣被藏，一旦得到自己的衣服，就立即逃走。计 18 篇。这些故事北到黑龙江，西到新疆，南到贵州，可以说遍布大半个中国。结合牛女成婚是由神牛主媒分析，这一类型的故事应是牛女传说的较早状态。第二种，织女与牛郎婚后不再从事耕织被天帝（或者玉皇大帝、天河老人、王母娘娘）强行拆散。计 12 篇。主要流传于南方如浙江、广东、广西、台湾等地。织女婚后卿卿我我，荒废女工，说明她对牛郎还是有爱的。这种类型的传说南朝时期就已出现，到 20 世纪初期的广东海丰民间还在流传着。生于 1903 年的钟敬文先生，幼年时期听其母亲讲的牛女故事情节是：牛郎和织女，他们是天上一对又美丽又乖巧的少年人儿。当他们没有结婚之前，两人一样地十分勤勉地做着自己的工作——牛郎牧牛，织女织布。天帝看他们活得这么可爱，所以恩赐他们结成夫妇。哪知缔婚之后，两人只管深深地爱恋着，再不把各人自己的职务放在心中——牧牛、织布的事，都抛荒了。这种情形，后来给天帝知道了，他很是愤怒，即刻下了一道圣旨……（静闻：《牛郎和织女》，载《陆安传说》，1925 年）与南朝刘宋《齐谐记》的记载大体相似。第三种，织女忠于爱情，看重家庭，被王母娘娘或玉帝派天兵天将捉回，被迫与牛郎分离。计 52 篇。这是后世牛女传说的主流。它歌颂了织女的勤劳智慧、忠贞不贰和对美好爱情的追求，表现了浪漫主义的精神。

从现实到浪漫

在牛郎织女传说里，多数都有划银河（或天河）的情节。织女划银河阻挡牛郎追赶的传说 12 篇；王母娘娘划银河的传说 45 篇，绝大多数是滥施淫威，惩罚牛郎织女，但也有例外——有 1 篇（流传于河北束鹿即今辛集市一代）是因为牛郎织女天天吵架甚至诉诸家庭暴力，惹得王母娘娘心烦；2 篇（流传于山东潍坊和新疆哈密地区）是因为织女从牛郎身边逃走，牛郎追赶，王母娘娘救女心切，划下银河。

每年七月七牛郎织女相会时，他们都做些什么呢？多数传说里都说两人相诉离别之苦、思念之痛，泪落如雨，富有浪漫主义色彩。正如民间歌谣里唱的那样："织女牛郎天河隔，七月七日到一堆，说不完的知心话，擦不净的眼泪水。"可在有些地方的传说里，织女忙于尽家庭主妇的责任。在内蒙古乌拉特前旗、浙江定海、福建泉州漳州一带，织女回到家里后，马上为牛郎洗衣裳、洗碗筷。牛郎与织女分离后，每天把用过的碗筷聚在一起，织女为牛郎洗了一夜的碗，洗一只碗流一滴泪，就这样，织女忙忙碌碌地过了一夜，第二天一早，又离别了。这反映了男权社会男人不做家务的现实。在河北蔚县、黑龙江加格达奇等地，民间传说：织女被王母娘娘带回天上后，被罚一年到头干活，累得腰酸腿软，七月七和牛郎相会时，还忙着缝补衣服，给孩子纳鞋底等，"说着话剥着麻，头顶筐萝晒芝麻；做花衣纳鞋底，又怕孩子受了苦"。突出了织女勤劳、善良的贤妻良母形象，完全是现实中劳动妇女生活的写照。

从古至今，绝大多数牛女传说中，织女都是一个心灵手巧、勤劳贤惠的妇女形象，这就可以说明为什么牛女传说促成了盛行于各地民间的"七夕""乞巧"等重要习俗了。织女的婚姻，受到牛郎和王母娘娘的双重挤压，这在专制时代，在男权社会里，是织女不得不面临的问题，但她凭自己的勇敢、勤劳，硬是争取到了一部分自由。从这方面来说，牛女传说有宣扬男女爱情的一面，最主要的还是让我们看到了广大人民追求幸福婚姻、美满家庭和反抗强权的良苦用心。

众所周知，20 世纪 60 年代以来，随着黄梅戏电影《牛郎织女》的问世和广泛流传，牛女传说成为一部爱的赞歌，被视为纯爱情故事，七夕也从乞巧节蜕变为东方情人节，恰恰就是这个时代的文化选择。

作者系中国民间文艺家协会研究部主任、编审

本文原载于2014年8月2日《光明日报》第9版

胡晓军 | 散文的三种身份

文学的身份："真"与"不真"同在

有专家说，散文是文学中的平民。据此社会之喻推分，诗歌当是曾经高居庙堂、如今潦倒久矣的贵族，小说算是曾为社会底层、如今时代中坚的商人。至于戏剧，身份比较复杂，有的当官，有的经商，有的做了模特，有的成了乞丐。

文学社会与其所处于的整个社会纵有千差万别，但起码有两点相同。一是平民的数量总是最多。事实上，每年散文的创作量远超另三种文体的总和；二是平民的身份最易成为。表面上，诗人、小说家和剧作家是现成的散文家，好比名门微服、官商简从，犹如模特休闲、乞丐下班，似乎随时随地都可以"一个普通平民的身份"出现。散文是另三种文学社会成员任意进入或脱出的"角色"。

散文不能拥有这等好处——旧族新贵扮也不像，花瓶人渣又没人理。散文之所以无法扮演其他三种"角色"，是因其创作思维最要本色、最要直接，而其他三种则必须作出修饰或掩饰——从素材到手法、从对象到自我。一般而言，诗歌构建意象、提炼韵味，但须为超越现实而忽略生活细节；小说贴近现实、摹写生活，但须为塑造形象而虚构故事情节；至于戏剧，情况比较复杂，大致如小说般反映现实生活，又如诗歌般提炼意象韵味，更要妥善隐蔽自己、只让角色说话……但这一切的前提，是必须有戏剧冲突也即"有戏"，否则免谈。不是火里就是水里，不是滚烫就是冰凉，"温吞水"是无论如何要不得的。总之，这三种文体为了所需要的，舍弃了所不需要的；为了所强调的，忽略了所不强调的，其方法都是以程度不等的“不真”来成就自己。散文反之，从不挑食、无不容纳，覆盖了另三种文体认为重要和不重要、可写和不可写的所有。作为代价，散文须与“不真”绝缘，须真实地表明身份、真实地叙事写人、真实地抒情说理……另三种文体的作家，只有先行改变自文体的创作思维，才能真正进入散文这个“普通平民的身份”。

但是，无论作家还是论者，往往会被散文的这个“真”字所误。散文的“真”，被长期、广泛和执著地理解为仅是现实内容的“真”、写作方式的“真”。而散文的“不真”如联想、想象、梦境、幻觉则乏人理会、被人抛弃。这种对散文的“真”的理解及实践由来久远，从先秦、唐宋明清的“文以载道”传统延续至今，从鲁迅的“匕首投枪”到巴金的“说真话”成为超世纪的浩荡主流，不仅将散文的“支流”和“旁流”完全淹没，更令人不再去想散文还有什么“支流”和“旁流”，不再去想散文作为文学、之所以成为文学，居然也有与其他文体同样的“不真”的权利，只不过这个权利不仅是以思想、情感，且是同时以人物、事件的“真”为核心、为主干、为起点、为动源的；更不再去想以此为基，散文不但可以进入想象和幻觉，更能根据作者意愿对素材进行取舍伸缩、整合重组、时空置换，以充分地丰富作品的内涵与外延，提升作品的文学与艺术价值。

当然，散文的“不真”与另三种文体的“不真”，具有质的区别与度的差别。如果说散文的“真”是自由的、无边际的，那么散文的“不真”则是不自由的、有限度的，是建立在“真”的基础上的，须更注重思想逻辑和情感表达的严谨，特别是注重对程度的控制即“适可而止”，其中的度，实在很难把握。但有一点肯定，这种“不真”不是可有可无的施舍，而是散文本来拥有的权利。若被遗忘、忽略或剥夺，散文的灵气和生命将会被部分抽去，散文创作的想象力、创造力及其审美价值将会受到损伤，更有被从文学社会中半推出去的风险。

眼见散文家们对此难有作为，我们不免将视线移向另三种文体的作家，因他们在从自文体的“不真”向散文的“不真”转变的过程中，或能有令人惊喜的发现、令人振奋的成果，在创作思维至少在写作技巧方面为散文的回归完美作贡献。遗憾的是，他们作出了与散文家完全相同的选择——由此之“不真”向彼之“真”，大多做得还好；但由此之“不真”到彼之“不真”则极少做到、更少想到。反倒是有些文学社会之外的人士，在无意间探到了散文的“不真”之境，然而这些文章，要么总体不算成功，要么因“人微文轻”而在散文的瀚海中湮没了。由此联想到在四种文体的实践总结和理论研究中，散文不但最薄弱、最杂乱，也最狭隘，以此种理论建设和发展状态，就连发现创新苗头的能力都缺，更何谈推动散文创作的突破？难道有人认为既然散文的内容没有边际，就没有了上升的空间和发展的权利？

艺术的身份：生活与技艺同在

周作人论及散文，说“有许多思想，既不能作为小说，又不适于作诗，便可以用论文式去表他”。此话表明散文的题材，不但覆盖而且填补了诗歌、小说（应该还有戏剧）难以触及的所有空间；又说这种所谓论文，既有批评的、学术性的一类，又有记述的、艺术性的一类，后者又包括叙事、抒情及“两者夹杂”的三种情况。周作人将后一类的三种情况称作美文。此话表明散文，尤其是叙事和抒情的散文须有“美”的特质与外观，即有艺术性。或许周作人应把前一类散文也纳入美文即艺术性的范畴，一来与“有许多思想”的表述完全契合，二来为未来散文的发展留有余地、提供预判。可惜他没能这么做。如今，将某些论文作为散文来写来读来认为的人，正越来越多。

正如思想需要文字来承载，艺术则需要技术以表达。若把其他三种文体分别比作艺术家，那么诗歌是作曲家或歌唱家，小说是说书人或导演。至于戏剧，这次状态出奇明确——演员。这三种文体，都须采用各种工具和技术，或运用程式，或编织故事，或营造冲突，或设置悬念，以不寻常的技艺“拿腔作调”、摆开架势去做。

只有散文最近于生活，最近于日常的言行。

但是，“最近于生活”绝不意味“就等于生活”，反倒是其技艺成分更隐蔽、更不易被察知。事实上，差距越细微，忽略就越频繁、越惯常，因此在许多人看来，散文就像是没有台阶、抬腿即入的广场。比如，常听人说诗人是天生的散文家，凡写得好诗的必能写得好散文。但只要承认诗歌与散文、诗人和散文家是各自独立的文体、互相平等的作家，就会判断此话不但过于绝对，更以绝对性将普遍性遮盖了起来。的确，出于诗人之手的散文更受欢迎，但其原因主要不在创作思维的转变，而是通常在于写作技巧的转移。这种转移，从历史渊源看是来自诗文并重的中国文学传统，诗歌在谋篇布局、语言节奏甚至音乐性等方面的技巧，常被诗人借来用于散文创作，在经意不经意间带入文中，不但为抒情加分，且为叙事和议论增光添色。

由于散文兼有“真”的“无不纳之”和“不真”的“适可而止”，于是岂止诗歌，小说、戏剧等共有或独有的艺术手段都可为其所用，从而能像诗那样吟诵，像小说那样叙说，像戏剧那样出现一些悬念、矛盾和高潮。岂止文学，一切艺术或非艺术的技巧手段都可为其所用，从而能像艺术品般的精美纯粹、像日用品般的简约实惠，甚至像奢侈品般的豪华名贵了。

当然，散文自身的技巧更重要，作者依据自己的性格思想、情感逻辑、审美追求、写作习惯，在谋篇布局、起承转合、修辞方法等方面展现出来。就像诗歌要有韵脚、小说要有细节、戏剧要有矛盾一样，散文绝不能没有属于自己的技巧。或许相对而言，这些技巧相对较少较弱，但绝对不等于没有、不应该有。长期以来，无论结构、节奏还是语言、音律上无视技巧的存在，散文才会被误以为没有门槛、没有姿态，于是一边被人亲近、亲昵着，一边被人轻慢、轻薄着。我们大可以对着一篇篇单独的散文的文笔好坏、布局优劣、格调雅俗、境界高低而评头论足，却不可以怀疑散文作为一种文体，在文学的殿堂上与诗歌、小说、戏剧拥有同样的素质与同等的地位，拥有同高的追求艺术顶点的精神。犹如人不分性别、职业、收入和地位，灵魂都是平等的。散文所面对的，是如何善用自己的天赋与特长，穿过作者与读者，穿过历史与现在，与诗歌、小说、戏剧平等地站在缪斯的面前。

社会的身份：民主与自由同在

文体诚无贵贱之分，但其与大众的相距度和接触面则有远近和宽窄之别。散文之所以成为大众最易进入的平民文体，首先因其以自我为中心的动力、以文字表达思想和抒发感情的能力几乎人人皆备，其次因其有条件的广泛与自由，以至于通常被理解为无条件的泛滥和随意。当一件事物边界无限时，人们往往只注重它的边界而不是中心——高端被误以为低端，低端被误以为无端。心理走向了认知的边缘，使散文走向了文学的边缘。从创作看，人们做不成诗、写不来小说、编不出剧本，但他们可以在不需要任何学习的情况下，通过描述事物、表露性情，便可写出散文甚至具有文学意义的散文，若是得到专业人士或某个奖项的鼓励，他们往往可在一夜间实现自己的作家梦，将自己的平民身份平地拔高一层。从接受看，人们可以不诵诗，可以不读小说，可以不进剧场，因为欣赏这些都需要一定的心理准备直至经济准备。这三种文体都要求公众“拿腔作调”，摆开架势欣赏。唯有散文，公众可以在没有任何心理和经济准备的情况下见到散文，出现内容的认同、情感的共振，若是读到一篇具有文学意义的散文，他们往往可跨入文学的殿堂、享受到文学的慰藉和滋养。

并非所有的散文都是文学意义上的散文。不少出于诗人、作家和剧作家之手的作品缺乏甚至没有文学价值，出于社会人士之手的作品，其数量和概率自然要大一些。这种情况与散文的数量一样，远超其他三种文体的总和。然而，文学意义上的散文也好，非文学意义上的散文也罢，大都具有社会价值。其中，文学意义上的散文成了文学社会与其所处的整个社会的最强黏合剂，与影视等当前主流文化娱乐方式一样，成为文学影响社会的最重要方式和力量。它们与非文学意义上的散文一起，成为整个社会精神空间的填充剂和黏合剂，将社会公众的思想和情感牵连和维系起来。对于社会，绝大多数的散文是善意的、是有益无害的。退一步讲，纵然有暴力、拜金、纵欲的散文存在，它们的数量当不及小说、话剧、电影等当红文艺品种之万一。散文是正面社会价值的最大、最多的提供者。当这种极巨量、极大众的创作或非创作、审美和非审美，成为普遍认可的思想观点、互相贯通的感情纽带、集体追求的价值取向的载体，通过提升人的思想、净化人的情感，最终达到思想自由、精神独立，那时的散文便可真正成为“人民的精神家园”，实现“文化建设”与“社会建设”“政治建设”“统一协调发展”了。

增长和提升社会价值的方法，便是提高散文的文学价值，尽可能使文学意义上的散文在数量上多起来、在思想上高起来、在艺术上美起来。这早就被“五四”新文化运动的先锋们发现并践行，其中胡适、鲁迅、林语堂、谢冰心、梁实秋、柯灵等人的实践，不但为此后散文自身的价值作了示范，更为推动社会文明特别是社会民主的强大能力作出了证明。

多元化和多样性的文化与生俱来具备民主意识。所以，社会公众对文化的需求从浅表看指向“娱乐需求”，从深层看指向“民主需求”。散文作为推动民主建设的主力，从本质上更通贯、从运作上更顺畅——它是平民的，是每个人的，是无边界的和最宽泛的，是多元化和多样性最能充分发挥的文体。散文的直接的与终极的目标，是建设文明、推动民主、让人民成为社会的主人。

从这个理念出发，笔者倡议所有的人都写散文、都读散文、都爱散文，用真的性情、好的知识、灵的智慧、美的文笔，去热爱生命、慰藉心灵，去感恩别人、消除敌对，去营造平和、消解浮躁，去追求幸福、慰藉不幸……其中，包括文学社会内外的所有知识分子，因其思考、职业和行为距人文、离科学更近一些，自当走在前列。当然，前提是所有的人必须以平民的身份、以平民的心态、以平民的文字出现。值得注意的是，散文在推动社会文明和民主发展的进程中，不免遭到贵族、商贾、模特或乞丐们的袭扰，有盛气凌人的、有矫揉造作的、有卖弄风骚的、有摇尾乞怜的……它们不只是散文的敌人，更是民主、自由和社会进步的敌人。

当今和未来的社会，是属于平民的社会。散文是当今和未来文学社会乃至整个社会的主流。或有人觉得其个体力量微弱、不成整体甚至有散沙、碎片之嫌，但只要回头看看唐诗、看看宋词，便可明白，当一种文体成为绝大多数人写作和阅读的对象，也即成为集文学、艺术、社会三种身份于一身的社会文化主流，它能发出何等宏大而无微不至的能量。只是在文学社会中，诗的时代早已过去，散文时代早已到来；就像它所处于的整个社会中，贵族的时代早已过去，平民的时代早已到来。其中的原因、相互的关联，极广大且极复杂，我们可能无暇细想；但我们已经清晰地听到——民主和自由正向每一个平民发出召唤。

作者系上海市文联理论研究室主任
本文原载于2014年6月19日《文学报》论坛版

胡智锋| 让文艺更有力地放飞中国梦

在刚刚落幕的文艺工作座谈会上，习近平总书记代表党中央发表了重要讲话，为新时期中国文艺的发展指明了前进方向。

文艺从来都是时代精神最感性和最直观的表现形态，最能概括当今时代精神特质的无疑是“中国梦”，因此当代中国文艺如何更有力地放飞中国梦，就成为摆在我们面前的重大时代命题。在笔者看来，如何更有力地放飞中国梦，至少体现在以下三个层面。

第一，在是什么的问题上，如何更有力地放飞中国梦，意味着文艺应当以理想照耀现实。应当看到，我们面对的现实一方面是当代中国人正以前所未有的勇气和魄力，创造着人类历史上令人惊叹的成就与业绩；另一方面，我们面对的现实也充满着各种各样的艰难险阻，甚至不可避免地存在着腐败、堕落与丑恶。不管怎样，文艺都不应当仅仅局限于戴着有色眼镜，只盯着现实中负面的，甚至假恶丑的一面，而缺少温度，缺少信仰，缺少关怀，这样的文艺是令人沮丧的。我们需要的是以高远的理想、生命的热情与道德的力量所拥抱和照耀的现实。这样的文艺才是令人振奋，充满力量的。正如习近平总书记所说，“我国作家艺术家应该成为时代的风气的先觉者、先行者、先倡者，通过更多有筋骨、有道德、有温度的文艺作品，书写和记录人民的伟大实践、时代的进步要求，彰显信仰之美、崇高之美”，文艺创作“应该用现实主义精神和浪漫主义情怀观照现实生活，用光明驱散黑暗，用美善战胜丑恶，让人们看到美好、看到希望、看到梦想就在前方”。

第二，在为什么的问题上，如何更有力地放飞中国梦，意味着文艺应当以为人民引领为市场。所谓为人民，指的是文艺充分地反映和表达人民群众的美好愿望和诉求，体现出显著的社会效益；所谓为市场，指的是文艺充分地吸引和满足人民群众的娱乐消费需求，体现出突出的经济效益。文艺表达人民群众的愿望和诉求，应该是全面的、立体的、丰富的。这种愿望和诉求，应当体现为对国家富强、社会和谐、个人心灵舒畅等多个层面的期待，而不仅仅是一己私欲的显现。我们看到在文艺创作中的确存在着这样的现象，那就是一味把对人们低端感官的刺激，当成吸引人们眼球进而获得高额市场回报的捷径。不可否认，此类作品或许在短期内可以引起人们的关注，甚至追捧，但从长远来看，此类创作终究是会被人民群众所否定和唾弃的。正如习总书记所说，“文艺不能在市场经济大潮中迷失方向，不能在为什么人的问题上发生偏差，否则文艺就没有生命力。低俗不是通俗，欲望不代表希望，单纯感官娱乐不等于精神快乐”。笔者认为，只有把为人民放在第一位，以充分表达人民群众美好愿望诉求为己任，文艺才可能真正满足人民群众的审美娱乐需求，进而拥有市场，既能获得很好的社会效益，又能获得很好的经济效益。恰如习总书记所说，“优秀的文艺作品，最好是既能在思想上、艺术上取得成功，又能在市场上受到欢迎”。

第三，在怎么样的问题上，如何更有力地放飞中国梦，意味着文艺应当以开放融入本土。随着新科技、新媒介的日新月异与广泛运用，文艺的创作手段、创作方法与传播渠道、传播路径都不断地发生着深刻的变革，这给文艺工作者带来了巨大的挑战和压力。不断地开放、拓展、探索进而创新，是当代文艺大显身手的必然选择。但开放并不意味着脱离实际、脱离本土，丰富多彩的现实世界永远是文艺创作取之不尽、用之不竭的最重要的来源与土壤。我们的文艺创作与传播，一方面应放眼看世界，吸纳世界最先进的手段和方法；另一方面应坚持本土化的原则，以丰厚的传统文化为根基，立足本土、立足现实来吸收和融通外来资源，只有这样，才能创造出开放与本土相结合的充满想象力、感染力、吸引力的艺术世界。正如习总书记所说，“我们社会主义文艺要繁荣发展起来，必须认真学习借鉴世界各国人民创造的优秀文艺。只有坚持洋为中用、开拓创新，做到中西合璧、融会贯通，中国文艺才能更好发展繁荣起来”。

文艺更有力地放飞中国梦，是时代的需要，是现实的需要，是人民的需要，也是当代文艺发展自身的需要。我们相信并期待，在习总书记讲话精神的鼓舞下，当代中国文艺将不辱使命，不断创造出无愧于时代的佳作精品。

作者系教育部“长江学者”特聘教授,《现代传播》主编
中国传媒大学教授、博士生导师
本文原载于2014年10月20日《文艺报》第1版

黄伟林｜从西南剧展到新西南剧展[①]

西南剧展

1944年的2月15日至5月19日，将近100天的时间，在桂林文化城，举办了震惊世界的西南第一届戏剧展览会。来自桂、粤、湘、赣、滇五省的33个单位、1000多名戏剧工作者参加了这次盛会。西南剧展包括三大内容：戏剧演出展览、戏剧资料展览和戏剧工作者大会。其中，戏剧演出展览演出了100多个剧目，观众达到10多万人次，被认为是五千年古国旷古未有的戏剧盛会，中国戏剧史上的空前盛举。欧阳予倩编剧的《旧家》、夏衍编剧的《法西斯细菌》、曹禺编剧的《日出》和《家》、小仲马的《茶花女》都是西南剧展演出的话剧剧目。当时正是中国抗日战争黎明前最艰难的时候，上千名戏剧人在桂林上演了持续近百天的文化大戏，实现了中国戏剧人抗日救亡的文化担当。

当年的西南剧展由广西省立艺术馆主办，广西省省长黄旭初担任会长，李济深、李宗仁、白崇禧、张发奎、陈诚、陈立夫、张治中、龙云等一批民国要人担任名誉会长，蒋经国、李任仁等一批地方官员担任指导长，欧阳予倩、田汉、

① 本文为国家社科基金重大招标项目“桂学研究”（编号：12&ZD164）、广西第三批特聘专家“广西抗战文化暨桂林文化城研究”、广西人文社会科学发展研究中心哲学社会科学服务地方经济社会发展特色基地桂林抗战文化研究与教育实践基地、广西人文社会科学发展研究中心“桂学研究团队”阶段性成果。

熊佛西、李文钊等著名戏剧家担任筹备委员并组成常务委员会。

当年，两广的大学是西南剧展的重要参与者。广西大学青年剧社演出曹禺的《日出》，广东艺专用粤语演出法国福墅洼（现译为福舒瓦）的《油漆未干》、苏联巴克特的《百胜将军》，中山大学剧团用英语演出英国吉尔伯特的《皮革马林》，广西省立桂岭师范学校边疆歌舞团演出《西南边胞化装及语言介绍》《侗族游牧曲》《板瑶腰鼓舞》《苗岭民谣》《苗岭婚俗进行曲》《掸系边民铜鼓舞》等民族歌舞，桂剧学校与仙乐桂剧社演出《牛皮山》《献貂蝉》《人面桃花》等桂剧。

美国戏剧评论家爱金生在《纽约时报》称："如此宏大规模之戏剧盛会，有史以来，自古罗马时代曾经举行外，尚属仅见。中国处于极度艰困条件下，而戏剧工作者以百折不挠之努力，为保卫文化、拥护民主而战，迭予法西斯侵略者以打击，厥功至伟。此次聚中国西南八省戏剧工作者于一堂，检讨既往，共策将来，对当前国际反法西斯战争，实具有重大贡献。"

新西南剧展

在历史落幕的地方，我们重新出发！

2014 年 5 月 16 日晚，田汉话剧《秋声赋》在广西师范大学育才校区田家炳楼报告厅成功首演，拉开了广西师范大学"新西南剧展"的帷幕。

5 月 17 日晚，欧阳予倩话剧《旧家》在广西师范大学漓江学院报告厅演出。5 月 23 日，欧阳予倩话剧《桃花扇》在广西师范大学雁山校区音乐学院演艺厅演出。"新西南剧展"首轮三台话剧，好评如潮，吸引了众多眼球，引发了新西南剧展热。

何谓"新西南剧展"？

"新西南剧展"是广西师范大学打造的一个大学戏剧文化品牌。它以广西师范大学文学院中国现当代文学学科为基础，整合广西师范大学音乐舞蹈、美术设计等多学科力量，以重排、重演抗战时期桂林文化城优秀剧目为主要内容，旨在以青春激活历史，用学术引领时尚，既重现桂林文化城的辉煌壮烈，又体现今日大学生的文化担当。它立足桂林，放眼世界，是一个学术引领，集学科教学与社会服务于一体的教育创新、文化创新项目。

我们为什么要打造"新西南剧展"？

我们打造"新西南剧展"，主要基于三个考虑。

首先，这是一个教学改革项目。

在当今网络技术日趋发达的时代，传统的课堂讲授受到强劲的冲击。传统人文教学是以纸质信息为核心的，如今，世界已经发展到以电子信息为核心。学生通过网络，完全能够获得比大多数教师提供的更好的知识体系。那么，教师的价值何在？我们意识到，只有将教师的课堂讲授、师生的课堂讨论和师生的课外合作多种方式融合在一起，才能保证教师教学的不可复制与不可替代。于是，话剧这种文艺形式，自然成为文学教育的重要选择。因为话剧是一种综合艺术，在剧本层面，它是文学；在舞台层面，它是艺术。直观层面，它涉及参与者的阅读能力、口语表达和写作水平；抽象层面，它涉及参与者的文化修养、审美情趣以及综合素质。广西师范大学文学院有 80 年的话剧传统，既说明话剧对文学专业的重要价值，也表明广西师范大学有丰厚的话剧积累。正是在这样厚重的文化底蕴之上，我们创意策划“新西南剧展”，试图将广西师范大学的话剧文化做一个新的整合和提炼，推上一个更高的境界。

如何整合与提炼？

新西南剧展不同于以往的话剧排演，我们不仅组建了剧社、剧组，而且组建了指导教师团队。教师指导团队不仅指导学生排演话剧，而且指导学生研读剧本，分析剧目，撰写戏剧评论。选择什么样的剧本，如何理解剧中人物，剧作家与剧中人、与剧情是一种怎样的关系，指导教师无不进行深入解析。新西南剧展因此成为一个有学术自觉的学生课外学习行为。因为学术自觉，新西南剧展就不仅是一个剧目的排演，而是一个与课堂教学有机结合的完整的课外教学体系，是科研、教学的有机结合。

其次，这是一个学术普及课题。

西南剧展，是中国现代文化史辉煌的一页，也是中华民族文化自觉的一次集中展示。然而，时间过去 70 年，知道西南剧展的人已经不多。西南剧展被写在专著中，写在教材上，但人们接受它，往往只是一个概念，一个名词解释。长期以来，我们进行桂林文化城研究，进行西南剧展研究，发表了一些论文，出版了一些专著，但是，这些大多是教师自身的科研成果，与我们从事的教学内容关联不大。新西南剧展，试图重新复活这段文化历史、文学历史和艺术历史，试图复活那些远离我们今天社会现实的文学大师、戏剧大师，给纸上的历史赋予鲜活的生命，使纸上的经典真正走入人们的内心，让逝去的大师重新回到人们的生活。因为，只有活着的东西，才能打动人、才能感染人。以大学生为主体排演新西南剧展，这是课堂教学的延伸，是经典作品活化的尝试。新西南剧展话剧展演，使更多观众了解了这段历史，身临其境这段历史。于是，学术，从教师自说自话的行为，变成学生参与的项目，成为观众欣赏的对象，学术超越了学者主体，成为教师与学生、与观众共享的文化成果，这其实就是学术普及，学术这种本来很小众的行为，进入了公众的视野，并为公众所接受。

再次，这是一个文化传承工程。

大学是文化传承、文化创造和文化提升的地方，当今时代，大学与社会有逐渐趋同的趋势，但是，我们认为，大学应该有自身独立的精神追求和价值认同，大学应该是高雅文化、高端思想、高尚品质的集散地。文化传承，首先要传承精英文化。话剧是最具大学特质的文化形式之一。新西南剧展重排、重演当年的精英话剧，不仅是缅怀那段壮怀激烈的岁月，更是要传承国难当头之际中国文人的风骨，为山水甲天下的桂林国际旅游胜地增添一道独具品格的风景，为今日中国大学文化增添一道韵味独特的风尚。用话剧这种形式让人们感受什么是真正的大学，什么是真正的大学精神，以现代话剧的方式参与大学文化的建构，通过现代话剧艺术形式，提升大学生的文化素质和精神品质，培养真正具有大学精神的新世纪大学生。

首批剧目的选择

新西南剧展首批剧目，我们选择了田汉的《秋声赋》、欧阳予倩的《旧家》和《桃花扇》。

为什么选择这三个剧目？

《秋声赋》是田汉 1941 年创作的剧本。1941 年李文钊创办了新中国剧社。田汉是新中国剧社的灵魂。

对于田汉而言，1941 年是非常煎熬的一年。首先是 1 月 6 日发生的“皖南事变”，对于共产党员的田汉，是一个巨大的心理阴影；其次是他与安娥在重庆重逢之后，爱情婚姻的矛盾冲突日趋激烈。这于国于家的两大事件，成为他创作《秋声赋》的重要背景。为了从国与家的“秋意”中走出来，1941 年 3 月，田汉离开重庆，回到湖南。

真正让田汉走出“秋意”的，应该是 1941 年 9 月至 10 月第二次湘北大捷以及桂林文化城的抗战氛围。1941 年 8 月，田汉从南岳来到桂林，先后居住东灵街花桥附近，不久搬至龙隐岩边的施家园。此次田汉来桂，是应新中国剧社之约，为新中国剧社创作剧本，导演剧作。当时正值秋天，又赶上第二次湘北大捷，加上桂林文化城的抗战氛围，使田汉阴郁的心情转为明朗。这些历史背景、地理背景和心理变化，在《秋声赋》中有非常写实的描绘。

《秋声赋》1941年12月28日演出，一直演到1942年1月3日，大获成功，帮助新中国剧社度过了经济危机。剧中的《落叶之歌》，在当时的桂林学生中广为传唱。称得上是“满城争说秋声赋，青春传唱落叶歌”。

七十多年以后，我们选择《秋声赋》这个作品，主要基于这样几个考虑，首先，这是一个抗战题材作品，全剧紧扣当时抗战时局，聚焦式地表现了文化抗战的主题，有力地传递了民族自强的正能量；其次，这是一个自传性质作品，全剧讲述诗人徐子羽与妻子秦淑瑾、情人胡蓼红的爱情纠葛，既有个人叙事，又有宏大叙事；既有启蒙之声，又有救亡之声，我们相信它今天仍然有生命力；再次，这是一个桂林题材作品，全剧原来五幕，四幕剧发生在桂林，而且是桂林风景最美的地方，桂林山水与抗战文化，一定能够吸引观众的注意力。

《桃花扇》本是清初孔尚任用十多年时间打磨出来的传奇，数百年来，一直是戏剧舞台的聚光之作。欧阳予倩特别青睐《桃花扇》，曾经三度改编这个传奇。1937年，欧阳予倩将传奇《桃花扇》改编为京剧。1939年，将传奇《桃花扇》改编成桂剧。1947年，将《桃花扇》改编成话剧。1949年以后，对话剧本《桃花扇》又有修改，并多次演出。

欧阳予倩话剧《桃花扇》对孔尚任传奇《桃花扇》最重要的改编，就是对侯李爱情结局的处理。孔本《桃花扇》侯方域和李香君双双入道，欧阳本《桃花扇》侯方域投降清朝，考取副榜，李香君对侯方域的变节行为，既羞且愤，当即触阶身亡。触阶之前，决绝地表示：“我死了，把我化成灰，倒在水里，也好洗干净这骨头里的羞耻！”如此结局，显然是传递一个强音，即面对民族大义，必须舍生取义的爱国主义情怀。

如今，我们选择《桃花扇》，除了上述意义外，我们以为，《桃花扇》作为古代戏剧经典，今天我们继续排演它，这是古代题材的现代利用，此剧讲述的名妓与雅士的相遇相知，但它却昭示了这样的立意：红颜寄望于爱人的不仅有风流，而且有风骨。这一点，是特别值得当代人、当代大学生记取的。

《旧家》是欧阳予倩在西南剧展中的原创话剧。除在西南剧展演出外，似未曾在其他地方演过。该剧讲述了桂林周氏一家四兄弟在抗战中不同的人生选择。父亲是前清进士，曾经做过道台。老大是一个公务员，曾经风光如今潦倒；老二是一个不法商人，在抗战中发国难财；老三因为受过一种莫名的压迫终日疯疯癫癫；老五毕业于农科大学，有科学头脑和上进精神。父亲担心自己死后因为家产弄得兄弟不和，主持了分家。老大与老二都爱上了干妹妹秦露丝，争风吃醋。老五获得一份最差的家产，他开水塘，免农租，进行农场建设，赢得了佃户们的爱戴。老二的前妻王宝裕为复仇告发了老二的走私罪行，老二逃走，警察局查封了老大与老二分得的旧家。剧作者欧阳予倩告诉我们，旧家庭到了父亲兄弟不能相顾的时候就瓦解了。所幸的是，老五在乡下建设的那个稍微合理一点的家，成了这群无家可归者的归宿。

从剧情可以看出，这个几乎被历史遗忘的话剧，与民国时代其他话剧相比颇具特色，同样是讲述旧家庭的故事，与《雷雨》《家》不同的是，它让我们发现进步并非一定采取革命的方式，现代头脑可以兼容传统空间。其中，周家老大和老二的人生选择，对今日大学生似有警示意义。老五周传先的人生选择，对今日大学生则有启示意义。

由以上的论述，我们可以看到，三个剧作，既有历史价值，也有现实意义，重排重演这些剧目，不仅可以复活历史，而且可以复兴人文。

新西南剧展的策划与排演进程

2013 年 1 月广西两会期间，广西师范大学党委书记王枬教授和文学院黄伟林教授讨论了重排桂林文化城话剧的想法。11 月，黄伟林选定《秋声赋》作为重排桂林文化城话剧的核心剧目，以夏衍《法西斯细菌》为备选剧目。12 月，组建了以黄伟林、刘铁群、向丹、李钰、马明晖为核心的指导教师团队。黄伟林、刘铁群担任总策划并负责学术总指导，向丹、刘铁群担任总导演，李钰、马明晖负责欧阳予倩话剧《旧家》的导演，刘铁群、向丹、马明晖分别担任了《秋声赋》和《旧家》的剧本改编工作。李钰提出了排演欧阳予倩话剧《旧家》的想法。同月，分别以广西师范大学文学院和漓江学院的学生为主体组建了《秋声赋》和《旧家》两个剧组并进入了初排。

2014 年 1 月，王枬教授主持了重排桂林文化城话剧的会议。主创人员黄伟林、刘铁群、向丹，广西师范大学党委副书记唐仁郭以及相关部门领导张艺兵、刘立浩、李宇杰、陈广林等参加了会议。同月，著名戏剧家张仁胜、胡红一就大学生话剧和桂林文化城与黄伟林进行了专题谈话，并对广西师范大学正在排演的桂林文化城话剧表示了积极的支持态度。在张仁胜的推动下，黄伟林参与了新影响文化投资集团新青年话剧季的讨论，新影响文化投资集团董事长邓立先生邀请广西师大参加新青年话剧季广西大学生话剧节的演出。

2 月，组建了《桃花扇》剧组。重排桂林文化城话剧确定了品牌命名：新西南剧展。

3 月，召开了新西南剧展主题沙龙，当年西南剧展的参与者李任仁和李文钊的后人李世荣与李美美姐妹俩以及桂林戏剧创作研究院的有关领导参加了沙龙活动。在这次沙龙活动上，《秋声赋》和《旧家》剧组表演了剧目片断，得到了沙龙参与者的称赞。本月，广西师范大学职业技术师范学院李咏梅提出了排演夏衍话剧《芳草天涯》的想法，并加盟新西南剧展指导教师团队。

4 月，广西师范大学美术学院刘宪标、广西师范大学音乐学院宁红霞等教师加盟新西南剧展指导教师团队，广西师范大学职业技术师范学院组织了芳草天涯剧组，新西南剧展引起媒体关注，《看天下》杂志闻讯到广西师范大学文学院采访了黄伟林和刘铁群。

5 月，著名剧作家张仁胜、著名表演艺术家张树萍等观看了新西南剧组的排练并进行了点评和指导。

5 月 16 日，新西南剧展在广西师范大学隆重开幕，桂林市委常委、副市长陈丽华、广西戏剧家协会主席常剑钧等领导专家参加了开幕式。当晚，广西师范大学望道剧社成功地演出了田汉话剧《秋声赋》。

5 月，新西南剧展在广西师范大学完成了《秋声赋》《桃花扇》和《旧家》三台话剧的首轮演出。

6 月 6 日下午，剧组师生召开了“新西南剧展·大学何为”主题沙龙，回顾新西南剧展从筹备到公演的情况。

6 月中旬，新西南剧展走出校园，在西南剧展的举办地桂林广西省立艺术馆演出，得到桂林市民的高度赞誉，真正实现了“在历史落幕的地方，我们重新出发”。

著名演员、电影《刘三姐》刘三姐的扮演者黄婉秋，著名作家、《桂系演义》作者、著名导演、广西戏剧家协会主席常剑钧等广西文化名人观看了《秋声赋》的演出并给予了高度评价。

国务院参事、中国话剧艺术研究会会长蔺永钧教授观看了《秋声赋》赴南宁演出之前的排练，即兴发表了感言，称广西师范大学新西南剧展是“小舞台，大作品；小舞台，大成果；小舞台，大意义！”“将会载入中国话剧史”。

6 月底，新西南剧展走出桂林，接受新影响文化投资集团的邀请，参加新青年话剧季暨广西大学生话剧节，在南宁锦宴剧场演出。在赴南宁之前，《秋声赋》还曾接受邀请在广州军区驻桂林某部演出。

2014 年 6 月公布的第五届广西校园戏剧节上，《秋声赋》获优秀演出剧目奖、《旧家》获演出剧目奖，谭思聪、程鹏瑜、杨芷、陆卡诺、王思衍、王东艺、李德保获优秀表演奖，陈深辉获优秀导演奖、张岚、许馨月、孙辰获优秀戏剧评论奖，刘铁群、向丹、黄伟林获优秀指导老师奖，李逊、覃栌慧获广西校园戏剧活动积极分子奖，广西师范大学获优秀组织奖。

媒体评价

新西南剧展开幕前后，《看天下》《光明日报》《中国青年报》《中国艺术报》《广西日报》《桂林日报》《桂林晚报》《桂林广播电视报》《今日桂林》《当代生活报》等传统媒体以及新华网、中新网、中国社会科学网、桂林生活网等权威网站刊登了许多新西南剧展的新闻和深度报道，以较大篇幅的文字和图片报道了这一中国高校校园文化盛事，新西南剧展成为受到广泛关注的一道人文风景线。

2014 年 6 月 3 日《光明日报》刊登刘昆、张俊显《温故“西南剧展”》文章，文章指出：“由广西师范大学文学院教师改编执导、一群非专业的大学生演出的《秋声赋》将经典‘复活’，再次把国难、爱情、婚姻危机交织的爱恨情仇搬演上舞台。把舞台引入课堂，是广西师范大学多年来一直尝试的教学改革创新项目。与以往的话剧演出活动不同的是，‘新西南剧展’不是演一两台戏，而是要打造一个可持续发展的、有系统性的文化品牌。”

2014 年 5 月 20 日《广西日报》刊登秦雯《老根育嫩芽 故地展新篇——记“温故桂林文化城·新西南剧展”》文章，引述了著名戏剧家张仁胜、常剑钧等人的评价：“著名剧作家张仁胜专程来到桂林观摩了剧组的排练，在他看来，同学们的表演虽不同于专业演员，但是却渗透着大学生特有的风格，在细节方面虽有欠缺，但整体上很感人；近年来，大学生话剧表演已经呈现出了燎原之势，相信不久的将来肯定会有一批从大学生话剧中走出来的演员，为我国的话剧事业注入新的活力。”

广西戏剧家协会主席、著名戏剧家常剑钧在看完《秋声赋》演出后感慨地说："在戏剧美被严重忽略的今天，广西师大师生们的努力尤其可贵，这将为新时期的广西戏剧留下浓墨重彩的一笔。"

2014 年 6 月 30 日《当代生活报》刊登韦颖琛《致敬西南剧展 田汉作品〈秋声赋〉重现舞台》文章，文章认为："'新西南剧展'三部话剧中的重头戏《秋声赋》在南宁上演，这部由著名戏剧家田汉写就的著名话剧，剧中主人公真挚的感情和内心的冲突，至今仍具有打动人心的力量。……故事是七十多年前的故事，但却依旧能触动观众的心，徐子羽连房租都交不起了，还坚持写稿、办报，他想追求真爱，又不愿辜负妻女和母亲的期望，他坚信在危难之时要留守祖国，为抗战贡献一己之力。……人性的弱点和光辉在男女主角身上同时显现，让观众真切体会那个年代知识分子的责任和担当。"

当新西南剧展还在校园里演出的时候，我们曾经说过："今天，呈现在人们眼里的新西南剧展，或许会被赋予许多意义，但对我们这些参与其间的教师而言，不过是我们教学科研的本分。西南剧展是我们现代文学学科的教学内容，我们的初衷是希望同学们通过排演这些剧目，体验经典文学，传承精英文化，营造高品质的大学风尚。"

如今，回顾新西南剧展的至今为止的排练和演出过程，我们真正体会到文化是民族凝聚力和创造力的源泉。那么多力量在凝聚，那么多思想在创新。感谢校园内外各界朋友对新西南剧展的理解。他们的胸怀视野鼓舞了我们的勇气，他们的真知灼见提升了我们的品质。更感谢为新西南剧展付出了许多辛劳的同学们，是他们的青春和激情，使大学、使经典、使话剧充满活力和魅力。

作者系广西文艺理论家协会副主席，广西桂林市文艺理论家协会副主席
广西师范大学教授、博士生导师
本文原载于《贺州学院学报》2014 年第 3 期

贾 杲 | 中国艺术品市场话语权的全球建构需要什么

改革开放三十多年来，不断崛起的中国一方面在其经济水平、国防实力、科学技术、军事装备等硬实力方面取得了长足的进步与发展，另一方面也在其软实力如文化、艺术等方面加快了前进的步伐。其实，在人类社会的进程中，文化既是各民族赖以生存的精神支柱，同时又是其物质发展的思想结晶。尤其在当今这个主张和平与发展的年代，世界各国之间的竞争其实更是思想与意志的较量。因此，当今时代，文化这种软实力在综合国力竞争中的地位日益重要。谁占据了文化发展的制高点，谁就能够更好地在激烈的国际竞争中掌握主动权，而中国文化发展的核心正是彰显中华民族五千年文明精粹的中国艺术。近几十年，当中国艺术由“旧时王谢堂前燕”走向了广阔的市场之后，中国艺术品市场的发展可谓不负众望，拍卖行情一路飙升，发展势头如火如荼，拍卖佳绩令人称赞。大批的企业家、投资机构及有实力的藏家纷纷将关注的目光投向了中国艺术品市场。不仅如此，在全球一体化进程的推动下，中国艺术品市场骄人的发展业绩也成功地实现了“走出去”，博得了诸多海外收藏家、投资者的青睐，中国艺术品市场正欲以雄姿英发的姿态跻身于世界艺术品市场。

然而，正当我们自信地以为中国艺术品市场可喜的发展势头已经足以能令其享有充分的话语权及较高的国际文化地位的时候，我们却失落地发现，大规模的艺术生产与消费并没有确立我们在国际市场上的文化艺术话语权。我们甚至还在漫不经心地把中国艺术品中心定价的话语权交给别人。从这一点来讲，中国艺术品市场的繁荣是一种可以分析与探讨的境况，是经济大环境下市场不规范运作的一种结果，中国艺术品市场在全球建构话语权的道路其实还十分漫长。那么，中国艺术品市场话语权的全球建构究竟需要什么？对此，我们从以下九个方面进行分析与阐述。

中国艺术品市场话语权的全球建构需要打造中国文化精神高地

文化是艺术的根基，再绚丽的艺术之花也要开在文化的怀抱中。中国艺术之花就是扎根、生长并绽放于中华民族传统文化的肥沃土壤，博大精深的传统文化是中国艺术生发的精神家园。也可以说，中国艺术能够屹立在世界民族之林的法宝不是其形式和千变万化的技法，而是艺术所能表达出中华民族所特有的文化精神。在中国国力强大之后，我们能够通过中国艺术品市场的火热发展去解决中国艺术的推广及其在全世界的认知问题，这是中国艺术在 21 世纪行走的重要保障，而文化精神则是中国艺术发展的内在灵魂。从这种意义上来说，中国艺术品市场话语权的全球建构便要通过对中国文化精神高地的打造来完成。针对中国艺术品市场的发展来说，打造中国文化精神高地主要依赖于两个方面：第一，创作真正的艺术精品。精品是中国艺术品市场中的闪光之作，是经得起市场洗礼与历史考验的作品，更是繁荣中国艺术品市场的基础，需要艺术家耐得住寂寞、守住追求、蒙养心性，不断提高自己的艺术修养与创作功底才能达成。西方的艺术品市场发展得比较成熟，画廊有一套完整的代理制度，艺术家可以踏踏实实地创作。在这种情势下，中国艺术品市场要想在世界艺术品市场中拥有响当当的话语权，就首先要拿出具有足够分量的、堪与世界顶级艺术作品相匹敌的艺术精品，而不是需要太多的动人说辞。艺术话语权的争夺其实是艺术实力的比拼，一切浮夸的语言都不能够蒙混过关，唯有艺术精品才具备永恒的魅力与服众的力量。第二，建设规范的艺术设施体系，如美术馆等。美术馆已经成为城市中必不可少的艺术设施，其数量和知名度也成为衡量一个城市乃至国家文化发展水平的重要指标，更代表着历史内涵与文化精神的积淀。西方国家如欧美等国的美术馆起步相当早，三百余年的历史决定他们的美术馆的发展非常完善；而在中国，美术馆只能算是“新兴事物”，更为窘迫的状况是，迄今为止，国家将经济建设作为工作重点的方针仍会长期坚持，而投向文化艺术发展方面的精力及资金明显不足。因此，现有的美术馆，其馆舍都十分陈旧、简陋，其展览的艺术作品无论从数量上，还是从质量上，都十分粗糙。中国艺术品市场的发展要在世界艺术品市场中站稳脚跟，显现出过人的实力，不是单靠几个优秀艺术家和几件艺术精品就能够办得到的，重要的是必须形成规模化、体系化的艺术设施。所以，美术馆等艺术设施体系的建设一是要坚定美术馆公益文化性质，充分发挥艺术设施体系公共文化服务作用；二是要注重美术馆等艺术设施体系基础建设，为其发展提供坚实的物质保障；三是要加强艺术设施体系行业管理，为其发展创造良好的环境；四是要遵循艺术设施体系发展的自主规律，发挥其对创作的导向作用；五是要加强中外艺术设施体系交流与合作，大力传播优秀民族文化。

中国艺术品市场话语权的全球建构需要整合文化艺术战略资源

如今，战略资源整合成为非常时髦与流行的一个词。所谓战略资源整合，指对不同类型的资源进行识别与选择、汲取与配置、激活和融合，使之具有较强的柔韧性、条理性、系统性和价值性，摒弃无价值的资源，并对原有的资源体系进行重构，创造出新的核心资源体系的一个复杂的动态过程。在当今强调速度和规模的时代，任何行业只有进行战略资源整合，才会避免意识的陈旧和行动的迟缓，其发展才会具有新鲜力和活力，中国艺术品市场话语权的全球建构更不例外。尤其在艺术与品牌结合得越来越多的发展趋势下，中国艺术品市场要想立足于世界艺术品市场，在审美艺术及文化内蕴的舞台上就亟须一种新时代整合文化艺术资源的契合。具体来说，中国艺术品市场最为重要的文化艺术战略资源包括三个基本方面：一是在深厚的文化传统之中不断成长与发育而成的民族文化精神，有了这种特质鲜明的文化精神，中国艺术品市场才有了灵魂与底气，这是中国艺术品市场迅速而又全面发展的基本血脉。二是立足民族文化而又面向世界的艺术创新能力，这种创新能力的有无及大小，是决定中国艺术品市场持续做大、做强的根基。艺术的根本不是别的，而是创造，而恰恰是这种看似不着边际的创造，构成了中国文化精神走向未来的精神支撑。从更加长远的历史视角来看，这种创造从根本上决定了中国艺术品市场的价值标准与判断，因为，再浮华的外表，其包裹的不外乎是一种持续的创造精神与能力。三是面向 21 世纪的强大需求。我们知道，对一个市场来讲，最为基本与核心的要素不是别的，而是看似平常与简单的供给与需求。在这对要素的对接与均衡过程之中，需求可能更多处于主动地位，在一个市场的发展过程之中，不少状况下都是由于需求的变化打乱了市场的均衡，从而在寻找新的均衡过程中，市场逐步寻找到了一种新的状态。需求对艺术品这样一个新兴市场的意义，自然是不言而喻的。如果从全球视角来看，我们正在面临一种大的变革，一种文化发现及其文化价值重构的重要时机。同时，由于中国经济的迅猛发展，大中华圈财富的不断积累，以及全球视野下中国概念的崛起及不断得到认同，基于中国文化精神基质之上的文化艺术消费的需求正在被一步步地激发出来，这种潜在的巨大的需求，不仅仅是中国艺术品市场的巨大资源，更是中华民族最为宝贵的核心战略资源。我们在任何情况、任何条件下，如果要研究与分析中国艺术品市场，就一定不能忽视这种战略资源，并且，要研究当下的中国艺术品市场，就必须直面我们这种潜在的正在以排山倒海之势，迸发出来的中国艺术品市场的巨大的战略性需求资源。

中国艺术品市场话语权的全球建构需要实力

要建立中国有影响的艺术话语制度和扩大中国在世界艺术品市场中的话语权，作为一个长期的发展目标，就必须要具备达到此种目标的长久、稳固的支撑体系与力量。而这种长久、稳固的支持力量就是实力。只不过，这种实在的力量不仅限于我国在文化艺术方面发展的软实力，也包括我国在经济方面发展的硬实力。

1. 经济实力。“仓廪实而知礼节，衣食足而知荣辱”，一个国家的硬实力发展水平是其软实力发展程度的基础和依托。不可否认的是，改革开放之后，我国的经济获得了长足的发展，人民的生活质量与消费档次也有了显著的提高，物质丰盈为中国艺术品市场的发展打下了一个基本良好的基础。但是，我们仍然不能忘记，相比于欧美等大国，我们仍处于发展中国家的水平；况且，随着经济运营形式的复杂化，市场运营的不规范已经变得司空见惯，各地区经济发展十分不平衡，贫富悬殊，这一切都决定了我国居民的生活与消费仍停留在以物质奔忙为主的状态，这不仅会动摇我国的经济实力，更会阻碍中国艺术品市场的发展。

2. 消费实力。在国外，中产阶级构成了艺术品消费市场的主流，街上拥有很多家规模小小的画廊，但是，中国的中产阶级，即使钱包日渐充盈，也“没时间，没精力”关注艺术品。中国的中产阶级将大量的业余时间投入对财经媒体的关注，中国的大众也主要将消费集中在物质方面，对精神领域少有涉猎，而对于中国的投资者来说，相比于艺术品，楼市、股市则对他们具有更强烈的吸引力和更现实的丰厚利润。因此，可以说，中国人的艺术品消费实力不是局限于经济水平，而是囿于对艺术品心理上的认同，中国人从心理上还没有分配足够的财富来照顾到欣赏艺术的这个精神层面。所以，加强人们对艺术品的快速认同感是让艺术快速摆脱“少数人的喃喃自语”的尴尬境地的重要途径，也是建构中国艺术品市场话语权的当务之急。

3. 文化实力。当一个国家的经济、军事、科技等硬实力的发展达到一定的水平之后，软实力就成为这个国家继续发展的重要推动力量。中国的文化实力是中国的软实力的重要标识，而中国艺术又是中国文化的核心要素之一。因此，构建与扩大中国艺术品市场在世界艺术品市场中的话语权，更重要的一点就是要不断地提升与扩充中国的文化实力，尤其在以和平与发展为主题的年代，各国之间的竞争已经由对疆土的拓展转变为文化实力的大比拼。因此，文化实力不仅是中国艺术品市场话语权建构的坚强后盾，也象征着中国在世界市场格局中的地位。近些年来，随着中国艺术品投资热潮一浪高过一浪，中国的文化产业也快速发力；同时，在世界范围内，以中华文化为背景的大中华文化圈不断形成与发展，其生产、消费及显现出的创造能力证实了中国文化实力的增强。但是，目前中国艺术品市场还没有形成真正的我们主导的中心定价原则，这导致中国艺术的创作还在以西方艺术为标准，更显示出了中国文化实力的不自信与不够自主。因此，努力形成中国艺术品市场中心定价原则是增强中国文化实力的关键所在。

中国艺术品市场话语权的全球建构需要有拿出好东西的能力

在中国艺术品市场的发展过程中，我们不止一次地听到人们在抱怨中国艺术品市场外表浮华，其实质却缺乏好的作品。但是，毋庸置疑的是，中国艺术品市场的发展需要好作品，中国艺术品市场话语权的全球建构更需要我们具备拿出好作品的能力。

艺术界内有句俗话，叫“好东西自己会说话”，指的是精美的艺术作品本身所具有的意境。针对中国艺术品市场来说，好东西主要指质量上乘的艺术作品，而质量上乘的艺术作品主要表现为以下几点：

1. 质量上乘的艺术作品，其艺术水准要达到高、精、尖。“高”即高端、高档次、起点高的作品，这类作品内涵艺术与文化的积淀，价格相当高，种类多样化，一般为典范艺术家的代表作品。质量是中国艺术品的生命底线，人们内心真正仰止的还是艺术史上的高山巅峰。在艺术品不缺数量缺质量的商品经济时代，高端作品就更显得弥足珍贵。因此，尽管高端作品价格昂贵，但其所包含的文化及艺术含量是其他作品难以企及的。“精”即精品。无论是拍卖会，还是私下交易，精品的价格往往比普通品高出好几倍。精品是最能体现艺术家的艺术水平和功力的不可多得的作品。无论艺术家名气大小，或是艺术品的景气程度如何，精品的价格往往最为坚挺。精品永远能够立足市场，赢得市场。“尖”即顶尖、拔尖的艺术品。拿中国画来说，一个画派优秀的画家有很多，但若要获得大师级的尖端画家的代表作是不容易的。同样，对于同一个大师来说，如果其生产的画作不是大师的顶尖作品，也难以产生较好的投资回报。

2. 质量上乘的艺术作品具有较高的艺价比。艺价比是与性价比相对应的概念。随着硬件整体价格的大幅度下降以及技术越来越成熟，品牌间的价格差距和性能差异越来越小，质价比的概念便优于性价比而产生。对于中国艺术品市场来说，以前，在中国艺术品市场中，竞争观念花样百出，如倡导“渠道为王”“推广为王”等竞争理念。但是，目前艺术品的数量大肆泛滥、种类繁多，而且作品与作品之间的差异在缩小。于是，“艺价比为王”就成为买家对艺术品最好的评价标准。艺术品的艺价比不是简单的价格比或品质比，而是品质与价格的综合比。艺术品的艺价比是市场最基础的竞争力，拥有较高艺价比的艺术作品并不是低价竞争，也不是品质好就漫天要价，而是要“艺高价低”。

3. 质量上乘的艺术作品具有较好的流动性与增值性。市场流通是中国艺术品市场运作过程中最为重要的承载形式，质量上乘的艺术作品正是在不断的流通与交换过程中来体现与实现自身价值的，因为艺术作品的价值不仅在流通中产生，并且更为重要的是，艺术作品及其艺术家的品牌也是在流通中树立的。因此，质量上乘的艺术作品必然也必须具备较强的流通性。增值性是艺术珍品的特征，这通常只有在艺术家本人去世后才能实现。当这个世界上再也不可能有人继续提供同类作品，并且该类作品经历了历史的检验和获得了鉴定家一致的公认之后，其作为历史阶段中一种不能重复的精神创造的产物，才可能具有永恒的价值——增值性。

中国艺术品市场话语权的全球建构需要竞争力

如果说实力是中国艺术品市场在全球建构话语权的稳固支撑力量，那么，竞争力则是中国艺术品市场在全球建构话语权的重要助推器。在当代社会，竞争可谓无处不在。竞争催生着发展，竞争催生着进步，中国艺术品市场话语权在全球建构的速度同样需要竞争力的推动。具体来说，中国艺术品市场话语权的全球建构需要艺术竞争力、市场竞争力与传播竞争力。

1. 艺术竞争力。毋庸置疑，提升艺术竞争力是中国艺术品市场在全球建构话语权的首要条件，而艺术竞争力的高低取决于艺术作品的质量及艺术家个人的水平，以及艺术体制、体系与环境。现在，中国艺术品市场尽管看似热闹，但背后潜藏着令人担忧的艺术作品质量，劣作、行货在市场中肆意横行，赝品也同时层出不穷。更为严重的是，在全球化的背景下，中国艺术家的创作风格在不断地向西方艺术的风格靠拢、趋同，从而使中国艺术丧失了其独有的个性。在这样的形势下，中国艺术可以说是缺乏竞争力的，要想在世界艺术品市场中与别国艺术一较高下还尚待时日。眼下，中国艺术品市场发展的任务，一是力图让艺术家去除浮躁，沉静下来，真正创作出质量精美、上乘的作品，二是要培养艺术家坚强的自信心，摒弃模仿、跟风、趋同、崇洋的心理，创作出有中国特色与风格的艺术作品，以提高艺术的竞争力。

2. 市场竞争力。市场竞争力主要表现在对艺术品市场运作的规范性。西方艺术品市场发展的成熟性使其已经拥有了一整套画廊、艺术家、拍卖行、艺术展会、艺术商各司其职的运作流程。但是，中国艺术品市场起步较晚，其发展还处于稚嫩阶段，这导致了市场运作的极度失范与市场规则的极大破坏。现如今的中国艺术品市场，拍卖行与画廊的作用本末倒置，本是二级市场的拍卖行充当着一级市场的主体作用，发展日益火爆，而本是一级市场的画廊却失去了其主体地位，沦为投机倒把的“二道贩子”，这也使得中国艺术品市场发展的链条遭遇着严重的扭曲与濒临断裂，从而极大地削弱了中国艺术品市场的竞争力。可以看出，中国艺术品市场要想提升市场竞争力，就必须要整顿与规范市场的运作环节，这也是市场发展的关键所在。

3. 传播竞争力。这个时代是信息畅通的时代，一条爆炸性的新闻，很短时间内就会世人皆知，这就是传播的力量。同样，中国艺术品市场的发展要想真真切切地展现在世人面前，就需要增强自身的传播竞争力，而传播的途径就是媒体，传播竞争力的提升也有赖于媒体的规范。当下，中国艺术品市场的传播竞争力还有待于加强，这主要是因为媒体无法抵制物质利益的诱惑，放下架子，跟着艺术评论家一起上阵，充当着不少江湖艺术家的喉舌，为他们制造品牌、提高社会知名度。可以说，这种传播只是在为艺术家的利益而摇旗呐喊，无异于替人做广告。这样的传播不仅毫无权威可言，而且也会逐渐丧失公信力，从而减弱中国艺术品市场的传播竞争力。可见，只有规范媒体的发展，使媒体真正发挥传播的效力，才能让世界了解到一个真实发展的中国艺术品市场。此外，增强传播竞争力、推动中国艺术品市场在全球话语权的建构，更要积极探索中国文化“走出去”。因为，从总体上看，大部分西方人对中国文化的了解还仅仅停留在饮食、中医、武术、京剧、山水风光等层面，故而，将当代中国文化的优秀成果，特别是具有中国特色的核心价值体系的文化成果推向全世界，已经迫在眉睫。

中国艺术品市场话语权的全球建构需要价值标准的体系构建

当下，中国艺术品市场的发展存在着真伪难辨、鱼目混珠等奇形怪象，致使人们很难在光怪陆离的背景下，清清楚楚、明明白白地看懂艺术品市场的发展，其原因归根结底是市场缺乏一套规范的价值标准。建构价值标准体系是中国艺术品市场发展迫在眉睫的事情，而中国艺术品市场要想在全球建构话语权，建构价值标准体系就更具有重要的长远意义。价值标准体系的建构主要要建立学术评价标准、作品真假标准、市场价值评价标准、市场运作批评标准。

1. 学术评价标准。学术评价标准即指作品具有丰富的学术含量、正确的学术取向及能够不断前行的学术潜力，这也是中国艺术作品的艺术价值产生的关键，因为艺术家不做学问，不提升学识，其作品就很难具有学术含量和学术品位，那么艺术家与匠人就很难再有区别。当然，学问与学识不只是在书本上，有时更多的是在社会里，关键是要去发现、认识与体悟。

2. 艺术评价标准。赝品、伪作的泛滥使中国艺术品市场真假混淆，鱼目混珠，真亦假，假亦真，好坏、真假莫辨。对于作品真假好坏的鉴定、评价，始终没有一个正规的立法和系统的标准。很多赝品瞒天过海，大摇大摆在拍卖行竞拍，令人们趋之若鹜；但有的真正的好作品却被埋没，乏人问津。真假评价标准的缺失严重扰乱视听，令买家叫苦不迭。因此，建立真假评价标准是澄清浑浊的中国艺术品市场的必须之举。

3. 市场价值评价标准。市场价值评价标准主要是建立在中国艺术的核心价值基础之上的。中国艺术的核心价值即是在中国文化的背景下，中国艺术所特有的、符合民族审美经验的美。艺术家追求作品审美的过程，也是追求其艺术价值的过程，而中国艺术作品的艺术价值更多的是体现在作品的审美价值上。中国艺术作品的核心价值也是文化价值的最终体现。中国艺术作品的儒、道、佛三教文化，从哲学、理学、美学的角度，以儒修人格、以佛修心性、以道修境界。

4. 市场运作批评标准。市场运作批评标准需要批评家具有公正的观点与立场，其评论与分析不受物质利益所诱惑，具有独到的见地、精辟的分析，从而让读者感受到他说话的分量。

此外，中国艺术品资本市场的发展也有利于推动中国艺术品市场价值标准及话语权在全球的建构，这就要不断鼓励像文化艺术资产份额化一类的制度创新。中国艺术品市场更多的是利用民间的力量在不断推动与发展的，中国艺术品资本市场从目前来看也是唯一一个未经严密监管与垄断的资本市场，但这并不意味着国家与相关政府部门在这个市场的发展过程之中就可以无所作为，相反，更应在国家文化战略大的框架的支撑下，积极去寻找一种利用资本的力量来整合大众与民间的力量，达成应有的国家文化战略的目标，从而在更为有效的层面上来不断捍卫民族的文化利益与国家的文化安全。资本的理性构建能力的形成需要有一个过程，而今天我们所面对的艺术资本及其中国艺术品资本市场仅仅是一种开始。从这种意义上讲，国家及相关政府部门的关注、引导与支撑是中国文化艺术资产交易形式不断创新并上新台阶的一种重要的支撑。也只有这样，我们才能更加有效地整合艺术与市场的资源，为民族文化的复兴作出努力。

中国艺术品市场话语权的全球建构需要战略与环境

随着全球文化多元化时代的到来，“战略”一词逐步被引入社会经济与文化生活。中国艺术品市场的发展及其话语权在全球的构建同样需要战略，这种战略就是文化战略，因为在各国硬实力都达到一定程度后，文化战略成了各国要比拼的目标。文化越来越成为一张国家的“名片”，世界各国战略的发展永远不会停留在表面僵化的形态。地图上的疆域都是暂时的，真正决定国家实力的是文化势力的消长、是文化战略利益的较量。现如今，中国的文化战略利益在艺术品市场的发展中得到了一定程度的再现，因为中国艺术的生存土壤就是中华民族的传统文化，中国艺术品市场在促使精神消费产生的同时，也从文化精神的高度为人们带来了世界范围的文化认同与文化享受，从而折射出了中华民族的核心利益——文化利益，这种文化利益便是一种战略利益。可以说，中国艺术品市场发展的文化战略是艺术价值取向的一种选择，也是一种站在文化大背景下的对艺术的自上而下的全局审视，不仅代表着艺术的高度，更彰显着我国文化发展的实力。反之，文化战略的提升也是中国艺术品市场在全球建构话语权的需要，更有助于提升文化认知上的自觉，促使人们从战略高度认识、调整并发展中国艺术品市场，从而促动中国艺术品市场的发展与壮大，并在国际市场上屹立。

除了战略之外，中国艺术品市场话语权在全球的建构更需要环境的优化与建设。中国艺术品市场发展的不成熟性及缺乏理论的支撑与运作的规范，导致市场的环境处在恶化状态，中国艺术品市场已有不断沦落的趋向，似乎成为进行投机的一个“游戏场”。更为可怕的是，不少投身于中国艺术品市场的参与者将这种游戏化的怪象当成了中国艺术品市场发展的一种特性与规律，这不仅在更大与更深的层面误导着中国艺术品市场的发展，更有碍于中国艺术品市场话语权的建构。因此，搭建中国艺术品市场和谐的市场环境同样是一件重要之举。优化环境主要依赖于政府因势利导，规范市场行为，培育投资氛围，更有赖于理论研究与理性精神的培育。我们要用科学的方法，理性的态度，从中国艺术品市场发展的最深层面、运作过程及其发展趋势等几个方面进行定性与定量相结合的研究，用客观与平实的眼光还当下中国艺术品市场一个真面目，同时也力图站在世界艺术品市场发展的角度，来多视角、多层面地分析与探讨中国艺术品市场发展的态势，以有利于中国艺术品市场不断走向一个新的轨道，进而实现中国话语权在世界艺术品市场中的建构。

中国艺术品市场话语权的全球建构需要人才

21 世纪是竞争的世纪，而竞争的核心就是人才的竞争。人才是当今社会最珍贵的资源，是各行各业发展兴衰的根本。中国艺术品市场作为一种新兴的行业，同样对人才有着极大的需求。中国艺术品市场的发展与成熟离不开人才力量的支撑，中国艺术品市场在全球建构话语权更有赖于人才的智力支持。因此，加强中国艺术品市场人才队伍建设是中国艺术品市场发展的头等大事。目前，作为处于初级发展阶段的市场，中国艺术品市场的人才力量还比较薄弱，人才队伍的建设主要应集中在培养市场化人才和艺术创作人才。艺术创作人才的培养有赖于艺术教育。艺术学院不仅要传授学生艺术理论、艺术技法等基础知识，还要重视实践，激发学生的潜力，营造良好的艺术创作氛围，培养学生的自主性、创新性、精神性，加强对学生艺术修养和品格的熏陶。当然，艺术创作人才不只依赖于艺术教育，更多地形成于社会实践中，这就需要市场的力量。首先，市场要有识别人才的慧眼，并且广开渠道，以宽容的胸襟吸纳来自四面八方的艺术人才形成专业化的创作队伍。其次，市场要不拘一格，人尽其才，对人才给予合适的安排。再次，市场对艺术创作人才要有严格的考核和奖惩制度，尊重、爱护人才。最后，市场要有驾驭人才的本领。

市场化人才是以“市场驱动”为导向。对艺术品市场来说，虽有艺术创作的成分，但其本身也是产业，需走“市场化人才”培养之路。艺术家的作品要接受市场和客户的考验。因此，一个艺术家，除了要有高超的绘画技能，还必须熟悉市场的整体运作。但是，现在国内高校培养出来的学生知识结构普遍不完善，知识面过于窄小。学生对市场没有敏感，也不了解市场知识。市场化人才的缺乏造成艺术品市场运作不力。因此，必须大量增加市场化训练，建立市场化人才选用机制，拒绝“书呆子”，注重人才的复合性，尤为注重加强艺术品经营和管理的专业学科建设，提高人才的核心竞争力，努力培养出善于应对市场、能够感知市场变化、洞察市场态势、精于市场操作，并能为市场运作建言献策、对推动艺术产业的整体升级作出积极贡献的人才。

中国艺术品市场话语权的全球建构需要国际化视野

中国艺术品市场经过长时间的积累与沉淀，其市场规模、参与人群以及影响力都在大幅度拓展与攀升，已经呈现出勃然的发展趋势。同时，在全球一体化的发展进程中，由于中西文化交流的需要以及适应艺术品“回流”与“输出”的需要，中国艺术品市场的发展及其话语权在全球的建构更需要国际化的视野。我们在弘扬中国传统文化艺术的同时，绝不可忽视日益壮大的消费群体。从另一方面来看，外国人也看好中国的艺术品。中国的艺术作品在海外很有市场，这对于中国艺术品市场在全球建构话语权是一种重大的利好。此外，随着我国经济的发展，海外中国艺术品的“回流”和中国艺术品的“输出”已逐步互动成为一种趋势。

当然，对于发展初期并始终处于摸索阶段的中国艺术品市场来说，国际化视野的确立还是一个逐步形成的过程，先有认识再有实践，然后才能不断提高。当前，我们需要把这种认识与市场的管理、经营结合起来，并从“培育市场、培训人才、培养艺术家”三方面入手，统筹推进。具备中国艺术品市场的国际化视野需要我们拓展市场的发展领域，有条件的机构可在海外设立市场分部，加强与国内外市场的互动。同时，需要我们大力发展艺术品市场交易体系，如加强画廊业等，使其经营的艺术品种实现多样化，做到中西兼容并蓄，并要特别注意引进国内外有影响力的画廊进入，着力推动当代艺术品的收藏。另外，为国内外著名艺术家提供作品介绍与展览，广泛开展联谊活动，调动他们的创作及参展热情，为他们进行诚信服务也很重要。

国际化视野不是一种概念，而是一种见识。收藏家即使只收藏中国艺术品，也需要了解国际艺术品市场的动态，具备国际化视野。可以说，与国际接轨的中国艺术品市场的发展潜力必定是无可限量，也必定会形成一个庞大的更具活力与竞争力的艺术体系，从而使中国艺术品市场在建构全球话语权的过程中得到最为有力的支撑！

作者系中国艺术产业研究院副院长、教授、博士生导师
本文原载于《中国艺术品市场前沿问题研究》中国书店出版社 2014 年版

解玺璋 | 打捞中国戏剧的百年愿景

一

20世纪中国戏剧之命运，始终与西方戏剧纠缠在一起，且难解难分。或如汉斯·蒂斯·雷曼所言："从1900年左右的历史先锋派开始，直到当代非戏剧的剧场艺术，都从亚洲剧场艺术传统中获取了大量灵感。"① 然而，中国戏剧之于西方戏剧，却绝非获得"灵感"这样简单。百余年前，西方戏剧经过两个渠道进入中国，一是上海、广州等通商口岸外国侨民的演剧活动，以及教会学校组织的学生演剧活动；一是中国留日学生的演剧活动。西方戏剧的介入，很快就使得中国戏剧舞台的格局发生了重大变化。传统的演剧如京戏、昆曲、秦腔、杂调等统统被命名为旧戏，而西方戏剧，包括来自日本的新派剧则谓之新剧。新旧之称谓在这里带有鲜明的价值判断倾向，新代表进步，旧则代表落后。其结果，不仅从西方引进、被称作话剧的现代戏剧得到舆论的普遍赞赏，一时称盛，甚至有凌驾于旧戏之上的趋势，而且，自晚清以来颇欲自新之旧戏，至此也似乎找到了所以自新的理由和方向。

新剧要将旧戏打垮绝非易事，但它却以绝对优势抢占了舆论的主流位置，

① ［德］汉斯·蒂斯·雷曼：《后戏剧剧场》中文版序，李亦男译，北京，北京大学出版社2010年版，第1页。

其中很重要的一个原因，就在于整个社会趋新厌旧的大势。这里有个显而易见的逻辑，即现代中国面临着启蒙与救亡两大任务，如何完成这两大任务？按照梁启超的设想，只能以“新民”为起点，所谓“有新民，何患无新制度，无新政府，无新国家”[①]。至于民何以新，他说：“欲新一国之民，不可不先新一国之小说。”[②]他这里虽然单指小说，但就开民智新民德而言，戏剧的功能并不比小说差，甚至优于小说。因为，读小说尚需识字，观剧则文盲亦可。

当时的人们，无论对新剧、旧戏持何种态度，在戏剧的兴衰关乎国家兴亡这一点上，认识倒是惊人的一致，而且常常夸大戏剧的功能，以为“移人之心，换人之脑，速万倍也”[③]。他们的这种认识其实是从西方社会变革的历史经验中得来的。在他们看来，西方戏剧（包括小说）甚至有左右全国舆论的功效，“歌喉一啭，唤转法国国魂”，“铁板一敲，打起英民民志”，[④]这让他们感到很振奋。至于中国的旧戏（包括小说），则被视为“吾中国群治腐败之总根源”[⑤]。于是，旧戏之改造与新剧之引进，也就成了一块硬币的两面。

二

本文重点既在新剧引进给予中国戏剧之影响，那么，旧戏的改造只能暂时放过，所谓花开两朵，单表一枝。诚如是，新剧的引进从一开始就表现出强烈的写实主义倾向，怕也是其来有自，绝非偶然。这是中国改革求变的大环境赋予戏剧以启蒙救亡的历史任务所决定的。因此，易卜生的“写实主义”便成为中国人的首选。虽然，西方有人认为，现代戏剧是从易卜生的戏剧中生长出来的，但在中国人看来，易卜生却是写实主义的代表。胡适的看法就很有代表性：“易卜生的长处，只在他肯说老实话，只在他能把社会种种腐败龌龊的实在情形写出来叫大家

① 梁启超：《新民说》，见《饮冰室合集·专集》之四，北京，中华书局1989年版，第2页。

② 梁启超：《论小说与群治之关系》，见《饮冰室合集·文集》之十，北京，中华书局1989年版，第6页。

③ 无名氏：《论戏剧弹词之有关于地方自治》，见舒芜、陈迩冬等编选：《中国近代文论选》上册，北京，人民文学出版社1959年版，第267页。

④ 无名氏：《论戏剧弹词之有关于地方自治》，见舒芜、陈迩冬等编选：《中国近代文论选》上册，北京，人民文学出版社1959年版，第265—266页。

⑤ 梁启超：《论小说与群治之关系》，见《饮冰室合集·文集》之十，北京，中华书局1989年版，第9页。

仔细看。"[①] 时至今日，这种最初被称作"写实主义"，而今被称作"现实主义"（二者并非完全相同的概念）的戏剧观念，仍然保持着强大的生命力，仍有很多人以此作为评判戏剧作品的重要标准，甚至是唯一标准。

然而，随着宋春舫、余上沅、闻一多等人从欧美留学归来，关于戏剧，无论中国戏剧还是西方戏剧，都有了另一种认知和表达。他们发起"国剧运动"，主张"由中国人用中国材料去演给中国人看的中国戏"，而"这些中国戏，又须和旧剧一样，包含着相当的纯粹艺术成分"。[②] 尽管这个运动并未成功，但至少他们宣告了戏剧不仅是政治的，它还是艺术的；不仅是写实的，而且是写意的；不仅可以说，而且可以唱，可以舞。他们看到旧戏"以歌舞演故事"的特点，希望给予旧戏以必要的尊重。余上沅就称赞旧戏是"非写实的纯粹艺术"，他说："它是写意的、非模拟的、形而外的、动力的和有节奏的。"[③] 他还注意到了中国戏剧舞台的虚拟性和表演的程式化，如果加上写意性，这三者恰恰完整地构成了中国戏剧的审美特征。他进而强调，非写实并不排斥写实，他只是反对把写实与道德说教或社会批判捆绑在一起，利用戏剧去"纠正人心，改善生活"。[④] 如果是那样的话，就是将因果倒置了。而他的理想，却是要造就一种新的戏剧，他所采取的办法，便是"要在'写意的'和'写实的'两峰间，架起一座桥梁"。[⑤] 有了这座桥梁，写意和写实才可能走到一起，相互吸纳融合，形成一种新的东西。

说到底，写实与写意的融合，也许正是中西两种文化的融合。写实以西方文化为背景，写意则以中国文化为背景。两种不同文化背景下所形成的不同的戏剧观念，构成了中西戏剧和剧场形态各异的景观。就像是从天地两端跑来的两个完全不同的人，不期而遇，相互吸引，都想使自己变得更加完美。于是则发生了 20 世纪中西戏剧的逆向运动，"中国剧场在由象征的变而为写实的，西方剧场在由写实的变而为象征的"[⑥]。最初观察到这种现象的人，在纽约出版的《戏剧艺术月刊》上，发表了一篇题为《中国的新剧场》的文章，向大家报告了他的发现。但他没有指出，为什么逆向运动的双方会在不期而遇之后，一方会在吸

① 郑大华整理：《易卜生主义》，见《胡适全集》第 1 卷，合肥，安徽教育出版社 2003 年版，第 600 页。

② 张余编：《余上沅研究专集》，上海，上海交通大学出版社 1992 年版，第 49、51 页。

③ 张余编：《余上沅研究专集》，上海，上海交通大学出版社 1992 年版，第 75 页。

④ 张余编：《余上沅研究专集》，上海，上海交通大学出版社 1992 年版，第 50 页。

⑤ 张余编：《余上沅研究专集》，上海，上海交通大学出版社 1992 年版，第 77 页。

⑥ 张余编：《余上沅研究专集》，上海，上海交通大学出版社 1992 年版，第 54 页。

收对方精髓的基础上，开辟出戏剧的新天地，而另一方却在对方固有的戏剧观念的引导下走上歧途。西方戏剧的发展或有其自身的逻辑，非我所能尽述，而中国戏剧曲折而坎坷的命运，则不妨思而论之。

也许有人会说，简单地将写意与写实作为中西戏剧的分野是武断的，无论如何，在中国戏剧中找到写实的成分，或在西方戏剧中找到写意的成分，都不是一件难事。诚如是，我则必须指出，写意与写实虽然不能概括中西戏剧的全部，但它们的确深深地根植于各自的文化传统之中。西方戏剧写实主义基于传统的摹仿自然说，自不待言，而中国戏剧的审美特征，应该就是王元化在概括张厚载与《新青年》诸君论辩时所拎出的八个字："假象会意，自由时空。"[①]这八个字恰好点明了戏剧观念与传统美学之间是脱不了干系的。王元化解释道："前四字借用了文字学中的称谓，与现在所说的写意意义相通。后四字'自由时空'则是指京剧的舞台调度的灵活性。它不仅突破了西方古典剧的三一律，也突破了话剧三堵墙规定时空的限制。这种舞台调度的灵活性，使得京剧舞台在时间和空间上取得了无限扩展的可能性。"[②]也就是说，中国传统艺术思维从来不认为艺术只是对现实生活的直接反映，也不把真实当作衡量艺术作品的审美标准。相反，就审美主体（心）与审美客体（物）的辩证关系而言，倒是一直强调二者的对立统一，你中有我，我中有你，相互为用，相反相成。这正是中国古典美学中心物交融的原则，以及由此生发的善入善出的方法论。其作用于戏剧时，影响所及，不仅关系到创作者，也关系到欣赏者，即观众。王元化对此有相当深入的研究，他坚持认为，只有懂得了传统文化精神和艺术的固有特征，才能真正理解中国戏剧的虚拟性、程式化和写意型。他的这些看法与余上沅，乃至王国维都是一脉相承的，他们都从戏剧的审美表达入手，强调戏剧的非功利性和独立性，以及艺术与审美的本质同一性。在这里，作为审美活动的戏剧创作和观赏，最终被设定为与现实功利无关的独立的情感活动，这也就是余上沅所说，"戏剧基本的要素还是在于情感，它是一种浓厚美妙情绪的表现"，与任何外在目的无关，只有这样，才能造成"非写实的纯粹艺术"。[③]

---

① 王元化：《清园谈戏录》，上海，上海书店出版社 2007 年版，第 35 页。张厚载文章见张宝明、王中江主编：《回眸〈新青年〉语言文学卷》，郑州，河南文艺出版社 1998 年版，第 367—371 页。

② 王元化：《清园谈戏录》，上海，上海书店出版社 2007 年版，第 35—36 页。

③ 张余编：《余上沅研究专集》，上海，上海交通大学出版社 1992 年版，第 77 页。

三

然而，就像西方戏剧一往无前地走向象征一样，中国戏剧则义无反顾地走向写实，而且，在这条路上越走越远。如果说此前的写实写意之争，还只是方法和手段之争，那么，此后的写实，则以现实主义之名，将戏剧的变革纳入了革命的意识形态话语体系。社会政治革命作为终极目标规定着思考思想文化革命和文学艺术革命的基本视域和话语样式。这样一来，强调和提倡写意，就成了唯美主义或艺术至上主义，成了西方资产阶级文艺思潮，而要求戏剧艺术真实反映现实生活，则被赋予一种崇高的目的。其原因就在于，现实主义被看作是一种与历史逻辑相联系的客观的创作方法，这意味着，只要再向前跨出一步，历史逻辑就变成了超验的艺术标准。这也是卢卡契的看法，他坚信现实本身是有深度的，现实是现象与本质的统一。因此，深刻的文艺作品必须直透现象中的本质，揭示社会结构关系、发展原因及方法，否则就会流于浅薄。于是，单纯的写实就有了“自然主义”之名，而现实主义之“现实”，却是以某种主义的名义对现实的改写。为什么很多冠以现实主义之名的戏剧作品，却给人以虚假和粉饰现实的感觉呢？秘密就在这里。而且，谁有本事认识和把握“现实”的本质呢？只有无产阶级，资产阶级和其他阶级是不具有这种本事的。无产阶级英雄由此进入历史，歌颂无产阶级英雄及其斗争生活就成了现实主义不可推诿的责任。现实主义的真实性标准也被确定为是否描写了“典型环境中的典型人物”，而所谓“典型人物”正是代表了历史发展趋势的艺术形象。

话也许扯远了。但从写实主义到现实主义，再到写工农兵，演工农兵，所依据的就是这样的逻辑，其要害就是取消戏剧的独立性而使之成为革命阶级和革命政党的宣传工具，不了解这一点，就不可能真正理解 20 世纪中国戏剧为什么是这样一种面貌。无论新剧（话剧）还是旧戏（戏曲，不仅是京戏），都被关进了现实主义的笼子，特别是在 1949 年以后，为适应新的意识形态建设的需要，戏剧更是被牢牢地捆绑在政治的战车上。新政府对戏剧实施管理，首先是通过戏曲改进工作（简称戏改），其中包括“改戏、改人、改制”三个部分，目的是将这一行业完全纳入新政权的管治范围，并对传统戏剧（旧戏）以及戏剧生产体制和戏剧人实施近乎脱胎换骨式的改造。我们知道，旧戏不被信任不自今日始，早在“五四”时期，以《新青年》为代表的青年进步群体就已宣判了中国旧戏的死刑，说它诲淫诲盗，“有害于‘世道人心’”[①]。同样，按照新政权的道德与政治标准来衡量，旧戏中可以保留在舞台上继续演出的剧目更是寥寥无几，以至于梅兰芳都困惑于无戏可演。不要以为受到伤害的只有被认为“有害”的旧戏和旧艺人，实际上，按照这种政治标准第一的原则创作新剧，包括话剧在内，所取得的成就亦微乎其微。即使是1980年后创作的大量新剧，能够留在舞台上，成为保留剧目的，也是少而又少。有学者在探讨中国戏剧明显缺少经典化积累的原因时曾经指出：“整个中国现代戏剧界对戏剧本质特征的把握遭受过两次关键性的挫折：一是新文学发生期以文学性取代戏剧性的旧剧批判和新剧倡导；二是以曹禺检讨《雷雨》‘太像戏’为代表，一种偏离戏剧特性的观念系统的形成。”[②]

尽管作者在论述中刻意回避了“戏剧的政治化”这个原因，但20世纪中国戏剧的历史及其命运，何曾逃脱了“政治化”的“魔杖”？这甚至已经成为中国戏剧的宿命。第一条已如上述，求真求实的观念恰如一粒种子，在新文学发生期便植入了中国戏剧人的潜意识中，至今已长成盘根错节的大树，不可动摇。而扬文抑戏，无非是文学性表达更便于新思想的阐发和旧思想的批判罢了，而唯有达到真与实的戏剧作品，才能承担起文化启蒙，开启民智，教育大众的社会责任。其二说到了曹禺，他的《雷雨》被奉为中国现代戏剧经典，既给他带来过数不清的荣誉，也有一些令他不安的批评和误读强加给他。他后来的写作《日出》和反思《雷雨》，不能说与这些批评和误读没有关系。他曾坦言：“写完《雷雨》，渐渐生出一种对于《雷雨》的厌倦。我很讨厌它的结构，我觉出有些‘太像戏’了。”[③]这里昭示于读者的，当然不仅仅是对技巧用得过分的反省，也不止于戏剧观念上所得到的新的领悟，更是一次提升思想的努力，以及对进步的期待。所以他才在写作《日出》的时候，“决心舍弃《雷雨》中所用的结构”，并用那些“人生的零碎来阐明一个观念”，使这种“‘损不足以奉有余’的社会形态”昭然若揭。[④]他特别看重“第三幕”（小东西和翠喜的

① 见《新青年》5卷5号，周作人与钱玄同通信《论中国旧戏之应废》。

② 朱寿桐：《戏剧本质体认与中国现代戏剧的经典化运作》，《中国社会科学》2013年第1期，第187页。

③ 曹禺：《悲剧的精神》，北京，京华出版社2006年版，第21页。

④ 曹禺：《悲剧的精神》，北京，京华出版社2006年版，第22页。

故事），就因为生活在这里的各色人等，构成了一点“真实的因子”，才使得《日出》有了“些微的生动，有一点社会的真实感”。[①]有人向他提出忠告：一个剧作家“应该很冷静，很酷毒地把人生世相本来面目揭开给人看”。他说，“这种诚挚的关心是非常可感的”，是给他“指了一条自新之路”。[②]这时他或许还没有意识到，这条路最终将把他引向绝境。

如果我们再看看他在1950年所作的检讨，就会明白，他对于《雷雨》“太像戏”的反思，不仅不会止步于戏剧观，而且非走到思想改造和阶级立场的转变不可。他在分析了《雷雨》的悲天悯人思想“歪曲了真实，使一个可能有些社会意义的戏变了质”，“模糊了周朴园所代表的阶级的必然的毁灭”；以及《日出》的写作没有看到“人民的力量在延安已经壮大起来”，没有指出“这些罪恶是半殖民地社会的产物”后这样写道：“一个作家若是与实际斗争脱了节，那么，不管他怎样自命进步，努力写作，他一定写不出生活的真实，也自然不能对人民有大的贡献；同样，一个作家如若不先认识中国革命的历史，不能用正确的眼光分析生活，不能从自己的思想掘出病根，加以改造，他的思想只能停留在狭小的天地中，永远见不到中国社会的真实，也就无从表现生活的真理，便终身写不出一部对人民真正的有益的作品。”[③] 50年代以后，曹禺真的写不出了，即使仅有的已经完成的三部作品《明朗的天》《胆剑篇》《王昭君》，也很难达到他曾经达到的艺术水平。黄永玉在写给他的信中说的很直接：“我不喜欢你解放后的戏。一个也不喜欢。你心不在戏里，你失去伟大的灵通宝玉。”[④]

这是曹禺的悲剧，但不是他一个人的悲剧，而是一个时代和所有艺术家的悲剧。他们失去的“灵通宝玉”，说到底，不仅是对戏剧本质的体认，还有作为艺术家的自由和尊严。因而，只有在“文革”之后，当思想解放的浪潮冲决了极左意识形态的藩篱和堤坝时，戏剧才有了回归自身的冲动和可能。这时，一场贯穿于整个80年代关于“戏剧观”的大讨论，成为戏剧获得解放、重新建构戏剧本体认知的重要标志。切入点还是几十年前的老问题：写意与写实之争，戏剧属于戏，还是属于话，戏剧性大于文学性，还是文学性大于戏剧性，进而延伸到表现与再现，真实性与假定性，以及演员—角色—观众之间的复杂关系。

---

① 曹禺：《悲剧的精神》，北京，京华出版社2006年版，第23页。

② 曹禺：《悲剧的精神》，北京，京华出版社2006年版，第27页。

③ 曹禺：《悲剧的精神》，北京，京华出版社2006年版，第32—34页。

④ 解玺璋、解宏乾：《北京人艺戏剧博物馆》，北京，同心出版社2012年版，第221页。

站在今天的角度，我们很容易看到，这场大讨论事实上打通了从王国维，到余上沅、宋春舫、闻一多，再到焦菊隐、黄佐临这条中国现代戏剧一脉相承的审美路线，并且开启了后30年高行健、林兆华、李六乙、牟森、孟京辉、黄盈们的戏剧改革和探索之路。（本人局限于北京一隅，故只能就北京的戏剧家而论之。）

四

诚然，这条路既非通衢，又非坦途，免不了迂回曲折，磕磕绊绊，能不能走好这条路，则取决于中国旧戏，即中国固有戏剧文化遗产的价值能否得到更多人的尊重、理解和认同。几十年前，余上沅就提出要建设“一种新的戏剧”，[①]而造成这种新的戏剧的途径，在他看来，“不能不从整理并利用旧戏入手”，[②]他指出：“我们的出发点是中国旧戏，不是希腊悲剧。”[③]他把旧戏比作“摆在我们面前的一块荒芜的田”，[④]以为开垦它是我们当仁不让的责任。然而，他的肯定中国旧戏，又不同于遗老遗少奉中国旧戏为无瑕瑰宝。旧戏绝不是十全十美的，但他的世界眼光使他敏锐地注意到西方戏剧正在发生一种试图打破将演员与观众隔开的“第四堵墙”的运动，其趋向是由重写实变为重写意。而写意正是中国旧戏的先天优势，他甚至觉得，重写意的中国旧戏或许比重写实的西方戏剧更有艺术性和生命力。他寄希望于中国戏剧，“仍然保持舞台上整个的抽象，象征，非写实。一方面免除了昆曲的雕琢，一方面免除了皮黄的鄙俗，把戏剧的内容充实起来，叫它不致流入空洞”。[⑤]

余上沅的主张直到37年后才在黄佐临那里得到了回应，他在《漫谈“戏剧观”》一文中重提“写意戏剧观”，并称这是个“辞典中没有，外文戏剧学中也找不到”的新名词。又过了大约20年，这篇文章竟成了引爆“戏剧观”大讨论的导火索。其实这一点也不奇怪，诚可谓势不可挡。思想解放推动着改革开放，国门打开之后，欧风美雨，纷至沓来，一时间，西方各种戏剧流派——现代派、荒诞派、实验的、先锋的、探索的、象征的，乃至后现代主义之类，都呈现在

① 张余编：《余上沅研究专集》，上海，上海交通大学出版社1992年版，第77页。
② 张余编：《余上沅研究专集》，上海，上海交通大学出版社1992年版，第58页。
③ 张余编：《余上沅研究专集》，上海，上海交通大学出版社1992年版，第56页。
④ 张余编：《余上沅研究专集》，上海，上海交通大学出版社1992年版，第58页。
⑤ 张余编：《余上沅研究专集》，上海，上海交通大学出版社1992年版，第56页。

中国戏剧人面前，给人以目不暇接之感。作为80年代领风气之先的人物，高行健与林兆华合作的《绝对信号》，成功地将中国戏曲写意的美学精神，以及对时空的自由表达运用于话剧舞台，开创了中国戏剧小剧场运动的先河。而此后二人合作的《车站》《野人》等剧，也因其拓宽戏剧思维的努力，并尝试回到中国戏曲的表演观念，而引起戏剧界两种戏剧观的激烈争论。为此他们曾写信向曹禺寻求援助，并且表示：

> 《绝对信号》只是个初步的尝试，我们还想在今后小剧场的实验中，进一步摸索加强演员与观众交流的手段，试图在话剧表演艺术上取得更大的真实感和更强的感染力，既真实自然，又在表演上让观众有戏可看。同传统的戏曲相比，戏曲演员手、眼、身、法、步，可以让浑身是戏，因此才那么耐看；而话剧既不可能有任何程式，又要达到戏曲表演的那么强的艺术魅力，这确实是个难题。我们也还给自己提出了另一个课题：在近乎戏曲的光光的舞台上，只运用最简朴的舞美、灯光和音响手段，来创造出真实的情境。也就是说，充分承认舞台的假定性，又令人信服地展示不同的时间、空间和人物的心境。这都是我国传统戏曲之所长。我们想沿着焦先生的路子，在导、表演（也包括局作法）上，为发展我们民族的现代戏剧，建设我们中国的话剧艺术学派，摸索出一些新的经验。①

他们这里提到的“焦先生”，就是北京人艺总导演焦菊隐。他与黄佐临，素有“南黄北焦”之称，他们的“戏剧观”都融合了中国戏曲的美学精神，都曾积极探索话剧舞台的民族化。焦菊隐与中国戏曲渊源更深，早在1931年，他就创办了北平戏曲专科学校，并自任校长，对传统戏曲进行了比较全面和深入的学习研究，并尝试着在教学实践中进行改革和创新。不久，他赴法国巴黎大学攻读博士学位，并完成论文《今日之中国戏剧》。三四十年代，中国的社会环境日趋恶化，左翼文艺运动蓬勃兴起，当时被苏联独尊为至圣的斯氏体系，自然被左翼戏剧家奉为楷模。焦菊隐虽非“左翼”，但他也为斯氏体系所倾倒，不仅翻译了丹钦科的《文艺·戏剧·生活》，还运用斯氏体系创作导演了《夜店》。20

---

① 北京人民艺术剧院《绝对信号》剧组编：《〈绝对信号〉的艺术探索》，北京，中国戏剧出版社1985年版，第5—6页。

世纪50年代，他意识到斯氏体系的缺陷，才依托北京人艺，以《虎符》为开端，自觉地、有计划地进行话剧民族化的探索，具体言之，就是把传统戏曲精神和表现形式运用于话剧舞台，尝试写实和写意达到有机结合的各种可能性，在话剧的“形”中贯注戏曲的“神”，使真实性和剧场性完美地统一起来。他特别强调：“戏曲的表演，剧场性虽然远较话剧强烈，真实性非但不减，反而因此更浓厚起来。这就是戏曲表演所以富有民族色彩的很重要的另一面。”①《虎符》虽然算不上很成功，而此后的《蔡文姬》和《茶馆》，却在一定程度上超越了斯氏体系，达到了真实性与剧场性的统一。他在此基础上创造性地提出的“心象”说，也成为北京人艺，乃至中国戏剧的宝贵遗产。

高行健与林兆华在80年代所做的努力，上承焦菊隐在50年代的探索和实验，而他们努力的方向，仍然是“向传统戏曲汲取复苏的力量”②。他们认为：“戏剧是一种综合的表演艺术，歌、舞、哑剧、武打、面具、魔术、木偶、杂技，都可以熔于一炉，而不只是单纯的说话的艺术。”③时至今日，林兆华的追求，也还是传统戏曲固有的审美精神。这是他与牟森、孟京辉这一代人不同的地方，他承认戏剧的虚拟性、程式化、写意型，却并不认同戏剧的抽象化、哲理化、思辨化；他也表现生活的“荒诞”，但他是用戏剧的方法，绝不用“反戏剧”或“非戏剧”的方法。正是由于这个原因，他始终不能接受以“先锋”、“实验”来命名他的作品。（这个问题涉及中国接受西方现代派和荒诞派戏剧过程中所发生的一系列“歧义”，这里不及细论。）

可喜的是，当下有一批更加年轻的戏剧人如黄盈、王翀、赵淼、周申、徐小朋、李建军等，他们以一种更加自然的心态把目光投向中国戏曲，黄盈甚至为他的新戏打出了“新国剧”的旗号，很明显，这是接续余上沅“国剧运动”精神的一种表示。但他们的眼界又绝非中国戏曲可以局限。他们可以将一个传统故事以戏曲舞台写意的方式呈现出来，表达是风格化的，舞台调度则表现出高度的灵活性，时间和空间都不设限制，人物可以自由往来于现实和梦境、此时和彼时、庙堂之高和江湖之远。演员的表演虽非完全的程式化，但一定是虚拟的，而非写实的，且载歌载舞，唱念结合，举手投足，都很优美抒情。就目前

① 焦菊隐：《略论话剧的民族形式和民族风格》，《焦菊隐文集》第3卷，北京，文化艺术出版社2005年版，第101页。

② 高行健：《对一种现代戏剧的追求》，北京，中国戏剧出版社1988年版，第31页。

③ 高行健：《对一种现代戏剧的追求》，北京，中国戏剧出版社1988年版，第84页。

中国戏剧的现状而言，“国剧”之“新”或许真可以中国戏曲“假象会意，自由时空”的审美精神，来救庞杂凌乱、堆砌臃肿、令人窒息的话剧舞台吧。在这里，我们也许可以期待，余上沅当年所向往的“像虹霓一般美丽”的“新的戏剧”，有一天将会“出现于我们面前”。①

作者系北京文艺评论家协会副秘书长
本文原载于中央戏剧学院学报《戏剧》2014年第5期

① 张余编：《余上沅研究专集》，上海，上海交通大学出版社1992年版，第77页。

赖大仁 | “三俗”文艺现象背后的观念与机制问题

在当今大众文化的发展潮流和各种文艺现象中，显然存在着过于低俗没有底线的情况，由通常意义上的通俗化，滑向庸俗化、低俗化、媚俗化（统称“三俗”），有的或许还可归入粗俗、鄙俗、恶俗之类，丧失了基本的文化艺术品格，乃至成为一种社会文化“公害”，值得特别加以关注。对于当今的“三俗”文艺现象，也许无须多加描述，它的社会危害性也同样不言而喻。问题在于，对于这样的不良文化艺术现象，仅仅停留在一般性地发号召倡导反对、抵制可能是不够的，出于道德义愤的批评指责也未必真正有效，重要的还是需要分析原因和找到症结，有针对性地加以批判抵制。笔者以为，在“三俗”文艺现象滋生蔓延的背后，实际上既存在着人们思想认识方面的误区，同时也与文化生产、文艺批评等机制方面的缺失有关。对此有必要进行批判反思，从而增强应有的文化自觉性，更有效地抵制这种不良现象，净化文艺的生态环境，有利于文艺事业的健康繁荣发展。

大众文化发展的认识误区问题

从思想观念方面来看，对当今“三俗”文艺现象，可能存在两种认识误区：一种观念认为，这种不良文艺现象的滋生蔓延，根源在于文艺生产的大众化、产业化，在于大众消费文化的泛滥，因此，要消除“三俗”文艺现象，就要采取严厉措施限制大众文化的发展；另一种观念则相反，认为文艺大众化、产业化发展是市场经济条件下的必然趋势，满足群众需求是硬道理，文艺市场中出现一些低俗化现象在所难免不必大惊小怪。

关于前一个方面，关涉对文艺大众化转型发展的基本认识。新时期以来，随着国家经济政治的改革发展，文化也不断转型。与市场经济的发展相适应，同时也是它的必然产物，大众消费文化蓬勃兴起，极大地满足了人民群众日益增长的精神生活需要。对于这种社会文化变革发展的现实，如果我们不是固守精英主义的文化立场，而是站在社会进步的立场来认识，那么就应当承认，大众消费文化的兴起本身并不是消极的东西，没有理由不加分析地对此作出否定性的价值评判。从历史的观点看，欧洲文艺复兴运动所标举的"人文主义"，便是反对神性和封建宗教道德对人性的束缚压抑，要求解放人性和情感，肯定人们追求世俗生活幸福的权利，文化艺术走向民间和大众，成为普通民众所乐意接受的东西。我国"五四"新文化运动同样以反封建专制和追求人的解放为主题，站在启蒙的立场上倡导文化艺术的大众化，开启了文化走向普罗大众的历史进程。历经大半个世纪之后，到了改革开放时代，文化艺术大众化才真正成为现实，人民大众应有的文化权利才得到更充分的实现，从这个角度来看，对于文艺大众化的意义，怎样估价都不算过高。

文艺大众化的基本前提及其特点，便是通俗化、世俗化、民间化等等，就是用老百姓喜闻乐见的形式，反映他们所熟悉和关心的生活，表现与他们的人生体验相通的思想情感，满足他们的精神生活需求。这种大众化的文艺，不可能像文人雅士的趣味那样高雅，因此"俗化"具有一定的必然性。在我们的汉语词汇中，"俗"这个字本身就包含"大众的、普遍流行的"意思，并无贬义在内，通常所谓风俗、民俗、通俗等等，也都并不是贬义词，所指称的对象也并非不好的东西。即以通俗性的文学艺术而言，除了某些高雅之士会因趣味不合有些看不上之外，人们通常也是给予肯定和认同的。一般而言，"俗"不能等同于"坏"，"俗"的东西并非必然不好。尤其是在当今时代，对于通俗性的文艺，不能采取简单化的否定排斥的态度，而应当秉持理性的批判态度，区分不同情况具体问题具体分析，这应当是我们讨论有关大众文艺问题的基本前提和出发点。

当然，从另一个方面说，肯定大众文艺的发展趋势，并不意味着可以对混杂其中的消极现象视而不见，听之任之。实际上，在当今"三俗"文艺现象的背后，也存在着文艺观念上的种种认识误区，值得认真加以反思和克服。比如，一是文艺特性与功能的观念误区。以为文艺是反映生活的镜子，有什么样的生活现象，便有什么样的文艺反映，生活是什么样的，当然文艺就是什么样的，于是不分美丑善恶照搬丑陋生活现象。如果要批评这种庸俗化现象，有人便会以“真实反映生活”为借口而推卸自己的责任。二是“文艺大众化”的观念误区。以为文艺大众化就是要无条件地服务大众和满足大众需求，完全把文艺看成是娱乐大众的工具，只要群众需要和喜欢，哪怕是低级趣味的东西，也一味地迎合满足，完全放弃精神坚守，以媚俗换取大众的“愚乐”。如果要批评这种媚俗现象，也会有人堂而皇之地把原因归结为服务群众和满足群众需要，从而为自己的媚俗行为掩饰和辩护。三是文艺“产业化”的观念误区。以为文化产业化就是市场化，而市场化就是按照市场规则和经济规律办事，就是市场需要什么，那就生产什么。如此一来，在发展文化产业的名义下，文艺生产就可以完全走向市场化，毫无顾忌地追求经济利益而不顾社会责任，如此等等。对于这样一些“三俗”文艺现象背后的观念误区，笔者曾专门著文进行过评析，[①] 在此不拟详论。

应当说，一段时间以来“三俗”文艺现象的滋生蔓延，思想观念方面的认识误区是不容忽视的，因为观念决定行为，如果不能从思想观念的根源上批判反思提高认识，就难以真正引起对于这一社会文化现象的足够重视。当然，在此基础上，则还有必要进一步考察当今文艺实践中的有关问题，如大众消费文化生产与社会管理机制问题，当代文艺批评的机制问题等等，下面分别略加探讨。

大众文化生产的管理机制问题

也许可以说，“三俗”文艺现象作为近期比较突出的社会文化现象，既与市场经济条件下大众消费文化的蓬勃兴起有关，更与文化产业政策支持下大众消费文化的生产传播和社会管理机制中存在的某些问题有关。

国家倡导和鼓励发展文化产业，显然有文化和经济两个方面的原因，事实上也是两者的有机结合。从文化方面来说，是为了适应和满足广大人民群众日益增长的精神生活需求；从经济方面来说，文化产业可以成为新的经济生长点，

① 参见赖大仁：《低俗文艺，观念有误》，《人民日报》2010 年 10 月 28 日；赖大仁：《文艺“三俗”现象背后的观念误区》，《创作评谭》2010 年第 6 期。

而且随着社会现代化的推进，文化产业在整个经济结构中的比重将不断提升，从发展经济的角度看，文化产业的经济利益考量是无可忽视的因素。两者之间的结合点在于，按照社会现代化发展的规律性，人们的物质生活需求得到满足之后，便会更多转向精神生活需求，这也就意味着，社会物质生产达到一定限度后，也将更多转向精神文化产品的生产，而这种文化产业发展的经济潜力是无可限量的。还有在全球化背景条件下，国外的文化产品输入和渗透形成的挑战也是一个重要因素。在此背景下，国家适时调整文化政策和文化发展战略，保证文化事业发展的同时，大力倡导鼓励发展文化产业，这无疑具有合理性。

但发展文化产业就有一个如何处理经济利益与文化价值之间关系的问题。从理论上说，国家一直倡导社会效益和经济效益统一，要求把社会效益摆在第一位，应当防止消极文化滋生蔓延危害社会。但问题是如何才能得到落实和保障，这里就有大众消费文化产品的生产机制和社会管理机制两个方面的问题。

首先，从大众消费文化的生产机制方面而言，生产者要有自律约束机制。倡导发展文化产业，很容易让一些生产者形成这样的观念，以为文化产品的生产遵循市场规律是天经地义的事情，这显然是一种认识误区。文化产业的确有市场化生产运作的含义在内，它要面向大众文化消费市场，要按照市场要素配置资源等等，这些都不言而喻。但文化生产的基本取向应该是公益性的，应当充分考虑社会效益，承担应有的社会责任，不能过于市场化、过度商业化、过分追求经济利益。如果文化产品的生产者缺乏这种生产理念和自律约束机制，完全抛开社会效益的前提和庸俗低俗的底线于不顾，只强调市场需求，只追求经济利益，这种过于市场化和过度商业化的生产，其危害是不言自明的。

还有就是大众文化生产究竟是以消费为主导，还是以生产为主导的问题。一般物质生产多是“消费主导型”生产，即市场和消费者需要什么，生产者便按照这种需要进行生产，因此，市场经济理论中有“消费者是上帝”一说。而文化产品的生产，也许就不能随便套用这种口号，也不能简单套用“消费主导型”生产机制。相反，按照精神文化生产的特殊性要求，它更应该是一种“生产主导型”。正如仲呈祥先生在一个文化讲坛上所说：“说到艺术创作，我们必须强调，人类的物质生产，可以‘顾客是上帝’，人类的精神生产，需要的是引领，不可以一味强调‘观众是上帝’。一个民族要保持文化自觉和清醒，就要有引领。”[①]

①《美丽中国如何感动世界》，《光明日报》2014年1月13日。

对于大众消费文化，即使不对它提出更高的思想艺术要求，至少也应保持健康品格，引领比较纯正的审美欣赏趣味。既然是要“引领”，也就不能像消费主导型生产那样一味地“顺应”乃至“迎合”。鲁迅先生在谈到文艺大众化问题时早就说过：“若文艺设法俯就，那就很容易流为迎合大众，媚悦大众。迎合和媚悦，是不会于大众有益的。”[①]之所以需要这样强调，是因为人的本性中存在着某些本能性的弱点，因此才需要以文化教育来提升人的素质和文明程度。如果只是强调消费的必要性而不顾它是否合理有益，只是按照“消费者是上帝”的逻辑，一味地顺应、迎合、满足消费需求，简单化地跟着消费走，那么在缺乏引导的情况下，就很容易沦为跟着本能欲望走，跟着低级趣味走，其结果可想而知。然而一段时间以来，在一些文化艺术生产中，往往放弃了理应承担的社会责任，以“群众喜欢”和满足群众需求为借口，以追逐经济利益为目的，完全顺应市场消费乃至迎合低级趣味生产，有的甚至专门瞄准人性的弱点，极力刺激开发人的本能欲望，以此刺激和绑架消费牟取更大的利益。这样的文化艺术生产观念和机制，就已经毫无市场伦理和生产自律性可言，这是与文化的本性相背离的，也是与发展文化产业的初衷相背离的。

其次，从文化生产的社会管理机制方面而言，有必要通过加强社会管理进行强制性约束，保证文化生产规范有序不至于沦落。比如，一方面，应当健全文化生产（包括发行传播）的准入机制，文化生产也应当具有合法性资质，不是任何人都可以从事的自由化生产；而且由于文化生产的特殊性，还理应像对待食品、药品生产那样，对其提出更严格的规范性要求，不能成为没有限制的随意化生产。另一方面，应当强化文化产品的质量检查和责任追究机制，对于各种违法违规生产，以及庸俗有害的产品进行严厉查处和打击。当然，这里有一个前提性要求，即对于什么是不合格的文化产品，什么是庸俗、低俗、媚俗等等，应当要有比较明确的衡量和鉴定标准，使必要的查处和打击有据可依，否则，所谓质量检查和责任追究也就无法落到实处。

然而从当今的现实情况来看，显然存在诸多问题和薄弱环节。在文化生产的准入机制方面，实际上就有不少非正规的经营者如个体书商之类，未必都有合法资质，却往往游走在灰色地带，活跃在文化市场之中，从事着各种各样的文化生产与传播活动。而且他们的生产经营活动显然更容易迎合市场需求，也

① 鲁迅:《文艺的大众化》，见《鲁迅全集》第7卷，北京，人民文学出版社1958年版，第579页。

更容易走向低俗化。如果不能把好文化生产这个市场准入关，显然就难以堵住“三俗”产品泛滥的源头。还有当今互联网上的文化生产与传播，可能是更加难以管控的领域，因而面临着更加严峻的挑战，这也许只有通过加强对网站经营者的准入限制和运营监管，才能起到一定的约束作用。而在文化产品的质量检查和责任追究机制方面，看来也问题不少。比如，虽然我们旗帜鲜明地提出了反对“三俗”的口号，但在具体的衡量鉴定标准上，对于究竟什么是“三俗”，却仍然缺少明确的标准，那就会导致在实践中失去应有的针对性，或是虚以应付，或是目标游移无的放矢。比如有关部门曾出台过电视节目“限娱”的举措，却受到公众的广泛质疑，原因即在于此。应当说娱乐消费本身并不是错，只有低俗有害的娱乐才需要反对和限制，因此，与其说是“限娱”，其实更应当是“限俗”（低俗）。将应有的“限俗”转换成了一般性的“限娱”，显然是错位和过于简单化了，其效果也就不能不令人怀疑。与此相关，管理机制中的另一个问题是，没有形成文化市场管理的有效机制，总是在放任与限制之间徘徊：当希望文化产业繁荣发展时，便无限度地放任不管，结果一放就乱；当意识到不良现象危害很大、问题严重时，便采取突然措施严加管控，结果一管就死，由此形成周期性的循环怪圈。面对这种现实困境，应有针对性地构建文化管理的长效机制，才有可能打破这种循环怪圈，既有利于振兴文化产业，又能有效抑制“三俗”现象滋生蔓延，从而促进大众文化健康繁荣发展。

当代文艺批评的评价引导机制问题

文化生产的社会管理机制不可缺少，但这毕竟是一种行政化的方式手段，是一种外部机制，仅有这样的机制显然是不够的。此外还应当有另一个方面，就是在文艺活动系统内部，形成一种符合文艺本身规律的机制，通过文艺界自身的讨论和争鸣，褒优贬劣、激浊扬清，形成具有自我净化功能的文艺生态，这也许是一种更为有效的机制，这种机制就是文艺批评。

应当说，在国家文艺政策层面上，文艺批评历来具有重要地位，在各种重要文件和领导人讲话中，都无不强调文艺批评在文艺发展中的积极引导作用。然而到了文艺界自身，却似乎并没有真正确立文艺批评的这种地位，也没有真正承担起这样的责任。在许多情况下，文艺批评仍然只是评论者个人的随意言说，是一种零散微弱的发声，始终无法形成一种具有震撼力的声势，因此也就难以对文艺现实和社会现实产生多大的影响作用。而一段时间以来“三俗”文艺现象未能得到应有的批评抵制，则在一定程度上与文艺批评的疲软缺失有关。现在看来，如果要对“三俗”文艺现象形成有效的遏制，除了发挥社会管理的外部机制的作用外，还应当进一步强化文艺批评的内部机制。对于这种机制的基本要素和功能，也许可以从以下几个方面来认识。

一是加强文艺批评队伍建设。这有两个方面的含义，首先，应当重视文艺批评队伍的整体性构建。应当说，当今以各种方式从事或参与文艺批评的人并不少，但在通常情况下都是自发性的评论，缺乏有效的组织协调，显得过于松散，难以形成文艺批评的合力。对于“三俗”之类的文艺现象，如果确实认为它比较有害成为比较严重的社会问题，那就有必要像集中“扫黄”那样，有组织地集中力量加以批判清理，这样才会有比较好的效果。然而在当今文艺批评界，却并没有这样一种组织评论队伍的机制。都说文艺评论工作和评论家队伍建设如何重要，但是一直以来，中国文联各种文艺家协会应有尽有，唯独文艺评论家协会迟迟没有建立起来，这是很令人困惑的事情。如今文艺评论家协会终于成立了，接下来的问题是，如何发挥这个评论组织机构的作用，凝聚评论家队伍的群体性力量，使其在积极健康的文艺评论方面，尤其是在抵制“三俗”文艺现象这样具有全局性意义的评论活动方面，起到更重要更有效的积极作用，是值得人们期待的。其次，从文艺批评个体方面而言，也有一个加强自身的批评主体性建设的问题。从事文艺批评或许有不同的动机和境界，有的或许只是一种个人兴趣爱好，表达自己的感悟见解自娱自乐而已，这当然并无不可；但也可以成为一种自觉的责任担当，通过文艺批评来观照评判是非善恶美丑，以此“介入”文学现实和社会现实，起到激浊扬清、促进社会文明进步的作用，这应当说是一种更高的批评境界，也是一种更值得倡导的批评伦理精神。还有在文艺批评实践中，我们有可能遇到这样的两难处境：如果对某些大众文艺现象持批评态度，难免会被当作精英主义立场受到质疑；而如果对某些大众文艺现象持肯定态度，则又难免有迎合大众的媚俗之嫌。这里的关键问题是，作为文艺批评的主体，应当有一种自觉的批评主体性，站在当代知识分子应有的学理立场，把握当代社会和人的合理健全发展的方向与趋势，将现实人文关怀与理性批判精神统一起来，是其所是，非其所非，褒优贬劣，这才是当代文艺批评所需要的真正的主体精神。

二是强化文艺批评的价值评判和审美引导功能。实际上当今各种媒体五花八门的评论并不少见，但人们仍然感到文艺批评"缺失"或"失语"，其原因主要在于"功能性缺失"。文艺批评虽有多方面的特性和功能，其中最重要的应当是意义阐释、价值评判和审美引导的功能，也就是对文艺作品好不好、为什么好或不好、有什么意义价值等进行评论阐释，对文艺创作和读者观众起到一定的引导作用。如果文艺批评不能作出这样的阐释评判，不能起到这样的审美引导作用，那就是根本功能的缺失。对于"三俗"之类文艺现象，恰恰需要更有力度的评论介入其中，一方面起到批判和抵制的作用，另一方面引导读者观众观赏与鉴别，使大众的审美趣味和鉴赏能力逐步得到培育和提高。文艺事业的使命是，既要服务群众也要引导群众，既要满足需求也要提高素养，这同样是文艺批评应尽的责任。当然，强化文艺批评的价值评判和审美引导功能，并不只是简单地批判否定作品，更重要的在于加强学理性评析，真正帮助读者观众有鉴别地读解作品。实际上，文艺作品的低俗也往往有各种不同的情况，不能一概而论。对于那些总是在色情、暴力、黑色欲望的圈里打转，里外都低俗不堪充满低级趣味的现象，人们应当不难识别，问题只在于是否有克服人性弱点进行批判抵制的勇气。也有一类作品是表面上"看上去很美"，实际上低俗有害。比如有一部被当作"主旋律"作品播出的电视剧，以南方某城市改革开放和现代化建设为背景，表面上看很像是"主旋律"的，但故事主线实际上是一个漂亮女人与三个成功男人之间的情感纠结，作品传达出来的是这样一种价值观：成功的男人"事业与爱情一个都不能少"；为了所爱即便抛弃事业和家庭也在所不惜，出轨丈夫面对远道而来的妻女不仅毫无愧色，反而振振有词理直气壮："爱不是过错！""爱不需要理由！"作品以赞赏的态度表现主人公这种扭曲的价值观，应当说是极为低俗有害的。对于此类外美内俗的作品，亟须文艺批评进行评析引导。此外可能还有一种情况，就是像《废都》《兄弟》这样的作品，整体上具有比较高的思想艺术价值，但其中也有某些低俗描写或品位不高之处，如果缺少必要的鉴赏能力和批判眼光，就很容易偏离作品主旨而导致误解误读，产生不好的效果。因此，也需要有力度的文艺批评介入，一方面进行实事求是的评价分析，另一方面也是对阅读接受的积极引导。

三是应当研究针对不同文艺对象的批评标准，建立应有的评价体系，解决文艺批评的适用性与有效性问题。要强化文艺批评的价值评判和审美引导作用，当然需要有比较明确适用的评价依据和标准尺度。过去的文艺批评教科书，差不多都有关于批评标准的专门论述，但往往过于原则和笼统，或过于政治化和高雅化，对于实际的文艺批评并不适用。后来到了文艺开放多元发展的时期，更是难以用统一的尺度进行衡量评价，于是文艺理论批评界就干脆放弃了对文艺批评标准的研究讨论，评论者只是依据个人的观念和认识判断进行评论。面对当今文艺批评这种准的无依、无所适从的状况，倡导建立适应当今文艺现实的批评标准和评价体系，应当是必要的。其中，尤为值得重视的是针对大众娱乐消费类型文艺作品的评价，应当找到比较切实的定位，从而建立与之相适应的批评观念与评判标准。如果没有这样一种观念与标准的建构，在准的无依的情况下，就会像通常我们所看到的那样，用经典文学的标准去评价大众文艺，用艺术电影的标准去评价商业电影，这显然是"错位"和不合适的，也是缺乏有效性的。笔者以为，针对大众娱乐消费类型文艺作品的评价，不必着眼于"高限"，即未必要对它们提出太高的思想性和艺术性要求；而应主要着眼于"低限"，即注重它们是否能够守住基本底线，做到有益无害不沦落到"三俗"。就其内涵而言，除了政治原则的底线外，还有道德、人性、审美等基本价值观的底线要求在内。这里的是非美丑善恶的基本判断标准，应当是基于人的合乎人性的生活，以及社会的合理健全发展。其实，这并非需要多么高深的理论修养才能认知，而是稍有良知的人面对内心反思都能够有所感悟的，问题还在于我们每个人的内心，是否有对于基本道德的敬畏和人性价值的坚守。

总之，"三俗"文艺现象不是孤立的社会文化现象，不是仅靠哪一个方面或环节就能得到有效治理的，需要建立一定的联动系统才能形成合力发挥作用。其中既关乎我们的文艺观念，也关乎一定的实践运行机制，因为观念决定行动，机制关乎效益。

作者系江西师范大学文学院教授、博士生导师

本文原载于《中州学刊》2014年第9期

李　珩

唐马的神采
——唐代画家韩干的马画

中国历史上对马的尊崇和描摹对于绘画来讲，是处于实用与艺术的顶尖位置。马在冷兵器时代不仅是战争的利器，也是生产与财富的象征，更事关一个王朝的兴衰。我们熟悉的“马踏飞燕”“昭陵六骏”“秦始皇铜车马”这些实体雕塑，不仅形态逼真，造型完美，而且都蕴含着制作者和欣赏者对马的崇拜。因此，画马，不仅是一个高端画家的门栏，更是一项高风险的领域。因为在皇帝的眼里，一匹好马犹如国宝神器，画走了样子，那是要兴师问罪的。据说唐代的画家韩干，因擅长绘画被召入朝廷。唐玄宗让韩干和他的老师曹霸及同学陈闳进宫来共同画马，结果呢，皇上看到韩干画的马跟老师不一样，很是生气，将他招来责问。韩干答说：“我画马有自己的老师。皇上宫内马圈里的御马，都是我的老师。”玄宗皇帝听了后感到诧异。经过调查，韩干画的果然都是他的御马，而且，完全画出了御马中“飞龙”马的健美形象，“喷玉”马的奇特神韵，使得韩干的名气一下子誉满天下，成为人们尊崇的画马名家。

韩干画马为何能超越自己的老师，这其实与韩干的经历有关系。韩干，史料记载是京兆蓝田（今陕西西安）人。相传年少时曾为酒肆雇工，出身贫寒。因为到王维家索要酒资，于等待之中在地上用柴棍画了几下，被王维认定是可造之才。后经王维资助，学画十余年而艺成。后又拜曹霸为师，继续学画，擅绘肖像、人物、鬼神、花竹，尤工画马，因为韩干画马改变了老师重在临摹不写生的方法，带来了一股写生的新风。他经常到马厩去，细心观察马的习性，对照马的性格特征，画出马的动作规律。为了深入了解马的习性，他常痴痴地观察上几个时辰，把别的画家不了解的具体细节都弄得清清楚楚，并牢记心上。这样时间久了，马的各种体貌，奔跑雄姿，千变万化的动态，在作画的时候自然而然就活现在纸上。所以人们都称赞韩干笔下的马是能跑动的马。用今天的话讲，就是韩干画马注重写生、采风，根据实际的形象造型。因此，韩干重视写生，以真马为师，遍绘宫中及诸王府之名马，创造了富有盛唐时代气息的画马新风格。

杜甫曾写诗名曰《画马赞》，诗中写到“韩干画马，毫端有神”；“瞻彼骏骨，实惟龙媒”。这两句诗就是说韩干画马，其一是“毫端有神”，这是说马有动感、有生命力；其二“实惟龙媒”，这是说韩干画的是皇帝钟爱的“御马”，所谓“龙媒”就是指这些马是真龙天子皇帝的坐骑，不仅身份尊贵，而且气度不凡。用今天的眼光看，韩干画马就是画给领导看的，或者是领袖画，它体现了对最高领导好恶的深层把握。正是有了这样的功力，民间在传说韩干画马的精到之处时，有几则小故事。

有一天晚上，有一位自称为“鬼使”的人来找韩干说：“听说你擅长画宝马，请你为我画一匹马。”韩干为这位鬼使画了一匹马，并听从“鬼使”的话将它火化了。过了几天，不知何人送给韩干百匹上好的素色细绢表示答谢，并说：“蒙你赐给宝马，免除了鬼使的路途辛苦。”另一则是说曾经有个人牵着一匹马找兽医看病，这匹马的毛色骨相不似平常的马，前蹄有伤，马医从未见过。此时韩干忽然经过，他们惊诧地说：“这真像韩干所画的马啊！”韩干回到家里看自己画过的马，果然蹄子上有一点黑缺，这才知道自己画的马通了灵气，已经现身在世间了啊！

宋代的米芾在《画史》中记载：嘉祐中期，有去江南的人，要渡采石矶（又名牛渚矶，在今安徽省马鞍山市西南长江边，为牛渚山北部突出于长江中的部分，是沟通大江南北的重要津渡），忽然刮起大风，不能渡江。于是去中元水府祠求神祈祷。当天晚上，梦见神人告诉他留下韩干所画的马就可以渡江，他醒来后，就把他所收藏的韩干马画献给水神。不久后风就停了，于是得以渡江。

如此通灵神话的马，成为画家韩干成就功名的不朽佳话。

我们现在能看到的《牧马图》是韩干的代表作之一，图中画黑白二马，一奚官虬髻戴头巾，手执缰缓行。此图线条纤细遒劲，勾出马的健壮体形，黑马身配朱地花纹锦鞍，更示出其神采；人物衣纹疏密有致，结构严谨，用笔沉着，神采生动，纯是从写生中得来。《牧马图》原为《名绘集珍》册中之一帧，左有宋徽宗赵佶的“韩干真迹，丁亥御笔”题字。但以今天的眼光看，韩干的马有些偏肥硕，更具肉质。这已经不是汉武帝、唐太宗的战马，而是养于皇家马场的御马了。

作者系陕西省文艺评论家协会副主席兼秘书长
本文原载于《金秋》2014 年第 8 期（下半月）

李春青| 汉代“论”体的演变及其文化意味

曹丕《典论·论文》首标“四科”之说，有“书论宜理”之谓，这意味着“论”作为一种文体已经得到普遍确认。但是“论”这种文体是从何时开始出现的？其演变轨迹如何？是什么力量决定着这种文体之变化的？这些问题似乎并没有得到很好的解决，而关于“论”的文体观的形成与演变更是值得深入探讨的问题。在下面的讨论中，我们将结合汉代士人身份意识和文人趣味的变化，对“论”这一文体的实际运用及其文体观念的演变进行探讨，并力求揭示其所蕴含的文化意味。

“论”体的形成与“论”的文体观念之萌芽

和其他文体一样，“论”作为一种文体，也是先有其体，后有文体观念。关于“论”体之起源，刘勰说：

> 圣哲彝训曰经，述经叙理曰论。论者，伦也；伦理无爽，则圣意不坠。昔仲尼微言，门人追记，故抑其经目，称为《论语》。盖群论立名，始于兹矣。自《论语》以前，经无“论”字。《六韬》二论，后人追题乎！（《文心雕龙·论说》）

这段话经常被谈论古代文体的文章所征引，影响甚大。然而此说不确，盖为臆测之论。“述经叙理”乃王充之说，其实含有很复杂的意涵，后文将予以剖析，这里暂不展开。刘勰不加详审，照搬王说，其与“论”体之本义，恰好相悖。此其一。“伦理无爽”之说，乃承刘熙《释名》释义。而刘说原本就是汉代经学语境中的牵强之论，其以“伦”训“论”已是无据，而“有伦理”之谓，更是典型的“增字解经”了。[①] 此其二。那么作为文体称谓的“论”究竟是什么含义？它起于何时？我们先来考察一下这个词语义的变化。

“论”这个词在先秦两汉典籍中有如下主要含义：

其一，议论、评价或讨论。《左传·襄公三十年》：“郑人游于乡校，以论执政。”此处是议论和评价的意思。《孟子·万章下》：“以友天下之善士为未足，又尚论古之人。诵其诗，读其书，不知其人可乎？是以论其世也，是尚友也。”此处前一个“论”是议论、评论之义；后一个“论”是讨论、考察之义。《韩非子·五蠹》：“论世之事，因为之备。”亦为讨论之义。

其二，判断、衡量与评估。《礼记·王制》：“凡官民材，必先论之。论辨，然后使之。任事，然后爵之。位定，然后禄之。”《管子·立政》：“孟春之朝，君自听朝，论爵赏校官，终五日。”二例都是评估和判断的意思。

其三，言论、舆论。《庄子·刻意》：“刻意尚行，离世异俗，高论怨诽，为亢而已矣。”《吕氏春秋·孟秋纪》：“世有贤主秀士，宜察此论也，则其兵为义矣。”

其四，选择与编纂。《荀子·王霸》：“君者，论一相，陈一法，明一指，以兼覆之，兼照之，以观其盛者也。”杨倞注：“论，选择也。”《汉书·谷永传》：“治天下者尊贤考功则治，简贤违功则乱。诚审思治人之术，欢乐得贤之福，论材选士，必试于职，明度量以程能，考功实以定德，无用比周之虚誉，毋听浸润之谮诉，则抱功修职之吏无蔽伤之忧，比周邪伪之徒不得即工，小人日销，俊艾日隆。”司马迁《报任少卿书》：“乃如左丘无目，孙子断足，终不可用，退而论书策，以舒其愤，思垂空文以自见。”班固《汉书·艺文志》：“《论语》者，孔子应答弟子、时人及弟子相与言而接闻于夫子之语也。当时弟子各有所记，夫子既卒，门人相与辑而论纂，故谓之《论语》。”前两条是选择之义，后两条是编纂之义。这里的“论”读二声，音轮，通抡。

---

① 刘熙《释名·释典艺》云：“《论语》，记孔子与弟子所语之言也。论，伦也，有伦理也。语，叙也，叙己所欲说也。”刘熙是后汉的经学家，其训释词语的方法是有名的“因声求义”，即所谓“声训”，本就是一种存在严重缺陷的训诂方法，再加上他又往往从经学角度出发，有这两条限制，其释义难免显得牵强。

那么，《论语》之“论”究竟何意呢？综合前人所论，上引第四条义项，即“选择、编纂”之义近是。故所谓“论语”者，乃谓在孔子众多谈论中选择其要者以编纂之也。章太炎尝谓：“‘论’者，古但做‘侖’，比竹成册，各就次第，是之谓侖。”[①]“论”的编纂之义正是从“侖”的本义引申而来。这就意味着，《论语》之“论”与作为文体的“论”并无直接关系，刘勰以“论”体起于《论语》之说不能成立。那么问题来了，这种文体起源于何时何人呢？刘勰指出：

> 详观论体，条流多品：陈政则与议说合契，释经则与传注参体，辨史则与赞评齐行，铨文则与叙引共纪。故议者宜言，说者说语，传者转师，注者主解，赞者明意，评者平理，序者次事，引者胤辞：八名区分，一揆宗论。论也者，弥纶群言，而研精一理者也。

这却是很有见地的论断。其言外之意是说“论”并不是一种规定性很强的文体，其与议、说、传、注、赞、评、叙、引等文体均有重合交叉，可以说是这些文体的总名。凡具备“弥纶群言，而研精一理”之特征的文章均可以归于“论”的范畴。按照这个标准，除《论语》和《老子》所载为“对话体”或“格言体”，尚不能算是完整的文章之外，诸子之书，诸如《墨子》《庄子》《孟子》《荀子》《韩非子》等中的许多篇章都可归于“论”体。但是以“论”为篇名、书名者却比较少见。在先秦诸子中，《庄子》内篇之《齐物论》是现在能够见到的最早以“论”名篇者。又据司马迁《史记·孟子荀卿列传》谓“慎到著十二论”。慎到是与庄子同时期人物，可惜其“十二论”是何样貌，早已无从知晓。嗣后，《荀子》有《天论》《正论》《礼论》《乐论》四篇；《吕氏春秋》之“十二纪”有《论人》《论威》二篇；又有《开春论》《慎行论》《贵直论》《不苟论》《似顺论》《士容论》等“六论”。此外再无以“论”为名的篇目，更无以“论”为名的全书。细观《庄子》《荀子》和《吕氏春秋》以“论”为名的篇章，似乎与其他篇章并无很大差异。《庄子》之《齐物论》与《逍遥游》《养生主》等在文体角度可以等量齐观。《荀子》亦然。其《劝学》完全可以称为“劝学论”；《王制》完全可以称为“王制论”。因为这些篇目都是“弥纶群言，而研精一理”的。唯《吕

---

① 章太炎：《文学总略》，见《章太炎学术论集》，傅杰编校，北京，中国社会科学出版社1997年版，第48页。

氏春秋》有所不同，其“十二纪”“八览”“六论”的编排是有意义上的差异的。有学者认为，“十二纪”按时气的四时运行次第来编排，又寓天、君之意；“八览”按各种政治事务分类编排，又寓地、臣之意；“六论”按各种事情内在相应相通之“理”编排，又寓人、士之意[①]。如果说《庄子》《荀子》的用“论”名篇还带有很强的随意性，那么《吕氏春秋》中的“论”就带有比较朦胧的文体意识了。

综上所述，我们可以说，“论”作为一种文体，在先秦时期的文章书写，特别是诸子之中已经广泛存在并且相当成熟了，而关于“论”的文体观念却只是刚刚萌芽而已。这种文体观落后于文体实践的情形说明，对于彼时的言说者先秦士人思想家而言，运用何种文体言说还不是一种重要的事情，这里并不含有什么意识形态与政治的意味，或者说，在那个时代，政治还没有浸透于文体之中。先秦的士人思想家有自由言说的权利，没有来自外在的种种压力，言说的有效性是他们唯一在意的事。到了汉代，这种情形就大不相同了：在经学语境中，文体的选择也成为政治态度之表征。

“论”的文体观念形成之轨迹

西汉前期，士人思想家承袭先秦诸子传统，出现了一批“论”体著述，诸如陆贾《新语》、贾谊《新书》、贾山《至言》等，就文体言之，均属于“论”。然而西汉篇借以“论”名之者却十分鲜见，即如贾谊那篇著名的《过秦论》，考其出处，此文最早见于司马迁《史记·秦始皇本纪》，无篇名。其次为刘向编辑之《贾子新书》，篇名为《过秦》，分上中下，并无“论”字。《过秦论》之名乃萧统《文选》始有。另外《文选》还收录了一篇以“论”名篇的西汉前期的文章，这就是东方朔的《非有先生论》。此文最早见于《汉书·东方朔传》，云“又设非有先生之论”。原作是否以“论”名之已经不得而知。我们有理由相信，贾谊与东方朔之作，分别是萧统与班固命名为“论”的。另外班志还著录司马相如等作《荆轲论》五篇，很可能也是班固加上的文章题目。总之从现存资料来看，西汉前期以“论”为名的书籍、篇目是很少见的。至西汉后期，昭帝始元六年，朝廷召开盐铁会议，发生激烈争论，宣帝时，桓宽将盐铁会议争论的主要内容

---

① 参见庞慧:《〈吕氏春秋〉对社会秩序的理解与构建》，北京，中国社会科学出版社 2009 年版，上篇第二章。

编辑成书，命名为《盐铁论》。汉宣帝时朝廷召开著名的石渠阁会议以“讲论五经”，班志把有关会议记录的《书议奏》《礼议奏》《春秋议奏》《论语议奏》《五经杂议》等称之为“石渠论”。稍后，刘向作《五纪论》，是关于天文律历方面的论述，又“集合上古以来历春秋六国至秦、汉符瑞灾异之记，推迹行事，连传祸福，著其占验，比类相从，各有条目，凡十一篇，号曰《洪范五行传论》”（《汉书·楚元王传》）。到了两汉之际，则有桓谭《新论》、杜笃《明世论》、邹伯奇《检论》等问世。这就意味着，到了西汉后期至东汉前期，“论”已经成为一种被广泛使用的书籍与文章的名称了。

以“论”为名的书籍的大量出现表明“论”的文体观念已经渐趋成熟。其代表论者就是著《论衡》与《实论》的王充。《论衡》有云：

> 或曰：“圣人作，贤者述。以贤而作者，非也。《论衡》《政务》，可谓作者。”曰：非作也，亦非述也，论也。论者，述之次也。《五经》之兴，可谓作矣。太史公书、刘子政序、班叔皮传，可谓述矣。桓君山《新论》、邹伯奇《检论》，可谓论矣。今观《论衡》《政务》，桓、邹之二论也，非所谓作也。造端更为，前始未有，若仓颉作书，奚仲作车是也。《易》言伏羲作八卦，前是未有八卦，伏羲造之，故曰作也。文王图八，自演为六十四，故曰衍。谓《论衡》之成，犹六十四卦，而又非也。六十四卦以状衍增益，其卦溢，其数多。今《论衡》就世俗之书，订其真伪，辩其实虚，非造始更为，无本于前也。儒生就先师之说，诘而难之；文吏就狱之事，覆而考之，谓《论衡》为作，儒生、文吏谓作乎？（《对作》）

这里王充对“作”“述”“论”进行了区分，其以“五经”为作，乃承孔子“述而不作”之说而来，把“作”的权利赋予圣人。这是儒家传统观念。其实即使是“五经”也并非“无本于前”的，因此“作”“述”之分其实是一种话语建构，蕴含了儒家的价值评判。孔子本人是不敢自居为“圣人”的，因此他也不敢自居为“作者”。在他看来，只有尧舜那样泽被天下的人才是圣人，而像周公那样“制礼作乐”者才堪称“作者”。但是后来儒者为强化儒学的影响力，故神化孔子，把他塑造为“圣人”，所以孟子说“孔子作《春秋》”。王充不是谨守章句之学的经生，但毕竟是儒者，奉行儒家价值观，因此不自称为“作”。在这里王充以司马迁、刘向、班彪的史传之作为“述”。然后把桓谭、邹伯奇，也包括自己的“论”置于“述”之后，这是对“论”这一文体在典籍文章系统中的位置的第一次确定，表现出比较明确的文体意识。在这一“作”“述”“论”的三级文体排序中，看上去是贬低“论”的价值，其实不然。从上述引文中我们可以看出，在王充的心目中，“论”的地位其实是极高的。何以见得呢？以前所谓“述”乃指对儒家经典的传承与阐发，孔子自称“述而不作”就是这个意思。对于孔子“予欲无言”的表示，子贡说：“子如不言，则小子何述焉？”（《论语·阳货》）也是这个意思。但是在王充这里，无论“作”还是“述”都没有经生的份，而是把司马迁、刘向、班彪的史传之作称为“述”，排在仅次于“作”的位置上，这是很值得思考的。这说明王充对当时居于主流地位的经学是比较轻视的。这种“作”“述”“论”的排列次序旨在强调“史传”与“论”这两种在当时并非主流话语的言说方式的重要性，有为之正名的意味。在这一文体序列中，当时盛行的经生们的章句训诂之学与图谶之说是被排斥在外的。这暗含着一种与主流意识形态迥然不同的文化正统观：司马迁、刘向、班彪的史传与桓谭及自己的“论”才是以“五经”为代表的先秦儒学的真正继承。这在众多儒生竞奔于经学之途，以经明行修为晋身之阶的东汉中叶的历史语境中，确实有着极为重要的意义。这是知识阶层对言说之自主性的诉求，是士人阶层试图在高度中央集权的大一统政治体制之下保持相对独立性的努力。王充所论标志着在东汉社会中一种疏离于经学话语的思想系统逐渐形成了。

当然，王充的之所以凸显“论”的价值并非要与君权分庭抗礼，相反他恰恰是要以此来博取君权的青睐。作为一位极为博学多闻、见识非凡却又处身社会下层的读书人，王充时刻都渴望着受到当政者的重视，只不过他不屑于重走那些皓首穷经的儒生们的晋身之路而已。他说：“上书奏记，陈列便宜，皆欲辅政。今作书者，犹上书奏记，说发胸臆，文成手中，其实一也。夫上书谓之奏记，转易其名谓之书。”又说：“汉家极笔墨之林，书论之造，汉家尤多。”这说明，在他看来，“论”这种文体乃是“上书奏记”之变体，所以又称为“书论”。因此他认为：“《论衡 》《政务》，其犹《诗》也，冀望见采，而云有过。斯盖《论衡》之书所以兴也。”（《论衡·对作》）由于身份低微，他没有机会直接接触帝王与执政者，故而只能撰写《论衡》这样的著作以备“见采”。这才是他“造”《论衡》之书的真正目的。那么王充为什么不加入经生的行列凭借“通经”而进入仕途呢？以他的才智，“通一经”甚至“通五经”都不是什么难事。这是因为，在他看来，在他那个时代，经学已然走向知识化、玄学化之途，与现实政治越来越远，不能有补于时政了。相反倒是司马迁、刘向、班彪那样的史传之作与扬雄、桓谭等人的“书论”更能切近现实。《论衡》的主旨正是要“疾虚妄”——在思想舆论上正本清源，打造出一种切切实实有益于世的言说方式与话语系统来，“论”这一文体正好承担起这一重任。这就是“论”这一文体的政治意义。

既然是文体观，自然有关于文章写作方面的自觉，在这方面王充也有精当之论，他说：

> 夫口论以分明为公，笔辩以荻露为通，吏文以昭察为良。深覆典雅，指意难睹，唯赋颂耳！经传之文，贤圣之语，古今言殊，四方谈异也。当言事时，非务难知，使指闭隐也。（《论衡·自纪》）

这是对不同文体写作风格上的总结与要求，表现出比较清醒的文体意识，应该说是曹丕“四科”说的先声。

到了东汉后期及曹魏时期，以“论”为名的书籍就大量涌现了，据《隋书·经籍志》著录有王逸《正部论》、崔寔《政论》、王符《潜夫论》、周生烈《周生子要论》、徐干《中论》、曹丕《典论》、刘溴《政论》、刘邵《法论》、阮武《阮子正论》、蒋济《万机论》、杨伟《时务论》、桓范《世要论》、杜恕《体论》和《笃论》、任瑕《道论》、王肃《正论》、袁准《正论》、阮武《正论》、刘廙《政论》、何晏《道德论》、任嘏《道论》等等有数十种之多。与此同时，关于“论”的文体观念也更加成熟，而对于“论”的政治功能也有了更高的期许。桓范云：

> 夫著作书论者，乃欲阐弘大道，述明圣教，推演事义，尽极情类，记是贬非，当时可行，后世可修。且古者富贵而名贱废灭，不可胜计，唯篇论俶傥之人为不朽耳。夫奋名于百代之前，而流誉于千载之后，以其览之者益，闻之者觉故也。岂徒转相效仿，名作书论，浮辞谈说，而无损益哉！而世俗之人，不解作体，而务泛溢之言，不存有益之义，非也。（《世要论·序作》）

由于以“论”为名的著作层出不穷，就难免良莠不齐，桓范这里是强调这种文体的功能，认为它既可“阐弘大道，述明圣教”，起到“述”的作用，又可以“推演事义，尽极情类，记是贬非”，对时事进行分析判断，而且还可以使作者留名千古。这是对“论”这一文体价值的高度肯定，是对王充的继承与发展。

在这样的语境中，曹丕的“四科”之说就自然而然地出现了：“盖奏议宜雅，书论宜理，铭诔尚实，诗赋欲丽。此四科不同，故能之者偏也。”（《典论·论文》）这里的“书论”与桓范的用法相同，概指以阐述道理为主的论说性文章[①]。曹丕较之王充更进一步，揭示出“论”这一文体的说理特征。后来刘勰的“论也者，弥纶群言而精研一理者也。”（《文心雕龙·论说》）及“适辨一理为论”（《文心雕龙·诸子》）等说法就是直接继承了曹丕的说法。

“论”体大兴于东汉后期的原因

为什么在以章句训诂之学与谶纬之学为主流的经学语境中，那些疏离于经学传统之外的以“论”为名的篇籍竟会大兴于世呢？这里的原因是多方面的，最主要的有外部影响与主体需求两个方面。

我们先看外部影响对于“论”体著作兴盛的影响。刘勰尝言：“至石渠论艺，白虎通讲，述圣通经，论家之正体也。”（《文心雕龙·论说》）近人章太炎先生亦云：“汉世独有石渠议奏，文质相称，语无旁溢，犹可为论宗。”[②]这就是说，“论”这一文体在汉代的兴盛，与朝廷组织的“石渠阁会议”与“白虎观会议”这类大规模讲经论义的活动以及编写的相关论文密切相关。刘勰此说可谓揭示了“论”体兴盛的一个重要的外部原因。汉代统治者以“设五经博士”“立学官”“置弟子员”等行政手段为引导，使士大夫由诸子百家之学归于儒学一途，久而久之除了形成经学传承中的“师法”“家法”之外，在以帝王和在朝为官的士大夫为核心的整个士林中渐渐形成一种“讲论”经学的风气与习惯。这是导致“论”体兴盛的一个十分重要原因。除了“石渠论艺”“白虎通讲”这类大型“讲论”之外，小规模的“讲论”随时都有。西汉后期这种风气已经形成：

---

① 关于“书论”，以往论者大都将其理解为“书”与“论”两种文体，理由是“奏议”“铭诔”“诗赋”等都是两种文体，如此方成“四科八体”之说。其实曹丕这里是就“类”而言的，似不必区分过细，而且曹丕只说“四科”，并未说“八体”。“雅”“实”“理”“丽”乃是四类文体之不同特征。“书论”可以理解为“论”之体，理由有二：一者王充、桓范等人都在“论”的意义上使用过“书论”这个词；二者如果认为这里的“书”是单独一种文体，那么应该包含“书牍”在内，而书牍之作，大都并不具备“理”之特征，难以于“论”并列为一类。而如果把“书”理解为“上书”之书，则与“奏议”重复了。

② 章太炎：《论式》，见《章太炎学术论集》，傅杰编校，北京，中国社会科学出版社1997年版，第51页。

及歆亲近，欲建立《左氏春秋》及《毛诗》《逸礼》《古文尚书》皆列于学官。哀帝令歆与《五经》博士讲论其义，诸博士或不肯置对，歆因移书太常博士，责让之曰……（《汉书》卷三十六《楚元王传》）

刘歆争立《左传》《毛诗》等古文经是中国思想史上一件大事，经学的今古文之争即由此而展开。这里的“讲论”显然有辩论的意思。又：

王褒字子渊，蜀人也。宣帝时修武帝故事，讲论六艺群书，博尽奇异之好，征能为《楚辞》九江被公，召见诵读，益召高材刘向、张子侨、华龙、柳褒等待诏金马门。（《汉书》卷六十四下《严朱吾丘主父徐严终王贾传》）

这里的“讲论”是讨论、探讨的意思。又：

胜、霸既久系，霸欲从胜受经，胜辞以罪死。霸曰：“‘朝闻道，夕死可矣’。”胜贤其言，遂授之。系再更冬，讲论不怠。（《汉书》卷七十五《眭两夏侯京翼李传》）

夏侯胜与黄霸二人俱获罪被收监，在狱中黄霸坚请从胜习经学。这里的“讲论”是讲授、谈论的意思。

到了东汉，讲论之风更胜于西汉：

初，帝在兵闲久，厌武事，且知天下疲耗，思乐息肩。自陇、蜀平后，非儆急，未尝复言军旅。皇太子尝问攻战之事，帝曰：“昔卫灵公问陈，孔子不对，此非尔所及。”每旦视朝，日仄乃罢。数引公卿、郎、将讲论经理，夜分乃寐。（《后汉书》卷一下《光武帝纪》下）

光武帝刘秀年轻时尝为太学诸生，东汉经学的兴盛及发展走向与他对经学及图谶之说的热衷直接相关。这里的“讲论”是讨论、辨析之义。又：

桓荣字春卿，沛郡龙亢人也。少学长安，习欧阳尚书，事博士九江朱普。贫窭无资，常客佣以自给，精力不倦，十五年不窥家园。至王莽篡位乃归。

会朱普卒，荣奔丧九江，负土成坟，因留教授，徒众数百人。莽败，天下乱。荣抱其经书与弟子逃匿山谷，虽常饥困而讲论不辍，后复客授江淮闲。（《后汉书》卷三十七《桓荣丁鸿列传》）

桓荣是两汉之际著名经学家，在历史上以勤学苦读闻名。这里的“讲论”是讲授、讨论经学的意思。又：

（周磐）公府三辟，皆以有道特征，盘语友人曰：“昔方回、支父啬神养和，不以荣利滑其生术。吾亲以没矣，从物何为？”遂不应。建光元年，年七十三，岁朝会集诸生，讲论终日。（《后汉书》卷三十九《刘赵淳于江刘周赵列传》第二十九）

周磐也是东汉初期著名经学家，弟子众多。这里的“讲论”也是讲授、讨论的意思。

从上引的材料来看，从西汉中期到东汉前期，经学昌盛，士林无分朝野，都有“讲论”之风。朝廷之上，皇帝常常是讲论的组织者与参与者；而在民间，则私学大盛，授徒讲学者万人以上，从学于经学大师的弟子更是不可胜计[①]。在这样的文化语境中，读书人培养起一种“讲论”和“论说”的能力与文化惯习，因此，经学语境中的“讲论”虽然不能直接导致“论”体书写的兴盛，却为这种文体的兴盛创造了必不可少的条件。因此两汉的“讲论”风气可以说是“论”体著述兴盛的最重要的外在原因。

我们再来看决定“论”体兴盛的主体原因。来自“讲论”风气的影响固然是“论”体繁荣的重要条件，但绝不是充分必要条件。在经学语境中而大作特作非经学话语的著作，一定会有比经学更令他们感兴趣的问题。我们看那些“论”体著述，差不多都是经学话语之外的言说。我们甚至可以说，从两汉之际到东汉后期那些以“论”为名的著述，呈现出一个与经学话语相疏离的曲线，形成了与以章句训诂为能事的古文经和大讲“三世”“三统”“三科六旨”之学的今文

---

①《后汉书·儒林传》载：“自光武中年以后，干戈稍戢，专事经学，自是其风世笃焉。其服儒衣，称先王，游庠序，聚横塾者，盖布之于邦域矣。若乃经生所处，不远万里之路，精庐暂建，赢粮动有千百，其耆名高义开门受徒者，编牒不下万人，皆专相传祖，莫或讹杂。至有分争王庭，树朋私里，繁其章条，穿求崖穴，以合一家之说。”

经平行的另一条思想脉络。从桓谭的《新论》到王充的《论衡》再到崔寔的《政论》、王符的《潜夫论》及徐干的《中说》，基本上没有哪一家是根本上反对儒学的，也没有一家是真正认同经学的。这些著述的特点，一是差不多都“不守章句之学”。这些著作的作者们根本不屑于做“皓首穷经”的事业，在他们看来那是毫无意义的。二是差不多都拒斥谶纬图说之类的东西，例如桓谭差一点因反对图谶之说而被光武帝杀掉。在桓谭、王充等人看来，图谶不过是蒙人的鬼把戏而已。三是基本上都对现实政治比较敏感，有强烈的干预意识。甚至可以说，东汉这些以“论”名之的著作，基本上都是针对现实问题而作的，都是有感而发的。四是这些著述的作者大都十分博学，见识宏通。由于有这些特点，这些著作主要内容乃是对经学传统以外的文化现象，特别是现实问题的论述，例如桓谭《新论》有《道赋》与《琴道》二篇，分别对辞赋创作与琴的历史与功能发表看法。而王充的《论衡》则涉及当时知识界几乎方方面面，显示出令人惊讶的博学洽闻。王符的《潜夫论》也涉及政事、经济、哲学、风俗等许多方面。“论”体著述的这些特征有着强烈的政治性与文化意蕴。现分述如下：

从政治性角度看，“论”这一文体原本就是士人阶层政治干预意识的产物。春秋战国之际，私学是新兴士人阶层产生的摇篮，而“论”，即“论说”或“论辩”则是私学教育的基本方式，可以说士人阶层即是伴随着“论说”活动而诞生的。“论说”也就成为士人阶层借以安身立命的基本技能。授徒讲学、游说诸侯都离不开“论说”与“论辩”[①]。“论说”与“论辩”是一种语言交流能力与行为，也就是“孔门四科”中的“言语”。其最高表达形式便是诸子百家之学。于是“论说”与“论辩”也就士人阶层作为“四民之首”得以与农、工、商并立于世的主要生存方式。诸子百家之学，或论说治国之道，或论说做人的道理，或论说宇宙自然之理，总之差不多都是“弥纶群言而精研一理”的“论”体文章。因此这一文体从开始就具有鲜明的政治性，是士人阶层政治参与的主要方式。然

① 《论语·宪问》：“子曰：‘邦有道，危言危行；邦无道，危行言孙。’”又：“子曰：‘有德者，必有言。有言者，不必有德。’”《孟子·滕文公下》：公都子曰：“外人皆称夫子好辩，敢问何也？”孟子曰：“予岂好辩哉？予不得已也……圣王不作，诸侯放恣，处士横议，杨朱墨翟之言，盈天下，天下之言，不归杨则归墨。杨氏为我，是无君也；墨氏兼爱，是无父也。无父无君，是禽兽也。公明仪曰：‘庖有肥肉，厩有肥马，民有饥色，野有饿莩，此率兽而食人也。’杨墨之道不息，孔子之道不著，是邪说诬民，充塞仁义也。仁义充塞，则率兽食人，人将相食。吾为此惧。闲先圣之道，距杨墨，放淫辞，邪说者，不得作，作于其心，害于其事，作于其事，害于其政，圣人复起，不易吾言矣……我亦欲正人心，息邪说，距诐行，放淫辞，以承三圣者。岂好辩哉？予不得已也。”

而到了大一统的汉代，特别是“独尊儒术”、经学大兴之后的时期，那种“论”体著述就鲜觅其踪了，原因很简单，统治者不需要那种自由表达的“论”，而只需要寻章摘句的“述”。“论”体著述从先秦诸子的基本言说方式到汉代经学兴盛时期的偶见之作，这一现象表明了统治阶层对意识形态控制的有效性。而“论”体著述的大量出现，就必然是这种意识形态控制相对疲软之时。无论是西汉后期还是东汉后期都是如此。因此，“论”虽然是一种文体，看上去似乎应该是中性的，但在先秦两汉的历史语境中，也就带上了极为明显的政治性色彩。东汉后期，皇帝昏庸，外戚与宦官的权力之争越演越烈，朝政紊乱，于是在士大夫阶层中激发起一种拯救天下的强烈的历史使命感与政治责任感。史籍载：

> 逮桓灵之闲，主荒政缪，国命委于阉寺，士子羞与为伍，故匹夫抗愤，处士横议，遂乃激扬名声，互相题拂，品核公卿，裁量执政，婞直之风，于斯行矣。(《后汉书》卷六十七《党锢列传》)

这说明在士林中形成了一股强大的政治热情，凡直言敢谏，勇于发表批评执政者意见的士人就会受到舆论追捧。这便是“论”体著述大量产生的现实条件与强大动力了。另外，东汉后期的这种“主荒政缪”状态也严重影响了朝廷对知识阶层与知识界控制的有效性，掌控权力的外戚、宦官们的主要精力都放在争权夺利、相互倾轧上了。这样，从某种意义上说，东汉后期的士人思想家获得了相对意义上的自由言说的权利。于是“论”体著作就大量涌现了。

从另一个角度看，“论”体著述的大兴，又是士人思想家对沉溺于描情状物的辞赋之士的拒斥与反拨。《中论序》云：

> 君之性，常欲损世之有余，益俗之不足。见辞人美丽之文，并时而作，曾无阐弘大义，敷散道教，上求圣人之中，下救流俗之昏者，故废诗赋颂铭赞之文，著《中论》之书二十篇。[①]

盖自汉灵帝设鸿都门之后，许多辞赋之作有追求华词丽藻倾向。徐干著《中论》即含有矫正时弊之意。“论”之为体，在于阐明道理，与表达个人情趣的

① 佚名：《中论序》，见《四部丛刊》影印本《中论》。

歌诗辞赋之作原本就是二途。在唯美的诗词歌赋开始兴盛的时代，“论”体著作就承担起弘扬大道、针砭时弊的重任。这就显现出传统士大夫与新兴文人在身份与趣味上的内在冲突。传统士大夫以天下为己任，自认为是“道”的承担者，有所言说，必定关乎国计民生，对诗词歌赋之类一般是不屑为之的，即使为之，亦心存鄙视。新兴文人则是士大夫阶层衍生出的一种新的身份，具有“文人”这一身份的人既有传统士大夫身上那种强烈的政治干预意识，又有着表达个人情趣的闲情逸致。在他们的精神世界中保留着一片超越或游离于社会政治之外的空间。东汉的张衡、傅毅、班固、蔡邕以及汉魏之际的“建安七子”是这类人的代表。他们与后世那种把吟诗作赋，书写个人情趣视为主业的纯文人大不相同。即如徐干，在写《中论》的时候，他是传统士大夫身份，在写《室思》《答刘祯》等五言诗的时候，他是文人。这两种身份有着不同的价值指向，常常存在矛盾冲突。例如曹丕的《典论·论文》就非常突出地表现出这种矛盾：在文章一开始他先是赋予文章以“经国之大业”的重大使命，接下来却一句不讲文章如何可以成为经国之大业，而是大讲“文以气为主”的文学个性特征，二者完全是两种评价系统的产物，置于一处显得不伦不类。这正是“士大夫”与“文人”两种身份冲突的话语表征。又如曹植，诗歌辞赋都是一流水平，所谓“骨气奇高，辞采华茂”（钟嵘《诗品》），并因此在当时士林享有很高威望。然而他本人却始终郁郁寡欢，认为自己是失败者，以自己在文学上的成绩与威望微不足道。这说明在曹植心目中依然是建功立业的士大夫情怀占据主导地位。他拥有文人身份，但对这一身份的认同感尚有所不足。只是到了后来的萧统、沈约、刘勰、钟嵘等人那里，对于文人身份的认同才达到与对士大夫身份的认同可以等量齐观的程度。

作者系北京师范大学文艺学研究中心主任、文学院教授、博士生导师
本文原载于《清华大学学报》2014年第2期哲学社会科学版

李少君 | 自然对于当代诗歌的意义

自然在古典诗歌中居于核心地位

中国传统，自然至上。道法自然，自然是中国文明的基础，是中国之美的基础。中国之美，就是青山绿水之美，就是蓝天白云之美，就是莺歌燕舞之美，就是诗情画意之美，《文心雕龙》很早就将自然与人文的对应关系阐述得很详尽："日月叠璧，以垂丽天之象；山川焕绮，以铺理地之形：此盖道之文也。"

中国之美，是建立在自然之美的基础上的，是自然之美与人文之美的结合，其最高境界就是诗意中国。盛唐融疆域之广阔壮美与人文之自由、多样和开放包容于一体，乃诗意中国之典范形象。

自然与诗歌艺术有着漫长的亲缘关系。

自然山水是诗歌永恒的源泉，是诗人灵感的来源。道法自然，山水启蒙诗歌及艺术。"外师造化，中得心源"，几乎是中国诗歌和艺术的一个定律。

自然山水本身就是完美的艺术品，比任何艺术品更伟大，比任何一本书都更启迪艺术家。山有神而水有灵，王维称其水墨是"肇自然之性，成造化之功"；董其昌称："画家以天地为师，其次以山川为师，其次以古人为师"；诗人袁宏道说："师森罗万象，不师古人。"以山水为师，是众多伟大的诗人艺术家们艺术实践的共同心得体会。

人们还认为山水本身是一种伟大的艺术形式和永恒的精神品格，对此，作家韩少功分析："在全人类各民族所共有的心理逻辑之下，除了不老的青山、不废的江河、不灭的太阳，还有什么东西更能构建一种与不朽精神相对应的物质形式？还有什么美学形象更能承担一种信念的永恒品格？"所以，人们也以山水比拟人格，"仁者爱山，智者爱水"，成为人物品评的一个标准。

自然山水具有强大的精神净化作用，灵魂过滤功能。诗人谢灵运很早就说："山水含清晖，清晖能娱人"；汤传楹《与展成》文中称："胸中块垒，急须以西山爽气消之"；南朝吴均《与朱元思书》里更进一步说："鸢飞戾天者，望峰息心；经纶事务者，窥谷忘返"……看见山水，人们可以忘记一切世俗烦恼，可以化解所有焦虑紧张，所以古人称"山可镇俗，水可涤妄"，山水是精神的净化器。西方也有类似说法，美国作家华莱士·斯泰格纳认为现代人应该到自然之中去"施行精神洗礼"。

自然山水这种巨大的精神净化功能和灵魂疗治作用，导致中国古代山水诗和山水画盛行，山水诗歌成为诗歌的主流。谢灵运、陶渊明、李白、杜甫、白居易、苏东坡等等都是伟大的山水诗人，写下过大量的经典杰作。山水诗可以安慰心灵，缓解世俗的压抑。

需要指出的是，在汉语语境中，自然一词复杂多义，除了指大自然之外，也可形容一种状态，比如自然而然，任其自然；还可以是一种生活方式和精神理念……这些意思又相互关联相互缠绕，显示出自然一词具有的张力。作为中国文化最重要的一个价值观"道法自然"，就同时蕴含了这多种意义。

自然的缺失导致一系列现代性问题

进入现代以后，西方文化强行侵袭，产生现代性冲击。文学由关注自然转向关注人事。

中国当代文学界最著名的一句话就是：文学是人学。在基督教背景下，这句话很好理解。基督教曾以关注人的堕落与救赎为借口，以来自天国的拯救为许诺，对人性强行改造和压制。文艺复兴以后，人的解放成为潮流，人性大释放，文学自然也就以对人性的表现和研究作为最主要的主题。

但很快这又走到另一个极端。上帝死了，人僭越上帝之位，自认为是世界的主人，自然的征服者，不再尊重自然和其他物种，将它们视为可任意驱使随意采用的资源和材料。自然问题从此变成一个经济问题或科技问题，而非人类所赖以依存的家园，与人类休戚相关的安居之所。自然从此陷入万劫不复之地。

人其实只能在人的意义上解决自己的问题，严守自己的本分和位格，在天地人神的循环中谦逊行事。在生态问题上，我们不仅要强调个人的自觉自律，更要强调人类集体的自觉自律。这一点，西方的智者也意识到了，比如海德格尔就呼吁恢复天地人神的循环，人只是其中的一环，反对把人单独抽取出来，作为世界的中心和主角，凌驾于万物之上。可以说与中国古人智慧相呼应。

在工业化浪潮中，也许因为相对后发，美国对现代文明的负面作用反省较早。有“美国文明之父”之称的爱默生曾经强调：人类应该遵守两句格言，一是认识你自己，二是研习自然。爱默生号召美国文学回归自然，他甚至说：欧洲大陆文化太腐朽了，需要自然之风来吹拂一下。在很多学者看来，正是自然文学的发展，使美国文学区别于重人文的欧洲文学，使新大陆区别于旧大陆。确实，美国自然文学经典比比皆是，惠特曼的《草叶集》、梭罗的《瓦尔登湖》、奥尔多·利奥波德《沙乡年鉴》等等。

奥尔多·利奥波德的“土地伦理”影响至今。他说：“人们往往想当然地认为野生生物就像和风和日出日落一样，自生自灭，直到它们在我们面前慢慢地消失。现在我们面临的问题是高质量的生活是否要在自然的、野生的和自由的生物身上花费钱财。我们人类对于整个生物界来说还只是很少的一部分，那么能够真真正正看到自然界中的鹅群的机会比在电视上看更重要，有机会发现一只白头翁就像我们有权利说话一样神圣不可侵犯。”

“文学是人学”的说法在中国产生了一系列后果。由于现代性危机和对西方的过度膜拜和邯郸学步，现代文学彻底抛弃传统，打倒传统，从此对自然视而不见。“五四”时期，强调所谓“国民性改造”，夸大中国人人性中的黑暗面和负面，导致民族普遍地自卑和自贬。并且一直影响到中国当代文学，充斥着所谓人性的研究。但人性却被简单地理解为“欲望”，甚至，“人性恶”被视为所谓普遍的人性，说什么“人性之恶才是推动历史发展的动力”，以至文学中勾心斗角、人欲横流、尔虞我诈、比恶比丑、唯钱唯权的“厚黑学”流行，其内容几乎可以用一句话来形容：每一页都充斥“人斗人”。从官场、商场到情场、职场，连古典宫廷戏、现代家庭情感剧也不放过。至此，真善美被认为是虚伪，古典文学中常见的清风明月、青山绿水也隐而不见。自然从当代文学中消失隐匿了。

这当然是社会风气出了问题，价值观认识论出了问题，人心出了问题。引领社会风尚的文学包括诗歌也负有不可推卸的责任。是到了重新认识我们的传统和借鉴西方对现代性的反思的时候了，是重新认识自然、对自然保持敬畏、确立自然的崇高地位的时候了。

重新恢复自然的崇高地位

古人对自然的推崇，对当代诗歌也很有启迪意义。这种推崇具体到文学中，体现为对境界等概念的强调，对地方性文学的维护。

境界是古典文学的核心概念。中国诗歌强调境界其实与尊崇自然密切相关。在诗歌中，境界唯高。何谓境界？我的理解就是指个人对自然的领悟并最终与自然相融和谐共处。唐僧园晖所撰《俱舍论颂稀疏》称："心之所游履攀援者，故称为境。"哲学家冯友兰认为："中国哲学中最有价值的部分是关于人生境界的学说。"学者张世英说："中国美学是一种超越美学，对境界的追求是其重要特点。"境界，就是关于人的精神层次，但这一精神层次的基础就是自然与世界，反映人的认识水平、心灵品位。王国维在《人间词话》里称："有境界则自成高格。"境界里有景、有情，当然，更有人——自我。最高的境界，是"采菊东篱下，悠然见南山"，"纵浪大化中，不喜亦不惧"，是"游于艺"，是"天人合一"，是安心于自然之中。追求境界，就是寻找存在的意义，其本质是一种内在超越。学者胡晓明称："境界的要义，就是创造一个与自我生命相关的世界，在其中安心、超越、生活。"好的诗歌，就应该追求境界。古人称写诗为"日课"，诗歌是一种个人化行为，诗歌也可以被视为一种个人日常自我宗教。我则视诗歌是一种"心学"，是对自然与世界的逐步认识、领悟，并不断自我提升，自我超越。诗歌感于心动于情，从心出发，用心写作，其过程是修心，最终要达到安心，称之为"心学"名副其实。

境界的相关条件是自然，或者说，没有自然作为前提，就没有什么境界。古人早就说过"山水映道"，瑞士哲学家阿米尔也称"一片自然风景是一个心灵的境界。"学者朱良志说王维的诗歌短短几句，看似内容单调，但他实则是以情造出了一个"境"，比如"人闲桂花落，夜静春山空。月出惊山鸟，时鸣春涧中"，还有"飒飒秋雨中，浅浅石溜泻。跳波自相溅，白鹭惊复下"……都独自构成了一个个清静自足但内里蕴含生意的世界，是一个个完整又鲜活的"境"。在此境中，心与天地合一，生命与宇宙融为一体，故能心安。而按海德格尔的哲学，境界应该就是天地人神的循环之中，人应该"倾听""领会"与"守护"

的那个部分，如此，我们才能“诗意地栖居在世界中”。

当代文学包括诗歌如果关注自然，就应该继承或者说重新恢复或者说光大创新类似关于境界这样的美学观念、规范和标准。

此外，古典诗歌对地方性的强调，其实就是对自然的尊重。古人很早就有“北质而南文”的说法，强调地域对文学的影响。清末民初学者四川学者刘咸炘探讨各地地域文化特征称：“夫民生异俗，土气成风。扬州性轻则词丽，楚人音哀则骚工，徽歙多商故文士多密察于考据，常州临水故经师亦摇荡其情衷。吾蜀介南北之间，折文质之中，抗三方而屹屹，独完气于鸿蒙。”有一定地理和历史学的依据。美国诗人施耐德在现代语境下，将地域性理解为“地域生态性”，强调保持地域生态完整性，保护地域的整体生态，颇具现代生态意识。

江南文化曾是地域文化的典型。很长一个时间段，江南之美曾是中国之美的代表。古人说：上有天堂，下有苏杭。江南是中国人最理想的居住地。自然和生活融合，理想和现实并存，诗意和人间烟火共处。江南最符合中国人向往的生活方式、观念与价值：道法自然。江南将“道法自然”变成了现实。“道法自然”是诗意的源泉，江南文化因此被称为“诗性文化”，是中国文化中最具美学魅力的部分。“暮春三月，江南草长，杂花生树，群莺乱飞”，江南也；“青山隐隐水迢迢，秋尽江南草未凋。二十四桥明月夜，玉人何处教吹箫”，亦江南也；“有三秋桂子，十里荷花。羌管弄晴，菱歌泛夜，嬉嬉钓叟莲娃”，还是江南；“江南好，风景旧曾谙。日出江花红胜火，春来江水绿如蓝”，最难忘江南……江南曾是自然、生活与诗意的最佳结合之地。古代的江南诗歌，就是地方性成功的典范。当然，江南之美现在也蒙上了雾霾的阴影。

当代也有一部分作家、诗人及其作品成为自然文学的先行者，比如诗歌界的昌耀、小说家韩少功及其《山南水北》、散文家刘亮程及其《一个人的村庄》，还有早逝的散文家苇岸及其《大地上的事情》等等。但总体来说，这样的作家诗人还是太少，还未成为主流，这也正好反映了社会环境和精神领域中对自然的不够重视。

雾霾时代，诗人何为？雾霾就是诗意的敌人，是反诗意的。所以，我们这个时代尤其需要诗人们站出来，有所承担，带头重新认识自然，回归自然，对人为制造的雾霾说不，对雾霾的制造者说不，与雾霾争夺人类生存和幸福的空间。

作者系《诗刊》副主编，一级作家

本文原载于《大家》2014年第5期

刘 俊| 文学路上自由行
——吴晓煜印象

已经记不清是什么时候结识的吴老了，没有完美的亮相，也没有初始的印记，就像是早期摄影底片的冲洗显影那样，随着时光的推移，吴老的影像在我的心底一点点明晰起来，一点点厚实起来。细细回忆，结识吴老应该是我在《阳光》做编辑的时候，先识其文，后识其人，这也符合编辑交友的规律。当时正值进入 21 世纪，新世纪，新思维，新精神，新面貌，什么都要创新，《阳光》杂志也不例外，从封面到栏目直至内容，都做了很大的调整，力求给读者耳目一新的感觉。那些年，吴老给了《阳光》很大支持，跨入 21 世纪大门的初始三四年内，几乎每年都有吴老的作品在《阳光》上连载，现在能想起来的，《夜耕村杂记》《欧非见闻录》《瘟疫纵横谈》等这些后来结集出版的著作，之前都在《阳光》杂志有过连载。2003 年 4 月，煤矿文联派我到鲁迅文学院主编高研班学习，刚开班十天，“非典”就来了，来自天南海北的学员们顿作鸟兽散，我又回到了《阳光》杂志社。因为要编辑杂志，我和徐迅、庄旭清都蜗居在《阳光》编辑部里。那时气氛很是紧张，大家都很少出去，有些“躲进小楼成一统，管他冬夏与春秋”的意思。有一天，吴老突然来了，手里拎着两大袋子从家里带来的食物，有菜，有饭，而且还有酒。有人开玩笑说吴司长（那时还不叫吴老）勇气可嘉，在人人自危、谈“非典”色变的严峻形势下，吴司长来《阳光》看望大家，不啻部队首长冒着枪林弹雨，冲破层层封锁来阵地前沿慰问一线战士。那天大家相谈甚欢，谈煤矿，谈文学，谈人生，不知不觉聊到了日薄西山，暮色四合。

吴老对煤矿作家协会的工作一直都非常关注和支持，作协的研究工作，他尽管公务缠身，但大都能拨冗参加，出谋划策。和基层企业联合开展一些活动，吴老更是在幕后做了许多工作，有的谈成了，有的没谈成，但都付出了许多心血。他常说的一句话是，我们要举好刘庆邦这杆大旗，当好他的助手，把煤矿作协的事情办好。正因如此，煤矿作家们对吴老都很敬重。有一年，煤矿作家协会召开换届大会，临开会前，主席和秘书长都因急事不能到会，真是救场如救火，作为副主席的吴老挺身而出，主持了作协换届会，另一位副主席荆永鸣做了工作报告，会议开得很成功，圆满完成了预定的任务。

吴老人好，自不待说，但他的作品更有系人心处。先说文字。吴老南开大学历史系毕业，有着渊博的知识和扎实的学养，笔下文字更是逻辑缜密，文辞洗练，简捷明快，轻松雅致。有《煤炭史迹探访录》中碧云寺的一段描写为证："碧云寺确实是暑中绝好的去处，寺中的水泉院，堪称碧云寺的绝佳胜景。这里天然泉水从石罅中涌出，淙淙流淌，汩汩有声。泉旁数十丈高的峭壁上，数十株古柏浓荫蔽日；水流而成潭，清澈如碧；潭旁茂竹成林，透出丝丝凉意；洗心亭，造型玲珑别致；石壁之下还有三仙洞，凉爽异常。这个以山泉称奇，以凉爽致绝的水泉院，可谓无处不雅，无处不趣。驻足于此，久居闹市的烦躁心绪为之一扫。"这段文字既有古代骈文之神韵，又有当今生活之心境，读来朗朗上口，回味无穷。

在没有认识吴老之前，我就已经非常喜欢吴老的文字了。至今，初读《欧非见闻录》里那段"云"的感受仍是记忆犹新。这不仅仅是因为第一次看到有作者从飞机上居高临下地描写云，更是由衷地被吴老的文字功力所折服。在这段洋洋洒洒千余字的"云文"里，作者从飞机在云里的感受起笔，描述了云的各种形状和颜色，继而又变换角度，从云缝里看云……远观近瞧，低吟浅唱，移步换景，静动相宜，起兴比赋，诙谐风趣。读来让人眼花缭乱，似有腾云驾雾之感，又有飘飘欲仙之妙。我那时还保持着摘录的习惯，遇到喜欢的句子或是段落就分类抄写在一个本子上，以备日后细细欣赏。现在找出本子来，归在"云"之名下的有数十页之多，摘录几段如下。"可怕的乌云堆得密密层层，不慌不忙地推过来；又大又黑的破布片从那团云的边上挂下来；左右两面的地平线上也有这样的碎片互相压挤着，堆得高高的。雨云的破碎而蓬松的外观，使得它带着喝醉的、胡闹的样子。""块块小云朵，在树林的当头聚成波涛，仿佛在筑着巢。还没有等你来得及把四处都看上一眼，整个天空已经布满了白云，自知生命之短促，就都像一群白天鹅似的，一齐向着一个方向慢慢飘去。”“那里出现了一堵墙，一堵云的高墙，横隔了大海，从天边到天顶，缓缓地升起。这堵笔立的高墙，完完整整，没有凹凸，没有裂缝，好像是用矩尺画过，是用铅垂线量过的。这是像花岗岩一般坚固的云。”“有时云在阳光照射下，发出耀眼的银光；有时云如惊涛骇浪，云波滔天，千堆雪涌，像雪的海洋，而且无边无际；有时云像连续不断的山峦，有的高耸，有的曲折蜿蜒，如丘陵起伏，永远看不到它的尽头；有时云像飘浮不定的团团柳絮，或轻飏向上，或聚而成团，或散而温柔，有的像巨鲸，在天空中遨游；有的像白珊瑚，在空中怒放，婀娜多姿。有的洁白如玉，有的浓黑如墨，有的淡黄像桔皮，其色彩之斑斓，令人目不暇接；其画卷之博大、之奇特，令人难以想象。”这四段“云”，依次出自契诃夫、阿·托尔斯泰、雨果、吴晓煜之手。将吴老与文学巨匠排列在一起，绝无恭维讨好之意，只是说明以我的欣赏水准，这些关于云的描写都是美文，而且，吴老的“云”比起那些大师的“云”来，一点也不逊色。

吴老先生的文学创作，除我偏爱的文字之外，我以为还有两个突出的特点。一是深厚的矿工情怀，另一是自由的创作心态。吴老虽然不是煤矿世家，但在一部书中吴老说他的父亲也曾有过一段煤矿工作的经历，不知这是否与他后来大学毕业分配到内蒙古平庄矿务局工作有些关联。吴老来到了煤矿，就把根牢牢地扎在了煤矿，就把自己的聪明才智毫无保留地奉献给了煤矿。工作是如此，创作也是如此。在吴老迄今出版的15部专著中，煤炭题材或是与煤矿人事相关的书籍就占据了半数以上。有一年，时任中国煤矿尘肺病治疗基金会常务副理事长的吴老把煤矿作家请到了北戴河，不是邀大家盛夏避暑，也不是请大家海边听涛，而是带着作家们深入到设在北戴河疗养院里的煤矿尘肺治疗中心参观、采访，给作家布置创作任务，每人写一篇报告文学，以扩大对煤矿尘肺病康复工程的宣传。我是矿工出身，我的第一份工作就是抱着风钻在井下岩巷里掘进。煤矿除水、火、煤尘、瓦斯、顶板五大自然灾害外，粉尘是危害矿工生命的另一大杀手。上世纪80年代之前，矿工们根本就没有自我保护的概念，一茬炮刚刚放过，硝烟还没散尽，矿工们就冲进去，抡起大板锹铲矸攉煤，挥汗如雨、辛苦劳作的同时，把大量的粉尘也吸进了肺里。我的好几个工友，都是因为吸入过量的粉尘得了矽肺病而不得不提前退休的。“苟延残喘”一词略带贬义，但却是矽肺病患者痛苦的真实写照。他们佝偻着身子，大张着嘴就是喘不上气来，最后被活活憋死。我忘不了座谈会上吴老语重心长的话语，忘不了医疗专家为提高灌洗质量、减轻病人痛苦所付出的辛勤努力和医护人员对病人无微不至的照顾，忘不了前来治病的矿工噙满泪水对尘肺病治疗中心表示的感谢，我更忘不了笔会结束后吴老送给每位作家的纪念品。那是一个精美的盒子，盒子上写着姓名和单位，盒子里放了三个玻璃小瓶，小瓶里装着三种颜色的液体，依次是铅色、橙黄色、浅灰色。这三瓶液体就是从这位矿工的肺里浣洗出来的水的样本，颜色越清澈，说明治愈的效果越好。我能理解吴老的良苦用心，他送给作家这样的纪念品，就是要让煤矿的作家们牢牢铭记矿工的苦难，牢牢铭记自己肩上的那份责任。

吴老是学者型作家，古今汇通的典范。他凭借对煤炭和矿工的挚爱，运用所学专业，将煤炭历史知识与煤炭现实生活完美地结合起来，用手中之笔，打通了煤炭历史文化与煤炭当代文化的通道，厘清了煤炭传统文化与煤炭现代文化的脉络，让我们看到了煤炭文化的源远流长和一脉相承。吴老把过去所学的历史知识转化为对煤炭文化历史的挖掘和整理，无论在收集还是在研究上，都达到了在所处条件下所能达到的最高成就。他的《中国古代煤炭开发史》《中国煤炭史志资料钩沉》《中国煤炭碑刻》《中国古代咏煤诗》《矿业史事杂俎》《煤史钩沉》等著作，为煤炭文化的梳理和煤炭精神的构建，有着毋庸置疑的贡献。

我最喜欢的是吴老的那种自由的写作心态，那种毫无功利的创作态度。他以振兴煤炭文化为己任，追根溯源，著书立说，我们钦佩；他写作《欧非见闻录》《华夏与海国游记》《夜耕村杂记》《学林漫笔》，我们赞叹。更让大家称奇的是，吴老非医学工作者却出版有《瘟疫纵横谈》，非品酒专家却写出了《酒史钩沉》，非语言学者却著有《纠正错别字》。正如陈建功先生所说，“吴晓煜的笔触不仅止于煤炭，他的思绪在历史的长卷中遨游。……他写了一本《纠正错别字》，我相信，其研究深度也会使那些中文系出身的博士硕士们汗颜吧？更奇的是他居然还敢写《瘟疫纵横谈》，在医学史领域纵横捭阖。”

吴老的书非常庞杂，有的似乎很难归类到文学的范畴，但每一部都那么有用，言之有物；每一篇都是有感而发，决然看不到一丝的哗众取宠。由此不难看出，吴老的创作不是为了出名，不是为了谋利，我甚至认为他的创作初衷也不是为了表达自己的思想有多么深刻，学识有多么渊博，而把自己推向一个所谓的高度。他的写作取向是：随性、实用、利他。他并不把自己当作家看，也不为纷乱的世界所左右，只要有感悟，只要有兴趣，只要对读者有益，就信手拈来，点缀成篇。说吴老是文学路上的独行侠，似乎有些舞台化或是戏剧化，但他的这种无拘无束、洒脱自在的写作心态实在令人钦佩。

2010年，中国作家协会创研部与煤矿作家协会联合在北京召开了吴晓煜作品研讨会，文学评论界的专家学者悉数而至。煤矿文联主席梁嘉琨在会上做了热情洋溢的讲话，中国作家协会副主席陈建功，时任中国作协创研部主任胡平及雷达、崔道怡、梁鸿鹰、徐坤、孟繁华、彭学明、王必胜、韩小蕙、何向阳、吕先富等著名评论家、编辑家、作家都在研讨会上发言，大家一致认为吴晓煜的作品将人文思考、矿工情结、爱国情怀融入创作中，以丰富的历史知识、独特的视角、质朴的语言，多角度反映了煤矿等领域的沧桑历史以及时代特征。作品厚重，语言生动，知识性强，富有感染力，给人以启示，字里行间透露出作者的思想和智慧。作家在繁忙的工作之余，笔耕不辍，著作已达十几种，以多样的主题、深刻的内涵、充沛的情感和对人的精神世界的深刻思考与开掘引起广泛关注。

据我所知，吴老的文学创作大多是在业余时间完成的，他有自己的本职工作，而且是一个有着极强事业心和责任感的人。1981年，煤炭部老部长高扬文慧眼识珠，“钦点翰林”，将吴晓煜调入煤炭部。他先后在煤炭工业部、中国统配煤矿总公司、国家煤炭工业局、国家安全生产监督管理总局任职，是大家公认的才子和笔杆子。作为政策法规司司长和起草工作小组组长，他在新中国成立以来第一部煤炭基本大法《中华人民共和国煤炭法》（1996年）和《中华人民共和国安全生产法》（2002年）的起草、制定中作出了突出贡献。作为中国煤矿尘肺病治疗基金会常务副理事长，他为尘肺病患者的治疗和救助而奔走呼号，为煤矿尘肺病治疗基金会筹集到了上亿元的善款。作为中国自然科学史学会委员、中国煤炭工业文献工作委员会副主任，他曾组织、参与了《中国煤炭志》（1999年）的编纂工作，现在，又在为《中国煤炭工业志》第二轮修志而上下奔忙，精心运筹。在繁杂的日常工作中，吴老能坚持写作，出版十多部专著，靠的就是两个字：勤奋。他的勤奋与煤矿作协主席、著名小说家刘庆邦好有一拼。我在《阳光》杂志工作时，与庆邦的办公室相邻。庆邦一直用笔写作，然后由夫人录入到电脑里打印出来。那时他给自己规定每天至少必写600字，一年365天，风雨无阻，雷打不动。那时庆邦用的还是中国煤炭报社的那种浅绿色的稿纸，每当看到稿纸整整齐齐地铺在桌子上，旁边放着一支合上笔帽的钢笔的时候，我就知道他一天的任务已经完成了。吴老也是坚持用笔写作的作家，所不同的是他的稿纸摆放得有些零乱，桌上堆满了书籍，而且旁边放着的不是钢笔，而是数支削好了的铅笔。“晓煜无论是外出开会还是调研考察，无论休息度假甚至朋友相聚，所有的一切，他都用心观察，用心体会，用心写作，所以才有了他今天丰硕的成果。”（白海金语）诗人凌翼在评价吴老的创作时说：“时光如流，放纵它，你将一无所获；而修坝筑渠的人，将给他人带来光，带来电。聚土成山，聚山成岭，这就是吴老值得我们敬佩的地方。”

若是按级别来论，吴老已属高官了，但无论他的官当得有多大，工作成效有多么的显赫，在我的眼里，他就是一介书生，一个文人，一介儒雅从容、宽厚中庸、有着深厚文化底蕴和道德操守的书生，一个既有大情怀也有小情趣，用笔直抒胸臆，对世清淡如风的文人。前几天，我去他已经搬至煤矿文工团小院里的办公室请示编纂《中国煤矿文化艺术志》的事情，临别时，吴老说，送你几块石头，你自已挑几块带走吧。顺着他手指的方向，我看到在阳光明媚的窗台上散放着数十枚大小不一、形状各异的石头。这些都是吴老在外出差或是闲暇时散步捡回来、带回来的，清洗干净，视如珍宝。我选了一枚核桃大小、上面有水纹印记的石子握在手里。盛夏的京城热浪扑面，酷暑难耐，而手里的这块石子却温润绵柔，清凉宜人。

作者系中国煤矿文联文化宣传基金会副理事长

本文原载于《阳光》2014年第10期

刘德伟

“人民第一堡垒”
——首批中国传统村落北京顺义焦庄户村调查手记

这是一座英雄的村庄。凶残的日寇侵入时，村民们没有逃往近在咫尺的大山。他们选择了坚持，从地面转移到地下——修筑地道，从而诞生了被称为“地下长城”的焦庄户地道——村民们的又一座家园。战火烧毁了村庄里的院落和房屋，而村民们内心深处不屈不挠的精神却在这座地下长城中得以延续和永生。在这里，你能领略到中国农民的智慧、顽强、坚忍……

距离北京市区六十多公里的焦庄户村是个远近闻名的村庄。上点儿岁数的人大都是从电影《地道战》中知道了这个村庄的名字。我们一进村口，就传来熟悉的歌声“地道战嘿地道战，埋伏下神兵千百万……人民战争把侵略者彻底消灭完！”村里的老人告诉我们，这是一个“歪坨山有多少石头，山下有多少野花，金鸡河有多少水纹，河边有多少脚印，焦庄户就有多少故事”的神奇山村。

从“蛤蟆蹲”到“地下长城”

在村委会，村支书韩少林给我们详细讲述了地道战来源的故事。仅有二百来户、八百口人的小山村焦庄户，东临燕山余脉的歪坨山，西邻潮白河支流金鸡河，抗日战争时期，作为冀东的西北前哨，焦庄户村的战略位置十分重要，成为敌我必争之地。当时，焦庄户村发挥着特殊作用，冀东革命根据地的军政干部在此整顿、学习和休养，军事物资也要在这里储存、转运。一次，日本鬼子突然来到焦庄户“清乡”。一位干部来不及转移，村民急中生智，把他藏进了白薯窖，糊弄走了敌人。为了更好地躲过敌人的搜捕，掩护党员、干部，村民们由白薯窖想到了挖洞。地道最初的模样，就是村民在自己家里比较隐蔽的地方挖了一些外小内大的隐蔽洞。挖好后用柴草把洞口盖好，人和粮食藏在里头，躲避敌人的搜捕和抢掠。最初的地道很窄，人只能像蛤蟆那样蹲在里面，所以人们就叫它“蛤蟆蹲”。但是，这种隐蔽洞的缺陷很快就在实战中显现出来，一旦被敌人发现，根本无法逃脱。老村长马福与上级领导和干部群众商量，决定对“蛤蟆蹲”加以改造，把洞再挖深、挖长，串联起来，多开几个洞口，就成了“直筒式地道”。经过一个冬天的努力，地道从村口掏到了村外，利用土坡、坟墓等易于伪装的地形开洞口、修暗堡，村里的地道和各家的隐蔽洞相连，村外的地道修到了南面的唐洞村。后来又发明了设计独特的“凹”字形翻板，能起到防毒、防水、防烟的作用。随后地道不断延长、改进，最终形成了全长23里，村内纵横交错并和邻村相连，南到龙湾屯、唐洞、北到大北坞，能藏、能走、能防、能打的战斗形地道网。焦庄户人民利用地道，从1943年到1948年共战斗150余次，击毙击伤敌人130多人，俘虏敌人100多名，击毁敌军车1辆，缴获武器100多支，子弹3500多发和电台1部。由于战绩卓著，顺义人民政府于1947年11月授予焦庄户“人民第一堡垒”称号，并赠锦旗一面，悬挂在村里五层18米高的瞭望楼上。

如今供参观的地道有830米。为更好地展示当年的战争场景，焦庄户地道战遗址恢复陈列了30米原始地道。该段地道再现了当时地道的原始风貌，平均高度1.49米，最低处仅高60厘米，并采用声光电等现代化高科技手段真实反映历史。此段地道墙壁采用国内首创的玻璃钢与环保黏合剂技术，既起到保护地道的作用，又可以让游客看到当时地道的历史痕迹。

“保护地道就是保护焦庄户”

“地道好，地道妙，打了敌人钻地道。明里打，暗里挑，消灭敌人最可靠。鬼子气得干瞪眼，民兵群众哈哈笑！”这是一首在焦庄户村流传多年的歌谣。经历抗日战争、解放战争的战火洗礼，焦庄户村遭到了严重破坏。地道，更成了村民们的“眼珠子”。说到村民对地道的感情，焦庄户村村民马振国回忆起1996年为保护地道而进行的那次大规模搬迁。为了保护镇村之宝的地道，焦庄户的村民作出了很大牺牲。当时二十多户村民的房子就坐落在仅存的地道之上。村民的生活起居，都可能对地道的保护造成影响。于是大家默默地搬出老宅，另择新居。有一位叫马森林的村民，家里锅台下就有地道出口。为保护地道他多次找到区里有关部门反映情况，提出建议，直到有了满意的结果。

在党和政府关心下，焦庄户地道战遗址进行过多次维修。焦庄户地道战遗址的第三次修缮工程从 2009 年开始，用了三年时间将 70 亩遗址恢复至地道战时期的模样。据介绍，这次修缮主要集中在对抗战民居的修复，包括一些与地道出口连接的抗战民居和清末民初时期具有文物、历史价值的“三合院”，将全部遗址“复原”至解放前的模样，为人们全面展示抗日战争和解放战争时期北京地道战的原态。2009 年 8 月，顺义区人民政府委托北京建工建筑设计研究院编制完成《北京顺义区焦庄户古村落历史文化保护和整治规划》。随后，焦庄户被国家住建部和国家文物局命名为“中国历史文化名村”。如今，在焦庄户地道战遗址博物馆范围内保留了三座传统民居院落，形成了地道遗址和抗战民居两个参观区域。三座院落分别是“老四区区公所”“支援前线小院”“卫生处卫生所”。这三个院落经过整修，完整保持了当年的风貌。院内和屋内收集陈列了抗战时期焦庄户军民战斗、生产、生活用具，鲜活地展现着当年的情景。

老民兵——焦庄户永远的骄傲

在焦庄户村的村史陈列室里，韩书记如数家珍地给我们讲述了前辈们的传奇故事。村里人称“老统一”的马福，1938 年就加入了中国共产党。1942 秋，村里成立支部，他任第一任党支部书记。1943 年，马福担任焦庄户村民主政权第一任村长。他是地道战的创始人。至今，地道战遗址纪念馆里最醒目的位置，树立着马福的雕像。这里还展示着焦庄户民兵中队指导员焦克纯，为保护地道拉响地雷与敌人同归于尽的马文通，带领妇女飞针走线纳鞋底、缝军衣的妇救会主任石英宁等人的事迹。他们都是在焦庄户的光辉历史中留下了重重一笔的人物，焦庄户村目前尚有四位参加过当年地道战的老民兵健在。我们找到了其中三位，记下了他们的名字和近况：焦伶，82 岁，有三儿三女，房子已翻新，住在整洁的院子里；焦自福，84 岁，有二儿二女，住在老房子里，有退伍证，退伍时为副班级，参加了解放战争，去过朝鲜战场，退伍证上的照片能看出他年轻时身体强壮，长相帅气；马有，85 岁，老伴王淑芬，81 岁，有二儿四女，仍乐于下地劳作。我们来到他们家里，一一采访、拍照留念。焦自福老人虽年逾古稀，但精神依然矍铄，说起当年入党时的情景，依然记得很清楚："那时都是单线联系，就两人私下里一接头，也没啥场面，我就算入党了……那时还在打日本鬼子，咱都是秘密入党，除了组织上谁都不知道，连我媳妇都没告诉。"老人的几句平实语言更令人肃然起敬。

韩书记告诉我们，四位老人和已经过世的老民兵们口述留存了一批焦庄户地道战的故事，这可是村里宝贵的精神财富。

"地道战精神"要代代相传

建在焦庄户村的《焦庄户地道战遗址纪念馆》是国家级文物保护单位，已经成为该村的文化地标，集中展示了该村的历史和现状。纪念馆原名为"焦庄户民兵抗战纪念室"，自从 1964 年开放以来，先后接待国内外观众 200 余万人次，其中有 120 多个国家和地区的 2 万多名外宾来参观。如今，这里是"北京市青少年爱国主义教育基地""全国中小学爱国主义教育基地"。

近年来，焦庄户村特别重视文化建设，新建立了村史陈列室，陈列室分为三个版块，一是焦庄户作为"人民第一堡垒"的革命历史时期内容；二是焦庄户村在社会主义建设和发展时期的内容；三是著名作家浩然先生在这里生活、创作的内容。韩书记介绍说，焦庄户已经荣获"全国重点文物保护单位""全国爱国主义教育示范基地""全国红色旅游景区""中国历史文化名村""首批中国传统村落"等国家级称号。著名作家浩然先生曾在焦庄户村生活过，并以村里的事件和人物为原型，写出了《艳阳天》《金光大道》等文学作品。这些都是村子的光荣。现在最重要的是不仅要把老一代留下的物质财富保护好，更要把他们留下的精神财富继承好，要让村里人永远记住地道战，永远保持那种爱国爱家、不屈不挠的精神。

作者系《民间文化论坛》社长
本文原载于 2014 年 11 月 4 日《渤海早报》第 23 版

刘孟达

一阕回荡在蝴蝶湾的凄美赞歌
——评抗战影片《兰亭》的艺术张力

在过度娱乐化的影视剧充斥屏幕的当下，如何突破所谓抗战“神剧”的怪圈，打磨出回归艺术本真的精品力作，以赢得更多观众，这是近年来影视界冥思苦索的话题。如果观看了由绍兴市委宣传部和杭州市诗情画意传媒有限公司联合拍制，由肖风导演、程晓玲编剧的抗战影片《兰亭》以后，也许不难找到些许答案。这部影片讲述了主人公林耕由逃避战争到投身抗日、最后殉国的故事，再现了战争的残酷、献身的壮烈和爱情的凄美。影片质朴无华，平实恬淡，既没有气势恢宏的场景，也没有惊悬跌宕的情节，却扣人心弦，感人至深，充盈着饱满激昂的艺术张力。

造型意象的张力：平凡视角与深邃主题

造型意象是电影艺术家把审美意念融入客观物象并以独特方式在视频画面上的再现。《兰亭》将深邃的主题藏匿于平凡之中，体现了“执凡求真”的艺术法度。通过民间的姿态、平凡的视角、真实的细节，将真切感人的精神力量嵌入观众的心灵深处，以求真务实的态度戳破了那些抗战“神剧”的泡影。

意象是心与物的交融、情与景的映辉。《兰亭》发自肺腑的真话、真情、真实，将意象功能与美学价值发挥得淋漓尽致。她用影像的方式“活化”了 1931 年至 1941 年十年间发生在绍兴城的一段传奇往事，真切地还原了当时民间的抗日原貌。之所以说是“活化”，是因为这部影片真正打动观众的，除了深邃的思想内涵和深厚的人文底蕴，还有对真实性的展示和细节的打磨。比如，影片最出彩的小人物“小巷阿婆”的三个镜头，即“用擀面杖敲日本兵的头”、“擦除墙上的血迹”、“插上红伞为两颗高悬的头颅遮雨”，都非常真切感人。尤其是第一个镜头，在关键时刻救了主人公林耕一命，这个细节确实在绍兴发生过。这位“小巷阿婆”喊不出慷慨激昂的抗日口号，也讲不出格调高雅的豪言壮语，只是日本人“太欺负人”，加上她儿子牺牲在抗战中，才有如此举动——这彰显的是人性层面上最闪耀之处。

显然，这部影片从生活真实达到艺术真实，凝聚着主创人员正确的价值理念、丰富的生活阅历和娴熟的艺术技巧。为了让事件回归本真，增强历史真相和人物真情的现场感，主创人员冬去春来，含辛茹苦，一边辗转村巷，采访抗战亲历者、搜集材料、体验生活，一边风餐露宿，拍摄当地一年四季的不同场景。正是得益于主创人员面向生活去发掘，才赋予了林耕和秀代、方均鹏和阿姿，以及“小巷阿婆”等一批平民英雄以共同的人性美，从而让影像的质感以及艺术意蕴达到了一个新境界。

影片《兰亭》不仅仅叙述凄美的爱情，演绎残酷的战争，其深意在于这些故事背后埋藏着更深层次的精神内涵。她带给观众的，没有太多复仇的快感，却为人们留下了深沉的反思，那就是：铭记历史，可以温故而知新。这部电影其实就是在诠释王羲之在 1600 多年前发出的一声悲叹：“后之视今，亦犹今之视昔。悲夫！”诚然，时光的流逝也许会磨灭人们心头的许多记忆，但充满着“血与火”的往事却历历在目。她告诫人们，忘却历史就是意味着背叛。以史为鉴、勿忘国耻、居安思危，是中华民族伟大复兴的题中之意。

文化隐喻的张力：战争悲情与《兰亭》遗梦

电影艺术是一种文化潜意识和审美心理的宣泄。它不仅带给观众瞬间的“快感”或“悲思”，而且最终传达给观众并镌刻在其潜意识中的还有信念或感悟。从《兰亭》所呈现的极具视觉感的影像语境中，不难感悟出有两处物象的文化隐喻最为突出。一处是“兰亭”。显然，1660 年前的“兰亭雅集”谈笑鸿儒、与世无争，它所折射的人文精神就是闲适、自在和超然。影片运用“以乐景写哀情”的叙事技巧，使“兰亭”周边（如竹林、蝴蝶湾、荷花池、运河小码头等）

唯美清新的画面，与刑场血流成河、城墙人头高悬的惨烈场景形成剧烈的反衬。这种反衬强烈地控诉着日寇的惨无人道，仿佛向人们昭示：如果没有战争的蹂躏，“兰亭”的一切将会是另一番美好景象。在影片中，林耕的日本妻子秀代魂牵梦萦的愿望，就是“想去兰亭看看”，可真正的“兰亭”在影片中却始终不曾露面，喜欢“舞文弄墨”的秀代到死也没有实现“兰亭梦”。但是，影片却以此为题，因为“兰亭”作为文化符号，象征着恬适安逸的美好生活，即便在特定历史条件下暂时无法出现，却是所有痛恨战争的人们对和平生活的共同向往和企盼。

另一处是“风雨”及“雨伞”。林耕对方均鹏的女儿兰儿说，要为她做一把伞，为她遮风挡雨。这里，“风雨”不仅是指自然界的凄风楚雨，更是指日寇践踏下风雨如磐的黑暗社会；做“伞”象征着革命先辈们为下一代幸福生活而不惜牺牲的心愿。后来，林耕为救共产党员而在与日军的对峙中壮烈牺牲，当他和秀代的头颅被高悬示众的时候，天下起了大雨。无疑，这腥风血雨是对残酷的战争岁月及日寇残暴行径的隐喻。就在这时，那位“小巷阿婆”将一把红伞高高插上，替两颗头颅遮雨……在三代人中两次出现“上一代甘为下一代遮蔽风雨”的场景，具有震撼人心的艺术效果。那“雨伞”鲜红的颜色正是象征着革命先辈为国捐躯的赤胆忠心。在这里，正是编导们的匠心独运，让观众领略了许多久违的不朽的人类精神和最纯粹的心灵寄托。

审美语境的张力：恬淡韵味与浓厚意蕴

影视作品是以图像为中心的视觉艺术，审美语境是考量它是否拥有强烈艺术感染力的重要尺度。《兰亭》远离宏大叙事的酣畅，摒弃矫揉造作的煽情，通过平实质朴的视觉语言和形象，映射出真善美的人性魅力和人物情感，升华了影片关于“人性美”的主题，从而在精神价值体现、人性魅力展现和视觉艺术表达上达到了高度契合。

影片让“绍兴人自己”来演绎绍兴故事，真实地还原了那段悲壮的历史。大多数演员由非职业的绍兴本地人担当，14 位主要演员有 11 位是地道的绍兴人，那位饰演“小巷阿婆”的演员就是一位住在小弄里九十高龄的老奶奶。这些土生土长的绍籍演员与人物贴合度很高，从外形上规避了因明星演员熟面孔引起的副作用。影片以绍兴方言为主，辅以杭州话、普通话、日语等平实对白，强化了影片的乡土韵味，使每个角色的语言都符合其身份，使片中人物更加形象、生动、立体地呈现在观众面前，构建了活生生的审美力场。比如，方均鹏和阿姿一对革命情侣在就义前，没有豪迈雄壮的言语，也没有高呼“共产党万岁”之类的口号，而是用杭州话深情地回忆起两人相处时的点滴往事，声情并茂，娓娓道来，此情此景令人潸然泪下，让观众对革命者顿生无限敬意。

影片《兰亭》用最平实的语言讲述最深刻的道理，突破了主旋律影片“脸谱化”的叙事模式。透过林耕、方均鹏等一批平民英雄朴实恬淡的举止、平易近人的叙事、通俗简明的对话，使《兰亭》产生了撼人心魄的感染力。比如，影片中的“小巷阿婆”，在林耕、先生与两个日本兵缠斗的时候，突然从家里走出来，用擀面杖猛敲日本兵的头，在关键时刻救了林耕和先生的命。这里，没有壮怀激烈、大义凛然之类的客套，就因为日本兵“太欺负人了”。再如，在林耕带着秀代隐居到在风景如画的蝴蝶湾时，奉行的是最为草根的生存哲学，那就是先“活着”。而当弟弟林田、好友方大哥夫妇相继惨遭日本人杀害之后，林耕便开始想“做真正的男人”。于是，他和手下弟兄们开始用船运送抗战伤兵……其结果惨不忍睹。这对本想躲避战争的年轻情侣终究以“枭首”的悲剧收场，而刽子手竟是秀代的父亲井上。在枪杀前，井上称秀代是“日本人的败类”，而秀代则骂他是“人类的耻辱”。这些看似平淡无奇的对白，却摄人魂魄，发人深省。

可见，在弥漫着浓浓绍兴乡土气息的背后，《兰亭》凝聚着深邃幽远的审美魅力。镌刻在绍兴抗战记忆中那些凝重的镜头或片段，赋予了观众太多的忧伤、悲愤和思索。德国美学批评家伊瑟尔说过，一部好的影视作品必定能提供给观众尽可能多的值得咀嚼的空间和意义。的确，《兰亭》就是这样一部值得好好品味的佳作。它能够让观众抚今思昔，在跨越时空的心灵对话中，领悟到剧中所蕴含的巨大审美价值，从内心深处激荡起强烈的历史感、责任感和使命感。

当然，无论是剧情程式、叙事策略，还是人物塑造、语言风格等，《兰亭》的缺憾也是显而易见。比如，影片过于沉溺于那些节奏滞缓、讲究造型、注重画面等影像风格，在创作格调上，游弋在商业和艺术之间，摇摆不定。又比如，在整个叙事脉络的节奏感上，影片略显支离破碎之感，而且由于影片始终没有“兰亭”影子，对于一般观众而言似乎不可思议；如果在片尾画面上略有显现，既可以呼应一对恋人故事的开端，也会增强情感元素的耦合度。再比如，在人物形象的塑造上有些粗糙，比如秀代父亲井上从一个普通商人变成杀人不眨眼的刽子手（军官），这中间画面或对话都没有丝毫交代，让观众看起来非常突兀，甚至有点莫名其妙。此外，影片中的方言特色没有运用到极致，某些段落的方言过于文绉绉，降低了其间本可泼洒自如的独白力量。

作者系绍兴市文艺评论家协会名誉主席、绍兴广播电视总台台长

本文原载于《大众文艺》2015 年第 1 期

刘巽达｜“娱记”能否转型成“文艺评论家”

何谓“娱记”？正确的解释，它是一个中性词，指的是跑娱乐条线的记者。后来渐渐被污名化，有点等同“狗仔队”。其实“狗仔队”本来也是一个揶揄幽默的中性称呼，是对某种敬业精神的形象概括。但或是他们的长枪短炮过于热衷明星绯闻之类，不挖隐私不罢休，便日渐沦为庸俗一群，成了一个贬义词。但现实的丰富性不像给词语贴标签那么简单，敬业的娱记们为了所属媒体的“收看率”，他们必须抢新闻，抢到的娱乐新闻也不尽是绯闻加隐私。但又不得不承认，绝大多数“博眼球”的娱乐新闻，往往不是那些“正能量”的东西——芸芸众生总是对此类新闻更为津津乐道，人性如此，无可奈何，呜呼哀哉！当然媒体的基本属性决定了“人咬狗”总是比“狗咬人”有优先权，过分苛责媒体不该抖搂“人咬狗新闻”也非合理之策。但咱们的媒体还有一个“文化担当”的任务，就是努力引导读者观众多多吸取文化正能量，这就给娱记和他们的领导出了难题：既要引导，又要好看，如何是好？

依我看，有解决的方法，那就是：狗仔的归狗仔，文化的归文化。此话怎讲？不妨从读者观众的审美取向说起。

谁是俗众？谁是雅众？有些秀才为贪图方便，总是喜欢将两者截然对立，以方便说事。但事实上，雅与俗，并不那么水火不容。别说存在大量雅俗共赏的事物，就连同一个人，也会时雅时俗，甚至大雅大俗。所以我们就可以解释如下现象：一方面，赵本山的小品让人乐不可支；另一方面，《中国成语大会》

也让人沉迷忘情，而后者对知识文化的考验并不轻松。两拨观众都人数众多，以上亿计，相信有很多是重叠的，比如在下就是。那么是否可以得出如下结论：对雅的追求和渴望，也是芸芸众生精神生活的一部分，问题是咱们能捧出怎样的“好货色”？

于是说回题目。“娱记”是个大概念，通常情况下，“文艺”这一摊很容易被称为“文娱”，“娱记”就是这么来的，不过总比“艺记”听上去顺耳。文艺乃至扩大到文化，是文艺条块或文化条块记者的分内活。撇开狗仔意义上的新闻不谈，相当多的文艺或文化新闻，是由他们侍弄的，弄得好不好、到不到位，直接影响读者观众的文化趣味和品位。很多媒体存在着这种状况：文艺记者在报道文艺新闻时，免不了夹杂评点评说的部分，于是他们就责无旁贷地充当起半个“文艺评论家”，引导着大众的审美方向。说得对不对，说得好不好，除了专业人士能够判断，一般大众基本是被牵着走。我们经常能看到泥沙俱下鱼龙混杂的情形：一些“娱记”（广义的不含褒贬的统称）在“擅长吸引眼球”的惯性下，抓不住本质，只炒作皮相，把原本有寓意乃至深意的文化事件，操弄成狗仔新闻，还煞有介事地评点调侃，全不着调。他们在沾沾自喜的同时，还误把自己当成“文艺评论家”了。

当然也不能全怪他们。很多文艺评论家往往空有专业素养和才华，却难以施展拳脚——你能无偿或低偿地遍看各种戏剧、电影、音乐剧、舞剧么？你能在第一时间了解国际级艺术大师的活动么？即便看了了解了，你有媒体上的专栏或版面么？你有“娱记”或“娱编”约稿么？你的见解观点能被他们理解接受欣赏么？我这儿可以“残酷”地说，综观各类主流媒体，几乎没有。实际上，“娱记”们把他们的活给包干了。

好在“娱记”也不是一刀切的，随着媒体从业者学历门槛的提高，随着一些有理想抱负的“娱记”们自我提升迫切度的提高，从中涌现了一批从“跑专业”到“研专业”的人才，比如有的跑戏剧条线的记者，逐步成长为“票友”和剧评家，还有的成为“影评”“乐评”或“画评”的专家。虽然深度和广度有限，但至少能不说外行话，不误导大众。这是可喜的现象。当然并非“娱记”们都有这份自觉和悟性，更有相当一部分人属于“难以造就”——拔苗助长只能成为死苗。于是就有了我的如下忧虑——

不必讳言，媒体中有些人只懂得“政治正确”，却并不深谙文艺规律。由于自己是外行，就难以辨别娱记们稿件的内在质量，有时难免将记者的见解当作权威之论。在这种情况下，大众的文化品位，实际上是被娱记们引领和操控着，而一张报纸或一个电视台的记者的言论，代表着一个媒体的立场态度，社会影响有多大，就可想而知了。假如，上面是文艺外行，下面是狗仔娱记，你能指望那家媒体有专业和正能量的文化传播么？

为了不让文艺记者或文化记者有“污名感”，再澄清一遍，这儿的“娱记”只是一种代称和泛称；或者说得更白一点，请允许我用“吸引眼球”的方式说事。好吧，那就再说“正题”。也许领导层面的事咱管不着，而娱记层面的事却可以出出主意。前不久刚刚结束的“全国青年戏剧评论家研修班”给了我启示：这支50位年轻学员组成的队伍，其中有很多位来自中央媒体和地方媒体，他们或为文艺记者，或为文艺编辑，有的还是小有名气的青年评论家。假如咱们的主流媒体的“娱记”们，有很多机会提升专业水平，尤其是提升文艺评论方面的造诣，就能在相关文艺领域，说内行话，写高水平文章，担当起文艺批评的重任，这不也是一条可行的“捷径”么？他们每天战斗在文艺一线，最新发生的文艺事件都掌握在他们手中，假如他们有一颗公正心，一双内行眼，一支文化笔，笔笔生花，文化化人，对于媒体正能量的发挥，有着多么重要的作用啊！

但愿更多的“娱记”转型成“文艺评论家”，也希望媒体的文艺版面更多地向优秀的文艺评论家敞开。文艺对于一个民族的熏陶作用伟力无边，而文艺评论具有去芜存菁、分辨良莠的导向作用。让更多的文化精英融入这支队伍，当为文化中国的题中之意。

作者系《上海采风》杂志主编、编审

本文原载于2014年12月29日《中国艺术报》第3版

刘玉琴｜ 一个人的文学世象

如果没有南丁，会有文学豫军吗？阅读《南丁与文学豫军》时，心中一直存有疑问。不过读完之后，答案却很清晰：没有南丁，一样会有文学豫军，但文学豫军的影响和成就可能与今天不大相同。这一样和不一样之间的差异，就是南丁的意义。

南丁是一个值得大书特书的人，是一定历史时期河南乃至中国文学史的珍贵缩影。他的做人为文从政，不仅闪烁着自身的光彩，也使河南乃至中国文学意韵生动，气象万千。作者赵富海30年的跟踪采访、梳理整合，一方面反映了自身高度的文化自觉，同时也集中突显了南丁的文学历程有着文学和文化史上的特殊意义。

南丁是个独特的文化现象。他对河南文学影响深远，贡献突出。他的文学作品在河南文坛几十年独树一帜。20世纪50年代他以小说《检验工叶英》《科长》成名，80年代以小说《旗》开反思文学先河。他的小说在中国文学的几个时期都有标志性作品，使得他成为中国文坛的一个代表性符号。《南丁文集》150万字，半个世纪的创作结集，小说、散文、随笔、诗歌、评论五卷，几乎将文学门类囊括殆尽。他的作品丰富，饱满，清新，洗练，宏大细腻、敏锐深刻、激情理性结合得好。他的质朴的文学观点——创作要忠诚于生活、忠诚于自己的良心，印证了他对生活和真诚的热爱与期待。他把文学称作精神能源学，认为文学应当开发人们精神中本来存在的能源。一个提供精神能源的人，本身就应该是一个精神能源丰富的矿藏。在河南，许多人都知道，看文学作品要看南丁的。南丁一个人的文学史，折射出当代河南文学史，乃至中国文学史。

听从组织的安排，南丁上任河南省文联主席，后调任河南省作协主席。其间，南丁营造了河南文坛的和谐奋发氛围。团军育人，搭窝下“蛋”，自由创作，春水争流。他为文坛这个“家”选调了众多专业成员。“文革”刚刚结束，整个文学界还在反思、揭批之际，他已对河南作家进行了文学的历练与整合。办讲习班，组织采风，创刊《莽原》《故事家》《散文选刊》《当代人报》《传奇文学选刊》《文艺百家报》，筹建文学院等，并鲜明地打出“文学豫军”的大旗。南丁开班演讲最精彩的话是：“搭个窝，你们在这里下蛋吧”，“生蛋乎，不生蛋乎，全看你这鸡了”。这些话至今让人印象深刻。南丁“执掌”文联八年，中国文坛少了几部力作，但他成全了一批人的理想，当下支撑河南文坛能拿出力作的人，大多是他主政期间调去的专业作家。南丁甘为人梯的组织和领导情怀为众人称道。他把生命、才华、心血都给了这个“家”，把一大家人中的许多人都培育成了文坛的骨干中坚，名流名家。他也在这个家里从 19 岁到 82 岁长大变老。

南丁对文学的判断力和指导力为河南文学立下汗马功劳。他为 30 多位作家的作品写过评论、序言。他对文艺创作存在的普遍问题有思考，有见地，有引领。南丁的评述，准确，理性，鲜活，有趣。作家的责任和使命，与人民结合，为人民服务，以及悲悯情怀等文艺思想，是南丁六十年如一日的坚守。在河南，最有资格评论作家的是南丁，最有责任感的是南丁，最令人信服的领军人物是南丁——这是一个文学旗手必备的品格和境界。

南丁认为，作家最终拼的是人格。南丁自身的人格魅力光华四射。才华横溢又正派善良，温暖睿智又朴实厚道，立言更立德。南丁对文学真诚、挚爱、有责任感，对文学人才热诚、关爱，不遗余力。他总是笑眯眯地对待每一个人，至善至纯。作家们仰慕他的人格而齐集麾下。他用自身的文品人格善政，培育和影响了不止一代作家。河南作家对南丁的敬仰，是对爱惜自己的家长的敬仰，是对良好的文学生态环境的依恋，是对河南文坛温暖气候的珍惜。

从南丁的文学历程我们可以得到这样的结论：文品可以影响人，人品可以凝聚人，善政可以激励人。南丁的个人贡献，不仅在于为河南文坛树起了一面旗，还在于为文学豫军营造了一方土壤，呵护出良好的文学生态环境，使河南文坛葱郁成林，成就了几十年的文学盛事。记录南丁，追溯南丁，是为河南的文学、也为中国的文学镌刻一方特定历史阶段的碑铭，是为一个人与一群人的同声相应、血肉相连、忠于生活、奋力拓展留下一幅清晰的前行影像。它丰盈了中国文学的意象，为文学豫军的长久兴盛提供着宝贵的精神支撑。

《南丁与文学豫军》这本书的写法也别开生面，融人物传记、文学流派、学术性、史料性、可读性等为一体，既是文学的也是文化的，既是历史的也是现实的，既是集中的又是散点式的。作者对南丁的描述，不是一个人的坐而论道，而是广征博引，借许多人的敬畏评说与真情告白有序展开。作者还对河南的重要作家、评论家有以点带面式的描述评点，率性随意而又气韵生动，不拘一格而又文思张扬……写一个人带出了一个时代，将一面旗和一支队伍的相互支撑、互相促进的关系，奋力开拓且时时不忘“老汤”滋养的感恩情怀，将河南作家背负着土地行走、被新时代吸引而又孜孜不倦充满活力的耕耘，作了全方位的扫描与剖析。读来亲切自然，生动直观，有浓厚的生活气息。

作者的独特表述还在于，行文沟渠相连，亦人亦事，看似虚构式的笔法，实则为最真切的感知，他对文字和方法的运用绝对不是传统、常规式的，而是跟着感觉走，跟着思绪走，观察独到，描写出色。有个性特征，又有慧心文意，显得十分完整。这种创作方法为拓展文学视角、评述往事故情提供了更大的空间。

作者与南丁有着30年的交往。他对南丁和文学豫军的书写和回顾，是感悟感慨与随想，是感恩感激与回报。它实际昭示了中国文化与文学需要一面鲜艳的旗帜，需要一个辛勤的园丁，需要一个良好的生态环境，这里面隐含着牺牲奉献，责任担当，意味着文品人格善政的相互辉映。从这个层面而言，这本书有着超越文本的意义，应该是吹响文学豫军再次集结与出发的号角，是对河南文坛营造“老汤”氛围，彰显奋发有为精神的期待，是对河南文学重新盛开与灿烂，为中国文坛注入青春活力的展望。作品对中国文坛发展与演进有着别致的启示与思考。

这本书让人记住了河南作家和南丁。作者写出的河南文坛的历史与尊严，使你不能不以仰视的心情去思考，去感悟，从而由衷地感慨与感动。从书里我们看到了那么多鲜活可敬的作家，看到了他们艰辛而富有成就的跋涉的身影，看到了文章具有多种写法的努力与可能。

作者系《人民日报》文艺部主任

本文原载于2014年4月4日《人民日报》第24版

路遥峰 | 生活是创作的永恒老师

我叫路遥峰，原名路遥，在 20 世纪 70 年代末期开始弄文学的时候，另一个作家路遥声名振远，于是我就改名了。好朋友贾平凹建议名字伏低伏小着好，笔名就改为路小路。现为中国作家协会委员、中国报告文学学会副秘书长，中国石油文联专职副主席、石油作家协会常务副主席、铁人文学基金会副会长、《石油文学》杂志主编。

我是由一名石油钻井工人，走向了文学创作道路，成为专职文艺工作者。从事文学工作以来，自己主编出版了 500 多万字文学著作，组织陪同贾平凹、张平、何建明、雷达等 50 多名全国著名作家到油田深入生活。在繁忙的工作之中，创作出版了 7 部文学专著。有些作品被《中华文学选刊》《新华月报》《新民晚报》选载或连载，作品获得省部级奖励 10 多次。由于自己长期从事文学组织工作和对文学的特殊贡献，我去年 6 月被中国文联、国家人力资源保障部授予全国文联系统 15 名享受劳动模范待遇的先进工作者之一，受到隆重的表彰奖励。创作实践使我深刻地体会到：生活体验是文学创作永恒的老师。

生活体验是个老话题，反反复复地说了几十年。在节奏越来越快、时尚元素越来越多的当下，因为浮躁，因为急功近利，这个老话题越来越少地被人提及了。太多的人躲在舒适的象牙塔内挖空心思地“玩”技巧，绞尽脑汁地“展”手法，费尽心机地“编”离奇，俄而“先锋”，俄而“后现代”，喊声愈来愈高，花样愈来愈多，叫人眼花缭乱，唯不见厚重之作横空出世。我不以为然，始终认为：对生活体验的认知和态度决定一个作家能走多远。

没有生活，就没有我的文学创作成果。在70年代，17岁的我投身石油行业当了一名钻井工。那时节，我们一年四季转战野外，夏天，高原的太阳火辣辣的悬挂在头顶，连地上的草也晒蔫了，可我们还要顶着烈日，爬高爬低拼命干活，一直干到日落西山，回到工棚，常常累得精疲力竭；冬天，狂风怒吼，黄尘弥漫，呵气成冰，个个冻得打冷战，空旷的山野里，要想寻个人家避避风，也找不到。在这样艰苦恶劣的环境里，一有空余时间，我就趴在崖头上不是看书就是写小说。其后，我随石油大军转战宁夏红井子、新疆克拉玛依、内蒙古河套石油战场。最让我难忘的是在内蒙古河套的那段岁月。在那黄河的拐弯处，在那块魂牵梦绕的土地上，我一生中许多难忘的事，刻骨铭心的事，都在那里发生，文学创作的生活和养分都来自于那个地方。那里是长庆油田的一个远探战区，条件极为艰苦。起初会战前线没有房子，我只好带着有身孕的妻子，在当地老乡家一户一户地找寻，好不容易在荒草滩上找到了一间远离人家的干打垒。这间屋子久没住人，门坏了，窗户也没有了。晚上一睡下，塞外的狂风卷着沙子"呜呜"的像鬼吼个不停，令人恐怖；大风不时将钉在窗户上的塑料纸撕下，风一个劲地往屋里灌，有时，风吹得睡不着，我和妻子只能抱着被子在床上坐到天亮。我常常要去远在吉兰泰、包头的钻井队蹲点，一去就是十几天，撇下妻子一人守空房。更让我难以忘怀的是，有一次，我拼着性命连轴工作了十多天，因过度疲劳一头栽倒在地，大伙儿送我到医院，抢救了三天三夜仍昏迷不醒……当我苏醒过来后，看见原本靓丽的妻子已憔悴得不成样子，坐在我的身边垂泪。妻子是赶了十多里的石子路来看我的。那时，我们的女儿才出生一百多天。……多少年后，我一想起这些，就激动得辗转反侧，无法入眠，会战的工友们的生活，遇困在腾格里大沙漠的亲身经历以及那里宽阔的草原、戈壁、狼牙似的山脉，顽强的沙枣树、红柳等等，在我的脑海里一齐涌现。我的小说集《深的湖，浅的湖》中的大部分作品，就是在那个时候创作的，也是那段生活的见证。所以我的作品都充满了生活气息，饱含着真情实感和对人生对社会的高度责任感。我写石油人的苦与乐，写他们的理想与追求，写他们对女性的渴望与爱慕，写他们对爱情的忠诚与热烈，写油情、野情、亲情，一切都是真诚的，在乌油与白日的大背景下，描绘的是生命的意义和劳动的价值，在我的作品中没有无病呻吟的女子，没有惶惑颓丧的男子，没有灯红酒绿之下的蝇营狗苟之徒，也没有市井喧闹之中痞子嘲弄神圣，更没有苍狗浮云之下的烦恼人生。

人不是神仙，我也走过弯路。写作之初，为了急于发表，就跟形势唱赞歌写歌颂诗，费劲巴脑地写成一首诗，激动得不能自已，拿给工友们看，有的摇头，有的摆手，有的开门见山地说没意思。于是，我更加努力地读诗，更加努力地写诗，写完了再拿给工友们看，工友们还是摇头的摇头，摆手的摆手，邮寄给报刊，也像给大海里扔了一苗针似的无声无息。这对我的打击很沉重。痛定思痛，我停止了自己的创作，开始认真思考，思考石油人的悲欢离合、亲疏冷暖。于是，身边的工友们一个个走进了我的脑海，突然我有了创作的冲动，一个星期时间，我完成了中篇小说《井队来了姐儿们》。那阵子没有电脑，全是用钢笔写在稿纸上，我把小说诚惶诚恐地捧给工友们。没料到，工友们爱不释手，一个人看完了又传给另一个人，传来传去，稿纸揉烂了，一个工友又工工整整一笔一画地誊清了一遍，再接着往下传，有人看过一遍，又讨来看第二遍，稿子揉烂了，又有人誊清了一遍。这篇小说发表后，在油田上引起了巨大反响，工友们称我为："石油工人自己的作家。"由此，我的创作一发而不可收。我想，我为自己的创作创造了一个重要的动力基点，这便是我的生活经历。每每动笔的时候，一个个鲜活的石油人物形象总是争先恐后地浮现在我的眼前，一个个精彩的故事哗啦啦地流淌在我的笔端。回顾几十年的创作生活，我最为真切的感受是：生活经历与创作有着极深的渊源。只要创作来自于生活的体验，创作便变成了一种享受，作品也会成为基层员工喜爱的作品，基层员工喜爱的作品绝对是好作品。特别是我创作的反映塔克拉玛干沙海中石油运输工人的长篇报告文学《大漠铁驼》出版后，在塔克拉玛干石油运输公司职工中引起强烈反响，工人们不仅争相传阅，很多人竟然感动得热泪盈眶。这部作品，一出版即赢得了首都文学界的好评。中国报告文学学会、《中国作家》杂志社联合在京为这部作品举行了研讨会。参加会议的首都文学评论家、编辑家一致认为：《大漠铁驼》以深邃遒劲的笔触，生动地记录了"死亡之海"塔克拉玛干大沙漠里石油运输人的动人事迹，深刻地反映了西部石油开发者征战"死亡之海"的悲壮故事，作品中的人物形象生动鲜活，故事真实感人，催人泪下。这部作品就是深入生活的结晶。

正是凭借着这份肝胆赤诚和生活给予我的真诚，我一步一步地走到了现在。贾平凹曾这样评说我："小路写下了相当数量的文学作品，早年我在油田上就读过他许多小说稿，其意境的深远，构思的奇特，让我十分惊羡，后来又读过他一批随笔，更见解新颖，文笔洒脱。这是一个人与文都有趣，且趣味很高的人，又是做人做文志向都豪华的人。”

我以为：生活高明于小说家，精彩于小说。作家要热爱生活，关注生活，沉在生活中，在生活中发现美、感受美，将生活中的闪光点提炼、升华，这样才能创作出时代特色鲜明、生活气息浓郁、不愧于时代和人民的好作品，才会在创作的道路上走得更远一些，生活是我文学创作的永恒老师。

作者系中国石油文联专职副主席兼秘书长
石油作家协会常务副主席、《石油文学》杂志主编
本文系2014年11月28日在印度新德里印度文学院举办的中印首届文学论坛演讲稿

吕益都

唱一阕美好人性的颂歌

——从对人物情感与命运的抒写看中国战争影片创作轨迹的嬗变

当审美的视角即将着落于中国战争影片时，我们不妨先放眼世界电影之林。那些优秀的战争影片之所以动人心扉，很大程度上，不是因为其中的战争史实、传奇描绘，也不是高科技技术支撑下的恢弘场景。那引发深情、使人喟叹，引人深思、令人反省的，是战争中的人，是人物的情感与命运。这样的例子不胜枚举，仅以苏联与俄罗斯电影为例，像《一个人的遭遇》《士兵之歌》《雁南飞》《伊万的童年》《自己去看看》《这里的黎明静悄悄》《兵临城下之决战要塞》《斯大林格勒》等等。这些影片中，鲜明地凸显于残酷战争背景下的，是那些小人物们纯洁高贵的情感、复杂幽微的人性、曲折多舛的命运；是在战争的极致化情境中，所迸发出的精神的光芒、情感的力量，同时还有那些令人痛心忧伤的对人性的扼杀与泯灭。正是这些由人物情感与命运而生发的线索与脉络，这些潜藏在战火表象下细腻而闪光的人性人情，构成了拨动人心弦的交响，余音袅袅，引人流连与回味。

中国战争影片[①]从“十七年”到“新时期”，再到“90 年代和新世纪以来”，对战争中人物情感和命运的抒写，经历了一条曲折渐变的创作轨迹。这条轨迹深深地受到时代与整体文化创作氛围的影响，从它由薄弱—丰富—深刻的渐变

① 本论文所研究的中国战争影片特指新中国成立以来创作的，以 1927—1989 年间在中国爆发的历次战争或有中国参与的战争为题材的战争电影，以及以当代军事理念为背景所创作的战争电影。

历程，可以看出中国战争影片对人性开掘的不断深化与自觉。同时，需要承认，在创作手法、创新表现上，中国战争影片和国际优秀的战争片还存在差距，有需要继续加强与突破的方面。

一

毛泽东 1942 年《在延安文艺座谈会上的讲话》就明确指出“文艺为工农兵服务”。新中国成立后，“从新中国的电影政策看，电影不主要是艺术的，或者是商品的，而是意识形态的……中国共产党在电影与意识形态的关系上态度一直是十分明确的。意识形态在哲学上是指人们（主体）与生存环境的一种想象的关系，而主流电影正在于询唤观影者进入这种想象关系”[①]。因而“十七年”战争影片既要满足“工农兵”、人民大众了解新生政权如何建立、人民军队如何壮大的渴望，更要通过意识形态的“询唤”确立新的政治规范、巩固新生政权。

正是在这种创作氛围的影响下，“十七年”战争影片涌现出了《南征北战》《红日》这样“史诗初具式”的影片，《地道战》《地雷战》这样的“军教片”，还有《智取华山》《三进山城》《林海雪原》《平原游击队》《铁道游击队》《英雄虎胆》《渡江侦察记》等“惊险传奇剧”，以及《钢铁战士》《赵一曼》《董存瑞》《小兵张嘎》等“英雄人物片”。可以说，这些战争影片是特定时代创作环境下的“经典”与“主流”。

“史诗初具式”和“军教片”主要以展现军事战略方针、描绘战略战术为主。而“惊险传奇剧”和“英雄人物片”则推出了一大批凝聚时代特征的典型鲜明的人物形象。这些人物形象镌刻着大众仰慕的民族想象，传递着意识形态倾向的力量，具有示范作用和精神感召的艺术品格。

在这些人物形象中，“惊险传奇剧”中的英雄往往具有偶像般的质地，影片叙事常规多是以速写与墨式勾勒的手法渲染“外向度”的动作，来凸显人物的风采。李向阳一出场就在纵马飞驰，面对敌人纵火焚烧挡住去路，他毫不犹豫拔枪怒射、催马跃过——一个勇敢、果断、威猛的人物形象立即呼之欲出。《三进山城》《渡江侦察记》《英雄虎胆》中的主人公都在影片序幕中胜利完成了一个阶段性的战斗，显露出不凡的才干与骁勇。《铁道游击队》中的游击队员们身

① 胡菊彬、姚晓蒙：《新中国电影政策及其表述》，《当代电影》1989 年第 1 期。

手矫健跃上飞奔的列车，《林海雪原》中的杨子荣气宇轩昂地穿过土匪们的刀丛阵，《渡江侦察记》中刘四姐竹篙一撑轻舟飞渡……在这类影片中，为了完成任务，主人公进入茫茫林海、沙漠戈壁、攀援上人迹罕至的山崖，进入暗礁丛生的海湾，展开侦察与虎穴追踪。精彩的动作设计，赋予人物传奇的色彩，为其平添几多魅力，鲜明地突出了主人公作为“完成任务”的“主体”的“行动功能”。

与此同时，影片一般不会深入表现英雄人物的心理状态，因而相较于主人公突出的外部动作，英雄们的内心活动是比较苍白的。即使有心理活动的展示，也多为“怎样才能领会战略方针”，或者是对下一步对敌策略的思考，李向阳、曾泰、杨子荣等都为此伤过脑筋。而他们作为“凡人”的真实内心活动是不被表露的，因此英雄人物真实的内心情感往往是缺失的、被忽视的，或者说文本的叙事策略刻意隐瞒了他们的心理矛盾及负面情绪。

如果说“惊险传奇剧”对人物形象的刻画笔墨集中于“外显”，那么在“英雄人物片”中，则往往要突出主人公“内在”的意志品质，但是，对意志品质的描绘往往又成为其“个人情感”的“全部”与“替代”。

英雄人物往往被放置在重重艰苦的考验与被推向极致的特殊战斗情境中，这些考验会包括艰苦的战斗环境、敌人的各种酷刑、暂时的失败与低潮，亲情人情关等等。英雄们往往能够以强大的精神信念克服困苦与磨难，气节坚贞、毫不动摇，最终或者获得胜利或者英勇牺牲。像影片《钢铁战士》将主人公所经受的苦难设置为叙事的主要环节，并不断推向极致。“张志坚”作为一种“形象”/符号，几乎将一个革命战士可能会遭遇的各种磨难与考验集于一身，他正如影片结尾那面锦旗所点明的，是“钢骨铁筋”的特殊材料锻造的英雄。而在《赵一曼》中，影片并没有描写赵一曼女性化的心态与情感的流露，层层铺展的情节以一种明朗单纯又张弛有度的渲染，突出了她的意志坚强、果敢忠诚。这些影片一系事件的正面叙述，都围绕着展现主人公精神的力量。这类英雄形象多是一种单侧面的性格与品质的展示，人物性情情感基本稳定不变，他们的闪烁革命理想光芒的命运轨迹，是由其深沉坚定的革命意志所决定。这类英雄形象，实际上也是一种被塑造与确立的“时代偶像”。与前述脍炙人口、令人神往的“外在型”“传奇偶像”不同，这类“内在型”的“意志偶像”，是在新中国的银幕上树立的第一批令人景仰的“引导大众”的典范与楷模。

《董存瑞》《小兵张嘎》等影片由于描绘了英雄人物的成长，因而比较难得的会有一些生动的细节涉及人物灵动的、个性化的心理与情态，特别是这些人物的初始情境往往带着鲜活的“原生状态”。像董存瑞是村里一个调皮却倔强的青年，参军的想法是“枪炮子弹、大打大干、又光荣又体面”；小兵张嘎是个嘎劲十足的孩子；董存瑞没有战斗经验，十发子弹打光却未缴获一件战利品等等。他们此刻的状态或是平凡的、稀松的、带着缺点的，但恰恰是这些“原生态”、“不完美”的地方，使人物个性得以自然显露。

“十七年”成长型人物涉及的多为普通指战员的成长，因而这种成长具有某种普遍意义。成长的结果往往不是表现如何获取军事斗争经验，而更多是在新形势下、新的环境中，如何成长为具备了新思想、新意识、新觉悟的“新人”。实际上，这类人物形象的被塑造，潜藏着时代风云变幻之际主导意识形态对被压迫者/无产者生存空间的思索，以及对民族意识重铸等问题。这类叙事模式是一种重新塑造人、重写历史、“重新安置人”的政治意识形态的寓言化表达。英雄人物的独立个性往往是符合时代理念的共性，他们在战争环境中真实的本性与心理往往是被遮蔽的。

整体而言，“十七年”战争影片对人物的情感与命运的刻画与其说是比较薄弱的，不如说是被整饬后呈现的一种“理性理想”的“规范化”。受众在单纯明朗的叙事之中，在激昂的情绪情感的饱和中，体味到了某种具有“深度能量”的“崇高”的审美感受。当然，单一线条的“中锋运笔”，也使人物形象缺少纵横发展的变化，而细腻情感的稀薄，对生动真实心理情态的掩藏，对悲情命运抒写的规避，也使人物多少贴上了符号化的标签，动人的艺术力量被削弱。

二

新时期的开启至整个80年代，由于政治气候的变迁，“思想解放运动”为文化环境带来了强烈、富有冲击力的震动。解放思想、实事求是思想路线的确立，掀开了新时期文艺蓬勃发展的序幕，也揭开了新时期中国电影探索创新、繁荣进取的历史帷幕。

新时期战争影片最为“质变”意义上的美学突破，即在历史内涵与人物性格结构的互衬关联中，使人物形象破除平面化与符号化，呈现出不同情境下人物情感与命运的复杂性与多样性。因此高大偶像式、传奇般的人物消隐了，人物形象有了“伤痕”和“瑕疵”，人物内心情怀的隐秘被触及，委婉曲折的心理层次被渲染，人物性格色彩也突破了高纯度“原色”效果，呈现出柔和多变的

"间色"效应，这些都使新时期战争影片的人物形象具有了丰富的艺术光彩。

首先，在对情感与人性的开掘上，可以看到一种"前景"与"后景"的置换。新时期涌现了一大批战争影片，它们将战争推为背景，开始用大量"正面叙述"的笔墨将真诚美好的人情与人性调到"前景"中给予细致地描绘。1979 年出品的《小花》就鲜明地印证了这种创作上的突破与新质。"《小花》的创作和拍摄，我们从内容到形式的探索都带有一定'叛逆'性质……它不负有表现战略战术思想的任务。它不过是三兄妹的命运谱写了一首革命战争的抒情曲"。[①] 影片将兄妹情、母女情放置在叙事的前景加以细腻地描摹刻画，叙述的重心不在敌我胜负的战斗，而是战争环境中人物的命运、悲欢，人物于其中流露的人情之美。情绪蒙太奇、闪回、长镜头、"时间的放大"、色彩转换等形式技巧的运用，加之回旋萦绕的抒情歌曲，将影片的人性化抒情渲染得淋漓尽致。

其次，可以辨析出典型化情境内涵的突破。以中国战争影片最为经典的考验情境为例。"十七年"战争影片中考验情境主要运用在对英雄主体意志、信仰、觉悟的考验上，这些考验多为"外在的"，不涉及表现主人公个人化的心理感受，而新时期战争影片则更多表现了对人物内在方面、内心情感的考验。《祁连山的回声》中，阻击敌人的妇女团，首先面临的是来自自身性别的考验，这种"考验"中不再有叙述的"游戏感"，不再是轻描内心浓墨动作，而是表现出种种内心的挣扎，在精神层面显示出沉甸甸的分量。描绘面对考验时内心的波动，更能表达出战争的质感，突出人物的意志。这部影片中还着意刻画了妇女团团长经受着欲说还休的女性情感煎熬的考验。在层层展现的心理考验中，团长的坚定意志，舍小情为大义的觉悟被人性化地体现出来。女性特有的细腻情感与"情商特质"代替了与冰冷器械相抗衡的外在考验的硬度感，柔中有刚、更富有人情味和感染力。在同样刻画女性主人公的影片《马蹄声碎》中，同样没有回避女战士面对考验时的性别意识与性别心理，在面对自然环境与敌人追击的严酷考验中，女战士们的行为与言谈自然流露出了女性意识所支配的内容，有着对所倾慕异性的思念，有对异性朦胧的幻想，有生理上承受极限的柔弱等等。可以说正是这一路上经受考验的内心驱动力，完成了叙事，更刻画了一个个女战士的性格与情感特征，使她们具有了个性化的曲折动人的命运感。

---

① 黄健中：《〈小花〉：美就是性格与表现》，见丁亚平主编：《百年中国电影理论文选》（下册），上海，文化艺术出版社 2002 年版，第 50 页。

在这一时期出品的《一个和八个》《晚钟》《解放石家庄》《高山下的花环》《南昌起义》《西安事变》《彭大将军》《巍巍昆仑》等影片中，都花费笔墨描述人物——无论描绘敌方还是我方，无论是普通士兵还是将帅伟人，在复杂或极端情境中所面临的种种考验，影片所着意的是通过人物面对这些境遇考验时内心的矛盾、彷徨、波动等真实情感的流露。

因此，注重对人物内心的考验，或对人物的考验由情绪与心境来体现，构成了新时期战争影片区别于“十七年”战争片考验情境的最为显著的方面。由内在的人物心理情感推进叙事、从而获得情境支撑的考验情境，使中国战争影片叙事内涵与人物刻画都获得了一种新颖的角度与方向，呈现了具有一定深度的美学意蕴。

再次，突破单纯直露的情感描绘，开始表现丰富复杂的人物情感，并且正面与直接表达以往被隐匿的某种情感，体现出对曾经刻意“遮蔽”的“凸显”。

其一，开始呈现特定情境下人物复杂的心理状态：有恐惧、有怀疑、有胆怯；有儿女私情、有铁骨柔情；有融入凡人秉性的伟人亲情等。这些心理情绪与体验有绝境状态下的，有胜利状态下的，也有濒死状态下的；有积极正面的，也有消极负面的。丰富的心理情态丰富了战争主体的艺术表现力，特别是那些“阳光背面”却真实存在的“凡人心态”，被渐渐袒露出来，显示了艺术创作的突破与人性审视的全面。像《高山下的花环》中就描述了高干子弟赵蒙生的私心与软弱。

其二，注重从个性化视角，从人物自身性格与命运的关联中，从内心情感的累积与转折的层次中，触探主人公的内心创伤与心结。这种揭示了主公内心脆弱、性格弱点、命运低谷的创伤，赋予了人物更为具体、鲜活的人性与人情味道，也在英勇、悲壮的审美意味中，包含了冷质与悲情的色彩。像《祁连山的回声》中，妙姑不愿剪去长发缘于少女时被迫女扮男装的创伤心理；《啊！摇篮》中李楠由于“前史”中失去生育能力的创痛而不敢正视肖汉平的感情；《高山下的花环》中，那张“欠账单”，终究是硬汉梁三喜内心深处的伤痛；《马蹄声碎》中女兵们一路向前找寻大部队的历程又何尝不是一种回望来路、回望女性命运与伤痕的心路历程……与“十七年”战争影片不同的是，这类内心创伤与心结多是人物个人隐私、隐秘式的心理展现，因此集体的温暖甚至战斗的胜利一时也不能取代和化解这些“难与人言说”的个人化的创伤与心结，而影片对这些情绪心理的描绘，正恰恰赋予了人物“这一个”/“凡人”式的性格结构特点与命运轨迹。并且，人物的创伤体验不再仅仅是为叙事服务，而是体现出关注于人物塑造本身的人文关怀与悲悯情怀。

其三，是对人物亲情、爱情的寻觅与精神寄托开始给予直接的描述。“十七年”战争影片中，主人公个人化的、亲情化的情感，特别是情爱式的心理体验是不被表述的，或者仅以含蓄的笔触在和观众的“会意”中得以传达。在“新时期”战争影片中这些情感被直接表达出来。像《马蹄声碎》中的红军女战士，在紧张追寻大部队间隙，所思所谈依然是充满女性意识与生活气息的内容，在严酷惨烈的斗争环境里，女战士们情感的寄托不仅仅是大部队 / 集体、理想 / 信念，还有更为具体的亲情与爱情这样人间的真情与温热的对未来生活的希望。可以说，这些影片中主人公真实美好的心灵图景，为人物形象增添了身世感、命运感，为人物勾勒出鲜明动人的色彩，赋予了他们活泼泼的生命质感。

此外，一些影片试图以尖锐敏感的题材与角度，来揭示历史的复杂性，展现战争中人性的纠葛与多侧面性。像《一个和八个》《晚钟》等。根据郭小川同名长诗改编的《一个和八个》，作为“文革”后“学院派”导演的开山之作，力图把它“拍成中国第二代战争影片”①。选择这样一部被“十七年”权威话语批判与尘封的作品加以改编，正因其对历史反省的力量，触发了年轻的带着某种“反叛意识”的莘莘学子的创作冲动②。人性尊严、人格感召及人文精神的关怀，是影片的表达重心。电影《晚钟》中，我军对占据仓库拒不投降的日本兵的人道化处理，虽引起不少争议，但影片力图探讨特殊战争环境中的人性表现，体现了与当时的战争影片对“灵魂情感挖掘”不约而同的艺术创作倾向。

最后，这一时期创作上的一个突出现象，是推出了一大批重大革命历史题材影片，像《南昌起义》《西安事变》《百色起义》《开国大典》等。这些影片对于人物的塑造也十分注重掘取生动的、富有人情味及生活气息的细节来折射与反映人物丰富复杂的内心世界。比如《开国大典》中解放军开入北平时，毛泽东与女儿关于“进城赶考”的对话；大陆失守后，蒋介石与孙子寒食的情节等等。这些细节不仅喻示了时代的兴衰交替、与主题内涵相契合，更还原了领袖人物作为普通人的一面，使观众在对历史的感悟中体味到人伦亲情与命运的苍茫。

可以说，新时期战争影片对人物情感与命运的着重刻画，使叙事的重心产

---

① 舒晓鸣：《中国电影艺术史教程》，北京，中国电影出版社 1996 年版，第 230 页。

② 参阅郭晓惠：《一份丰富的精神档案——关于〈郭小川对话集〉的对话》，《南方文坛》2000 年第 3 期。

生了位移，人性与人情成为影片主题与主要表现内容。战争的叙述往往化解为人情人性袒露的一种底色，影片对人性、人情的展示也使作为普通人的情感与革命的裂痕得以弥补，战争与人物自然流露的真情得以水乳交融。人性美与人情美在战争的悲凉环境中往往得以升华，并氤氲着淡淡的忧伤，凝结着深深的思索——这是“十七年”战争影片明朗昂扬的基调与动作化、戏剧性情节所不具有的。

这一时期许多战争影片更多地将“历史”与“文化”、与“人性人情”相关联，借助战争背景，闪烁出深沉睿智的思想火花和饱满的情绪力量。这一时期恪守艺术“共性”规约的坚冰被打破，个性化的声音及表征在文本中呼喊与闪耀。这一时期的战争影片开始承载对战争本体的反思与创作者个人的真挚情感。当然，现在来看一些影片的探索锐气有余、经验不足，文本中有许多模仿、粗糙的痕迹，同时，对战争与人性的高度亦留有值得进一步提升的空间，在战争影片内涵上以及人物个性体现上，也都有可进一步挖掘的深度与广度。

三

20 世纪 90 年代至 21 世纪以来，中国战争影片展现了前所未有的充盈与光彩。特别是随着“弘扬主旋律、提倡多样化”的文艺创作方针贯彻实践的深化，电影产业化进程的推动，与国际文化的接轨，以及受众审美取向的时代性特点，中国战争影片涌现出了大量手法新颖、风格多样的作品。袒露真情实感、凸显现实质地，还原普通人的平凡心理、世俗样态，从人性化视角刻画人物形象，赋予人物深沉的命运感成为重要的创作审美取向，某些影片中所涉及的战争与人性的探讨更达到了前所未有的深度。

这一时期既涌现出了《大决战》《大转折》《大进军》等战争史诗巨片，又出品了像《集结号》这样融商业气质与人文气息于一体、对战争带给人的命运与情怀的表达臻至一定深度的影片，还有像《我的长征》等一批从个人化角度诠释历史，抒写战争中人物情感与命运的战争影片。这一时期战争影片创作的突破与新意主要表现在：

第一，可以从宏大历史与个人化历史的抒写中，发现聚焦人物情感的艺术创作的自觉。这一时期的战争影片，显然已将呈现人物真性情、表达人物个性化的色彩，作为了一种普遍基本的创作规范。虽然宏大历史叙事往往具有“历史教科书”的意味，更强调忠于史实的文献性，注重提供丰富翔实的历史信息，以及全局性的军事战略、军事行动步骤的表现，但是，《大决战》《大转折》《大进军》等影片叙述中多融入人物的情绪情感、诗意化场面，从而使叙事呈现出史料与诗意相融合、雄浑与细腻相交织的美学风格特点。影片中对于领袖抑或大人物的塑造，充满了富有人情味的情节。毛泽东送毛岸英大衣，蒋介石与孙子玩耍，邓小平祝刘伯承生日快乐，周恩来与朱德月下谈心……这里可见感动的泪水、真挚的欢笑、友情的默契、亲情的温馨；这里，大人物们不再只是仅可远观的、戴着神秘面纱的人，而是可以拉近距离的、同样普通平凡、有情有义的人。温情代替了严肃、平易近人代替了高高在上，在冰冷的战役、严酷的斗争中，领袖人物的脉脉“柔情”被凸显出来。

个人历史叙述方式的运用，在进入新世纪以来的战争影片创作中表现突出。像《我的长征》《我的母亲赵一曼》《血性山谷》《集结号》《沂蒙六姐妹》《喋血孤城》《咆哮无声》《岁岁清明》《兰亭》等。这种讲述方式使“传奇历史”叙述中的修饰与夸张淡化，使“宏大历史”叙述中的“知识性”功能弱化，增加的是个人化的感性认识与情绪情感的表达。这种讲述方式着意表现的是个体/个人在战争中的命运，他的认知、感受与成长。这样的“历史”带着鲜明的“当下视角”，却也有可能最能接近历史“粗糙的本源”。“个人历史”往往把对具体战争胜负过程的描写，升华为反映人的心灵、情操的审美情思，力图在对人物性格、命运的塑造中透视心灵的深度，进而折射历史、折射战争与人性的关联。比如《我的长征》从小战士瑞伢子的个人化视角，以他和毛泽东的几次情感交流，来反映“长征”这个具有沉甸甸分量的宏阔的历史事件。《集结号》中对谷子地的刻画，携带的不仅仅是解放战争战场上的悲壮，更展现了一个背负心灵十字架的老兵沉重的情感喟叹与悲情的命运。《岁岁清明》中少女纯真的视角、萌动的青春，感受着茶园的清香、真情的可贵，更见证了残忍的侵略暴行，沉痛的历史融化进岁岁年年的个人情感铭记。《咆哮无声》以心路历程的探寻，层层掀开往事的迷雾，隐姓埋名的镇江爷爷，在半生的沉默中，在日日雕凿一个个名字的精神寄托里，尘封着一段悲壮的抗日历史。

可以说，中国战争影片近年来以个人化历史叙述方式摆脱单一片面的意识形态诉求，上升到文化空间与文化内涵的探询；摆脱假定性、预设性很强的叙事关系与叙事结构，力求融入更多人性化、现实日常感及平凡化叙事元素的叙事倾向，已成为了一种创作上的共识与基本方向，为中国战争影片创作的进一步深化，发掘了一个适当的角度与空间。

第二，更多地还原与表达人性的本能，从对平凡美好人性理解与体认的层面开掘叙事与人物塑造的新意。比如影片《集结号》就从多个角度，富于开拓性地揭示出战争特殊情境下人性的本能与良知。沉重的战争伦理命题与人物心灵的挣扎纠结在一起，使人物形象充满了沧桑感、命运感。而人性抉择构成的叙事分量与叙事推动力，也使影片显示出独具机杼的一面。影片对牺牲情境的人性化诠释，使每一个人物的牺牲都回归了战场环境的复杂与冷酷，对其艺术表现是弱化了为着胜利的坚毅，弱化了诗化意蕴，更突出与祖承的是战火之中，作为常人的本能反应与"死亡样态"的真实质感，在同样令人扼腕的牺牲中，更见出生命的脆弱、面对战争机器的弱小与无助——让牺牲指向的是丰富的、多层次内涵的精神与情感，并引发对战争本性的思考。

再比如，影片《革命到底》突破了以往战争叙事"复仇参军"与"送子参军"的政治化、阶级性意味，将参军动机的个人化、人性化意味发掘体现了出来。阿贵等人参军不是因为"家仇"、不是被长辈"奉献"，而是要得到美丽的阿山做"婆姨"，这种"本能动机"自然不是"十七年"文本的时代语境可以叙写的，也是新时期文本未被发现与照亮的，在新世纪的时代语境中，它显得可以被理解，是"真实"人性的显露。阿山姑娘的大义与高洁、她的坚守与奉献，以及在这个叙事势能背后所推动的三个男青年长征途中的转变与革命行动，足可以撑起令人感动、使人钦佩的牺牲奉献情怀与英雄主义旋律，由此，这一"参军情境"在艺术表现切入视角上闪烁出了智慧的光泽。

第三，追求战争艺术创作的"复调化"感染力，使人物情感成为贯穿影片的主要线索。"还原"英雄凡人的本质，彰显人物的情感世界，还往往使影片调和出一种审美视域融合的艺术质感——悲壮与雄浑相融合；刚性力度事件与人性柔情的融合，主人公内心情感的涌流成为影片贯穿表达的重心。比如影片《我的长征》，荡气回肠的宏大历史事件背景前流淌着的，是一条令人感怀的、闪烁着人情之光的情感河流：毛泽东与瑞伢子的情感交流、瑞伢子与姐姐姐夫的亲情、战士达尔火与彝族少女的炽热爱情等等。《我的母亲赵一曼》着重描绘母性的心灵海洋，平凡的视角赋予人物除却"英雄"光环下的常人心态，展示出女性的坚韧与伟大。《夜袭》中，阳刚之气十足的陈锡联身处决策状态与一系列紧张的军事准备，但他临战前让敢死队中的独生子退出战斗，他对女记者一路上的悉心关照，都点化了这个铁骨铮铮的硬汉形象，使其透露出粗中有细、侠骨柔情的世俗人伦与情感的侧面。影片《集结号》在连续三场惨烈的战斗表现后，着重叙述的是谷子地寻求“说法”的人物命运及心灵情感历程。这使得整部影片文本叙事由战争为缘由，实质上推衍与指向的是一个战争幸存者/孤独者心灵的“独白”，是一个人心灵愧疚寻求解脱与慰藉的“心灵史/情感史”。

可以说，正是这些影片在对人物情感向度上的开掘与拓展，提升了人物形象在战争背景前的质感与分量，特别是由人物性格/情感而为情节出发点及基本情节骨架的叙事建构，使悲壮惨烈为基调的战争影片文本中，凸显出重要的情感桥段，这类情境桥段直指人物的美好人性与内心世界，往往在柔情与浓情中展示主人公作为生命个体的幸福与尊严。在悲壮悲情、激越激烈中融入温情亮色的叙述策略，拨响了雄浑与悠远相呼应的审美意蕴，也使凡人英雄的心灵和旋流淌出来。与此同时，不可回避的是，这一时期的创作在突破之中亦存在着简单化处理、理念化改造与过度矫情的缺陷，一些人物形象的情感与命运有设计痕迹过重的倾向。如何获得更富于新意也更自然、更流畅、更动人的叙事表达与民族化美学特质——这无疑是中国战争影片未来创作必然面对的课题与探索的领域。

中国战争影片由“十七年”至新时期，再到“90年代至新世纪以来”，创作的重心逐渐由合乎政治规范的艺术体现，向着合乎常理常情，注重以人物情感和命运的抒写来传达叙事信息的创作方向倾斜，并由此带来更为丰富与丰满的个性塑造与人性人情的表达，也更多体现出在现代战争观念、当代人文认知，以及本民族对战争的思索。这条创作轨迹所展现的艺术突破，显示了中国战争影片不断谋求战争意蕴表达的多样化、力图增强艺术感染力及生动鲜明地塑造人物形象的艺术创新与变革。事实上，将深蕴的与战争本体最为切近的、并给予受众切肤感受的美好人性的力量表达与焕发出来，无疑是优秀的战争影片创作的核心与关键。在这一点上，中国战争影片与世界优秀的战争影片相比还有差距，为此还应有更多、更深入的艺术探寻。

作者系解放军艺术学院军事文艺研究所所长、副研究员

本文原载于《解放军艺术学院学报》2014年第2期

马　琳｜　2014：国产电视剧的“黄金时代”

也许用“黄金时代”来形容2014年的国产电视剧会招来许多质疑，电视剧在近两年因其品质的下滑屡遭诟病。有人用狄更斯“最好的时代和最坏的时代”来形容电视剧，谓其好是因为产量持续激增，早已跃居世界第一；坏的理由却有多种：同质化严重、核心价值缺失，乃至艺术表现粗糙等。但在我看来，2014年的电视剧却是“寒冬”过后的“暖春”，“阵痛”之后的“复苏”。较前两年电视剧的荧屏冷寂、品质下滑，2014年的电视剧似乎打了一个翻身仗，给人以惊喜。在2014年的电视荧屏上，人们可以看到：主旋律电视剧的丰富表达，话题剧的公共空间建构，热播剧的精品取向等等，令人对2014年的电视剧刮目相看，也充满敬意。

央视一套的“主旋律”：有温度的叙事

中国人普遍有两种情结，即“土地情结”与“历史情结”，叙事艺术的题材常常契合这两种情结，这是历史剧和年代剧长盛不衰的重要原因。而儒家强烈的入世精神又使世俗生活成为影像表现的永恒内容之一。可贵的是，在2014年央视一套的电视剧中，我们看到了不那么“雷人”的历史剧和年代剧，看到了充满烟火气息却不乏情怀的现实生活剧。更可见，这些剧有意识地将意识形态旨归细密地缝合于浓郁的情感叙事中，动人动心。

央视一套播放的主旋律电视剧尽管也在写大时代、大人物（毛泽东、邓小平、朱德），也在表现革命（如《铁血红安》《十送红军》），但在这些宏大叙事中，人们更可见伟人走下神坛后的精神世界。比如《毛泽东》采取以人带史的全景式叙事模式，以客观历史的发展作为艺术参照对象，不仅将人物与中国近现代历史中的重大事件巧妙地融为一体，也将人物与现实生活中的各种具有浓郁生活气息的细节紧密结合，使伟人形象更富感染力和亲切感，而故事也在有条不紊的叙事中最终呈现出波澜壮阔的视野。《马向阳下乡记》是一部“另类的乡村剧”，令人耳目一新，它所引发的话题普泛而深刻。在官场摸爬滚打多年的马向阳熟稔官场的生存法则，工作生活游刃有余。成为大槐树村第一书记后，崭新的职业生涯带给马向阳别样的人生体验，由最初的抵触到不断被感动再到全情的担当，电视剧以合理的逻辑给观众提供了一种干部融入基层，重新从乡村秩序中获得责任感的可能性。其间理想情怀的建构最为动人。年代剧《大河儿女》为观众展现了建立在传奇之上的厚重河南，如此河南在视觉效果上令人耳目一新：人物塑造、场景选择、服装道具等等，该剧都可圈可点。剧中黄河、钧瓷、豫剧作为河南三大文化元素撑起叙事。以主人公贺焰生为代表的河南人，不畏外来侵略与自然灾害，他们对家园与民族的情感，对情理与技艺的忠诚，对应着他们内心的文化积淀，似黄河般汹涌澎湃，似钧窑般光彩夺目，似豫剧般慷慨激昂。

央视一套 2014 年所播放的 13 部电视剧各有类型侧重，但都在作品中注入了温情的因子。正是因为如此，主旋律也显示出别样面貌，令观众驻足关注，并投以深情。

豆瓣的 9 分：“精英”视野中的好剧

豆瓣的评价成为坊间人们观影、观剧的一个重要标准，似乎也颇显“精英”。在 2014 年的电视剧评分中，评分超 9 分的有三部：《北平无战事》《战长沙》和《红色》。这三部电视剧成为 2014 年荧屏上最具光彩的聚焦所在。

《北平无战事》是 2014 年度最热的一部电视剧，叙述的是 1948 年到 1949 年间，中华民族的一次历史大转型以及在这次转型中蒋家王朝注定的覆灭命运，这部剧最早的剧名即为《最后的王朝》，因此这不仅是一般意义上的反腐剧，更是对于政权更替、历史转折的深刻反思。《战长沙》《红色》均以抗战为背景，叙述国难、家仇以及爱情。《战长沙》中，湖南人的精神力量得到充分的影像表现，对文夕大火、焦土政策等一系列历史事件的真实还原，使得作品因细节的渗透更具时代感。《红色》也是一部关于抗战的主旋律剧，编剧非常巧妙地绕过以往抗战剧的套路，将爱情作为明线，主旋律基调化为隐线，而明线恰恰为隐线服务，男女主人公联手与敌人斗智斗勇，最终共同走上革命道路。

这三部剧尤其使电视剧的说书人角色成功确立，作品因章节的有度张弛而被构制成严密的整体，对不同历史时段中的中国经验、中国历史以及中国故事进行奇妙严实的缝合，“且听下回分解”的询唤不断满足着观众的期待视野。尤其几部剧中对于爱情的表现更是透过对大时代中人性本质的表现，令作品呈现出生命的质感。

影像的文化建构力已不断被证实，美剧、韩剧、英剧、日剧，各国人庞杂、矛盾的情感结构均得以在剧作中传达。好的国产剧也在建构着多重的文化意义，而这些意义则通过观众的解码，最终抵达心灵。以上豆瓣 9 分的电视剧恰恰满足了相当一部分观众对于带有“智力风暴”特质的电视剧的需求。当然，更为重要的是，好的电视剧是一个观看、指认、触摸中国历史与现实的窗口，上述剧的确很好地完成了如此使命。豆瓣超 9 的电视剧是 2014 年最美的收获，它们所引发的话题和良好口碑证明，“精神性”永远是好作品的核心品质。

热播剧：“妈妈爱看”——一种受众的维度

“妈妈爱看”似一种夸张，但也形象反映出一种受众取向。在中国，电视的受众基本定位和集中在中老年群体、中等文化程度的人群。因此，考虑观众的需求，让没有学过各种文艺理论以及影视美学的普通观众能看懂非常重要。于是，“妈妈爱看”成为一个很基本的艺术判断。但如何把人性中高贵的东西在“妈妈爱看”基础上进行通俗的呈现，这是个难题。

截至 12 月，央视索福瑞全国卫视电视剧排名前十的电视剧分别是《因为爱情有奇缘》《宫锁连城》《红高粱》《神犬奇兵》《大丈夫》《一仆二主》《杉杉来了》《勇敢的心》《战神》《古剑奇谭》。这十部剧中有青春励志剧、抗日传奇剧、新军旅剧、都市生活剧，等等。这些作品都因故事设计的起伏跌宕和引人入胜，而受到观众的瞩目，受众的热烈讨论使得话题产生延展，公共空间得以建立。

电视剧是以娱情为主要功能的媒介艺术，同时它也是以“内容为王”的文化产业，如何吸引受众的注意力，最大限度地提高收视率，不仅是对电视剧艺术的肯定，更是电视剧获取商业价值的保证。而要达到艺术与商业的双重成功，受众是传播过程中最为核心的元素。如何吸引观众的眼球，满足其审美心理需求，同时又能够传达相应的文化信息，正是电视剧传播得以建构当代社会文化的关键之处。甚至可以说，受众是电视剧创作的起点也是其传播的终点。

收视居高的《宫锁连城》不仅因多角恋爱的故事一波三折而备受关注，该剧开播同时遭到琼瑶的举报，但仍未影响收视。《红高粱》改编自莫言的小说，之前有电影的成功，电视剧因之多了一份风险。但周迅的加盟，依然使该剧获得了前三的收视率。剧情经过多重改编，加入了乡村初恋、剿匪、宅斗、抗日等桥段，略显拖沓，故事也难免落入窠臼。但观众对莫言、对周迅的期待仍使该剧成为不折不扣的赢家。《大丈夫》《一仆二主》可归属为家庭伦理剧，但剧情的创意使得这两部剧不仅收视不俗，而且获得良好的口碑。

这些收视飙高的电视剧受到观众的追捧，除去题材更具新意之外，还有更深层的原因。作为大众文本的电视剧所叙述的故事对应着各种各样的社会情境，也因此与各种各样的读者具有相关点。受众是一个能动的主体，文本在作为主体的受众那里，是接受评判的对象。罗兰·巴特在《作者之死》中说，文本一旦离开作者，作者实际上已经死亡。那么，这些热播的电视剧文本本身所具有的多元意义使其与观众的生命体验息息相关，受众因此而不可避免地参与到与文本的交流之中。

人们总不免对艺术作品产生种种苛责。电视剧作为大众文化文本，因其受众的广泛，近年来更是经历了众说纷纭。2014 年的电视剧也同样良莠不齐，但瑕不掩瑜，以上优秀作品已然令观众欣喜。这些作品在娱情人们的同时，重构和传达着主流文化精神，而这也本是电视剧最大的价值所在。

作者系辽宁省文艺理论家协会副主席、秘书长

本文原载于 2014 年 12 月 30 日《辽宁日报》

潘　飞｜　赞佩的心灵流淌

曾孟群先生的长篇小说《乱世商家》，讲的是江西赣江中下游丰城县野鹅村曾家从商引发的故事。“一个包袱一把伞，去到湖南当老板。”曾家就是江西人历经战乱、千辛万苦“走湖广”做生意的典型。

这是一个真实的故事。小说以湖南长沙老字号“怡和昌”的真实人物曾毓波为主线，描写了他和他一家人的坎坷经历，反映了兵荒马乱、嬗变岁月时期从商的创业艰辛和生存境遇，揭示了生意人残酷而真实的精神状态和精神律动。从晚清、民国至解放初，中国经历了甲午战争、义和团运动、辛亥革命、土地革命、抗日战争、解放战争等重大历史事件，既多灾多难，又轰轰烈烈，湖南作为当时的聚焦点之一，曾毓波和他一家人必然与当时的历史时代及其历史重要人物有所牵连。小说正是通过描写他和他一家人的经历，反映了当时历史的伟大变迁。故事情节曲折生动，感人肺腑。

曾孟群叙说的典型事件是由相对完美的典型人物完成的。曾毓波就是代表。貌似文弱的他走出家门，艰辛地闯荡生意，睿智地谋商经商，宽厚地广交商友，诚信营商，仁义不奸，和气生财，商系百姓，心系国家，既有商情、国情、民情，亦有乡情、家情、亲情。当洪灾肆虐、田禾尽失、百姓流离失所之时，他组织商家，共襄善举，积善积德，向灾民施粥，救民苦难，解灾民燃眉之急；当武昌起义军急需粮食时，他剪辫削发，率先慷慨解囊，并联合商户，为部队筹集粮食，为推翻清政府尽力效力；当辛亥革命前由同盟会发动和领导的第一次大规模的萍、浏、醴起义被清政府镇压失败后，他只身夜入监狱，营救义军革命党人雷啸天；当他因支援毛泽东领导的红军被以“通共”之罪关进监狱，遭到严刑拷打，受尽折磨，然始终坚贞不屈；当路遇日本浪人石原一伙抢劫时，他疾恶如仇，沉着应对，击败倭寇；当遇到横行姜镇一霸赵菊泉正在挥刀施野欺负乡民，文绉绉的他，伸出拳脚；当遇难被救，他铭记心坎，回报恩人；当搭救了财权显赫的官人之女，他婉拒而去；当穷苦人朱三贵夜偷曾家，其兄长毓新一棍打断三贵腿时，他虽然愤恨偷鸡摸狗的朱三贵，然依然将三贵背回家，又是出钱请医生接骨治伤，又是给钱帮三贵做小生意，使三贵和母亲感激涕零；当二哥毓新与他翻脸分道扬镳后，毓新运输翻船，千金毁于湖中，为了曾家的信誉，他想法替毓新还债；他出资为家乡修路，造福于民，惠及子孙……将生意人的曾毓波、心地善良的曾毓波、加入革命行列的曾毓波刻画得有血有肉、活灵活现，呈现了一位爱国、爱民的中国商人的形象。

曾孟群叙说的故事娓娓道来，细腻入微。如，作者描写曾毓波对店员的一番话：“生意人经商，要取之有道，诚信为本，往好油里掺差油，往白酒里掺凉水，这些掺杂使假的事，等于自毁招牌。别人上你一次当，第二次就不会再来了。我们开的是杂货店，店面上经营的都是些与民众息息相关的小生意，口碑特别重要，你对顾客好，他就认你，回头客就多。即便是个小孩来买几毫钱的蚕豆，你多给他一颗糖粒子，他下次还会来。”再如，作者描写毓波带着孙子回老家野鹅村时情景：这条路，他不知道走过多少次，每次走过这里心情都不一样。田里的稻谷，天上飞过的野鸭，河边的垂柳，柳树上停留的鹭鸶，勾引起他对往事的许多回忆。母亲多少年前就去世了，但是他想起每次离家时，母亲总是在村头目送自己的情景。那是一种多么深沉的牵挂和记忆。远远地，村中大樟树的影子映入他的眼帘。纪尧在问：“公公，还有多远啦？”毓波指着远方的大樟树说：“就在那几棵大樟树下，攒劲走，一会儿就到了！”纪尧说：“你总说快到了，快到了，半天也不得到。”爷爷说：“真的快到了，路是越走越短的。”

可见作者的文笔之灵健，功底之厚实。

曾先生的这部长篇二十余万言，布局十六章，章章主题鲜明，篇篇故事美妙；四十多号人物，人人有血有肉，个个性格各异。对社会世事的关注、对国家命运的关切、对人生人性的关照，体现在字里行间。“摘人眼球，难以掩卷”确是毫不夸张的感受。

目下，纸制的、电子的小说，林林总总，使人眼花缭乱，特别是友人送来超过五十万字的，敬慕其写作的毅力恒力的同时，也着实有点望而生畏。是呀，即使确属“佛跳墙”、鱼翅、燕窝之类的精品美食大餐，端在桌面上多了，也会令人摆头晃脑，进而厌烦。大餐与大作、物质与精神似为等同。这恐怕就是那种审美疲劳吧。曾先生的《乱世商家》是心里的流淌，不长不短，正好！合口味，味道好。

我赞佩！赞佩我国电力系统的这位老作家在132万字的长篇小说《老大这辈子》（上、下卷）出版不久的长篇新作《乱世商家》的问世。赞佩他笔耕不辍。赞佩他坚韧毅力。

姜还是老的辣。年过七旬的曾孟群就是。人是。作品是。

作者系中国电力作家协会副主席，国家一级编剧
本文系为长篇小说《乱世商家》中国文史出版社2014年版所作的序

彭 程 | 批评拿什么唤回尊严

已经不是一年两年了，文艺批评连同文艺批评家的角色，日益变得暧昧和尴尬。某位一向对批评情有独钟的作家朋友，曾撰文称批评家正在逐渐成为“傀儡”和“鸡肋”。话有些刻薄，也未免有以偏概全之嫌，但的确是鲜明地揭橥了一种积弊。“鸟之双翼、车之两轮”之喻，强调创作和批评的同等重要性，广为人知，但举目当今文坛艺苑，与作家艺术家频频亮相占尽风头相比，有几个批评家能够进入读者的视野？他们看到的批评家连同他们的文字，更多是以一种被动的、谦卑的、仰望的姿态，对作品进行阐释和评点，而这种批评通常会充分考虑作家艺术家的感受并顺应其期望。他们被遮挡或者主动躲藏在作家艺术家的背后，仿佛一道浅淡的影子。

公正地讲，批评和批评家，并非总是以这种面貌示人。凭借自身深刻丰厚的历史美学造诣，敏锐的艺术感受力，古今中外很多杰出的批评家为文学艺术把脉，不独引领了彼时的文艺发展，其影响力也往往绵延至后世。明代思想家李贽面对当时一味师古法古的流弊，力倡“独抒性灵不拘格套”的“童心说”，扬“真情”贬“假理”，为文坛注入了一股清新强劲之风。19 世纪三位杰出的俄罗斯文学批评家“车别杜”的大量观点鲜明、意气风发的文章，成为当时俄罗斯批判现实主义文学创作的理论支柱，19 世纪俄罗斯文学成就如此辉煌，他们厥功至伟。这些都充分印证了批评曾经拥有的强烈的主体性地位和巨大的社会影响。

有不少妙喻，生动揭示了批评的本质以及价值之所存系。古罗马美学家贺拉斯，用磨刀石和钢刀来描绘批评家和诗人的关系。诗歌仿佛一把刀，只有经过批评的不断磨砺，才能变得锋利。鲁迅则将创作和批评形容为厨师和食客，食客有权利对厨师的菜肴品头论足，要求更合乎口味。比喻不同，但都醒豁地揭示出二者间是平等且互动的关系。作家艺术家和批评家既是朋友又是对手，在思想和审美的较量中，在不间断的挑战和应战中，相互砥砺，彼此成就，共同促进了文艺的进步。

读别林斯基等人的批评文章，能够深切地认识到什么才是批评的正确和卓异的姿态。批评家怀着强烈的社会责任感，深入透辟地剖析评说作品，褒奖优长，指出缺陷，字里行间处处闪耀着卓识远见。别林斯基从年轻的果戈理的作品中发现了“高于时代精神”的可贵禀赋，在当时社会各界对作者的一片攻讦中挺身而出，给予坚定的支持。而当多年后功成名就的果戈理在其新作中流露出对专制农奴制的妥协时，别林斯基不惜友情破裂，立即给予尖锐无情的谴责。这样的批评，才能够体现出批评的本质和价值。而文学的发展进步，也端赖这样的批评的推动。

但返回当下和此地，呈现于人们视野中的批评是什么样子？全称式的评价应该规避，但不可否认，四平八稳的应景之论，言不由衷的人情批评，缺乏创见的人云亦云，的确正在成为普遍的景观。批评在自我阉割，自我矮化。批评者需要时刻坚守勿失的职业操守、价值关怀等，总是被有意无意地忽略。对作品的成绩一定要说足，甚至不妨夸大，大师杰作的桂冠慷慨赠送，难怪文艺批评被人讥讽为“文艺表扬”。而在本应该疾言厉色地质疑诘问的地方，却每每轻描淡写不痛不痒，仿佛一片羽毛轻抚过面颊。批评者主体性的藏匿和丧失，也使自己和“傀儡”的角色越走越近，被视为“鸡肋”也就是必然的结果了。人一旦不自重，也就不能指望会得到别人的尊重。真正的作家不会买账，认真的读者也不满意。批评如此，又怎能不走向边缘化？

比赛失利的拳击手，要证明自己的实力，只能在拳击台上，赢得下一次的搏击。批评要寻回尊严，出发点也只能在失去尊严的地方，也就是批评行为本身。通过严肃、真诚、独立而专业的批评，他表达自己的道德操守和文化立场，宣示自身的职业精神和专业素质。说千道万，至为关键的一点，是批评要秉持自己的标准。批评者眼中只有作品，他只对自己的良心负责，此外不再有任何其他的尺度。源于职业尊严的支撑，他真挚坦诚，有勇气有血性，赞美发自肺腑，批评尖锐犀利。谦和忍让宽宏大量是做人的优点，却不应成为批评家的职业准则。亚里士多德的名言“我爱我师，我更爱真理”，才是他们永远的遵循。

“创作总根于爱”，鲁迅先生这句话广为人知。同样，批评充满活力的源泉，批评为人敬重的缘由，也在于此。爱这个职业，心目中它崇高神圣，动力便会涌流不竭。有了这样的认知，种种批评之外的因素如人情市场等等，就不再能够成为他的羁绊。他会鲜明表达对批评对象的赞美、不满或者憎恶，依据的标准，便是它是有益于还是有损于世道人心，是美的表达还是丑的宣泄。他会储蓄丰厚的思想和审美资源，同时会寻求最为灵动精彩的表达。在需要表明立场的时刻，决不虚与委蛇。在应该入木三分的地方，拒绝隔靴搔痒。他的批评，将真正体现出“充满同情的理解”和“带有敬意的批判”。这样的言说，才能够洗刷批评被玷污的名声，才会为批评重新赢得信任和尊重，才能使之回归到文学活动中应有的重要位置。

作者系《光明日报》文艺部主任

本文原载于2014年12月12日《光明日报》第16版

钱念孙｜铸造中华民族的理想人格

——君子文化与社会主义核心价值观[①]

习近平总书记在中央政治局第十三次集体学习时指出：培育和弘扬社会主义核心价值观必须立足中华优秀传统文化。牢固的核心价值观，都有其固有的根本。中华文化源远流长，积淀着中华民族最深层的精神追求，代表着中华民族独特的精神标识，为中华民族生生不息、发展壮大提供了丰厚滋养。他在中央政治局第十二次集体学习时还强调：要使中华民族最基本的文化基因与当代文化相适应、与现代社会相协调，以人们喜闻乐见、具有广泛参与性的方式推广开来。

中华传统文化博大精深，究竟哪些部分“积淀着中华民族最深层的精神追求，代表着中华民族独特的精神标识”，并堪称“中华民族最基本的文化基因”？这当然是一个宏大的课题，不同专家学者的回答，自会有风雅异韵之辩、寸长尺短之争。依笔者一孔之见，在汪洋浩瀚的中华传统文化中，最能代表中华民族深层精神追求和独特精神标识，并体现中华民族最基本文化基因者，非“君子文化”莫属也。

① 此文发表时所用标题为本文副标题“君子文化与社会主义核心价值观”。

“君子”是中华优秀传统文化的核心概念，是数千年中国优秀传统文化塑造和推崇的人格范式，是中华民族理想而现实、尊贵而亲切、高尚而平凡的人格形象

“君子”一词早在西周时期已广为流传，其内涵主要是对贵族或执政者的专称，而较少涉及人格内容的道德意蕴。如《尚书》卷十二说：“君子勤道，不作无益害有益，功及成”；《国语·鲁语上》说：“君子务治，小人务力。”这里的君子，显然是执政者或贵族的代称。到了春秋末期，即《论语》产生的年代，通过孔子从不同侧面的反复解说和阐发，“君子”一词被赋予许多优秀道德的内涵，成为一种理想人格模式的称谓。

翻开《论语》，有关“君子”的论述俯拾即是：“君子喻于义，小人喻于利”；“君子坦荡荡，小人长戚戚”；“君子泰而不骄，小人骄而不泰”；“君子和而不同，小人同而不和”；“君子求诸己，小人求诸人”；“君子周而不比，小人比而不周”；“君子尊贤而容众，嘉善而矜不能”；“君子成人之美，不成人之恶。小人反是”……如此等等表明，孔子常在君子与小人的对举和比较中，肯定和褒扬君子是他心目中的道德高尚之人。在《论语》里，孔子也数次提到“圣人”，但他明确对弟子说：“圣人，吾不得而见之矣，得见君子者，斯可矣。”这就是说，圣人难以看见，也难以企及，但君子能够见到，也可以并应该努力做到。

作为孔子精心勾勒和塑造的可望可即、可学可做的理想人格，君子形象在中华文化数千年演进的历史长河中，受到上至历代思想家及文人士大夫，下至社会各阶层人士包括普通百姓的广泛认同和推崇。《周易》中的名句：“天行健，君子以自强不息”；“地势坤，君子以厚德载物”，被张岱年等学者认为是对中华民族精神核心内涵的最佳概括。《孟子》中“君子莫大乎与人为善”；“焉有君子而可以货取乎”；“君子贵人而贱己，先人而后己”；“君子以仁存心，以礼存心，仁者爱人，礼者敬人，爱人者人恒爱之，敬人者人恒敬之”等众多论述，使君子人格的内蕴更加丰富，影响更加深远。值得注意的是，君子不仅是儒家着力打造和推举的理想人格形象，道家学派和法家学派对君子概念及其人格内涵也颇为认同。人们耳熟能详的“君子之交淡如水，小人之交甘若醴，君子淡以亲，小人甘以绝”，就是《庄子·山水》篇里的名言。荀子在构造他的礼法社会时强调：“法不能独立，类不能自行，得其人则存，失其人则亡。法者，治之端也，君子者，法之原也。”在荀子看来，一个崇尚礼法的社会，如果没有君子这样品

行高尚的人来参与和维护，那将会失去构建礼法社会的基本前提。

先秦诸子以后，历代思想家对“君子”概念的引述和阐发，同样不胜枚举。从西汉的董仲舒到东汉的王符，从唐代的孔颖达到宋代的程颐、程颢和朱熹，从明代的王阳明到清代的王夫之等，都从不同角度和方面对君子概念及君子文化做了很好的继承和发挥。明清时期流行很广的人生格言类著作，多半也将君子人格奉为典范和楷模。如《菜根谭》云：“君子处患难而不忧，当宴游而惕虑，遇权豪而不惧，对茕独而惊心”，便是对君子安贫乐道、处安虑危、遇强不屈、见弱怜悯等优秀品格的赞扬。《围炉夜话》云：“君子存心，但凭忠信，而妇孺皆敬之如神，所以君子乐得为君子；小人处世，尽设机关，而乡党皆避之若鬼，所以小人枉做了小人。”这就是在君子与小人不同处世方式的比较中，充分肯定君子以忠贞和诚信为立身之本的做法。君子概念及其文化，不仅在中华历代典籍中汗牛充栋，而且一直活在历代中华儿女的心中。今天人们口头还常说：“君子一言，驷马难追”；“君子爱财，取之有道”；“以小人之心，度君子之腹”；“宁愿得罪君子，不能得罪小人”，因为“君子报仇十年不晚，小人报仇从早到晚”等等。

可以毫不夸张地说，“君子”是数千年中华优秀传统文化塑造的中国人的理想人格。儒家学说乃至整个中华传统文化，其中很重要的内容是阐扬仁、义、礼、智、信及忠、孝、廉、悌等众多为人处世的伦理和规范。这些伦理规范或者说美好品德，最终都集聚、沉淀、融入和升华到一个理想人格即“君子”身上。我们先贤崇尚君子品格，甚至把象征高洁、清雅、虚心和气节的梅兰竹菊四种植物人格化，称为“四君子”。宋代以来，以梅兰竹菊表现四君子品格的中国书画数不胜数，至今仍然方兴未艾，其繁盛景象让人叹为观止。君子概念古老而鲜活，在当代社会也是妇孺皆知，耳熟能详，在不同阶层人群中都有相当的知晓度和认同度，君子风范今天仍为绝大多数中国人奉为做人的圭臬。

中国人应该做一个什么样的人？做君子！这是数千年中华优秀传统文化的选择，也是今天每个中国人应有和乐于作出的选择。君子概念及君子文化，是中华优秀传统文化的聚焦之点和闪光之源，是烛照中华儿女历经坎坷而跋涉向前的人格力量和心理支撑。君子概念及君子文化，完全可以经过新的阐释激发其勃勃生机和强大活力，在当代社会树起的一面具有深厚传统底蕴和时代精神的文化旗帜。它既可以让中国传统文化精华盛开传承创新的时代花朵，也可以让培育和弘扬社会主义核心价值观与中华民族传统文化基因发生共鸣。它是中华传统文化浩瀚森林里最为郁郁葱葱的千年老树，也是当代思想道德建设汲取传统营养的精神绿荫。

君子文化是培育和弘扬社会主义核心价值观能够直接嫁接并开花结果的老树新枝。激活和倡行君子文化有助于对社会各阶层人士，特别是新兴中产阶级进行思想文化上的因势利导，从而在全社会形成广泛价值共识

在建设中国特色社会主义，实现中华民族伟大复兴的征程上，党中央一贯坚持“两手抓，两手都要硬”的战略思想，在带领全国人民不断提升经济建设硬实力的同时，对精神文明和思想道德等文化软实力的建设也一直十分重视。中央曾先后下发《关于加强社会主义精神文明建设若干重要问题的决议》《公民道德建设实施纲要》《关于开展社会主义荣辱观教育活动的通知》《关于培育和践行社会主义核心价值观的意见》等多个文件，开展“全国道德模范”和“中国好人”评选等多项活动，取得了有目共睹的成绩，对在全社会形成崇德向善的良好风气发挥了积极作用。但毋庸讳言的是，目前社会风气和道德状况还有诸多不尽如人意之处，需要进一步提出具有深厚传统文化内涵和韵味、人们耳熟能详、易于入心入脑、便于追求把握的概念和形象，使培育和践行社会主义核心价值观更好地内化于心，外化于行。正如习近平总书记所说：要使中华民族最基本的文化基因与当代文化相适应、与现代社会相协调，以人们喜闻乐见、具有广泛参与性的方式推广开来。

社会主义核心价值观作为兴国之魂，孕育于建设中国特色社会主义的生动实践中，又深深扎根在中华优秀传统文化的肥沃土壤里。君子文化作为中华传统文化的重要部分和精华所在，其中许多内容都是与社会主义核心价值观一脉相承、对接互补的。譬如，历代杰出君子身上都颇为明显地体现出三大特质：一是以“天下兴亡，匹夫有责”为重点的担当精神和家国情怀；二是以“仁义共济，立己达人”为重点的互助理念和社会关爱思想；三是以“正心笃志，崇德弘毅”为重点的修身要求和向善追求。这三大特质，与社会主义核心价值观倡导“富强、民主、文明、和谐”国家层面的价值目标，倡导“自由、平等、公正、法治”社会层面的价值取向，倡导“爱国、敬业、诚信、友善”个人层面的价值准则等，完全可以对接、互鉴和贯通。这就是说，君子文化是培育和弘扬社会主义核心价值观能够直接嫁接，并在新时代开花结果的老树新枝。通过这种嫁接，两者在互补互释中相辅相成，相得益彰：一方面，培育和践行社会主义核心价值观获得传统文化这株参天大树庞大根系的丰富滋养；另一方面，君子文化这株昂首向上的千年古木在现代阳光雨露的沐浴和浸润下不断抽出新的枝条，结出新的硕果。

作为培育和践行社会主义核心价值观的重要抓手和具体实践，近年来全国上下普遍开展了推选道德模范和中国好人活动。由广大群众一层一层推举和评选出来的道德模范和中国好人，体现了人民群众心中的善恶是非标准，彰显了社会主义核心价值观的内在要求，是社会思想道德建设的重要举措和时代标杆，在全社会形成了广泛而正面的积极影响。不过，尽管道德模范和中国好人的评选表彰可以涵盖并面向社会各阶层人士，但从这些年全国各地所推选出的道德模范和中国好人看，实际上多为工人（包括农民工）、农民及基层干部等社会底层人物，对整个社会风尚的引领力还有待提升。社会中层及上层人士虽然数量不占多数，但社会联系面广、影响力大，如何让他们在改善社会风气方面担负更多责任、发挥更多正能量，还有待进一步加强。

一种社会风气的形成，古今中外有条规律，这就是“上有所好，下必甚焉”。正如孔子所言：“君子之德风，小人之德草，草上之风，必偃。”历史上所以会出现“楚王好细腰，宫中多饿死；吴王好武士，国人多伤疤”的现象，原因即在于上行下效是不易之理。笔者几年前曾写《如何把社会主义核心价值体系落到实处》小文，提出要让社会生活的方方面面彰显核心价值的光彩，关键要从“大人们”抓起。此处所说的“大人们”主要指三类群体：一是相对于群众而言的党员领导干部；二是相对于一般民众的社会公众人物，如演艺明星、著名企业家、商界领袖等；三是相对于小孩而言的成年人。不论是从我国历史还是世界发展状况看，任何一种价值观的倡导，都必须首先有“大人们”真心信奉并身体力行，才能让民众乐于接受和效仿，从而在全社会蔚成风尚。

伴随改革开放以来经济建设的快速发展，中国现阶段已基本步入小康社会，中产阶级及社会富裕阶层已具有一定的规模，他们生活方式和人生追求对社会风气的影响正日益显突和增强。各种各样“追星族”“追款族”“追权族”层出不穷，就是这种现象的典型表现。为此，我们亟待拿出一种中产阶级及社会富裕阶层能够接受并喜闻乐见的文化，对他们的人生观和生活方式进行因势利导和价值引领。内蕴丰厚的君子文化经过系统整理和现代阐释，正可堪当此任。这不仅因为“君子”概念本身是倾向具有一定身份和地位的称谓，与中产阶级及社会富裕阶层人士名实相称并易于为他们所接受；还因为君子文化本身所饱蕴的家国情怀、讲究修身养性和注重人生品位等内涵，与中产阶级及社会富裕阶层人士“仓廪实而知礼节”的文化追求和精神向往相契合。

君子概念和君子文化虽然尤其适宜中产阶级及社会富裕阶层，也完全适宜社会其他各阶层人士。君子不是高高在上、不可企及的圣人。前面提到，孔子认为圣人难以见到，更难以做到，但君子可以见到，也能够并应该做到。他平生的最大愿望，也可说是中华民族先辈对后辈的最大愿望，就是期盼人人都做君子，不做小人。唐太宗在《贞观政要·教戒太子诸王》中说：“君子、小人本无常，行善事则为君子，行恶事即为小人。”这再清楚不过地表明：做君子？做小人？与身份、地位无关，关键在于你为人处事时的一次次选择——选择“行善事则为君子”，选择“行恶事即为小人”。因之，我们需要“吾日三省吾身”，需要将修身作为终身课程，需要不断地积小善为大善，这样才能称得上真君子。就此而言，君子既是一个做人的低标准，又是一个做人的高目标：你为人处世中的每一次崇德向善的选择，都是在行君子之风和君子之道；但你必须在人生长途中坚持不懈地修身，作出许许多多崇德向善的选择，才堪称真君子。习近平总书记最近向党员领导干部提出“三严三实”要求时，将“严于修身”列于首位，确为抓住了问题的要害。

君子概念和君子文化还可针对和适用不同职业与行业者。古代就有仕君子、商君子、文君子、民君子等说法，实质就是指做官的君子之道、经商的君子之道、从艺的君子之道、为民的君子之道等等，这些都是我们今天立足中华优秀传统文化，培育和弘扬社会主义核心价值观可以继承改造，发扬光大的。

君子文化既是传统学术研究的一个空白，又具有古为今用的重大现实意义和价值，亟待采取有效举措激活和倡兴君子文化，在社会逐步形成崇尚君子品格、大兴君子之道、争做正人君子的风尚

初步统计，作为中华优秀传统文化的核心概念，“君子”在《论语》中出现109次，《尚书》中出现7次，《周易》中出现53次，《诗经》中出现180次，《孟子》中出现82次，《大学》中出现15次，《中庸》中出现34次，《易传》中出现84次，《荀子》中出现了304次……此后的历代典籍中，有关君子的论述也是星罗棋布，

难以胜数。但较为遗憾的是，研究中华传统文化的论著浩若烟海，对孔子诸多思想观点及只言片语的内涵，对《论语》等典籍谈论君子某方面品格的阐述，如仁、义、礼、智、信，忠、孝、节、义、悌等等，都有大量细致、翔实、深入，甚至烦琐的研究，可对汇聚和统摄这些品格的君子概念及君子文化，尤其是对君子作为中华民族理想人格的特征和价值等，探讨者却少之又少，以至可说寥若晨星。

君子文化源远流长，内涵丰富，虽有一些零星文章从不同方面做过或深或浅的探讨，但总体而言却是我们学术研究的薄弱环节，从系统研究的角度看，甚至可说是一个学术研究的空白。君子概念的内涵及演变，君子的人格特征，君子的修身之路，君子的义利观，君子的忧乐观，君子的担当精神，君子的天下情怀，君子文化在中华传统文化中的地位，诸子百家对君子人格的不同看法，君子人格在两千多年历史中的演化嬗变，君子人格的正面意义和负面变形，君子人格与小人人格的异同及转化，君子与中国历史上的圣人、大丈夫、隐士、禅者等人格模式的差异，君子形象在历代文艺作品中的表现，君子文化的现代意义和价值，君子与西方绅士、骑士、圣徒等比较，君子人格的国际认知和未来处境……如此等等，不仅是继承和弘扬中华优秀传统文化的重要课题，更是我们激活和倡行君子文化，为培育和践行社会主义核心价值观提供传统文化滋养需要讲清楚、弄明白的问题。为此，我们建议：

在理论探讨层面，大力开展关于君子文化的学术研究。由于君子是数千年中华传统文化塑造的中国人的理想人格（或者说集体人格），其中蕴藏着中国人观察事物、思考问题和行为处事不同于其他民族的基本性格密码，因而对君子文化的研究就绝不仅仅是一种历史考察和纯学术的审视，而更是一种重新认识自己、树立文化自信、张扬国格人格的理性洞悉和时代确证。这是一个既有历史性和学术性，更有时代性和实践意义的重大课题，值得花大力气、下大功夫认真研究。比如，西汉张骞两次率队出使西域、明朝郑和七次带领庞大舰队远游西洋，为什么丝毫没有侵占别国土地、掠夺别国财富，而是成为中外交往的友好使节？答案的要点即在于，中华民族具有讲仁爱、重诚信、守正义、尚和合的民族性格，中国人崇尚的君子人格向来鄙视和不屑于不择手段的巧取豪夺。从中国的民族性格和理想人格上说清楚这一点，对于回击域外一些人由中国崛起而散布的“中国威胁论”，很有理论价值和现实意义。因之，国家社会科学基金可将君子文化研究列为重点项目，对涉及君子文化的诸多问题进行深入系统探讨；哲学社会科学领域的专家学者和热心弘扬传统文化及思想道德建设人士除各自研究外，还可成立民间社团性质的君子文化研究会，有组织地开展形式多样的君子文化探讨、交流和推广活动，为培育和践行社会主义核心价值观提供传统文化滋养和有益补充。

在社会实践层面，大力倡行君子之风和君子之道。中华传统文化沉淀为人格模式的有不少，除儒家的君子人格外，还有道家的隐士人格、佛家的悲悯人格等等。只有君子人格的设计蓝图，历代中国人接受最广、吸收其他人格模式优点最多、在中华文化广袤沃土中扎根最深、与中华文化思想精华和道德精髓重叠面最大。君子人格所以能够在中华文化的历次整合中以“最大公约数”出类拔萃，成为我们伟大民族的理想人格，其奥秘就在这种人格设计产生后，中华文化不同学派的诸多思想干柴都向这里搬迁、移动和集中，从而形成收纳百家、融汇百家的“众人拾柴火焰高”的壮丽景观。诸葛亮向来被认为是仁者、智者、义者、忠者、信者、孝者、礼者等集诸多美好品德于一身的君子人格的典范，他的一句家喻户晓的箴言，“君子之行，静以修身，俭以养德，非淡泊无以明志，非宁静无以致远”，就是以儒家君子文化为火源，燃烧道家、佛家等观念材料后提炼出的思想结晶。君子作为中华优秀传统文化前辈遗传后辈的人格基因，一代又一代，绵延数千年地传承下来，而且传得众所周知、传得深入人心——只要是中国人，不论居庙堂之高，抑或处江湖之远，哪怕是目不识丁的山村老农，也乐于被人看作君子，而绝不愿意被人视为小人。可以说，中华优秀传统文化在每个中国人心底都埋有一颗君子的种子，激活和倡行君子文化就是要让这颗种子在新时代生根发芽，茁壮成长。因为面对市场经济浪潮席卷社会生活每个角落，导致一些人信仰缺失、价值迷失、道德失范等诸病连发的状况，我们尤其需要在当代开展“新君子文化运动”，在社会生活各方面大兴君子文化、大倡君子之风、大行君子之道，让君子文化这剂传统良方在培育和践行社会主义核心价值观这项构筑我们精神家园的宏大工程中，发挥补气固本的独特作用。

作者系安徽省文联副主席
安徽省文艺评论家协会主席、安徽省社会科学院研究员
本文原载于2014年6月13日《光明日报》头版头条

任芙康｜ 舞蹈的悬念

一个顶呱呱的男人，一个好端端的女人，明目张胆，或是偷偷摸摸，进过几次舞厅，就跳出“不好”的事情来了。上世纪80年代的风水，盛产有关舞场的悬疑故事。寻常的三步、四步，幻化为妖步、狐步，像刀尖上翻转，又如悬崖边腾挪。肚皮舞、贴面舞之类，则直通通与高危行为画上等号。舞蹈本身的属性，皆被忽略不计，一些伙计津津乐道的，只是空穴来风。两口子同床异梦，因为跳了；年轻人破罐破摔，因为跳了；老家伙晚节不保，因为跳了……时间、地点、人物、情节，成龙配套，曲里拐弯，有鼻子有眼儿。

一位朋友，迷上跳舞，且只认拉丁。她住美国，从这个州跳到那个州。她去西欧，从伦敦跳到巴黎。回到中国，陀螺般转战北京、上海、广州，会合同道，切磋技艺。舞者之组合，明白无误的雇用关系。通常是有钱有闲的女性中老年做学徒，有艺有貌的年轻小伙子当师傅。虔诚的学徒，一旦上瘾，成为生活中的依赖，碰上异地交流、竞赛，常会心甘情愿地额外破费，为师傅置办行头，包揽旅费。而师傅享有的种种孝敬，因由言传身教的劳动换得，往往受之坦然。朋友曾带我们实地见识，挑逗而狂放无羁的音乐中，亲昵而不可省略的动作中，默契的师徒，举手投足皆心领神会。但又确乎看不出暧昧与缠绵，看不出诱惑与欲念。散场时分，彼此“拜拜”，扭头上车，绝尘而去。此种玩法，绵延中外，定有大堆合理之处。但仍有人较真：“我就不信，拉拉扯扯的拉丁，不是姐弟情、师生恋的温床？”是怎样，不是又怎样？单一、武断的结论往往隔靴搔痒。我不接茬，因这类话题，并非关注所在，最多只是舞蹈带给生活的悬念。

八年前的 5 月下旬，在纽约大都会歌剧院，看过纪念舞蹈家米肖尔·佛肯的专场。其中一个章节《轻盈的少女》，诚如舞名，悦目之至。尤物满台，轻盈一片，行云流水般变幻出急而高的跃起，轻而稳的落地。目睹过国内同类演出，几乎多半演员让人捏把汗的，恰是跃起与落地。终究是舞盲，瞧过热闹，渐生疲惫。忽觉周围出现似有若无的骚动，细看台上，一位中国姑娘，正居中领舞，一招一式，技压群芳，尽显东方柔韧、静美的内敛，挥洒出同场舞伴难以企及的玄妙。天鹅中飞出金凤凰的压轴安排，堪属颠覆观众意料的“包袱”。但此刻提起这段往事，仍旧不属于舞蹈本身的悬念。

言归正题吧。清风明月的某晚，走进本市某剧场的舞蹈晚会。落座之后，学习节目单。一行行读下去，注目于三个字上。演出过半，终于轮到《青花瓷》。大幕启开，一个花容月貌的集体，神采奕奕地组合出一尊青花巨瓶。闻听邻座几许惊叹，不由得生出惋惜，并心下预测，眼前造型必定迅速碎开，历经一通起承转合，又重新合拢，恢复原状，然后收官。接下来的流程，果不其然。但观众的新鲜，已提前支付，礼貌的鼓掌，带出勉强之相。假设，以我外行的想法，避免先声夺人，服饰一色土素，每个演员自成飘飞的精灵，再有多番分合散聚的回环起舞，宛若陶器制作的揉搓。待到尽兴、尽情之际，借助灯光切换，倏忽间众姑娘青花衫着身，凝固成有形有神的成品……猜想满堂掌声，一定经久不息。因为此时的看客，使劲拍手，不是展现教养，而是表达惊喜。

悬念是诸般艺术的支撑。上来就辟出一条岔路，让人坠入兴趣，往下的进展，难以推知，终局的模样，更无迹可寻，这就叫引人入胜。单说众多耳熟能详的舞剧，从皮到瓤，尽管了然于心，人们仍常看不厌，并自欺欺人地“不晓得”尾声。除了着迷其音乐、布景，着迷其仅靠身体，便能无声叙说世间的喜怒哀乐，发烧友们享受的（或曰缅怀的），一定还有经典行进过程中，那份非凡的悬念。敞开了说，琢磨艺术的人，轻忽悬念，便近似职业的误会。无论编舞、编歌、编相声、编杂技、编戏剧、编影视，甚至包括照相、画画、写毛笔字，如果置悬念于不顾，便会以咫尺天涯的距离，表明阁下，可能入错行了。

作者系天津市文艺理论学会会长、《文学自由谈》主编

本文原载于《文学自由谈》2014 年第 3 期

容本镇

从远古到近代：文化铸造民族自信
——评《中国地域文化通览·广西卷》

伟大的艺术家罗丹有一句名言：“生活中不是缺少美，而是缺少发现美的眼睛。”套用这句名言，我们可以说：广西不是缺少文化，而是缺少对广西文化的挖掘、梳理和总结。

近年来，从官方到学界，都十分重视被视为“民族血脉”和“精神家园”的文化建设，而且取得了一系列重要的理论研究和应用性成果。就广西而言，文化研究已成为一个广受关注和重视的热门学术领域，研究的广度和深度都在不断拓展。尤为可喜的是，近年来对广西文化的研究，已从以往那种零散性、点状性、专题性的研究，逐渐拓展为综合性、系统性、系列性的研究，如罗黎明主编的《广西世居民族文化丛书》、李建平等编著的《广西文化图史》、于瑮主编的《广西特色文化发展研究》等，都是有着较高学术价值和鲜明特色的著作。钟文典、刘硕良主编的《中国地域文化通览·广西卷》（以下简称《通览·广西卷》）的出版，是广西文化研究的又一重大收获，从某种意义上说，这部洋洋五十余万言的专著，把广西文化研究推上了一个新的高度。在这部内容丰富厚重、涉及面广泛的著作中，我们不仅强烈感受到了广西文化的源远流长和斑斓多彩，看到了广西文化在中华民族文化版图中的醒目位置，更让每一个生于斯长于斯的广西人深感自豪和自信。仔细翻阅这部著作，有几个特点是十分突出的，给人的感受也是十分深刻的。

在“通”字上总览广西文化的博大精深

《通览·广西卷》分为上下两篇。上篇纵向描述了从远古到辛亥革命时期广西文化漫长而灿烂的发展历史，下篇重点描述了异彩纷呈的广西文化的特色和亮点。

在纵向描述上，书中对广西历史文化发展的脉络和轨迹梳理和描述得十分清楚明晰。首先是绪论中高屋建瓴、提纲挈领的简笔勾勒；其次是上篇中详实确切的记述与评析，两相呼应，相得益彰。广西有着古老丰厚的历史土壤和广博深邃的文化积淀。距今 80 万年前，广西的右江河谷就有人类繁衍生息。据中外科学家历经 30 年的考古发掘，这一带共出土包括大量砍砸器在内的石制品 3 万余件。“特别是 80 万年前的百色手斧的发现石破天惊，一举打破了统治国际学术界半个多世纪的‘莫维斯理论’。”美国古人类学家莫维斯认为，亚洲大陆只有落后的“砍砸器文化”，缺少先进的“手斧文化”。而比欧洲手斧早 30 万年的百色手斧的发现，让人们清楚地看到了广西在远古时代耀眼的文明之光。“自百色手斧制作年代以降，距今 1.1 万年的崇左智人洞现代智人化石、距今 5 万年至 4 万年的柳江人头骨化石、距今 35600—24760 年的桂林宝积岩遗址、距今 36000—6800 年的柳州白莲洞遗址以及距今约 1 万年至 5000 年散布于四方河流沿线的 300 多处新石器时代遗址的陆续发现，有力地显示‘广西是中国早期古人类不间断活动的主要地区之一’。”在描述秦汉以后广西发展历程和各个历史时期的辉煌文化成就时，择要而举，突出重点，而且在每章的标题中都以凝练的文字概括出了各个历史时期的亮点和特色。如在大一统推动下阔步向前——秦汉时期；纷乱中别有一番景色——三国两晋南北朝时期；第一个高峰期的到来——隋唐五代时期；新汇聚 新超越——宋元时期；前进步伐加快——明代；前所未有的全面发展——清代。有的小标题也作出了很好的概括，如写到清代的全面发展，每个小标题都是某一方面成就的归纳和提示：盛况空前的教育科举，异军突起的粤西文苑，杂糅并生的多元宗教，开启新局的体育卫生等等。这些画龙点睛的标题，既突出了要点，又让人一目了然。书中在讲述广西历史上的发展历程时，还客观地指明和分析了广西各民族与中华民族血肉相连、唇齿相依的共存共荣关系，表明了广西是统一的多元一体的中华民族大家庭成员的历史事实。

在“特”字上展示广西文化的斑斓多彩

《通览·广西卷》下篇，重点介绍斑斓多彩的广西特色文化，包括山水、摩崖石刻、铜鼓、建筑、作家文学、戏曲、民间文学、民俗等有代表性或标志性的特色文化。每一类特色文化既有面上的概述，又有重点介绍与点评。如摩崖石刻文化重点介绍了左江岩画、摩崖造像与刻像、桂林石刻以及其他一些有代表性的著名石刻。建筑文化分别描述了居住建筑、祠堂会馆、古城要塞、运河桥梁、古庙古塔等五类建筑，每一类又列举了若干有代表性的建筑物，如干栏建筑、侗族鼓楼、刘冯故居、真武阁、风雨桥、古灵渠等等。在山水文化部分，书中浓墨重彩地赞誉了以山奇、水奇、洞奇等美甲天下的桂林山水。但着眼点不仅仅在于其自然美，更重在其人文积淀的美，尤其是山水与人和谐共生的“天人合一”的至高境界。毫无疑问，桂林山水是最能够代表广西山水文化的精华和标志，但远非广西奇山秀水的全部，广西的山水美景遍布境内。以往一些介绍广西秀丽山水的书籍中，往往仅介绍或基本上只是介绍桂林山水，而忽略了对其他地方山水美景的介绍或只是一笔带过。《通览·广西卷》除重点描述了桂林山水，还对桂平西山、宁明花山等两个国家级风景名胜区，对乐业县大石围天坑群、凤山县三门海、北海市涠洲岛、资源县丹霞地貌景观、鹿寨县香桥岩溶景观等五处国家级地质公园进行了具体的介绍和描述，充分展示了遍布广西境内的奇山秀水和引人入胜的山水文化。

由于广西世居民族较多、地理环境差异较大、各区域受外来文化影响也不尽相同，因而各区域的文化也呈现出了较明显的差异性，形成了各具特色的文化带。但如何划分文化带，学界虽多有思考和研究，却没有召开研讨会进行过专门研讨，也没有形成一致的认识。因此学者们基本上都是根据自己的研究进行划分。如梁庭望教授认为，广西可划分为三大文化板块：即桂西壮话文化板块、桂东广东话客家话文化板块、桂北桂柳话文化板块。这是以语言为主要依据和切入点进行划分。潘琦、吕余生、容本镇等学者认为，广西可划分为五大文化区（或文化圈），即漓湘文化区、西江文化区、红水河文化区、左右江文化区、北部湾文化区等。这是以河流和海洋为主要依据和切入点进行划分。《通览·广西卷》的作者认为：“按照一定地理范围内文化生成的历史、特色、资源、内涵，以及文化标志、人文精神等，广西文化依桂东北、桂东与桂东南、桂南、桂中、桂西南及桂西北等 6 个区域而形成各具特色的文化带。”书中对 6 个文化带的基本内涵和主要特点进行了阐述。如："桂东北文化带大体包括今桂林市及其周边地区，大部分市县分布于湘桂走廊一带，故又称湘桂走廊文化带。在交通不便的古代，这里是岭北岭南文化交流要道，中原文化、湘楚文化进入较早，与本土文化交融的历史较长，教育发达，科举兴盛。自唐至清末 1300 多年间，桂东北共考取进士 579 人，占广西进士 1127 人的 51%。历代全国选取进士 102795 人，以全国 300 个地区计，平均每个地区 342 人，桂东北历代进士人数大大超过全国各地平均数。"又如："桂南文化带又称北部湾文化带，大体包括今北海、钦州、防城港 3 个濒临北部湾的城市及其周边地区。这一文化带是在史前古人类文化和骆越文化的基础上，壮族文化、京族文化和瑶族文化接受中原文化、广东文化的影响并在西方文化促进下相互融合而形成的，汉文化与壮族文化、瑶族文化、京族文化并存，而以汉文化为主导。"6 个文化带的划分，充分体现了广西文化的丰富性、多元性、包容性以及共存共荣的特点，深刻揭示了广西各民族世世代代互相尊重、和谐共处的历史文化渊源。

在"专"字上体现研究的专业性与学术性

参与撰写《通览·广西卷》的作者均为学养深厚、业有专攻、在学术上有建树的专家学者，全书体现了很强的专业性和学术性，其中对许多文化现象、文化内涵的理解、描述和阐发鞭辟入里，洞幽烛微，让人耳目一新。如"绪论"中谈到地理环境对经济发展及社会文化的影响："我们不惟地理史观是从，也不轻看地理环境对社会文化的影响。广西文化的成长势所必然地受惠于也受制于广西的地理环境。比如山多，断裂多，地势落差大，平原面积小，一方面为人们提供了相对稳定的独立生存空间，有利于个性的发展，有利于自主自强、刻苦勇猛意识的养成，但地理上的阻隔和闭塞，又不免带来狭隘保守。古代广西经济文化长期落后于内地先进地区，至今仍时有'慢半拍'的喟叹，究其原因，与地理上的某些先天弱势是分不开的。""反过来，不尽如人意的自然环境又会激发人绝处求生，险中致胜的刚毅和智慧。"在分析壮族的民族性格与各民族之间的关系时，明确指出："由于数千年的交融衍化，广西壮族性格的诚朴、开朗、通达和兼容，使之较易接纳汉文化和外来文化，这也是广西民族关系趋向平和、融合进程较快的重要原因。"这些在坚实依据上得出的见解和观点是十分深刻而透辟的。

在学术研究方面，早在秦汉时期广西就诞生了享誉华夏的经学大师陈钦、陈元父子，但文人文学创作却一直十分弱势。晚唐时期曾出现过被称为“二曹”的诗人曹邺、曹唐，但此后近千年基本上没有出现过有全国性影响的诗人作家。直到清代，广西才迎来了文运昌盛的黄金时期。书中对这一时期繁盛的文学景观进行了全面的观照和描述，对“临桂词派”“岭西五大家”等有影响的文学流派或文学现象进行了重点介绍和分析。谈到“临桂词派”的出现，书中指出：“临桂词派的出现并非偶然，实乃渊源有自。它既与清代词创作繁荣的大环境息息相关，也与广西文学的自身发展密不可分。”接着简要回顾了在全国大背景下广西词创作的发展历程：“两宋三百余年，全国词坛繁花似锦，广西依然冷寂。”“有明一代，当全国戏剧、小说、散曲等通俗文学繁荣兴旺，诗词创作却退居次要地位的时候，广西的词创作反而有了长进。”到了清朝，广西的词人词作有如璀璨星空，在全国词坛占有了突出的地位，涌现出了以“临桂词派”和“粤西三大中兴词人”王拯、龙启瑞、苏汝谦等为代表的众多艺术成就卓著的词人。况周仪的《惠风词话》与王国维的《人间词话》、陈廷焯的《白雨斋词话》并称“清末三大词话”。同一时期，广西的古文创作也是成就斐然，从古文先驱释契嵩、谢良琦到继承桐城派衣钵的“岭西五大家”，都为广西文学的繁荣发展作出了历史性的贡献。

广西的民族民间文学源远流长、丰富多彩。“起自西瓯、骆越乃至更古远的各方先民，在广西这大片土地上，伴随着穷年累月的劳作生息与沧桑变幻，创造了理想所寄、情感所依的众多神话、传说、故事和歌谣。这些披抹着神秘色彩、散发着原生态气息、闪耀着超群智慧和神奇想象力的民间文学作品是诸多广西元素的耀眼标记，也是无比珍贵的沃土和宝藏。”为此，《通览·广西卷》特设两章对民间文学进行全方位的概述和分析，几乎是一部浓缩版的广西民间文学史。广西共有 12 个世居民族，每个民族都有自己的神话传说和民间故事，它们各自独立，又相互影响、相互交流与交融，从而形成了十分奇异而多姿多彩的民族文化风貌。

在“言”字上寻求论著的生动性和可读性

《中国地域文化通览》是由中央文史研究馆立项并组织全国各地文史研究馆和馆外专家撰写的，共 34 卷，各省、自治区、直辖市和港、澳、台各一卷。这项浩大文化工程的最大特点之一，就是严肃和严谨。在中央文史研究馆和自治区政府的精心组织和统筹协调下，《通览·广西卷》编委会按照“学术性、知识性、可读性三者相统一”的目标要求，以高度的责任感和严肃的态度，认真拟订写作提纲，确定写作内容，反复讨论，数易其稿，确保高质量完成书稿的写作。总的看，全书布局合理，结构严谨，思路清晰，内涵丰富，文字简练畅达，较好地实现了“三性统一”的目标要求，可谓“辞约而旨丰，事近而喻远”。在写作文风上，《通览·广西卷》作了十分有益的探索与尝试，即在确保严肃和严谨的基础上，尽可能做到晓畅明白，雅俗结合，其中有的文字优美生动，富于文采，颇具散文的品格和韵味。如对龙脊梯田的描述：“龙胜县的龙脊梯田，堪称广西一大奇景：连绵数十公里的山坡上，从山麓到山顶，全部被梯田所缠绕，无以数计的梯田重重叠叠，顶天立地，恢弘磅礴。远观之，无际的田埂画出的无数线条，飘逸潇洒，极具行云流水之妙。若遇稻谷成熟季节，则又如金龙游曳，浩浩荡荡。……此一奇景当然并非天造地设，而是人的杰作。据说梯田的开发始自元代，600余年来，无数次的增补修饰，终于成就这一人造山水奇观。”自古以来，广西人就恪守“人与自然和谐共存”的生存法则，追求“天人合一”的理想境界。书中分析道：“人对山水的喜爱，从根本上看应当是一种远祖情结，因为人类的始祖们本就是以山水为家的。文明的发展让人类向平地迁移，有了房屋，有了城镇村落，逐渐离开了真正的自然山水。然而骨子里却仍然不能忘怀自然山水，这主要体现在智识阶层身上。”正因为广西人对自然山水有着刻骨铭心的挚爱与发自内心的尊重，因而在漫长的历史岁月中创造和形成了独特而绚丽的山水文化。“人们发现了广西山水之美，又参与了广西山水之美的构建。令人赏心悦目的广西山水，既是大自然的赐予，也是古人今人共同创造的作品。广西山水给广西人以生存环境和审美对象，人们又给广西山水以品位和灵魂。”这些具有哲理又富含文采的文字，一改学术著作的刻板与枯燥，极大地增添了作品的生动性、可读性和感染力。

作者系广西文艺理论家协会主席，广西教育学院院长、教授

本文原载于《当代广西》2014年第18期

尚　辉

文化的风景
——中国油画风景的可见之诗

中国油画风景是油画表现中国的地理气候与人文风貌而进行本土化探索最典型、也最有效的一种方式。中国油画风景之所以能够呈现油画本土化的这种典型性，不仅因中国南北部独特的地理地貌、水文气候有别于欧洲油画原产地的自然特征，并因此能够形成油画光色表现上的本土性的色彩谱系；而且，东西方在如何观景观物上也因文化观念与审美理念上的差别而能够鲜明地体现中国油画独特的艺术面貌。如果说欧洲油画研究与表现的对象主要是人物与人体，风景只是这种三维空间呈现的自然转化；那么，中国文人画研究与表现的对象则主要是田园与山水，人物只是作为这种田园与山水的配角而存在。但富有意味的是，20世纪前的欧洲油画即使表现人物与人体，却仍然是以一种与主体对立存在的客体而予以研究和模拟。因而，油画风景的灵魂，也往往在于捕捉和描摹自然景观的光色与空间。如果说这些油画风景也有诗意的抒发，那么，这种诗意绝对是对于光色闪烁、空间幽远、造化神奇的赞美。而中国传统文人画即使表现的是田园与山水，却从来不把客观的自然呈现作为此种艺术存在的理由。这些山水画，描写的是山水与田园，表现的却是文人的心境与格调。那些过滤了外相的、看来是语言命题的“笔墨”，早已脱离了自然呈现而被转化为人的品格、胸襟与境界的象征。相较于欧洲风景油画那些自然光色的激情描述，中国文人山水的诗意，更是一种文人精神与品格的对象化。

油画风景在中国获得本土化的典型性，或许正来自于这种东西方观看风景所呈现出来的巨大文化差异。油画风景对于光色、空间与自然奇幻的捕捉与描摹，可能会被文人山水画的“象外之象”所漠视或遮蔽。虽然，我们每位油画家画风景时，都注重油画光色、体积这些本体语言的发挥，但他们的眼睛所能看到与分析的有多少这些元油画语言的因素以及他们有多少能力去生动自然地呈现这种油画艺术的灵魂，则肯定和欧洲油画风景相差甚远。但另外一种情形则可能会成为油画本土化的积极因素。譬如，这些风景构成的零部件可能并不会像欧洲人那样完全局限于画家面对的现场，以意为象、重构画面零部件的创作方法，使得这些油画更具有意象式的观景与造景的方式。而这种重构，也总是按照中国人所理解与抒发的诗意来想象与加工。再譬如，中国油画风景在光色与空间表现上，可能不会完全像欧洲油画那样纯粹，但中国油画风景都无一例外地会关注笔性与笔意的表现，这或许是从文人水墨那里转用笔墨的一种暗示性的行为。这种追求，在很大程度上，也形成了中国油画风景较少纯客观的写实再现，而多了几许意态优雅的表现性。中国油画风景的这些特征，与其说是艺术家的个性，毋宁说是一个民族普遍存在的审美个性。毕竟，中国文人画的审美心理是一种民族审美生理与文化审美心理长久积淀、凝聚的结果，即使油画风景试图将我们转换到油画元语言的命门上，但那种潜藏的文化审美心理与民族审美生理还会长久地影响我们观看的方式与对风景诗意的理解。实际上，这些文化差异恰恰是形成中国油画跨文化本土性特征的重要元素。

“可见之诗·中国油画风景作品展”首先让我们感受到这些作品对于中国南北部水文地貌、地理气候以及人文环境的某些特征的提炼与升华，从而形成了中国油画南北部不尽相同的光色与审美谱系。画展中有关中国北部的描写，主要集中在西北黄土高原与东北白山黑水的选择上。在孙立人的《高原》、蓝京华的《石咀子羊圈》、车铭奋的《家在塬上系列之四》、王海军的《冬日暖阳》、李刚的《塬之诗》、王艳娟的《北方》和谭尚勤的《山·色》等作品中，人们可以强烈地感受到油画家对于黄土高原那种浑厚朴实的黄土质感的色系寻找。这些画面没有过于强烈的对比色，但在土色系里则力求色相的微妙变化以及笔触的稳健与厚实。即使表现阳光，那也是晚照余温，犹如北方汉子黑黝黝的脸膛，风景里述说的是故园沧桑。在宋惠民的《远方之五》、侯宝川的《不拖坝子》、肖育的《银装禾木》、霍文清的《小村冬日》和郭永文的《山河寂寥》等作品里，西北那种干裂秋风的土塬被东北黑土地广袤的视野打开了，那些画作往往以冷灰色调营构雪野银装，色相虽变化不多却极简约概括。宽阔悠远，也仿佛是那些北方诗意的魂灵。这在宋惠民的《远方之五》中，一览无余——壮丽的云层、苍翠的林木、幽深的湖水和那些划过密林深处的翱翔的鹮鹤，无不让人领略到一种北方才有的高华壮丽。

如果说中国油画的北方风景显现了质朴厚实、绚丽雄壮的油彩美感，那么，中国油画的南方风景则显得空灵飘逸、清秀温婉。相对而言，中国北方风景在油画语言上的厚蕴尚可以较多地借鉴欧洲油画元语言对于光色、空间与景观质感的表现，而中国南方的水巷河汊、烟雾迷离、潮湿温润等地理气候特征，也往往弥散削减了油彩的光色体积感。在某种意义上，这种文人山水画的生成之地所进行的油画光色语言的审美转换，更显得艰难，也更容易造成语言和审美上的挑战。近些年来，“南方风景”作为一个创作主题词而吸引了越来越多中国油画家的关注、参与和探索，油画风景的南方学派几成一支中国油画的劲旅。此次入展的沈行工的《四月家园》、张新权的《婀娜》、邓乐民的《秋日闲时》、吴卫星的《一曲秋风笛》、陆庆龙的《寒江雪》、王威的《皑雪》、杨诚的《泊》、章晓明的《斜阳》、郭仁海的《风筝·弩鸟》和丁勇的《春江水暖》等作品，让我们感受到他们对于雨雪迷蒙、山水清秀、桃柳红绿之地油画光色的发现与创造，让我们感受到他们对于那些被古今经典诗词所反复吟诵的人文江南的油画诗情的色彩转译。尤其是沈行工的《四月家园》在灰色调里寻找四月江南盛开的成片成片的油菜花，那画面上因朝雾而降低色彩纯度的鹅黄色如此自然地与画面整体的轻岚暖紫融为一体，既丰富了朝雾水乡的光色美感，也体现了人文江南特有的温婉儒雅。其实，杨诚的《泊》、章晓明的《斜阳》和邓乐民的《秋日闲时》等画面，因水气雾霭而缺乏北方那样的直射阳光，但这些作品都试图用纯粹的油彩光色去呈现江南的秀丽，并在这些油彩的条件光色中追求一种淡远的境界。

当然，中国油画风景中的南北部地域性色系的发掘，依赖于写生性的观察与人文风貌的提炼。这种尊重对象的光色、空间与人文环境而营造的风景诗意，是以写实呈现为审美根基的。但印象派之后对于主观风景的探索，更为深刻地影响了当代中国油画风景的审美取向。在这个展览中，不难看到许多画家对于风景的现代主义艺术观念的追求，这些风景在更深刻的意义上体现的是艺术家主体精神的彰显。这是本次展览看到的最多的一种创作类型，也客观呈现了当下中国油画家对于艺术根本命题的理解。这主要包括表现性、抽象性、象征性和图像性等类型。之所以用表现性、抽象性、象征性和图像性来替代“表现主义”“抽象主义”“象征主义”和“当代艺术”，是因为这些作品仍然以风景为主题，仍然注重光色、空间、体积等自然关系的表达与辨识，只是在此基础上进行了某种程度或较大程度的主观化与精神性的彰显。

在表现性类型的风景方面，许江的《满塬红》、杨继锋的《桂林印象》、池颖红的《惊涛拍岸》、周洲的《人·家》、刘磊的《漓》、张延昭的《风景》、吴瀚的《白山湖畔》、石建军的《思源亭》和吴志军的《山下有人家——山的另一边》等作品给人印象深刻。这些风景从自然时空的描述中独立出来，而夸大了对象的某些结构，粗黑浓重的线条形成了画面飞舞战栗的动感，仿佛是艺术主体的精神呐喊。许江的《满塬红》用硬直、刚劲、猛狠的笔触抒发了他对于塬上那一片逝去生命的葵野的悲思；池颖红的《惊涛拍岸》用厚实、粗黑、果断的笔触释放她抑制不住的悲苦；杨继锋的《桂林印象》用峰峦、房舍和绿植的错乱叠加显现出精神的抑郁性；石建军的《思源亭》用几近黑暗的、厚如油泥似的色彩覆盖画面仿佛去遮挡心灵的脆弱；周洲的《人·家》和吴志军的《山下有人家——山的另一边》都用刀砍斧劈似的笔触形成画面硬朗的坚实感，那似乎是遭遇现实的挫折而永不折服的心性表露。这些画作的表现性显现于用笔的放荡、用色的粗暴，但揭示的是来自于内心世界的不平与不屈。相对而言，抽象性类型的风景就显得平和而含蓄。这些抽象性的风景或可辨识某些风景的元素，如李哲坤的《庭院》是从庭院的花园与房屋之间寻找某种有意味的形式结构，罗坚的《都市在唱歌》也是从都市建筑抽绎出来的形、线关系，洪丹的《残荷》在大面积的虚空中只有近前微露的荷叶莲蓬，而徐东林的《早春》无疑是一片自然山水的简化与涂鸦。这些抽象是拆解对象风景的完整性而用色彩、线条重构物性关系，这种诗意是绘画性图式的寻觅与心智的博弈。

象征性类型的风景往往以非现实时空的交错组合造成神秘幽远的境阈。谢森的《夜的河》，绝对不是实写，而是人生在迷惘的路途秉烛探寻的象征。蒋梁的《争执与裂隙》描绘了晚照将尽的那一刻有些悲壮的霞光钻出云隙而投射于苍茫大地的景致，画面以极厚实而深沉的笔触所营造的意境，赋予了人世戏剧免不了上演的“争执与裂隙”一幕。马冰的《天空》描绘了在残垣断壁围护起来的铁轨空间里飘飞起来的似有灵异之感的几片羽毛，不明确的意向却带来无尽的想象。徐大卫的《有家具的风景》非现实地将那些日常的正在使用着的家具置换到一片野林间，时钟的嘀嗒、斜阳的余光、秋林的落叶以及那些上世纪 80 年代流行的家具，都似乎在叙述一个曾经或正在发生的故事。显然，这些象征性的风景总是通过景物的非常态化来扩大画面的内涵，暗示“人世”与“存在”曾构成的某种有意味的关联。图像性类型的风景揭示了在图像发达的当代社会，人们观看风景的另一种阅读经验。对于今天生活在城市中的人们而言，他们对于自然风景与人文风景的观看，更依赖于由凸镜成像形成的图像与网络传播，这和画家直接从现场写生中获得的风景存在着许多差异。何喜忠的《等待故事的风景》显然借助了凸镜成像所形成的光影语言，似褪色彩照的画面记录了那个阳光明媚的午后本该发生的一次约会。肖芳凯的《景物·园林》仿佛是一帧苏州园林的明信片，那因彩印而不太真实的天空、那镜头瞬间记录的太湖石上的花草，都显示了不是画家本人在场的图像记录。真实的瞬间与非现场的我，构成了一种特有的错位阅读。同样是旧照改画的雷小洲的《骑楼春秋》，那种从老照片里阅读到的世态炎凉，大概正是此种图像风景的独特魅力。而许章伟、斯林峰的《大时代风景》，则像为上海陆家嘴拍摄的一帧拼接起来的X光透视片，滤除当下那些时尚浮华的黑白影像，或许正是从历史的视角对于当下现实的冷漠审视。不能说这些图像风景一定都被赋予一种当代性的观念，但那些图像除了让人们感受到图像记录风景的机械性，更让人们感受到那些图像风景与当下时空形成的某种有意味的错位。至少，图像风景更增添了现场写实风景所不能产生的有关“在”与“非在”的人生哲思。

文化是艺术的基因，中国油画风景无形之中都会把中国人的文化审美自觉与不自觉地转用到这种移植而来的绘画语种上。在这些作品里，不难看出意象性作为中国人的审美思维惯性而被积极地转换到油彩艺术创作的一种普遍现象。客观地说，这种自觉与不自觉的观照方式的转换，有时也会减损油画语言自身特性的发挥，中国画的经验性表达更会妨碍画家对于视觉感官的尊重，许多作品在光色塑造上的弱化、在空间与体积方面的迟钝，或许都表明了这种经验性的意象所造成的负面影响。中国油画风景的本土化所普遍具有的意象性特征，并不应当以削弱油画的光色、空间和体积的表达为代价，这是中国油画必须引起足够重视的一个学术问题。当然，意象创作的积极性也便体现在主观性地把握画面整体的情思表达与意境营造上，尤其是写意性用笔，几乎成为中国油画风景最常见、也最具有本土个性的一种标识。譬如张新权、赵开坤、闫平、王琨等人的作品，写意性用笔是他们风景意象性特征的重要元素，因用笔的速度、意态和灵巧而使色彩在与画布触碰的瞬间留下了生动至极的状态，而且，这种用笔不像欧美表现主义那样粗俗暴力，总是以文人书写那样一种闲散的心态来拿捏把捉，从而显现出优雅的浪漫和张弛的法度。应当说，这个展览的大部分作品都很好地体现了画家对于中国油画写意精神的理解，他们从不在画面上轻率地涂抹，一招一式都力求具有写意的放达与精神的超拔。

以“可见之诗”作为此次中国油画风景展的学术主题，表明了中国油画风景对于“诗意”本土特征的倡导与凸显。在展览作品的几轮评审过程中，评委们逐渐淘掉了那些偏于写生的习作，而尽量择选那些对于“诗意”具有不同理解与营造的画作，使这些风景更加凸显创作的意味。的确，在这些画作中，我们既读到了中国油画家用油彩转译南方风景时所传递出来的宁静致远的散淡情怀，也领略了中国油画家用油彩苦心经营的凝重而壮阔的史诗。如果说前一种诗意——像沈行工的《四月家园》、王琨的《崂山》、杨诚的《泊》和邓乐民的《秋日闲时》等，体现了中国从古代《诗经》就开始的寄至味于淡泊的人生境界；那么，后一种诗情——像许江的《满塬红》、姚俊杰的《春色》、梁朝水的《行地无疆》、顾天龙的《白马寺》和蒋梁的《争执与裂隙》等，则具有荷马史诗般的从古希腊戏剧的“三一律”中形成的悲剧性。这两种诗的类型，都展示了东西方文化的悠久历史与厚重传统。由此，不难看出中国油画风景的本土化，并不单纯是描绘自然的风景，而是用什么样的文化视角来观看风景并呈现了怎样的风景诗意。中国油画风景的本土化，也并不单纯是用油彩转译中国文人的诗性情怀，而且也是将欧洲文化的史诗赋予中国人文的再度创造。

作者系国家当代艺术研究中心专家委员会委员

《美术》杂志执行主编

本文原载于《可见之诗——中国油画风景展作品集》广西美术出版社 2014 年版

邵燕君｜ 网络文学时代中国“主流文学”的重建[①]

如果从1998年台湾蔡智恒（痞子蔡）在BBS上连载的《第一次的亲密接触》在大陆中文网络迅速传播算起，至2014年中国网络文学的发展已经走进第16个年头。2013年底，中国网络文学用户已达2.74亿[②]。经过十余年的迅猛发展，特别是2003年以后在资本力量的催动下向类型化方向发展以来，网络文学不但形成了自成一统的生产—分享—评论机制，以及建立在“粉丝经济”上的“快感机制”（如“爽”等），并且形成了有别于“五四”“新文学”精英传统的网络大众文学传统。这些都对传统精英文学的主流地位构成挑战，也对传统的学院批评构成挑战。在经过被称为“网络改编元年”的2011年之后，2012年网络文学又发生“第二次革命”，进入了移动互联网时代。随着大量网外之民的“被网络化”，网络不再是“网络一代”自娱自乐的亚文化领地，而正在成为重新汇集所有文学力量的主流媒介。

正当网络文学“悄然坐大”的时候，声势浩大的“扫黄打非·净网2014”专项

---

① 本文系国家社科基金一般项目“网络文学的经典化与‘主流文学’的重建研究”（批准号：14BZW150）成果。

② 据中国互联网络信息中心（CNNIC）2014年1月发布的第33次中国互联网络发展状况统计报告。网络文学近年来稳步高速发展，网络文学用户数2009年1.63亿，2010年1.95亿，2011年2.03亿，2012年2.33亿，2013年2.74亿。

行动[①]再度让人们感受到意识形态强大的管束和规训力量，但同时也从另一个角度向人们暗示，网络确乎正在成为国家“主流文艺”的“主阵地”。在这个意义上，“主流文学”的问题重新被关注。到底何谓“主流文学”？目前居于正统的“体制内文学”是否还能“坐稳大位”？网络文学与传统纸质文学的关系，到底是通俗文学与精英文学的关系，还是新旧媒介文学之间的关系？网络文学是否能被“主流化”？面对媒介革命，“主流文学”是否需要重新建构？它将具有怎样的“中国特色”？

“中国特色的主流文学”

“主流文学”是“主流文化”的一部分。“主流文化”通常被认为是一个社会倡导的、由多数人共同享有的思想方式和文化方式。在不同历史时期和不同社会语境中，“主流文化”有不同的显现方式。在全球化资本主义体系里，“主流文化”被指认为是一种大众文化，也是流行文化。这正是近年来全球流行的《主流——谁将打赢全球文化战争》[②]一书的基本观点。基于“全球文化战争”的视点，该书作者直接把“主流文化”指认为一个国家的“软实力”，在序言中，他引用“软实力”概念的发明者、美国克林顿时期国防部副部长约瑟夫·奈的话说，“软实力，是一种吸引力，而非强权”。“软实力”需要通过价值观来产生影响，而负载这种价值观的正是极具国家竞争力和全球影响力的流行文艺，也是一个国家的“主流文艺”。

仔细解读一下“主流文化”概念，可以发现它背后有四个关键词：大众、资本、文化精英、国家权力。大众流行文化居于最表一层，背后是政治、经济、文化各路力量。在资本的运作下，流行文化打造大众的“幻象空间”，在文化精英的引导下，将权力关系植入大众的情感—欲望结构。高明的“软实力”岂止是吸引力，甚至可以是媚惑力，“软”到几乎隐去一切“规训”“引导”痕迹，发

---

① “净网行动”即“净化网络环境专项行动”。为依法严厉打击利用互联网制作传播淫秽色情信息行为，全国“扫黄打非”工作小组办公室、国家互联网信息办公室、工业和信息化部、公安部决定，自2014年4月中旬至11月，在全国范围内统一开展打击网上淫秽色情信息的“扫黄打非·净网2014”专项行动。截至2014年7月13日下午18：00，已有超过20家文学网站被关站或清查整顿，包括搜狐原创、言情小说吧、红袖添香网、潇湘书院、幻世中文网、晋江文学城、纵横中文网、红薯网、3G书城、看书网、岳麓小说网、一千零一夜、澄文中文网、翠微居、飞库、幻剑书盟、杭州19楼、浩扬电子书城、多酷文学网、凤凰读书、飞跃中文网、豆丁网、天涯社区等。金山快盘、新浪微盘、百度云盘等也在整顿之列。

② [法]弗雷德里克·马特尔：《主流——谁将打赢全球文化战争》，刘成富等译，北京，商务印书馆2012年版。

乎于“人性本能”，止乎于“普世价值”，才具有真正强大的实力。

在全球“主流文化”模式参照下，中国当下“文学场”的格局可谓独具特色。一方面，新中国成立以来建立起来的一整套文学体制和管理体制仍然完整存在并且有效运转，但以文学期刊的“边缘化”和“老龄化”为标志，“体制内”文学已经越来越“圈子化”，从而失去了大众读者[①]；另一方面，在资本运作下进入集团化的网络文学已经建立起来日益成熟的大众文学生产机制，不但拥有了数以亿计的庞大读者群，也建立起一支百万作者大军，然而，必须小心翼翼地接受体制管理，寻求体制接纳。在二者之间，以学院派为代表的文学批评精英力量多年来与“五四”“新文学”传统脉络下的“严肃文学”“纯文学”共生，对骤然坐大的网络文学大都怀有疑惧态度，在一个“草根狂欢”的时代，与网络文学的关系基本是互不买账、各说各话。以中国国情来看，这样一种“文学场”格局，尤其是体制与资本两种力量的对峙和博弈将会长期存在。在这个意义上，对中国“主流文学”的定义不能完全参照资本主义体系的“国际惯例”。因为我们的“主流价值观”并不是那样一种“上下一致”的“社会水泥”——在政府高扬的“主旋律”与社会上下默默奉行的“潜规则”以及精英文学鼓吹的理想价值观之间存在着不小的裂隙。在网络文学发出挑战之前，我们的“主流文学”一向被认为是“精英文学”，它不但是“体制内”的，而且承担着启蒙大众、引导大众的职能。这样一种格局是百年来中国“新文学”发展的历史造就的。

“五四”以来的“新文学”是在对传统的“旧文学”和新生的“俗文学”的双重对抗中建立起来的。“新文学”是一种典型的精英文学，“五四”先贤们迫于救国图存的压力，选择从西方舶来的现实主义创作法则为唯一正统，以之载道。由此形成了“新文学”/“旧文学”、“严肃文学”/“消遣文学”的等级秩序。“消遣文学”从文化趣味上和文体形式上看像是传统“旧文学”的延续，但其实已经开始发生现代性蜕变——伴随现代都市文化的发展、报刊业的发达，以及对西方类型小说的借鉴，逐渐发展为具有文化工业性质的大众文学（Popular Literature）。如果我们一定要用“主流文学”“非主流文学”的概念辨析这一时期的文学，“主流文学”的桂冠还是要戴在“新文学”的头上（当然称之为“主导文学”或“正统文学”更为妥当）。因为尽管这一时期“新文学”的读者数量远远比不上“俗文学”，但却牢牢掌握着“文化领导权”，因而把“俗文学”成

① 参阅拙文《传统文学生产机制的危机和新型机制的生成》，《文艺争鸣》2009年第12期。

功地压抑下冰山之下。精英的“新文学”一直致力于“大众化”，但一直力不从心。它对“俗文学”真正取得“压倒性胜利”是在新中国成立以后，其“压倒性”并不仅在于政策上的压制取缔，更在于艺术上的转化吸收。特别是经由赵树理等人民艺术家的卓越努力，以及包括“样板戏”在内的“革命文艺”的创造性实践，将“旧文学”中有生命力的要素“批判地吸收”进革命文学，成为内化其叙述模式和快感模式的“潜在结构”。不过，“革命文艺”在其“民族化”、“大众化”实践过程中，对人民群众“喜闻乐见”的文艺形式的吸取，主要偏重民间文化（Folk Culture），而对产生于文化工业的大众文化（Popular Culture），则作为“资本主义腐朽文化”进行严厉地批判、放逐。

“新时期”是精英与大众难得的“蜜月期”，“伤痕—反思文学”“改革文学”“知青文学”的主题是全民共同关注的，依托的现实主义手法（此时还遗留着一定的“工农兵文艺”模式），经过多年普及也是读者熟悉的。这个“甜蜜的婚姻”到1980年代中期出现裂隙，到1990年代基本解体了。伴随东欧剧变、苏联解体和中国社会结构的转型，文学无法再承担原有的意识形态功能。“体制内文学”虽然依然依托于社会主义文学体制，但开始“回到文学自身”，更多地以“纯文学”“高雅文学”而不是“严肃文学”的面目标榜其精英属性，“主旋律”被心照不宣地“高高挂起”。读者则是大量转向了通俗文学，先是金庸、琼瑶的“迷”，后是好莱坞大片、英美日韩剧、ACG（Animation Comic Game的缩写）文化的粉丝。

由于文化体制的限制，中国本土的通俗文学一直没有能真正发展起来，这就给网络文学的蓬勃发展留出了空间。虽然媒介革命在全世界发生，网络文学却是中国风景独好，其主要原因就是中国的通俗文艺百年以来的欠发达。进入网络时代，人们突然发现一个“自由空间”，各种“文青”来此嬉戏，资本闻风而至。随着资本的进入，网络类型文学爆炸性地发展起来。但是，这个“自由”时期显然不可能延续太久。政府管理部门几年前就开始关注对网络空间的管理，2014年的“净网行动”是一个明确的分界线[①]。从此，网络不再是“化外之境”，要像“体制内”新闻出版部门那样接受管理和规训，同时也将被纳入文化规划的

① “净网行动”是从2011年8月开启的，最初以公安部清理整治制作贩卖枪支爆炸物品违法信息为重点。2013年3月5日，全国“扫黄打非”办公室发出通知，部署从3月上旬至5月底在全国范围内开展网络淫秽色情信息专项治理“净网”行动，以整治网络文学、网络游戏、视听节目网站等为重点，抓源头、打基础、切断利益链，网上与网下治理相结合。“扫黄打非·净网2014”专项行动是这一整体行动的强化、深化。

大格局中[①]。

对于“新文学”以来中国文学发展历程的梳理和对当下文化格局的考察，有助于我们探讨具有中国特色的“主流文学”的形态。首先，我们必须认识到，21世纪的中国已经置身于全球化体系之中，我们的“主流文学”不再可能是由文学精英和政治精英联手打造的精英文学的大众化版本，由精英启蒙、教育、引导大众的历史时期已经终结。未来的大众流行文学只能产生于文化工业，各种精英力量只能隐身其后发生作用。这就意味着几年前还被视为“主流”的“体制内文学”将难当其位，网络文学被历史性地推向前台。2009年初盛大文学CEO侯小强（此时盛大文学刚刚组建不久，号称“网络文学航空母舰”[②]）就曾对“主流文学”发出挑战，提出“网络文学走过十年之路，成为准主流文学”，他的主要依据是，网络文学是“主流的网络读者的选择”，“被读者认同的文学才是主流”[③]。但现代文学的历史告诉我们，拥有最广大读者的文学未必就可以称作“主流文学”，而是很可能被视为“消遣文学”见弃于大雅之堂，除非它责无旁贷地承担起弘扬“主流价值观”的意识形态职能。

网络文学可称当代中国最大的“幻象空间”，十几年的发展中甚至形成了一套“全民疗伤机制”[④]，但总体来说，更强调自己的娱乐性，对于“主流价值观”缺乏足够的承担意识。经过“净网行动”，相信网络文学将更自觉地接受“规训”，也会更主动地尝试将“主流价值观”移植进自己的快感机制——这是一件充满挑战性的事，但更具挑战性的是，到底什么是当代中国人“一致认同”的“主流价值观”？它与“主旋律”“社会主义核心价值观”“中国梦”“传统文化”“普世价值”等之间是什么关系？可以说，目前中国并没有一套上下认可、

---

① 2009年以后，中国作协明显加强了对网络文学的关注和管理力度。当年成立了“全国网络文学重点园地联席会议”；鲁迅文学院也从2009年开始举办网络文学作家培训班、网络文学编辑培训班；2010年中国作协重点作品扶持项目首次将三部网络文学创作选题列入扶持范围，给予经费上的支持；鲁迅文学奖、茅盾文学奖相继于2010年、2011年对网络文学开放。近几年来中国作协大量吸收网络作家入会，将大部分“大神”级作家纳入，并继2013年底浙江省网络作家协会的成立之后，积极筹建中国网络作家协会。

② 2008年7月，盛大文学有限公司成立，在起点中文网之外，又收购了晋江原创网、红袖添香网，宣称要打造“网络文学的航空母舰”，此后又收购了小说阅读网和潇湘书院，2009年收购榕树下，2010年初其官网信息宣称，已占据国内网络原创文学90%以上的市场份额。

③ 侯小强：《网络文学到底是不是主流文学？》，《新京报》2009年2月11日。

④ “全民疗伤机制”一说的提出者是目前正在美国加州大学戴维斯分校攻读人类学博士学位的周轶女士。2013年12月周女士在笔者于北京大学中文系开设的网络文学研讨课上做专题报告时提出此说，尚未正式发表。笔者提前借用，特致感谢！

多数人共同享有的思想方式和文化方式。从某种意义上说，“主流价值观”尚在模糊之中，它的建构需要文学想象力——需要层出不穷的类型文把身处剧烈转型期的中国人的欲望和焦虑以文学的方式塑形；需要涌现出超越“大神”层次的“大师”级的作家，在“第二世界”重新立法，将人们“爱与怕”引向对道德、信仰的思考，重建人们的道德底线和心理秩序；需要通过一部部饱受争议的作品（如《甄嬛传》）汇集各种力量的交锋，进行多层面的商讨。也就是说，“主流文学”的建构本身是“主流价值观”建构的有机组成部分。这是一个自上而下、自下而上反复协商的过程，只有积极参与这一建构过程的文学才可以称得上是“主流文学”。

媒介革命视野下的“网络文学”

自网络文学降生以来，有一种流行的观点称网络文学是一种“快乐文学”，能够满足读者心理需求。在“扫黄打非·净网 2014”专项行动启动之后，这种论调尤其受到各方欢迎，“让大家都松了一口气”[①]。而以中国作协为代表的政府管理者一方则倾向于把网络文学指定为通俗文学[②]，这样既可以给网络文学的发展提供一个合法空间，又可以将其自然置于“高雅文学 / 通俗文学”的等级制度下，在原有的文化秩序内接受管理。

以上各种说法或许都有某种策略考量，但若单从学理层面讨论，都不免受制于既有文化模式的思维惯性。如果从媒介革命的视野出发，中国网络文学的爆发并不仅仅是被压抑多年的通俗文学的“补课式反弹”，而同时是一场伴随媒介革命的文学革命。“网络文学”概念的中心不在“文学”而在“网络”，不是“文学”不重要，而是网络时代的“文学性”需要从“网络性”中重新生长出来。在不久的将来应该不再存在“网络文学”的概念，相反会出现“纸质文学”的概念。除了作为“博物馆艺术”传承的“纸质文学”外，网络将成为一切主流、非主流文学艺术的平台。

---

① 参阅资深网络文学研究专家庄庸博士于 2014 年 7 月 28 日在“龙的天空”发表的文章《网络文学是“快乐文学”？——对“疑似主流论调（定性定调）”的疑虑》，http：//www.lkong.net/thread-1028283-1-1.html。

② 参阅中国作协副主席李敬泽在 2014 年 7 月 11—14 日于北戴河召开的全国网络文学理论研讨会上的大会总结发言：《网络文学：文学自觉和文化自觉》(《人民日报》2014 年 7 月 25 日）。这次由中国作协和《人民日报》等媒体共同主办的会议，召集了全国重要的网络文学专家和 28 家网站负责人参加，并且有新闻出版广电总局有关负责人出席，是“净网行动”之后一次重要的各方参与的研讨会。

目前的“网络文学”以类型小说为主，但也不是铁板一块。随着2012年互联网进入“移动时代”，针对移动受众阅读时间碎片化的特点，一些主打“小而美”[①]的APP终端应运而生，如韩寒主编的《ONE·一个》，中文在线推出的“汤圆创作”，专门发表短篇小说的“果仁小说”，以及2011年底就上线的“豆瓣阅读”。此外微博、微信公共账号也是相当活跃的个人作品发表平台。这些“小而美”有很浓的“文青”色彩，某种意义上可以看作当年被资本“一统江湖”压抑下去的“网络文青”的复活。与此同时，传统文学期刊也开始进行“网络移民”，如由《人民文学》杂志推出的“醒客”[②]也于2014年7月上线。不过，传统文学要成功地实现“网络移民”不可能是原封不动地“穿越”，而是要经过脱胎换骨的“重生”。“内容一经媒介必然发生变化”，这是麦克卢汉那句“媒介即信息”断言的重要含义。

尽管网络将成为一个汇集各种年龄、各种文化结构、各种文学趣味人群的“主流媒介平台”，但在这里占据主流还将是类型小说，这是由大众阅读需要决定的，也是由文化工业的性质决定的。在理想的状态下，类型小说是可以分层的。其实现在的网文“大神”中就有“小白”和“文青”之分[③]，“小白文”追求“爽”，“文青文”在追求“爽”的同时，还强调“文笔”和“情怀”。“文青”的粉丝团在人数上通常比不上“小白”，但文化层次和忠诚度都更高。某种意义上说，追求“个性”的“文青”代表着类型文中的精英倾向——这里不是光有几个“大神”，还有他们大量的“铁粉儿”。由于网络文学即时互动的特点，每一部小说都凝聚了无数“集体的智慧”，作者和读者是一个“情感共同体”、“创作共同体”，作者更像是“总执笔人”。如果没有相当数量的“铁粉儿”出钱出力出点子，订阅、投票、赞顶挺，在严酷的商业竞争机制下，“文青大神”是活不下来的。从这个意义上说，有几流读者才有几流作者。近几年来，随着“入网”门槛

---

①“小而美”是2009年马云在APEC峰会上提出的理念，Small is beautiful，在一个大工业生产均质化的时代提倡个性、差异、非主流，“选取一个点，做到极致”，最具代表性的“小而美”产品是iPhone手机。这个理念逐渐流行，尤其在移动阅读市场受到推崇。

②“醒客”为由《人民文学》杂志社自主开发独立运营的手机阅读平台，以中短篇小说及评论内容为主，除当代作家作品外，还将“五四”新文学以来的所有中短篇数据上传，并提供原创发表空间。

③“小白”有“小白痴”的意思，指读者头脑简单，有讽刺也有亲昵之意；也指文字通俗、意思浅白。“小白文”以“爽文”自居，遵循简单的快乐原则，主人公往往无比强大，情节是以“打怪升级”为主，所以也叫“练级小说”。“小白文”的“第二世界”的内部逻辑不甚严密，基本属于“低度幻想类”幻想文学。2012年末，著名网络文学评论网站“龙的天空”有人提出“中原五白”之说，包括“我吃西红柿”“唐家三少”“天蚕土豆”“梦入神机”“辰东”。梦入神机和辰东的早期作品也有人认为“很文青”。经常被指认为“文青”的作家有“猫腻”“烽火戏诸侯”“骁骑校”“愤怒的香蕉”“烟雨江南”“方想”等。

的降低，大量农民工和中小学生的涌入，造成“阅读下沉”、“小白当道”；但另一方面，70后以上的“传统读者”也越来越多地加入网文阅读，随着“媒介革命”的深入，“精英圈”的实力也会逐渐增强。在大众的类型小说之外，还应该有各种小众的圈子，如“耽美圈”“同人圈”，以及上面提到的各种“小而美”。网络时代人类将重新部落化，“部落”越多，形态越丰富，整体的生态就越健康。这些“小众”、“非主流”的“部落”、“圈子”，或有亚文化色彩，或有“纯文学”趋向，在文化观念或文学观念上进行探索，它们探索的成果可以推动更“大众”、更“主流”文学的不断发展。对“小众”成果的吸收主要是由“大众”文学中的“精英圈”完成的，他们不但要吸收各种“小众”的文学成果（包括“纸质文学”），还要与思想界和文化界保持连通，对各种社会思潮极其敏感。“大师级”的大众文学作品一向不是只安置人们的欲望，还要安置人们的灵魂；不是只满足人们最原始的欲望，还要缓解人们最当下的焦虑。像网络文学这样的“集体创作”更是如此。在“大众文学圈”里，“精英圈”肯定是数量上的少数，但只要能被认可为“意见领袖”，就拥有了“文化领导权”。如果这些作品能够与“主流价值观”对接，甚或参与“主流价值观”的建构，就自然是实至名归的“主流文学”。

在“主流文学”建构的过程中，精英批评的力量是十分重要的。现在这部分工作主要是由“精英粉丝”自发完成的。“学院派”研究者如果要有效介入，必须重新调整定位。这不仅意味着研究方法的全面更新，同时也意味着研究态度发生根本性的变化——不能再以中立的、客观的、专业的超然态度自居，而是要以“学者粉丝”的身份进行“介入式研究”。研究成果发表的空间也不应只局限于学术期刊，而是应该进入网络生产场域。比如，对于现在网络文学的研究，如果学院派网络文学批评能够对具有“精英倾向”的作品进行深入解读，在点击率、月票和网站排行榜之外，再造一个真正有影响力的“精英榜”，影响粉丝们的“辨别力”（Discrimination）与区隔（Distinction）[①]，那么就能真正“介入性”地影响网络文学的发展，并参与“主流文学”的打造了。

作者系北京大学中文系副教授

本文原载于《艺术评论》2014年第11期

① 辨别力与区隔是约翰·费克斯提出的粉丝的基本特征之一。粉丝会非常敏锐地区分作者，推崇某些人，排斥某些人，在一个等级体系中将他们排序，这对于粉丝是非常重要的。参见［美］约翰·费克斯《粉都的文化经济》，见陶东风主编：《粉丝文化读本》，北京，北京大学出版社2009年版。

沈　勇｜　论越剧发展与地域文化的关系

越剧，从嵊县施家岙到上海，从上海到全国，再从全国回归长三角①，在这样的起起落落中究竟蕴含着怎样的秘密？作为造就越剧的地域及其文化在这个中间扮演了怎样的角色？地域与文化表征之间究竟是一种怎样的互生关系？搞清楚这些问题，也许能使我们更清晰地思考越剧今后的发展之路。

地域与地域文化的认定与构成

地域与地域文化是两个不同的概念。地域是指“地表的某一特定部分。其范围大小不一，可以全世界为单位，也可以各大洲为单位，甚至可以一国或更小的地方为单位。在自然特性上相似的为自然地域，经济特性上相同的为经济地域，以行政区界划分的为行政地域。划分的相同性质的地域（如经济地域、自然地域）为等质地域；单纯人为划分的性质不同的地域组合为非等质地域；由许多相关部分组成，其中存在地域的中心，由它将各部分统一起来，这种地域叫结节地域或者统一地域，如城市系统，由大城市将各不同职能的城市统一在一起，形成互相补充和联系的结节地域”②。从这个定义可见，所谓的“地域”界定

① 长江三角洲的简称，其文化核心区是环太湖区域，即上海、苏南和浙北，与江南文化亚区的概念大体相当。

② 张文奎主编：《人文地理学词典》，西安，陕西人民出版社1990年版，第139页。

是有变数，它在不同的视野下有不同的认定。如从世界范围看越剧的地域就属于亚洲；从亚洲看则又可称中国为其地域；从中国看既可以“长三角”这样的等质地域进行认同，也可以把浙江或嵊县看作结节地域进行认定。而“地域文化”简单地说“是指世界上某些地域所拥有的文化”[①]。也就是说地域文化是根据文化形成的地理背景，因文化与一定的地域环境相融合而彰显地理特征的一种文化。从地域与地域文化这两个概念看，前者要确立的是视角，后者要认定的是特性。当看待地域的视角发生变化时地域文化所涵盖的意义肯定也会发生一定的改变。越剧，发源于浙江嵊县，发展成熟于上海，目前剧团主要集中在浙江、上海、福建与江苏。因视角不同其越剧发祥地嵊县可以属绍兴、浙江、长江三角洲、江南、中国、东亚、亚洲等等，根据地域文化的概念，越剧也就可以作为 大陆文化、亚洲文化、江南文化、吴越文化、吴文化、越文化等等因地域概念的变化而形成的不同的称谓。如何认定“地域文化”一方面是视野的问题（也就是地理范围），另一方面则是历史构成的问题。为方便分析，根据越剧的发生、发展与当下的实际情况，不至于因为视角的关系而搞混界线，我们暂且以长三角为越剧的地域属性，而把长三角地域的文化——吴越文化[②]作为越剧的文化属性。

笔者以为地域与文化是一个互相影响并不断发展变化，在一定阶段又具有相对的稳定性概念。但是，因为地理性的变化是缓慢且不易为人所察觉的，故而，在早期人类为了适应地理及自然创造的文化在一定意义上是没有大的变化的，形成变化的一定是文化的传播与发展所带来的变化。

吴越文化构成便是例证。文化的传承与发展，不是简单地叠加，其本质在于各类文化基因在流播过程中的裂变与积累，是相互包容、作用的结果，从而使得文化具有延续、再生、流变的特性。春秋时期吴、越两国连年征战，吴越人因此培养出勇武果敢的精神，“断发文身”[③]及“青铜器铸造技术”[④]成为吴越人

① 冯大彪、孟繁义、庞毅等主编：《中华文化精粹分类辞典·文化精萃分类》，北京，中国国际广播出版社 1998 年版，第 1 页。

② 吴越文化地域空间主要在上海、浙江、江苏及福建与江西小部分。

③“断发文身”是吴、越两国同样流传的习俗。所谓断发，是剪短前额的头发，于脑后束髻；文身则是在身上用针或石块等刻画花纹，涂以色料。《左传》记载吴国的始祖，亦即周文王的伯父太伯迁徙到吴地后，即断发文身以示从俗。

④ 从出土的东周青铜剑看，以吴的青铜剑最为精良美观，越王勾践的宝剑，以合金制造，更是出土青铜剑中的代表。此外，当时名闻天下的名剑，亦多为吴、越剑师所作，如吴国的干将、莫邪等。

最突出的标志。直至秦汉，吴越人仍以英勇著称。晋时期南移的北方士族，把汉末开始在中原流行的清谈玄学带到江南，使江南风俗由崇武走向尚文。宋初“重文轻武”的政策，使文人的地位得到空前的提升，至南宋文化重心南移，形成于中原的“文人艺术”[①]又吸收了江南文化的元素，在明清时代成为中国文化的代表。到明清时期，源于经济发达后所带来的全国经济商品化、都市化由城市延及乡村、市镇兴起、市民阶层日渐壮大等等变化，使江南的地域文化又带来了新的变化。宋代秀丽细腻、清新脱俗、富于意境的文人风尚，逐步影响并渗入民间，而原来民间现实并世俗化的风格也同时影响着文人艺术，再加上江南是当时全国经济最为发达、富裕的地域，市民除了种田之外还在农闲时节从事养蚕、编织及手工等劳作，在物质生活满足的同时，迫切需要精神生活的满足，于是大量给市民欣赏的文艺作品陆续出现，逐步形成了市民文艺的风气，形成了一股工整细丽、清新雅淡的风尚，并影响了江南的文化面貌。越剧就是在这样的土壤环境中，在这样的文化滋养下发展孕育而成，可以说是地域文化造就了越剧这样一个剧种。

地域文化与越剧的剧种发展

越剧从1906年初登舞台起，经历了“四闯上海滩”和“新越剧”时期，在1950年至1966年迎来了发展的“黄金时期”，国营剧团数量一度达到175个以上[②]，覆盖的省份达到22个省市自治区，后经“文化大革命”与1985年的《关于艺术表演团体的改革意见》、1988年的《关于加快和深化艺术表演团体体制

---

① 所谓“文人艺术”，就是指由士大夫创作，脱离皇室或宗教的束缚，表现士人特有个性的艺术风格。“文人艺术”不求形似、艳丽，而讲究真淳、神韵，要求艺术品有才气，有思想内涵，并以书画、文房用品为其艺术媒介。

② 对于这个阶段越剧团的数量，各方的表述不一。应志良先生认为“关于越剧团在全国到底有多少，在不同的时段有不同的数据。据文化部1961年统计当时全国专业越剧团达154个。估计在1965年，全国越剧团数量应在175个以上。”（详见应志良：《中国越剧发展史》，北京，中国戏剧出版社2002年版，第181页），而在越剧志中表述为177个。（中共嵊州市委、嵊州市人民政府：《越剧志》，杭州，浙江古籍出版社2008年版，第50—51页）越剧大典的记载是280多个。（原文为“60年代‘文化大革命’前除西藏、广东、广西等少数省外，全国都有专业越剧团存在，据初步统计，约有280多个专业越剧团”。详见中国越剧大典编委会：《中国越剧大典》，杭州，浙江文艺出版社2006年版，第604页）它们表述的时间节点基本一致。由此看来，应该是计算方式上有出入，笔者暂且以应志良先生的数据为依据。

改革的意见》两次大的院团体制改革，当前尚存有国有越剧团25个，其中浙江省19个、上海3个、福建2个、江苏1个[①]。从“小歌班”到“全国第二大剧种”，从全面出击到退守原产地，这其中，地域文化作为无形而有效地制约与推动清晰可见。

首先，从越剧的流变中我们可以清晰地看到地域文化的稳定性特征。越剧源于特定的地理自然环境和历史的文化构成沿袭了吴越文化中“工整细丽、清新雅淡”的风格，这种作为地域文化表征的风格既可代表江南也可通过越剧窥得。从越剧的音乐、剧目及舞台表现形式可见，越剧呈现的是用吴侬软语及温婉曲调慢慢地讲述一个个悲欢离合的爱情故事，犹如贤淑江南女子般既飘逸清丽又风姿绰约，雅淡细丽的俊扮、清新工整的表演，如同雨巷般曲折的故事，耳语般的吟唱，既现代又古典美的美学追求，与传统的江南文化一脉相承。可见，越剧的地域文化特征是鲜明的，剧种的性状、特点、功能都蕴含着江南文化的基因。这种基因在一定的阶段是恒定的、不变的。所以，尽管越剧从浙江到上海、从上海到北京、山东、陕西、甘肃甚至于新疆，遭遇了不同地域文化的冲击与交融，但是，最终还是没有改变其本质因素，也就是说基因没有发生根本的变化。稳定的文化特性一方面因“特色”而赢得了不同地域文化圈的接受，另一方面也因“新奇感”的消退而造成遍地开花但不能结果，不能融入当地的文化圈或者演变成新的剧种，最终退守原地域文化圈的局面。

其次，地域文化对其文化形态具有较强的制约性。既然是源于地域性的文化，其生存发展的空间也必然会受到地域文化圈的影响。所谓“一方水土养一方人”，这其中既表明了人的众多生理及心理特质受制于其生长的环境，也表达了人是其“水土”（文化）的体现者及传承者这样的一种关系。的确，地域性的文化总是与该地域独特文化的历史传承、自然生态环境、宗教、信仰、生产、生活水平，以及日常的生活习惯、习俗等息息相关，总是在经意或不经意间沿袭着该地域特有的一种精神文化特质，同时，其生存与发展也必然受到地域文化圈的制约。越剧在流变的过程中，虽然想在众多的省份扎根，但是最后出现的毛病都是“水土不服”。这里的水土包括两方面的因素，一方面越剧这个剧种本

---

① 数据统计为2009年7月中宣部、文化部《关于深化国有文艺演出院团体制改革的若干意见》出台之前，因院团体制改革后，很多剧团实施了整合、撤销、合并，目前工作还未完成，不能有效统计。

身的营养，诸如演员的培养、语言、剧目、剧种风格等等；另一方面是当地人的口味。事实证明，在众多的扎根外省的剧团生存发展过程中，它永远无法摆脱这种来自地域文化的制约。从越剧的流变看，1985 年中共中央办公厅国务院办公厅发布的《关于艺术表演团体的改革意见》中的那句话最能说明问题："对于那些离开本剧种土壤，在当地缺乏基本观众，经济上主要靠国家补贴的戏曲剧团，应回到本剧种流行较广、观众较多的地区，或予以撤销。"[①] 撤销外省越剧团重要的因素是因为离开了其赖以生存的文化土壤，在当地缺乏基本观众，这才造成越剧团的大量撤销与合并。

现在越剧退守上海、江苏、浙江、福建，也可以看作是一场理性的回归。上海、江苏、浙江本就属于一个文化圈，福建看似例外实则不然。以福建芳华越剧团与福鼎市越剧团两个剧团为例，它们是今天仅存于福建的两个国营剧团。从历史上看，"越剧 20 世纪 20 年代，开始传入闽北，当地观众称其为'嵊戏'……抗日战争时期，越剧在闽北广为流行"[②]。越剧是较早且较多传入福建的剧种。在历史上越剧团的数量一直位于前列[③]，1981 年甚至于超过江苏、上海以 18 个越剧团的数量位居第二。究其原因从地域文化的角度看，福建首先属于闽台文化。这是一种以海洋文化与陆地文化相融合的地域特色文化。同时，福建又属于移民文化。从西晋末年至南宋初立，历时 800 年有几次大的中原移民入闽，到南宋后期因其境内多山，形势险峻，而成为临安的"大后方"。为此，福建的地域文化构成既有中原文化的痕迹又具有江南文化的脉象，这是越剧在福建得以生存发展的文化前提。但是，毕竟是两种不同的地域文化，所以带来的是对剧种原地域文化构成的依赖。如福建芳华越剧团前身是上海芳华越剧团，1959 年支援福建并落户，在其 59 年的发展过程中，仅浙江艺术学校就曾在 1982、1992、2009 年三次为其专门培养演员，称为"福建班"。这些演员都是从浙江嵊州或周边地区招得，以保持越剧风格的纯正性。福鼎市越剧团前身是 1952 年浙江温州的"信陵越剧团"，至今仍然扎根福建。从关于福鼎越剧团的调查报告我们可以清晰地看到它对剧种原地域文化的依赖。如对传统的沿

---

① 中共中央宣传部文艺局：《1981—1985 文艺通报选编》，北京，文化艺术出版社 1986 年版，第 130 页。

② 福建省地方志编纂委员会编：《中华人民共和国地方志·福建省志·戏曲志》，北京，方志出版社 2000 年版，第 132 页。

③ 1965 年前统计是 16 个。仅次于浙江 80 个，江苏 25 个，上海 18 个，位居全国第四。

袭“走近福鼎市越剧团，给人最初的印象是传统得不能再传统了，因为它至今仍保留了原生态越剧的所有草根性，女子班、生旦戏、民间行、背包装……”[①] 又如对演出市场的依赖。“福鼎市越剧团处于一个特殊的地理位置，其社会、文化环境直接受到了相邻发达的区域经济的影响，加上剧种本身对滋养它生长的土壤的依赖，这使剧团不自觉的融入了温州板块，其演出基本上在闽浙边界的乡间，与闽南地区的高甲戏、福州地区的闽剧形成了各自相对独立的区域性演出市场……这种‘红杏出墙’式的跨省作业，对于福鼎越剧团而言早已习以为常，成为了名副其实的‘闽浙边界一枝花’。”[②] 福建的剧团是以这样的方式来进行“水土不服”的调治，才得以生存。类似的“调治”在历史上也不少，如在演员的培养上，安徽芜湖市越剧团、合肥市越剧团、湖北武汉市越剧团、甘肃兰州越剧团、宁夏越剧团、吉林四平专区越剧团等都有从浙江招收并培训学员的历史；在与地方文化的结合上新疆建设兵团越剧团尝试用越剧的形式反映新疆少数民族的题材，排演了《王子与公主》，青海省越剧团排演藏族故事剧《诺桑王子》，西安越剧团广泛吸收秦腔的表演技巧，演出《三滴血》《双青天》等剧；在表现形式的适应上既有天津互助北方、红云北方、群星北方、红艺北方等越剧团用普通话演越剧，也有吉林四平越剧团因为当地观众听不懂道白而专门成立语言改革小组，用浙江人说普通话的方式进行演出。但此类“调治”因为没有像福建那样的文化渊源，因地域文化的差异过大，最终导致失败。可见，越剧的“体质”是与吴越文化圈的“水土”紧密相连的，水土不服会造成体质的衰败，严重时甚至会引发死亡。

但是，地域文化是可以也应该被突破的。这个突破口就在前面论述的地域文化两个方面特性的认识中。根据地域文化相对稳定性的原则，当前越剧不应该再把剧团数量的扩充看成是剧种发展兴旺的标志与追求。因为，当前越剧不管是剧团数量还是在全国流播的范围上都已经比不过河南的豫剧[③]。如果把剧团

---

① 魏明：《一份关于艺术“钉子户”生存的调查报告——福鼎市越剧团走访纪实》，《福建艺术》2010 年第 2 期。

② 魏明：《一份关于艺术“钉子户”生存的调查报告——福鼎市越剧团走访纪实》，《福建艺术》2010 年第 2 期。

③ 根据河南省艺术研究院的调查和统计，截至 2010 年 12 月，豫剧当前在全国共流布 13 个省份，拥有国有专业豫剧表演团体 160 个。当前，豫剧的流布省份和国有豫剧表演团体数量是：山东省 12 个、安徽省 10 个、湖北省 8 个、河北省 6 个、江苏省 3 个、山西省 3 个、陕西省 5 个、新疆维吾尔自治区 3 个，四川省、甘肃省、青海省、台湾各 1 个。

数量的多少抑或在全国流播范围的大小来衡量剧种成熟与兴旺的话，越剧肯定不再是全国第二大剧种，京剧就更不用说了。实质上正如京剧被称为全国第一大剧种一样，“大”、“第一”的概念不是“量”，而是影响力。影响力的实现，一定是跨地域的结果，是在充分认识并提纯地域文化的基础上，融合现代的因子创造而成的。当前的越剧因为其一如既往地继承了剧种创新改革的精神，特别是以杨小青、郭小男、茅威涛、蓝玲、周正平等为代表的一大批导演、演员、舞美人员在越剧传统表现方式与现代审美相结合方面所做的尝试与成就，成为当前众多地方戏曲模仿学习的样板，其影响力一点也不亚于50年代越剧的“黄金时期”。在40年代就参与越剧改革的戏剧理论家刘厚生先生在《越剧的新里程碑》中甚至把“浙江小百花越剧团”创作的《西厢记》[①]与袁雪芬在“新越剧时期”创作的《祥林嫂》进行并列比较。他说：“如果说，1942年是越剧新长征的起点，那么，1946年袁雪芬同志的《祥林嫂》就是一个重要的里程碑……‘浙西厢’的艺术成就，这种成就产生的良性影响，特别是同观众的融合，都可以使她在越剧史上成为越剧的一座新的里程碑而无愧色。”[②]他在为浙江小百花越剧团颁发“中国戏曲学会奖”的颁奖仪式上的致辞中更是明确指出“浙江小百花演出的《西厢记》，把古典名著与现代审美意识和谐地结合起来，赋予了时代的新风貌”[③]。戏曲理论家叶长海更是把这个戏的创作称为“走向新世纪的戏曲”[④]。由这些人员参与创作或演出的越剧《陆游与唐婉》《寒情》《孔乙己》《藏书之家》，新版《梁祝》《狸猫换太子》《越王勾践》《木兰别传》《洗马桥》《西施断缆》《荆钗记》《拜月记》《李慧娘》《琵琶记》等戏不仅奠定并强化了“现代越剧”的剧种风格，更是以“诗化”“时尚化”“深刻化”“个性化”“都市戏曲”等美学追求影响着中国的戏曲舞台呈现与表演风格。如郭小男在新版《梁祝》中，把古典的昆曲身段与现代舞蹈相结合，全剧自始至终流动着舞蹈的韵律，把人物的情感交流与表现放在线条的张弛、折扇的飞舞中完成。“大大地弥补了戏曲身段对人物塑造的单一与循旧，丰富了戏曲表现人物的方式与方法。”[⑤]可以看到，杨小青的昆曲《少年游》《班昭》，绍剧《大禹治水》《八戒

---

①《西厢记》创作于1992年，由杨小青任导演、周正平任灯光设计、蓝玲任服装设计、罗志摩任舞美设计、顾达昌任作曲，由茅威涛主演。获文化部第四届文华大奖及中国戏曲学会奖（金盾奖）。

② 刘厚生：《越剧的新里程碑》，《人民日报》1993年12月30日。

③ 小百花：《〈西厢记〉创作评论集》，天津，百花文艺出版社1994年版，第84页。

④ 小百花：《〈西厢记〉创作评论集》，天津，百花文艺出版社1994年版，第93页。

⑤ 郭小男：《重塑茅威涛》，《中国文化报》2010年12月2日第5版。

别传》，京剧《将军道》，河北梆子《大都名伶》，瓯剧《高机与吴三春》，桂剧《七步吟》，新加坡潮剧《刘明珠》等，蓝玲的京剧《大唐贵妃》《洛神赋》，晋剧《三娘教子》《六月雪》，昆剧《牡丹亭》，评剧《窦娥冤》等，周正平的话剧《生死场》，京剧《华子良》，儿童音乐剧《寒号鸟》，汉剧《蝴蝶梦》，眉户戏《迟开的玫瑰》，婺剧《白蛇前传》，汉剧《深宫假凤》，曲剧《茶馆》，豫剧《大明魂》，评剧《银杏树下》等等在各个剧种中的创作，无不是一种来自越剧的新时期的艺术影响力的表现与证明。可以说，这种把传统与现代相结合的舞台艺术风格、表演风格，是越剧对地域文化的提纯与突破，而这种输出是跨文化输出，它不是剧团在数量地域上的占有，而是一种源于吴越文化的美学风格的输出，正是这样的一种突破与输出，打造着越剧当前在全国的影响力。

根据地域文化对其文化形态具有较强的制约性的原则，越剧除了突破、输出外，还应该重视特色的保有与挖掘。笔者以绍兴的“霉千张”为例。“霉千张”源于绍兴地区的上虞崧厦一带，就是把做好的千张（北方叫豆腐皮）故意用生产豆腐剩下的酸下脚水浸泡，使千张酸化并产生毛霉丝及霉斑后再食用。“吃霉咽臭”的绍兴特色饮食文化，曾让每一位绍兴人痴迷，甚至到“没有霉臭、不能落饭”[①]的痴爱。曾有一位老家在崧厦的华侨为了满足他在香港重病的老母亲的心愿，专程乘飞机来崧厦购买“霉千张”的记载。这和越剧在绍兴地区受人欢迎，大人小孩都会哼上那么几句，至于“粉丝”痴迷越剧所做的疯狂举动那绝对比专程坐飞机买“霉千张”更为出格，因为这本身就是在绍兴这一方土地上民众自发培育出来的属于自己的文化。“霉”“臭”的特色在本地区人看来是正常的，但是，当“霉”“臭”离开绍兴，进入西北、东北、华南后就会产生地域文化间的冲突，其“霉变”的外形，与“霉臭”的气味，会被大多数外地人所拒绝，有很多人的表述是“想到就想吐，更别说吃了”。所以，如果试想在全国所有城市进行推广并扎根（跟越剧一样）是不现实的，更不用说走出国门，发扬光大了，这不仅因为一方风物必须有特殊的水土滋育，崧厦地处曹娥江口滨海区，盛产优质黄豆；附近海边产盐，可提供上等盐卤等原材料的问题，更是因为它的土壤环境在绍兴，作为地域饮食文化，必然受到地域文化圈内人的因素的制约（外省的越剧团到浙江招生、培养就是这个道理）。如果在此刻要让那些抗拒

① 落饭是指吃饭的意思。霉、臭是特指绍兴的“霉千张”“霉干菜”“霉毛豆”“霉苋菜梗”“臭豆腐”等地方特色饮食。

“霉臭”的人去接受并喜欢，这显而易见是行不通的。因为，差异性所引发的新鲜感，其保有的时间是不长久的。人会在“恋旧”心理的作用下，在“记忆”的催化下，回忆与识别会把“一个人在原刺激物的影响下，引起自己的头脑中的某些已形成的暂时神经联系的兴奋，从而提取出或表现出某种已获得的知识经验”①激发出来，产生原有的审美记忆，从而抛弃现在的新鲜感，回归到其最熟悉的审美经验去，越剧最后的退守也就在情理之中了。

但是，利用文化的差异性与人的好奇心理，利用特色进行推广，恰恰是地域文化发展的根本所在。君不见，所有到绍兴来旅游的人都要点一点“霉臭”系列菜感受一下文化特色吗？尽管最后可能是一筷不动，但是他们的确是发自内心地去点了，这就是特色的功劳。诚如西北人初看越剧便会被它的清新、缠绵所吸引一样，这是因为不同文化所带来的差异感。根据心理学的分析这样的感觉称之为“差异原理”，就是不是太熟悉也不是太不熟悉的变异能唤起知觉的新鲜刺激而感到愉快。因为新颖奇特的对象会促使人的脑神经系统兴奋，激发出强烈的注意力，越剧在60年代之所以能一下子在全国范围内扎根不同地域文化圈，有很大程度也是源于差异性。这种因差异引发的审美感受，是越剧走出吴越文化圈，走出中国文化圈走向世界的重要法宝。为此，当文化“趋同”变成一种无法抵挡的潮流，剧种个性不断消失的今天，用一部分剧团来保留本剧种最原始或者核心的个性特征，就显得十分必要。因为只有个性特征鲜明，是发霉的千张，而非为了适应而变成不霉的豆皮，别人才会对你感兴趣。变成豆皮的“霉千张”虽然适应了南北的口味，但是它会因不再具有“霉”的特色而遭人遗弃。所以，“霉”就成为其走向世界的钥匙。越剧建立在地域文化基础上形成的剧目、白口、唱腔等特色，也是如此。

认识剧种的地域性，把传统特色提炼与强化作为越剧立身之本，如或者类似于“越王尝粪”与“霉臭系列”的文化意蕴②的挖掘；把与时尚结合，探索越剧发展的新路子新方向作为越剧生存之动力，上文新时期越剧的改革与探索，并形成的新的剧种美学风格就是例证。

---

① 戴平：《粉墨絮语》，北京，知识出版社1989年版，第26页。

② 据史志所载，春秋末期，相传在勾践为奴3年期间，一次夫差染疾，许久不见痊愈。勾践尝粪以卜安康。勾践尝粪卜病之消息传到越国，越国臣民无不痛哭失声。为了不忘奇耻大辱，大夫文种建议越国臣民要用霉臭食物下饭，以牢记国耻家仇。待勾践返越时，亲见广大臣民吃霉咽臭，知民心之可为，不禁满怀激情。于是卧薪尝胆，采蕺草佐食，十年生聚，十年教训，终于在20年后一举灭吴。

就像“霉千张”的ISO质量体系认证，GB2712发酵性豆制品卫生标准，真空包装延长保质期等等举措一样，只有把地域文化的特色进行强化的同时，又进行了符合当下审美要求与标准衔接，才能实现地域文化的突破。限制—突破，本就是事物的两个方面，没有限制就没有特色，也就没有突破。在一定规范内的突破，那才是符合事物本体性特征的突破，也是该事物之所以成为该事物的规定性。保有本色，实现突破，以两条腿走路的方式，是使越剧既不失去特色也不会失去形成新的特色的机遇的最佳方式。相信，从越剧发展的全局考虑，从地域的布局出发，绍兴地区的越剧本色性再强一点，给像茅威涛为代表的“浙江小百花”或者“都市越剧”团体创作空间与自由更宽松一点，淡化剧种的束缚，他们定能走出一条类似日本宝冢[①]剧团之类的新路。不管本色性的剧团还是探索性的剧团，最后不管其如何发展，最终还是越剧，因为“霉千张”永远也不会成为北方的特产，像“肯德基”再怎么加大“盖浇饭”的份额，拉大与原产地的风格特色，但最后都叫“肯德基”一样。

结　语

认清地域文化与其表征的关系，在越剧今后的发展中坚持艺术特色与剧种精神，并以符合现代人审美需求与欣赏习惯的方式，以不同的题材、不同的风格、不同的取向的越剧艺术家在市场环境中的错位发展去满足不同层次、不同地域、不同年龄段、不同的欣赏方式与习惯，辅以精心策划的宣传、包装与营销，越剧这个吴越文化的民间代表，才能够继续存在。而非“大统一”，用一种标准来要求所有的剧团都搞“都市戏曲”。更何况“都市戏曲”的概念提出本来就有问题。地域文化的保护本来就应该是地方政府部门的工作，地方政府应该从文化战略发展的角度去看待并保护发扬地域文化，而作为嵊州、绍兴等地的专业越剧团，则更应该认清发展的方向与应该承担的责任。因为你们更有条件、有义务、有责任原汁原味地传承这样的一种类似“霉臭”的地域文化，而不是

① 日本宝冢歌剧团现有演员约500人，分为“花组”“月组”“雪组”“星组”和“宙组”5个剧组在全国各地演出，拥有宝冢大剧场、东京宝冢剧场两个专用剧场，全年一共要演出4500场。宝冢歌剧团成立90年来上演2500多个剧目。它经常把在世界各地流行的各种题材和故事、流行的表演形式进行精心的改进，“宝冢化”后搬上自己的舞台。围绕“爱情”“浪漫”“友情”等主题，并推崇“纯情、公正、华美”的理念。在音乐中融入歌剧、音乐剧、爵士乐、摇滚乐、中国民族音乐等各种音乐形式，巧妙地把芭蕾、探戈、国标、现代等舞蹈也纳入其中。

把这些任务移交给完全以市场为主导的民营剧团，让它们去承担。它们没有条件也无法承担这样的重任，因为市场这只手随时都会把这种你认为有价值要保存的东西给扔掉。越剧过去了的一百年是“发生”“发展”“探索”“革新”“造就”的一百年，不知下一个一百年是“突破”“传承”“创造”“辉煌”，还是“无可奈何花落去，空有文物伴身旁”。我希望是前者。

作者系浙江省文艺评论家协会秘书长、教授
本文原载于《文化艺术研究》2014 年第 1 期

施晓静| 中国现当代审美流变中的戏剧呈现

审美之道，古已有之。从先秦时期老子的“道法自然”、庄子的“天地有大美而不言”，到南北朝刘勰的“文以载道”，再到明末清初王夫之的“含情而能达，会景而生心，体物而得神”，中国传统审美观念与美学思想虽然源远流长，但将美学作为专门学科来研究，却是从西方移植过来的。近代著名学者王国维，率先向国人传播西方美学思想，开我国系统研究美学思想、审美理论之先河；“中学为体，西学为用”、中西合璧、东西互补的现当代美学由此发轫，并随着中国现当代社会、政治、经济、文化的演进而发生流变。

如果说西方的现代化是从它自身的传统文化之根中生长出来的，是其文化的发展与自觉，那么，中国的现代化却是伴随着西方殖民者的侵略而被迫开始的，是被输入、被强迫的。1840 年鸦片战争之后，中国饱受列强欺凌，如何争取整个国家民族的生存空间，成为当时中国的第一要务。在思想文化界，以严复译介达尔文“物竞天择，适者生存”的生物学原理为标志，中国的现代化启蒙也大多是以救国图存为初衷的。一百多年来，中国的志士仁人前赴后继，一直都在寻找救国救民的道路，民族民主革命斗争始终是时代发展的主潮。挽救危亡、忧国忧民、革命理想、英雄情结，构筑成为当时社会的最强音。这种时代大潮反映到审美文化和审美风尚中，则表现为崇高、忧患、悲愤。古装京剧《抗金兵》《生死恨》《明末遗恨》《洪承畴》，古装话剧《屈原》《棠棣之花》，现代话剧《雷雨》《原野》，抗日战争时期的街头剧《放下你的鞭子》等作品，正是这种风尚的形象体现。

新中国成立后，马克思列宁主义成为新的国家意识形态，推翻已有数千年历史的私有制，建设以公有制为主体的社会主义国家，成为中国抗衡业已发展了百余年的资本主义强大阵营的基本国策。文艺政策则沿用毛泽东发表于1942年的《在延安文艺座谈会上的讲话》精神，确立文艺是“从属于政治”的，走的是“工农兵方向”。尤其在20世纪60年代中苏交恶之后，中国更是既要同时面对美苏这两个超级大国的强劲对手，又要力图探寻一条独立自主、自力更生的强国之路，内忧外患，经验匮乏，虽举步维艰，却绝不示弱。于是，政治挂帅、意识形态与阶级斗争等，都被推至前所未有的高度。严酷的意识形态斗争和尖锐激烈的阶级斗争，使得马克思主义美学被大大地狭隘化了，基本否定了美和艺术的超功利性，过于强调文艺的政治宣传与思想教育功能，最终导致文艺必须要为现实服务、为政治服务，乃至是为一时一地的政策服务。这种被狭隘化的实用主义美学，在当时因其能够起到统一思想、凝聚人心、提升自信、鼓舞斗志的作用，而得到广泛的认同。那个时代的审美心态普遍是一种满怀豪情、斗志昂扬、狂飙突进式的崇高，形成了一种那个时代所独有的“英雄主义审美场”（见封孝伦《20世纪中国美学》）。大型舞蹈史诗《东方红》，现代京剧《红灯记》《沙家浜》《杜鹃山》《平原作战》《奇袭白虎团》《海港》《龙江颂》，现代舞剧《白毛女》《红色娘子军》等样板戏，则代表了那个时代的审美取向。虽然也曾涌现出京剧《逼上梁山》、豫剧《朝阳沟》、黄梅戏《天仙配》、越剧《红楼梦》、评剧《刘巧儿》、川剧《杜十娘》、粤剧《搜书院》、吕剧《李二嫂改嫁》，以及“一出戏救活了一个剧种”的昆曲《十五贯》等众多优秀作品，形成新中国戏剧的第一个黄金发展期，但由于这一大批剧目后来都受到了不同程度的批判而失去了典范意义。

20世纪70年代末到80年代中，美学因在中国学术界率先进行“解放思想”的尝试而一度成为“显学”。以李泽厚《美的历程》为代表，中国美学界开始注重从本民族传统美学思想资源中吸取养料，以构筑自己的美学理论体系，即实践派美学理论。虽然实践派美学在试图消解原有意识形态的同时，自己也充当了意识形态话语，但它仍是一次知识界比较自觉自愿且相对独立的社会思想启蒙。在这一时期，中国戏剧也迎来了新中国成立后的第二个黄金发展期。从话剧《于无声处》《丹心谱》《陈毅市长》《报春花》，到探索戏剧《一个死者对生者的访问》《狗儿爷涅槃》，以及小剧场戏剧《绝对信号》等等，它们见证并引导着国人由热心政治到疏远政治、从歌颂英雄到关注“小人物”的渐变。“20世纪70年代末到整个20世纪80年代，随着国内政治文化背景的变化，社会大众审美风潮亦为之改观。其总体特征是：集体英雄主义衰落，个体性平民意识增强。”（见薛富兴《20世纪后期中国美学概观》）。人们往往不再关注政治历史的宏大叙事和伟大主题，而只关心身边生活化的“小型叙事”。

20世纪90年代以后，中国的社会经济、思想文化等各大方面发生了巨大而深刻的变化，社会的转型导致了作为审美主体的人也发生了极大的改变，审美理论与审美实践都呈现出不同以往的复杂性、丰富性和新颖性，表现出对传统审美文化的反思、反叛，对美学理论的重建、超越。“后实践美学”将审美超越性作为新的立足点，以期在融入全球化审美文化新发展的同时，努力表达民族化的美学追求。大众消费的世俗趣味第一次成为审美文化的主导趣味。到了21世纪，审美风尚愈发多元化、世俗化、生活化、享乐化，呈现出“审美标准国际化，理性审美普泛化、都市文艺成熟化、青年文化主流化、艺术传播综合化、生态观念深化等”“后现代审美文化的特有姿容”。（见杨岚《新世纪中国审美文化发展的六大趋势》）。在戏剧舞台上，既有体现社会主流价值观的“主旋律”作品，如话剧《郭明义》《生命档案》及京剧《牛子厚》；也有展示个性化审美的小剧场戏剧，如开心麻花与雷子乐笑工厂的系列作品。既有坚守传统审美的传统经典剧目演出，如上海越剧院2013年1至7月的108场演出，80%以上都是古装剧目；也有与日常生活、工业化、商业化、高科技等联系紧密的“前卫”“时尚”秀，像《爸爸去哪儿》《谢天谢地你来了》等时下风行的各种版权属于境外或效仿境外的大型真人秀与即兴表演电视节目、角色扮演活动等，都运用、延伸、融汇、拓展了诸多戏剧元素。虽说当下是迎合大众欣赏口味的“大众文化”风起云涌，但受到“小众”青睐的“高雅艺术”也有其一席之地。

通过不同历史时期的戏剧呈现我们可以看到，中国现当代审美无论有过怎样的阶段性跳跃与转型，都一直秉承着“古为今用”“洋为中用”的基本精神，而且还将继续这样发展下去。

作者系安徽省文艺评论家协会秘书长
本文原载于2014年4月25日《安徽日报》

索久林| 以“通感”打开摄影创作瓶颈

摄影术诞生以来，在摄影创作上，人们就自觉和不自觉地运用一种多种感官相互挪移、共同合作的认知和表达方式。我们称这种表现方式为“摄影艺术通感”。

作为一种认知和表达方式，通感自古就存在于人类的生产生活中。近代，国外一些学科开始研究它。半个世纪前，钱锺书先生发表了《通感》专论，成为我国通感理论研究的里程碑。近年来，语言学界、心理学界、生理学界和文学、音乐、美术、书法等艺术门类，都在涉足通感的理论研究，然而，它却迟迟没能光顾摄影理论界。

研究和运用摄影艺术通感，将有助于摄影人走出摄影“进门容易提高难”的困惑；有助于构建和丰富我国的摄影艺术理论，推动在全民摄影、全社会摄影大潮的健康发展。

通感，是一个多层面的概念。不同学科的通感，在认知和表达上具有不同的意义。在摄影层面，艺术通感的运用，对于摄影创作来说，自然具有不同于其他通感的特殊意义：它会促使我们摄影人在认识能力、表达能力上产生一种前所未有的飞跃，让创作进入“大鹏一日同风起，扶摇直上八万里”境界。

运用摄影艺术通感可以增加摄影主体艺术感觉的触角，多层次、全方位地感受生活，为创作采撷取之不尽的素材

大千世界，博大丰富，异彩纷呈，为各种文艺创作提供了源源不断、永不枯竭的素材。然而，许多摄影人在创作上却长期面临着一种“找不到感觉”的现象，成为摄影作品生产的一个瓶颈。“梦里寻他千百度”，蓦然回首，才发现：走进艺术通感，可以为我们打开这个瓶颈，让摄影创作的潮水奔涌而出，源源而来。

（一）以心灵的感悟去唤醒的视觉

许多人视觉疲劳，看不到艺术美，是因为视觉“无心”，视觉里边无情感、无思想。中国古代思想家荀子认为：人的五官各有分工，但是，心为“天君”。他强调了心的作用。“天君”，在那个年代的语言里，“君权神授”，统管天下，主宰一切，各个感官必须听命于心这个天君。陈育德先生进一步阐释这种现在看来有点奇异的比喻，认为是“心统五官”。心的感悟，来自五官，心的感应又统率和支配五官。艺术通感把五官收集到感觉赋予视觉，视觉就会产生动力和激情，走出“习以为常”“熟视无睹”的麻木状态，进而去能动地实现“自然的人化”或“人化的自然”。如此，摄影家的心被激活了，生活中的创作素材就会灵动起来。

1. 可以在无关的事物上找到与自己情感的关联。被誉为 20 世纪摄影大师的美国摄影家尤金·史密斯，以战时题材成名，“创作了战争史上最让人震动的照片”；以很多社会纪实作品，对社会不公进行了真实写照，深深地影响了美国民众。这样一位表现重大事件和生活热点的摄影家，面对逆光蹒跚行走的两个小孩——这样一个看似与己无关素材，却挖掘出了重大主题：创作了迎着阳光、充满希望、《走向乐园》的崭新形象。当时，“二战”刚刚结束，人们的生活需要希望和信心。作者通过作品的形象，表现积极向上的精神，也是一个关乎社会的重大主题。这是作者用心中的意觉，捕捉生活中的物象的结果。被誉为“当代摄影之父”的美国摄影家斯蒂格利茨，提倡“纯摄影”，发挥摄影自身的特质，拓展摄影艺术的独立空间，摄影创作上有巨大成就。他在人们每天都可以见到的云朵与天空的寻常景象中，抓到“对应物”这一特殊的形象，用看似与人无关的物象，表达了主观的特殊感受。这些作品，都是视觉被心里激活的收获。

2. 可以在小事物上，找到“大”的意义。花花草草是我们的身边常见的事物素材，也是摄影人拍“烂”的题材。有时候想找到一个奇花异草很难（更何况摄影家并不是专门研究植物的专家），然而在艺术通感的视野里，则是另外一种情形。美国当代摄影家克里斯托弗·布尔凯特用多感的视角，把花花草草素材表现得极为生动。《绿色藜芦》是一幅绿叶的特写。他把绿叶错落有致的排列表现得十分精致，用听觉的节奏和韵律感，彰显了丰富的内涵。他说，他频繁地来到阿拉斯加的藜芦丛中，总是试图找到最佳的表现方法，最终在特殊的审美中找到了“最佳”。这一点，很多摄影人都有感受。在江西三清山下创作时，赶上连续降雨，三清山上不了，一时感到没什么可拍的素材。当地农民讲，这雨对刚插秧的水稻很有益处，这个季节的雨还有很多其他的好处，这是老天给送来的福气。“天恩”——这个心里的感悟，唤醒了我的视觉：仔细观察雨中的生命，那些小花小草似乎都在享受着一种恩赐。这对于我是一种提示。我注意到身边的一株小草：纤细的枝叶间，挂着硕大的雨珠，晶莹剔透；周围还留着许多雨丝的痕迹。雨珠的这种质感、雨丝的这种动感，给人们的感觉是十分深刻的——《雨的恩泽》，如此意觉，给了我创作上的动力。这是大自然对生命何等无私的给予！在大自然的怀抱里，生命如此地存在着的！作为智能生命的人类，也应该意识到自己和大自然的关系！另一幅以树为题材的作品，也是身边小事，同样得益于心的感悟。小兴安岭，三月，雪化了，草未绿，山上的色彩不算好。就风光而言，按说没有什么拍的。但我们仔细观察此时山中的生命，发现了红柳枝条上那种可看的信息：那些执意向着阳光伸展的枝条上，怯生生而又耐不住探出头来的“毛毛狗”，很有节奏地分布着，它们质感地存在着，并一意地争取春光，似乎在演奏着春的序曲。这幅《序曲》，让人们看到了轰轰烈烈的季节更替是怎样从这几个小树枝上开始的，每个生命应当负有什么责任。

3. 可以让日常生活中习以为常的“旧”事物，洗心革面，绽露新的艺术风采。公路边阳沟有落雪，落雪上有树的影子，这在北疆的冬天，实在是习以为常的生活现象。一般地看，看不出什么“意思”来。当我们感觉到生活在冰雪环境中的人们，那种热爱生活、向往美好的情怀之后，生活之中的各种冰雪物象，在眼前顿时闪出了光亮，一切都不一样了：雪地上，树木的投影充满着节奏韵律；它们在结构一种生活，诠释一种生活，也在昭示一种生活。《雪地的律动》就是表达这样一种感受的。

4. 可以让长期“潜伏”的意觉，勃然而起，带来视觉的冲动。太阳是古今中外文艺作品中绝不少见的题材。屈原在《九歌》中就有“暾将出兮东方，照吾槛兮扶桑”的诗句。白居易、杨万里、高适、王维等都有描写太阳的名篇，闻一多、艾青关于太阳的诗歌，也享誉诗坛。太阳是无私的，公允的，太阳把它的恩典给了整个世界，而不是世界的某个部分——不管是帝王将相还是庶民百姓，不管是高山大河还是小花小草，谁也不能独享太阳！这个意念常常在我的思绪里绕来绕去，但一直没有合适的表达机会。一次我们在海边拍摄日出时，这个意觉唤醒了我对太阳这个题材新的理解。早晨天边没有云雾，太阳出来就是黄的。仔细观察，太阳把黄色的关爱，给了海浪、给了浪花、给了沙滩上的水泡、给了细小的沙的纹理——远处，这黄色的关爱又给了云海与苍穹……这正是我们需要的太阳！这幅作品称之为《给予众生》。表现上，通过变形夸张、质感张扬等方法，较好地体现了“光照全球——不许独占”的立意，产生了较为理想的视觉冲击力和感染力。

罗丹说：“对登堂入室的艺术家来讲，自然的一切，无一不美。不是生活中缺少美，而是缺少对美的发现。”借助摄影艺术通感，我们就会强化美的发现，获得生活中那些丰富多彩的摄影素材。

（二）以特殊的审美取向纠正视觉的误区

摄影艺术审美活动，是各种感官的集体活动。有时候，我们欣赏一幅作品的美，其实，不仅仅是视觉在活动，其他感官也在我们的心里“默默”地配合着：可能是嗅觉嗅到了气息，可能是听觉听到了乐感，也可能是触觉感到了温度等；这些感官共同向大脑发送审美信号。创作活动也是这样。但各种感官因其功能不同，存在着不同的审美的差异。不同的感官，对审美有着不同的要求。各种感官，同样互有长短。视觉有时候出现的某些对审美认识的“误差”，需要其他感官予以校正。否则，很难完成摄影艺术创作。

1. 可以纠正视觉片面“求全”认识的误区。视觉上习惯的“全”，往往指物体形态上的完整。艺术要求的完整，是艺术感觉形态上的“到位”，它要求的不是物体的外在形态如何。许多摄影大师，正是借助通感的作用，有意识用视觉上的“不完整”性，创造极佳的艺术效果。著名摄影家阿诺德·纽曼为作曲家史特拉汶斯基拍了一幅弹奏钢琴的照片。作品让一个黑色的巨大的琴盖占了绝大部分画面，而史特拉汶斯基只在画面的左下角的琴台边露出一只手托着脑袋的不完整的影像。按照视觉习惯，一般的拍这种工作照，会把钢琴和弹奏者都放到画面中心位置，或者人比钢琴更突出一些。但纽曼没有那样拍，他着力表达作者和音乐的关系，突出强调音乐感觉。如此拍下来的作品《作曲家史特拉汶斯基》人物虽然不完整，但作品的音乐感觉是完整的、强烈的、富有冲击力和感染力的，因而成为纽曼的成名作。假如人物形象再突出，求“完整”，恰恰弱化了作品的艺术效果。这一点，我们中也经常遇到。北方早春的小河边，经常出现一片一片融冰的场面。那场面里，有各种形态的冰融雪化的痕迹。按视觉要求，它们不够规则、不够完整，甚至有些脏乱。但听觉让我感觉到它们在节奏韵律方面的艺术美是完整的，给了我们创作冲动。摄影作品《河畔春汛》便是这样的题材。它通过特殊的构图，突出了节奏韵律；通过曝光和色温控制，消解了“脏乱”，让一首魅力的春曲油然而生。

2. 可以纠正视觉片面“求大”的认识误区。视觉的“大”，一般指物体存在空间的物理形态；艺术通感的“大”，是指感觉中的意义，是观念形态的。它们有着本质的区别。近年来，数字摄影技术的发展，使多种相机具有了全景图的拍摄功能：有 180 度全景图，也有 360 度全景图。后期制作的许多接片软件也具有全景图功能。许多人追求全景图，迷恋记录大场面的气势。但这种“大”，不一定是艺术。片面追求“大”，至少有两个弊端：一是以“大”为目的，影响对表现对象审美属性的捕捉和开掘；二是过分地追求“大”，势必造成表现对象鱼龙混杂，影响对主体的表现和对主题的表达。“大”的作品并不动人；获取艺术还必须研究艺术感觉。拍冰雪时，面对晶莹剔透、洁白神圣的童话世界，多种感官参与的艺术通感告诉我们，白雪对世界是一种洗礼，对生命是一种净化、一种提纯、一种升华。这种意觉，让我们从洗礼和圣洁的角度确定立意，让雪的表现服从于这个立意，而不是服从“大”。《圣洁的重塑》就这样创作的：在漫山遍野的雪松中，选择两株最典型的雪松做主体，背景展示出不可胜数的雪松群，色温和对比度的控制，又使画面呈现版画般单纯、简洁、厚重的艺术效果——奇异的大雪，就这样为世界塑造了一个超凡脱俗的形象！虽然树的形态不够“全”，场面也不够大，但这样的表现，比起“大”和“全”更有艺术感染力。

3. 可以纠正视觉片面“求真”的认识误区。就表现对象而言，视觉中的“真切”，往往指物体边缘清晰，形态逼真；而艺术上的“真切”，主要看它的典型意义，体现出来的审美价值。完全依赖视觉里物理形态真实，就会丢掉艺术。《风雪中的徜徉》是表现树丛间落雪的动态作品。按视觉要求，这种落雪有些模糊，看不准环境和主体，看不出"大小多少"。但触觉却认为，它有强烈的动感效果，从环境中的落雪到主体的小树，似乎都处在运动之中，展示一种愉快的运动美——作为北陲的树木，风雪中它们应当是欢愉的，因为这种风雪对它们是一种爱抚，给了它们一个放逐灵魂的天堂。这一感觉，是真切的、不容置疑的。艺术通感就这样让许多视觉忽略的素材死而复生，为摄影艺术创作开辟了素材的源泉。

（三）以各种感官的联合协作，提高感觉的捕捉能力

博克认为："美是由能引起人爱或某种情感的一种或几种品质产生的。"他证明了物体审美品质的多向性。摄影创作中，感受生活的过程，就是认识生活的过程。表现对象审美品质的多向性，对摄影家的认识生活具有重要的影响。它要求摄影家要运用多种感官，多角度、多侧面、全方位地认识和把握生活。艺术通感恰好以多种感官的联合行动，为摄影家提供了这种能力。

1. 各种感官可以在发挥"各有所长"的运作中，捕捉各自的感受。人的各种感官，职能"有分有合"，功能有长有短。摄影家的各种感官联合起来，可以利用其各自的长处，观察生活，了解表现对象的自然与社会环境，掌握表现对象的形态、属性、发展变化等，捕捉它的多方面的审美品质。长白山的冬天，经常是漫天飞雪。面对这类冰雪题材，我们仔细研究它的审美意义：可以表现冰雪的圣洁，可以表现环境的严酷，也可以表现树木不畏严寒的品格。但触觉让我们从一簇被风雪反复折倒、反复弹起的树枝上，体会到了"历练"的意义。风雪对树木拥来拥去，是冬天北陲大山里的常态生活；风雪过后，树木照样茁壮成长。从这个意义上看，风雪对树木不是摧残，是一种生命成长过程中必要的历练，正如个人面对社会生活中的坎坷一样。这种向度的感觉给了我创作情趣和动力，利用一阵大风雪刮来把树枝拉成弯弓的瞬间，完成了《季节的历练》这幅作品的创作。没有触觉的作用，风雪刮过树枝瞬间艺术美，可能会被忽视。

2. 多种感官的联合协作，可以产生一种"综合性"艺术效果。生活当中的许多素材，用单一的感官去感觉，看不到什么艺术价值。当多种感官共同去感觉时，"多感相加"，就会产生"一加一大于二"效果，其艺术价值就会显现出来。有时候还会使摄影家在"踏破铁鞋无觅处"的困境中，撷取"得来全不费工夫"的收获。《雪海情思》是在长白山创作的作品。作品取材于大森林中的冰雪。二十多公里的冰雪景观地带，我们跋涉了一个上午，冰雪片子已经拍了很多了，

实在找不到什么可拍的东西了。我们努力调动各种感官，捕捉新的发现。果然，在漫山遍野的大雪中，有几缕阳光从树缝里透出来，给人一种新的感觉：一种严酷中的柔情，一种奇寒中的温暖，一种雪雾弥漫中的清新，一种大雪围剿中的生存的希望，或者还可以理解为大自然给冰雪中生命的一种庇护。冰雪中的大自然，也不仅仅是摧残或炼狱，也有充满人情味的关爱。风雪中的大山，是一个情感丰富的世界！这个收获，既来自触觉的“温暖”，又来自嗅觉中的“清新”，也来自意觉中的“柔情”“希望”“庇护”。试想，如果不是多种感官的联合捕捉艺术感觉，表现对象的艺术价值就很难得到体现。

运用摄影艺术通感可以加深摄影主体对生活的理解，更深刻地领悟和发掘表现对象的意义，提高作品的思想和艺术价值

“通感能使客观对象的审美属性更深入地得到发掘……通过一系列感官系统的转移、渗透，不仅不会使原有的直接感知受到破坏，反而会获得更为深刻的内容，形成更为突出的特征。”这是美学家对美术创作运用艺术通感地分析。这种分析对摄影也是适用的。这里讲的主体对客体的“发掘”“转移”“渗透”，其实是对多种感官获得的艺术信息综合分析、提炼的过程。有了这种综合分析、提炼，摄影主体就有了更深地理解客体、更优化地选择感觉的条件。

艺术通感，较之视觉单一感官而言，它给了我们更全面、更深刻、更生动地认识和表现生活的方法。

（一）可以更好地捕捉表现对象的审美特质

摄影创作的任何表现对象，都具多种审美向度，但一定有一种向度代表其特有属性的审美品质。比如树木的审美品质。很多大树都具有高大、粗壮、生机勃勃等审美品质，但不同的树木又有不同的特质：松树的特质，可能是挺拔；老榆树的特质，可能是沧桑；垂柳的特质，可能是柔性。每一种“特有”的审美品质，都具有独一无二的个性，抓住了表现对象的审美特质，有利于塑造摄影作品的艺术个性。摄影作品的艺术个性是作品创作立意、表现手法、艺术风格的集中体现，也是作品艺术价值的体现。

表现对象的审美品质，有时候存在于多种感觉层面，需要在多种感官的比较中去发现、去认识、去采撷。艺术通感为我们提供了利用多种感官发现表现

对象的审美特质的条件。欧洲大森林的秋天，秋霜把树枝、树叶、草丛染成五光十色的花海：它的审美品质，有丰富的向度，有成熟的向度，有“落叶归根”的归宿的向度，有树木排列的节奏韵律，也有落叶鲜活表现出来的生机。哪一种是它的特质，需要在各种感官比较中鉴别。最后，觉得这些秋霜染黄的树木，树叶黄而不枯，落叶落而不萎，这在触觉表现出的生机活力和树干排列的节奏更为突出，更能体现欧洲秋色的不同凡响，也是其最为突出的审美特质。从这一感觉出发立意、选材，使《金色生机》在秋色素材的“群象”中脱颖而出，展示了更好的艺术价值。

表现对象的审美特质，有时候只存在于某种特殊的感觉中，需要特殊的感官去感觉它；其他感官，此时处于无感状态。这种情况下，就要发挥特殊感官的作用，使其扬长避短，尽其所能，在通感的统一框架内有效地捕捉感觉。

表现对象的审美特质，有时候存在于动态之中。事物都是发展变化的。表现对象存在的条件和其自身，也会发展变化。这种变化也会产生新的审美因素，使其审美特质发生变化。在暴风雨的环境中，松树的审美特质，可能不是俊俏，而是坚韧与无畏；老榆树的审美特质，可能不是沧桑，而是坚定与沉稳；垂柳的审美特质，可能不是柔性，而是韧性。要表现好物象的审美特质我们认识它的角度也要不断调整，借以适应不同感官对它的认识。

（二）可以表达摄影家特有的情感

“以物寄情”是艺术创作的普遍规律和常用手法。然而，在摄影创作中，摄影家“以物”表达特有的感情，却并非易事。单一的视觉，很多时候使主体抓不住与物象情感的联系。摄影不同绘画，缺什么“凭空”可以画上什么。摄影面对许多“没有”的表现要素，难免陷入尴尬。然而，艺术通感调动多种感官，为主体与物象的情感联系创造了较多的途径。

一个物象在多种感官中，可以产生多种感觉形态，给主体以更多的选择空间。秋天在许多地方都出现“应接不暇”“如醉如痴”的“盛况”。有些层面，也滋生出与醉生梦死相联系的颓废。面对秋天的大山，那压顶而来且有拥拥挤挤的五彩树木，我感到很需要表达一种超脱感，抒发一种“宁静志远”的情怀。但视觉里，一时很难捕捉到合适的物象。仰望天空时，蓝天的背景下，那傲然伸出的树枝，却让人嗅到一种清新、高雅。这是一种“洁身自傲”的“修炼”，也是一种出淤泥而不染的高尚。嗅觉，催生了《向往》这篇作品的立意。

特有的情感，也可以在多种感觉酝酿出来的意觉中得到很好的表达。李商隐的《嫦娥》诗中写道：“云母屏风烛影深，长河渐落晓星沉。嫦娥应悔偷灵药，碧海青天夜夜心。”李商隐表述的是仙境的寂寥，追求成仙悔悟，向往人间的美好与执着。这里边既有视觉感受，又有触觉和意觉感受。《天上人间》便把《嫦娥》诗中文学意念引发出来的特有情感作了较为理想的表达：云雾中的月亮，半遮半掩，透出一种清冷；而月光却一意地投向大地；大地是朦胧、亲切又充满节奏感的丰富的人间生活。多种感觉，让人看到了月与大地、与人间的一种关系、一种情感，这是生命的一种境遇；也可以看到一种人格、品格。

（三）可以开掘表现对象的最佳的审美属性

对表现对象审美属性的发现，是一个复杂的认识过程。表现对象的特质属性、摄影主体特有情感的属性，可能是很有特色的审美属性，但不一定是最佳的审美属性。最佳的审美属性，一般应理解为，具有或新颖或奇特或深刻的审美特征和典型意义的审美属性，它能使作品思想和艺术价值得到最大化的表现。

在通感的作用下，人们对物象的审美属性可以运用多种感官，反复比较：看它们自然属性、社会属性；看现实意义、长远意义；看时代气息、生活气息；看内涵的凝聚力和视觉的张力等等，从中选择最有意义的审美向度。以表现北大荒黑土地题材的作品为例。面对深秋的田野时，我们看到了它一望无际的辽阔；当走到远处感受那些田垄的线条时，在起起伏伏中听见黑土地那不平凡的生活旋律。仅仅这些，觉得还不足以表现出北大荒的境界。意念告诉我们：北大荒人走进这片神奇的土地，把生命与理想投注了这片土地；这片土地吸引着他们，左右着他们，他们一代一代人的情感与这片土地永恒着，他们与这片土地已经融为一体……多种感官的比较中，让我们认识到了北大荒最佳的审美，应当包括更丰富、更深邃的内涵。《品读北大荒》就体现了北大荒的特质：大地，苍茫、辽阔、厚重、严峻、博大，既有历史感，又有时代气息，这是真正——最佳的北大荒！它比起仅仅表现田园的大场面和表现田垄韵律要深刻、丰富得多。

艺术通感的运用，有利于摄影家创造最佳的作品意境。国画大师李可染认为：“意境是艺术的灵魂，是客观事物精粹的集中，加上人的思想情感的陶醉，使作品达到情景交融的美的境界。”艺术通感为摄影家走向这种境界打开了方便之门。

通感为我们提供了多种感官横向比较的条件，也提供了纵向比较的条件。它可以跨越时间的界限，把某种感觉同“过去”的感觉加以比较，从中遴选最佳的感觉。

运用摄影艺术通感可以延伸、丰富摄影主体的艺术感觉，催生奇思妙想的摄影语言，提高艺术的传递功能和艺术感染力

通感机制，使作者的艺术感觉由一种演变为多种，由一个侧面扩展到多个侧面，有时各种感觉互相交织，拓宽了感觉的时间和空间，扩大了感觉的内涵和外延。表达这种特殊感觉的特殊艺术手法、特殊艺术语言，也会应运而生，创造出不同寻常的奇妙的艺术效果。

（一）感觉的挪移有利于产生推陈出新的艺术效果

新颖奇特，是构成艺术美的一个重要因素。英国 17 世纪著名文学家爱迪生认为：“凡是新的不平常的东西都能在人们想象中引起一种乐趣，因为这种东西使心灵感到一种愉快的新奇，满足他的好奇心，使他得到原来不曾有过的一种观念。……就是这个因素，使一个怪物也显得有迷人的魔力，使自然的缺陷也能引起我们的快感。”追求新奇，是所有艺术家的共同热望，也是一种无法轻易得到的困惑。摄影家自然要受制于这种规律。

在单一视觉感官的支配下，许多生活让人感到“太过熟悉”以至于熟视无睹；许多题材在反复拍摄、展览后，作者和读者同时为此感到视觉疲劳。追求认识和表现上的创新，是人们的一种迫切要求。文学界在解决这个问题时，提出一种“非相似化”理论，要求作者通过语言和技巧的变化，把熟悉的事物当成陌生的事物来描写，进而创造陌生感。

文学的“非相似化”的要求，也是摄影界面临的迫切问题。艺术通感，可以帮助摄影家有效地除去“相似化”，创造陌生与新奇。人们习惯于用眼睛看具体事物，用耳朵听声音，用嗅觉闻气味，如此等等。艺术通感打破了这种规律，让视觉之外的感官提供新的感觉要素。这种新的感受，会促使摄影家神经系统兴奋起来，产生新的创作立意和创意。残荷，是我们常见的、常拍的题材。走马观花地看，很难找到感觉。当我潜心地听它们的时候，感觉发生了变化：从两株荷葵相望的姿态上，从它们摇动产生的涟漪上，仿佛可以听到它们的窃窃私语：

它们在述说自己的事情，它们或者在谈论这个世界。总之，这个世界有它们的存在；存在的空间又是如此之大，以至于画面里的整个世界只有它们！就这样，艺术通感让一个司空见惯题材，产生了与往常很不一样的感觉。这幅摄影作品，就是《他们》。

“以意寻象”的感觉挪移方式，也会给摄影作品带来新意，拍出来的作品，在相同题材的表现上，有了一定的突破。

（二）多种感觉的交汇、融合增强了艺术感染力

通感给予摄影家的“多感性”摄影语言，也会增强摄影作品的冲击力和感染力。美国摄影家菲利普·迈克尔拍的《绿林清流》，表现绿林倒映在水中的一幅作品。蓝水、绿影给人以视觉的快感；一排排起伏而有节奏的水波构成的乐感又直扑人们的听觉；慢速快门产生的轻纱般的伸手可触的水的形态，又给人以触觉的愉悦，生动的多感性摄影语言，给人以多感官的愉悦。

具有多感要素的素材，在我们身边并不少见。单一的感官或者较少的感官，可能感觉不到它的意义，将较多的感官作用它，就可能产生“颠覆性”效果。夕阳下，水库里几条小船。这样的素材，人们司空见惯，无法产生兴趣。但当我们用多种感官去感受它时，它的意义发生了变化：一片斜射的霞光让远处的小船成了剪影，水边的小船露出质感，给人温情和亲切；落霞中水面波浪的动感，又使画面产生了生机；水面的曲线，给人以乐感的温馨；山影的黑暗、水面的红光、整个画面的静谧，又营造出一种特殊的意境。这种意境，可谓陈育德先生讲的“象通于意”，化景物为情思。古人“自在飞絮轻如梦，无边丝雨细如愁”的诗句中，“飞絮”生“梦”、“雨丝”生“愁”，化实为虚，以象取意。这种效果，在摄影创作中同样产生了：多种感觉，让《遥远的记忆》生发了更深的意蕴。

（三）艺术通感催生了许多鬼斧神工的表现手法

摄影创作的表现手法，并不是摄影家随心所欲可以选择的，很多时候它是立意提出的要求。没有好的立意，许多表现手法——包括艺术表现技巧、前期拍摄技术和后期制作技术等，都无法找到用武之地，甚至长期“闲置”起来。艺术通感使主体和客体之间意象互通，打开了主体审美情感赋予客体的大门，摄影主体的审美追求，可以在广阔的物象空间里纵横驰骋，从而拉动摄影表现手法

随机应变，花样迭出，甚至出神入化。

去澳大利亚摄影创作的人，都少不了要拍悉尼歌剧院。相互重复，千"院"一面，令人困惑。当我们从悉尼歌剧院特殊造型和音乐载体上认识它的音乐特质时，"表现它的音乐性"这一立意，便使许多艺术、技术手段应运而出。当夜幕降临，歌剧院及其周围的一切落入蓝色的夜幕和海湾的倒影里。歌剧院要成为错落的旋律，这就需要选一个特殊的角度，把灯光中的屋顶拍成贝壳叠加一样的效果；路灯投入到水中的影子，要成为一个个跳动的音符，这就需要镜头抖动拍摄、变焦曝光等方法；海湾要拍成一个墨蓝的舞台，需要用慢速拍摄，表现出水的柔性……多种手法、多底合面成的摄影，孕育了《神奇的演奏》。

艺术通感给予摄影主体不同的表意要求，会催生不同的表现手法。

数字摄影技术的发展、后期制作软件研发，为摄影艺术感觉的表达提供了很多往日不敢想象的方法。只要我们艺术感觉到位，技术支持就一定会到位。摄影手法的"鬼斧神工"，不再是高不可攀的事情。

作者系中国摄影家协会副主席、理论委员会主任、黑龙江省摄协主席
本文原载于2014年8月15日《中国艺术报》

王晓峰｜ 大连文学又结新果

经过两年多的策划、筹备和出版，大连出版社原拟定的“大连文学名家名作”，后成“字码头”读库的 12 本作品集，洋洋 200 多万字的精品力作，终于与读者见面了。这是中共大连市委宣传部 2014 年度的重点工作，是大连出版社本年度重点出版计划，是邓刚等 12 位作家，这些年来重要作品的结集，也是继打造“大连作家森林”这一文化交流平台之后，大连良好的文学生态（评论家赵慧平语）一个重要标志。“字码头”读库计有：随笔集邓刚《你的敌人在镜子里》、侯德云《那时候我们长尾巴》；有小说集孙惠芬《燕子东南飞》、马晓丽《催眠》、津子围《大反话》、陈昌平《秘密生活》、徐铎《替天行孝》、李月峰《钟声敲响两次》、张鲁镭《清凉歌》；有散文集素素《原乡记忆》、宁明《飞行者》，以及王晓峰的评论随笔集《有话好好说》。这是近些年来大连文学的一次阶段性的及时梳理和总结，是大连文学实力的一次集中展示，是大连文化的一次重要收获，也是大连出版社关注和扶持本土文学创作，关注和对接读者与高雅文学的一次强有力的举措。

一个标志

小说、散文和随笔，是文学里的最重要文体，是大连文学创作的重中之重。从文体上看，这是显示创作实力、能力的所在，是受广大读者喜欢阅读的所在。这些文体的创作，可以显示一个作家的梦想、功底、能力与文学水平。这套“字码头”读库，应该说具有“较高文学的水准”，相对而言地体现、代表了大连文学现阶段的发展水平，也是大连现阶段文化发展的一个集中代表。比如，邓刚、素素、孙惠芬、马晓丽，都先后获得了中国文学的最高荣誉——鲁迅文学奖。而津子围、宁明、陈昌平、徐铎、侯德云、李月峰、张鲁镭等，也都在各自的小说、散文、随笔等文体的创作上，显示出自己独到的个性与追求。例如，著名作家邓刚的小说曾经是新时期文学的重要收获，而他如今的随笔写作，以《你的敌人在镜子里》为代表，集思想深度、艺术表达及普通百姓的喜怒哀乐于一体，扩大了大连文学的市民色彩和幽默因素；素素的《原乡记忆》、宁明的《飞行者》在散文创作上，都以各自独有的风格，夯实和扩张了大连散文的内在与表现。作家老滕在本丛书的序言里说：“宁明的飞行散文有着重要的拓展与探索意义，不仅填补了国内散文创作领域书写飞行题材的空白，还为零距离状写蓝天体验提供了文本借鉴。”津子围小说的《大反话》具备了较为强烈的后现代因素，体现现代都市人文脉络与心结，扩张与丰富了小说的艺术表现力，体现了一个作家较为厚重的“学术”功力和较强的文学功底。曾有三十多年创作时间的“老”作家徐铎，以《替天行孝》显示出他近几年高涨的文学热情，创作影响愈来愈大，甚至有评论家说，徐铎的创作高峰刚刚开始。陈昌平《秘密生活》和李月峰《钟声敲响两次》里的悬疑成分，张鲁镭《清凉歌》里的喜剧因素，都具备了很好的虚构故事的能力……都是大连文学能力的新的表现，新的发展。还有，侯德云自己称之为“短章”的《那时候我们长尾巴》，是“轻逸”的文学写作，文字的灵动，情感的飞扬，以及思想的飘逸，承袭了明清小品的传统，成为他的鲜明的侯氏风格，颇具“文人”色彩和情调。

两种格局

格局是借用辽宁省文艺理论家协会主席、评论家洪兆惠，在中国文联七届文艺论坛上与我交流时，用到的一个术语。格局是作品的内蕴、价值、艺术含量、个性、思想、精神气质、表达等等方面，在作品里体现出来的艺术气象，几乎无关体裁、题材。这个深蕴着中国传统美学与传统艺术精神的学术术语，时时在提醒我们，作品格局的大与小、深广与促窄、浑厚与浅易，是创作能走多远的关键。实事求是地评价，“字码头”读库，显示了大的格局和文学大的气象，是大连文学近些年来在艺术表达的丰富与深化的直接结果。

这一套12本的文集，十分明确地呈现出大连文学现有的较高水准，即以大的格局，展现着文学。素素一直坚持着历史散文的写作，她的《原乡记忆》显示出多年来坚持的原点：热爱乡土，仁爱故人，从故乡的历史发现和坚持着自己的人文情怀；宁明《飞行者》仅就飞行的题材，就有特别的一面，关键是，在这一高空飞行的别样故事里，融进了诗意与人性的温暖。孙惠芬从创作之始，就在她又爱又恨的乡土上辛勤耕耘，她的小说集《燕子东南飞》现在舒朗开阔了起来，对历史对人物的历史命运有了更深入和符合历史发展规律的把握。马晓丽小说集《催眠》和宁明《飞行者》一样，给我们打开了特别的军旅生涯故事，视野和胸怀都很宽广。

文学创作上小的格局，无论如何也成就不了大文章。这个格局，一种是，每个作家展示出的个人创作格局；二是，这个作家群体所显示的大连文学发展的新的格局。

三种文学

从新时期大连文学开始的时候直到现在，产生一定影响并取得相当实绩的便是小说。一个是作家众多，二是产生一定影响的作品层出不穷。小说是文学里的重要文体，能显示出作家深厚的文学功底，也能有力地显示出作家的创作实力。我们可以列举出许多在新时期文学史光彩照人的大连作家，比如邓刚、达理、宋学武、庞泽云。大连文学另一强项是散文，擅长直接呈现作家的情与思，直取生活和历史的营养，而成就文学。大连文学再一强项是随笔。随笔是中国文学传统文体，是文学里的轻骑。好的随笔证明了文学从来都是只论好坏而非长短。

小说、散文、随笔成为现阶段大连文学乃至文化的重要收获，是大连的精神“土特产”。邓刚《你的敌人在镜子里》、津子围《大反话》、陈昌平《秘密生活》、徐铎《替天行孝》、李月峰《钟声敲响两次》、张鲁镭《清凉歌》，也包括侯德云《那时候我们长尾巴》，都体现了我们生活的城市的开放、前沿和都市性先锋性，体现出都市的脉动和心跳；孙惠芬《燕子东南飞》、素素《原乡记忆》则体现了她们对故土以及历史的更深更新的认知。这12本作品集，都是作家的创作精品，是大连文学近些年来在小说、散文、随笔的新的收获。

四处故事

大连的作家，都会讲迷人的故事，好的故事。这些故事，总体上都指向这座城市特有的文化，特有的文化精神。这样的四处故事，归拢起来，就把城市特有的内蕴、风度、精神显现出来。

一处故事，故事定格在大海，讲述渔民的故事。以前，邓刚以讲述大连的海，例如《迷人的海》，成就了他的国内文学独特而重要的地位；徐铎的海，则更是平民而普通的大连的海。二处故事，故事定格在乡村的土地上。素素的“原乡记忆”在一瞬间点亮了我，让我理解了这些年来从《独语东北》到《风情旅顺口》素素的一路走来，她的心结，她的情感以及她的表达。孙惠芬这些年来，始终并近乎执拗地坚持她的乡土故事，她的乡村的开放和鄙陋，她的爱憎含混的情思，都在她的乡土叙事之中。三处故事，故事定格在军旅生涯。马晓丽、宁明则始终站在军旅生活的前沿，以自己的方式，展现出军旅人生，勇敢与牺牲。四处故事，故事定格在都市，讲述市民的故事。津子围、陈昌平与李月峰、张鲁镭，都具备了现代都市叙事的不同侧面的表达，近距离地体悟着大连这个北方城市，和前沿、发展中的前锋有关。还有邓刚写作，和侯德云一样，都用的是随笔的方式，一种非常重要的文学方式，体现出城市里的情感走向和心态的选择，他们的关切与问询，他们的希望和梦想，文本好看又好读，幽默而益智。

对本土文化资源的关注和开掘，从邓刚、素素、孙惠芬，都有自己的擅长，都是在讲述大连的故事。这生我养我的地方，深深埋藏着我们自己的文化之根、情感之根，更是我们大展情思的所在，是成就我们文学的所在。关注本土，应该说是大连文学的一个优势；讲好讲清大连的故事，是大连文学的一个过去和今后的一个坚持。唯此，文学的独特性、亲民性更为彰显。

余　话

2014 年 11 月，借在苏州参加中国文联的当代文艺论坛之余，我流连着这里的小巷，青砖黛瓦，小桥流水，包括苏州评弹，感受着特别明显的苏州味道和苏州情色，特别是在观前文化市场，在众多的玉器铺子里，看到了被称为“苏作”的玉器。在一家铺子里，我喜欢上了四把的微小玉壶，两白两青。四把小壶，规矩工整，合乎法度，抛光认真，造型典雅，球型、圆线精益求精。特别是，壶太小了，但壶的流、钮、执符合法度，才使壶的要素、大小比例一致、匀称。什么是苏作，四把玉壶恰好是例子。精细精致，甚至以小巧成就美，成就一个大的人生格局，大美的格局。想到作家陆文夫和他的小说集《小巷人物志》，里面的苏州味道，苏作的味道，那绵长有些深重的小巷，那苏州风味，都有两千多年的历史的沉积，而成就了苏州的味道，也成就了作家陆文夫珍重的小巷文学，或说是苏州文学，唯一的苏州文学。还说这小壶。一种让我心疼的小，更让人心动。真的狠狠的好看，真的具有大的格局。两把青玉壶，大美。两把白玉壶，珍贵的是玉料，真真也体现着苏作的情色。四把小壶是青玉、白玉，玉质都较为密实，温馨，色彩比较纯正。这四把壶便是苏作的一个代表。见识什么是苏作，看看这四把小玉壶，可也。苏州的味道，苏作的感觉，背后有着两千年的历史文化的累积，这里的建筑、饮食、玉器、木器、丝绸、服饰等等，都是在两千年里走到了现在，无不体现着苏州的味道，体现着苏作的精神。苏作的特点和精神是什么？是精致、细腻，是柔和、小巧和唯美，是精益求精，好上加好，符合美的法则和人性的法则。已经有两千多年的城市建设历史的苏州，才孕育出这样的艺术杰作，才孕育出独有的苏州文化。

和苏州相比，大连没有那么悠久的城市建设史，也没有苏作那样可以识别的风味。但苏州以及苏作给予我们一个重要的启示就在于，应该有意识地培育和强调我们的自己。自己的故事，自己的讲故事的方式。得谢谢大连出版社，为大连的作家、大连文学提供了一次展示实力的机会；为大连文学持续前行提供了新的动力，也为大连的故事增加了新的篇章。

作者系辽宁省文艺评论家协会副主席、大连市文艺评论家协会主席
本文原载于 2014 年 11 月 26 日《大连日报》

吴文科 | 透过春晚看相声

历经三十余年的持续经营，央视春晚已然发展成为我国春节的一种“新民俗”。同时，作为荟萃了诸多艺术样式与优秀艺人的大舞台，这台晚会也在集中展示当代中国节日文化特殊面孔及其审美表情的过程中，给我们提供了把脉和检视当下文艺创演状况及其问题的典型窗口。仅以 2014 年春晚的相声节目《说你什么好》为例，即可从一个侧面透视出整个相声创演的现状与问题。

首先，从仅有一个相声节目出现在今年春晚的实际情况来看，当下相声创演的势单力薄与精品欠缺，即是不争的事实。除了春晚节目的特殊要求及“命题作文”的难于尽善，长期的创作疲软与整体的表演乏力，是如今相声界难于供给春晚以充分精品的深层根由。尽管近年各地的相声班社及商演活动较为活跃，但队伍数量的逐渐增多并未改变艺术质量的严重滑坡局面。能够入围春晚的相声节目到了仅有一个的可怜境地，也就不难理解。

其次，从今年春晚相声独苗节目《说你什么好》的本身水平来看，虽在一定程度上完成了晚会总导演预先设定的“讽刺”主题，对日常生活中“自己没文化，工作不努力，还看谁都有错”的一类人进行了温婉而不乏机智的暴露式“讽刺”；但其间存在的种种不足，也集中地暴露出当下相声创演的主要问题。一是脚本缺乏坚实的文学内核，致使内容的展开缺少深刻内在的审美基础。尤其对于“包袱”笑料的酝酿，由于没有塑造出相应丰满的典型艺术形象，流于缺乏思想逻辑的串烧式拼凑。尽管这个“一头沉”式的对口节目力图通过逗哏以第一人称口吻的虚拟述说来讽刺那种没文化、不努力又爱抱怨的人，但除了办护照时错把“泰国”写成“秦国”、乘飞机时因害臊口误也“一样一杯连要十几杯饮料”、住酒店发现房间有老鼠只能用《猫和老鼠》动画片中的杰瑞形象与前台沟通、开会睡觉让发言竟喊出“抢地主”、为缓和关系给老板送字画却是“乾隆书赠予王总”的假货等等“包袱”，其他笑料包括“华盛顿砍树的时候他爸在树上吗”“跟爸最多一句话”“遛‘五公里’”等，多是来自有跑题之嫌的“插入”式内容。由于一些笑料不是从题旨限定的人物形象塑造和情节内容表达自然生发出的，终究给人缺少来由、为笑找笑的拼凑之感。二是表演缺少相声演出的审美格范，缺乏相声特有的说表美感。比如，开头捧哏的先出场且说的一段破题定调性道白，就有戏剧小品的角色化和代言性扮演之嫌。再如，作为对口相声的二人合演，整个节目都是逗哏的曹云金自顾自地一味面向观众述说，基本上没有面对捧哏的刘云天，无法形成也很少与捧哏的进行相应的交流，从而使得“对口”表演因缺乏“应对”而有所变味，削弱了对口表演的审美张力。又如，原本需要采用“倒口”完成的“摹学”表演，由于没能运用这种相声特有的技术格范或者缺乏基本功，而使固有的审美本色旁落不显。具体如表现电视台街头采访东北大妈时对于受访人物的“摹学”，就未能很好地运用“倒口”技巧借“学说方言”来“模仿人物”，仅仅表现了东北大妈的地域身份即泛化的东北口音，未能通过“倒口”进一步显示其更为丰富的形象内涵包括性别年龄和性格特征。曲艺表演“转个身十万八千里，换口吻男人变女人”的虚示模拟和传神本领，在原本需要精彩运用的时候，却基本没有体现和反映。还如，节奏太紧，口齿欠清，缺乏与观众的交流，也使整个表演不够从容和讲究，令相声表演本应具有的语言美感大为减少。曹云金甚至还出现了将“赶紧”说成“赶点儿”的吐字不清失误。这既与语调太高、语速过快、节奏较“赶”有关，也与基本功不够扎实、舞台经验不足且心理素质较差有关。

应当说，曹云金和刘云天是当今相声舞台上比较优秀的青年演员，本次在春晚舞台上花开三度，已然证明着他们具有相当的实力。但曹云金自行创作节目脚本的状况，也折射出相声行业行当分工的不细和专业化程度的不足，昭示着自编自导自演的“小农经济”模式依然是制约相声走出发展低谷的严重局限。而他们为今年央视春晚编演的节目所存在的问题，也正是当今相声发展普遍具有的问题。概括说来，一是缺乏本体意识：不够尊重和彰显相声的自身格范与优良传统，不注重通过相声特有的表演方式进行自身独特的艺术创造，将随意改造和胡乱发挥当成“开拓创新”，具有近年某些相声创演背离语言性“叙演”的本体而趋向“戏剧小品”角色化代言性“扮演”的偏向。二是缺乏文学意识：不讲究脚本结构的完整性，不注重形象塑造的典型性，不追求语言表达的优美性，也不注意思想表现的形象性。具体到《说你什么好》，首先是原创性不够，许多笑料被指非作者原创，如有评论所言，“几乎全部包袱都能在近年网络流传的段子中找到原版”。这种不注重艺术原创与独立表达，一味借光网络段子，缺乏自主思考的创作态度，必然无法立足特有的生活体验，难以接通现实生活的鲜活地气，简单、肤浅、皮相、粗糙乃至庸俗到缺失形象观照，缺乏语言美感，止于贫嘴耍笑，不惜生硬胳肢，也就在所难免。其次是情理性不足，一味注重笑料的制造而忽视结构的完整与情节的合理，导致对于细节的推敲严重不够。如把正在上厕所的父亲也一起推到河里的笑料，建立在“政府为了给我们美化环境，给我们建了那个可移动的公共卫生间”的情节背景上，就不够真实可信。因“美化环境”与“可移动的公共卫生间”之间，没有必然的逻辑关系。而在一个需经多次审查方可通过入围的春晚节目选拔制作体制中，出现如此低级的创作硬伤，也是匪夷所思。再次是主体性不强，虽然整个脚本的文学结构有些“意识流”的特点，但由于结构逻辑的不够讲究和情理细节的某些纰漏，导致“形太散而神难聚”，艺术形象的塑造因而不够鲜明。三是缺乏审美意识：更多是将相声作为耍笑逗乐的挣钱工具与出名手段，很少拿其当艺术去礼敬和经营，具体表现是不敬畏传统，不发挥特长，不苦练基本功，不按相声的规律办事。以为拼凑些笑料逗人一乐就是相声。像《说你什么好》里的“要不像我你就完了”“老北京炸酱面，清肠排宿便”和“要是拿个小刀拉这个丝袜，那肉‘嘭’都弹出去了”等等不很厚道和雅驯的笑料，居然能够登上春晚舞台，也算当下相声创演缺乏审美意识的一个鲜明注脚。而相声的审美又是十分讲究分寸感的。不仅脚本的构思、形象、语言需要巧妙、鲜明和生动，表演的基调、节奏和交流也需准确、恰当和有机。

舞台上的艺术表演，实际上存在着三个层次：初级如“学生背书”，表现为走过场完任务；中级如“壮汉打拳”，表现为炫耀气力卖弄技巧；高级则如“慈母教子”，循循善诱，恳切真诚，效果讲求春风化雨，意在引发欣赏共鸣。任何过头的努力都有可能变得做作。从相声《说你什么好》来看，曹云金和刘云天的对口表演，由于是属“一头沉”式的节目，尽管逗哏的表演分量较重，但效果远没有捧哏的好。后者松弛自然却滴水不漏，前者十分卖力却效果欠佳。在这里，“命题作文”的创演背景及节目选拔的审美导向，也是诱发相关问题的重要原因。而“为了讽刺找笑料”的题旨要求和争上春晚的功利目的，无疑助长了某些非艺术的创作动机。为此，我们很为事先诸多报道所称本届春晚总导演“非讽刺节目不要”的相声选拔标准感到怪异：为何非要讽刺而不要歌颂、不要幽默、不要知识性与趣味性的娱乐？这是否另一种对于相声艺术的误读、误解、误会乃至偏见、无知和误导？甚或吸引宣传注意力的有意矫情？谁说“不讽刺”就“不是相声”了？相声与其他艺术形式一样，虽然也有表现题材的擅长与侧重，但娱乐、认识、教化、审美等基本的社会功能都是具备的。相声表现什么、怎么表现，也应由对生活的感受、对生命的思考、对情感的抒发和对美的追求等艺术家的生活感悟与创演冲动来决定，而非由一厢情愿的命题式作文来左右。什么样的相声节目适合上春晚，关键在于是否弘扬真善美，鞭挞假恶丑，激扬好思想，传递正能量，干吗非要讽刺不可?！这种莫名其妙的思想观念和价值逻辑，说明有些人对相声存有很不正确的认识，只能把相声引向功能价值趋于单一的死胡同，也是阻碍相声健康发展的消极因素，必须加以澄清和纠正！

当然，放开眼光公正地看，相声创演的问题虽然出在舞台，但造成这种状况的根源却不全在舞台。任何艺术的创造都是人的劳作，人才资源又是第一资源。根本上讲，一流相声节目的出现，有赖大批一流相声人才的涌现。而长期以来相声人才无从孵化的尴尬状况，在丢弃了“口传心授”传统又未健全“学校教育”体系的当今学历社会，由于本科层级的缺失，致使链条更不完善。这使相声的基本知识难于普及，专门的人才队伍也难以孵化。优秀人才无从培养，优秀节目谁来创演？为此，健全并完善相声的艺术教育体系，培育和孵化大量的创作表演人才，相声才有可能发展繁荣；今后的春晚舞台，也才无虞相声的缺席。

作者系中国曲艺家协会副主席
中国艺术研究院曲艺研究所所长、博士生导师
本文原载于2014年2月10日《中国艺术报》

薛永年

自立和他山

——美术史论的交流借鉴

中国古代山水画中的境象，在西方人眼中是“透视学之前的世界”，似乎比文艺复兴以来讲求焦点透视的“视幻空间”落后。然而被英国科学技术史专家李约瑟称为“中国古代科技史上坐标”的北宋沈括，却批评了画家李成类乎焦点透视的“仰画飞檐”，指出这是不懂得“以大观小”和“折高折远”“妙理”的缘故。

此例似乎可以表明，在观察和表现世界上，古代中国画家独具手眼，未必落后于西方，不是不能“仰画飞檐”，而是不去“掀屋角”，今人更不必缺乏自信。最近，“美术观察”的编者提出一个问题：美术理论建设与“他者眼光”的关系。确实，20 世纪以来，无论美术基础理论建设，还是美术史和美术批评，都存在一个卓然自立与他山之石的关系。

这是因为，百年以来中国艺术与文化的发展，既离不开中国传统，又置身于中西文化碰撞与交流的历史条件下，所以在论及美术如何发展时，鲁迅指出：“采用外国的良规，加以发挥，使我们的作品更加丰满是一条路；择取中国的遗产，融合新机，使将来的作品别开生面也是一条路。”对于美术理论，各位先知的认识也大体如此。

20 世纪特别是改革开放以来的历史表明，中国现代美术理论的建设，除去世界观和方法论之外，大体离不开三个来源。一是当代改革开放的美术实践提供的新知，二是传统美术史论优秀传统的继承，三是外国美术理论有益因素的借鉴。

回顾近 30 年来美术理论的发展，可以发现，在总结当代改革开放美术实践经验和继承传统美术史论优秀传统方面虽然也有收获，但论其规模和影响都远不如对西方美术史论批评的引进、移植和借鉴。当然，引进的理论中，一种是纯理论形态的成果，一种是美术史研究中的理论。

纯理论形态的引进，主要有两类。一类是西方马克思主义理论，比如萨特、马尔库塞的理论著作。第二类是西方现代的文化理论、艺术理论和美学理论，比如福柯的“话语权力”理论，克莱夫·贝尔的“有意味的形式”理论，苏珊·朗格的“生命形式”理论、阿恩海姆的“视知觉”理论等。

上述两种理论之不同，在于“西马”的文艺理论对于艺术社会性论述为多，对艺术的社会本质有深刻的认识，但对艺术本体的论述有所欠缺。而西方现代的艺术理论和美学理论，从不同角度接触了艺术本体问题，在不同层面提出了独到的见解，但并没有能够阐释中国美术理论中的独特问题。

还有一种来自西方的美术理论，这就是西方美术史家的美术理论观点。它是随着美术史著作与方法的引进而引进的，始于20世纪80年代，至新世纪影响不断扩大。这些译介过来的西方专家的成果，他们来中国做的学术报告，他们对中国年轻学者的指导，都产生了不小影响。

西方的美术史家，包括西方研究中国古今美术的专家，他们对中华文化的热爱，他们钻研学术的精神，他们对中外交流的贡献，都应该给以充分评价。也应该看到，他们治史中的理论见解，有些反映了不同民族美术的共同问题，甚至揭示了客观真理的一些方面，并没有他者的局限。

“不识庐山真面目，只缘身在此山中。”苏轼的诗句提示我们，了解山外他者对庐山的观察，可以克服自己的局限。西方美术史家的“他者的眼光”，无疑也对开拓中国美术史的研究很有启发，何况实现文化自觉的一个重要方法就是在世界范围内重新审视自己的文化呢。

不过，历史的经验表明，理论的建设，在今与昔的关系上，只能以继承本民族的优良传统为基础，对西方学者所见不及的优秀民族传统，尤其需要珍视。在中与外的关系上，又不能不提倡学习借鉴外来文化而反对生搬硬套，关键在于消化、吸收，在于保持民族特色与民族文化价值观念，而不是丢掉本民族的好东西。

我本身是搞美术史的，主要研究中国美术史，所接触的外国专家的理论，不少是见于美术史著作中的理论，包括西方研究中国美术史专家的美术理论观点。突出的感受是，他者眼光，一方面打开了我们的眼界，启发了我们的研究，另一方面也反映他们对中国艺术文化的了解还不很够，他们的认识难免受西方传统认识的局限。

最早对国内美术界发生影响的贡布里希（E.H.Gombrich），是英国的美术史家、艺术心理学家和艺术哲学家。他的《艺术的故事》《艺术与错觉》和《图像与眼睛——图画再现心理学的再研究》等著作，颇有真知灼见。其“预成图式”的理论，深刻地阐明了视觉与文化的关系，对我们认识传统图式的继承与发展很有帮助。

然而，他在论述中国古代山水画的时候，却忽视了中国画家对传统图式的高度重视。在《艺术发展史》中他说过大意是这样的话：中国艺术家不是走到室外，坐在某个对象之前对之速写，甚至通过一些奇怪的方式学习艺术，即沉思默想并专注于如何画松树、如何画岩石、如何画云这些让他们获得技巧的东西。他们通过研究名家之作入手而不是从自然入手来学习艺术。

其实，不少中国画家虽然从临习古人入手，但他们不仅重视师古人，而且特别看重有了来自古人“预成图式”之后的师造化。不过中国古代画家心目中的造化，不仅仅是客观世界个别对象的形貌，而是大自然的生成、运动与对立统一的内在联系，以便“万趣容其神思”地“畅神”。不难想象，贡布里希的上述论断，是对比西方模拟自然的传统而来，以致对中国画家的师造化缺乏深知。

来华较多的高居翰（James Cahill），是西方最具影响力的中国绘画史学者之一，80年代以来频繁来我国访问，出席学术会议，讲学交流。其《中国绘画》《隔江山色》《江岸送别》《山外山》《气势憾人》《不朽的林泉》和《画家生涯》的译本先后在海峡两岸出版，影响十分广泛。

他善于从社会学史的角度，研究绘画的意义与功能，寻找绘画发展的政治和经济的原因，把对美术的研究从内部引向外部，从大家名家引向无名作品，把画家的生涯与市场的需求联系起来，把个案研究与全局性思考结合起来，也常将中国绘画史放在一个宏大的世界背景之中，从而有所发现，有些论断确有一定深度。

然而，他的《关于中国绘画的“历史”与“后历史”的一些思考》，却是典型的“中国绘画史终结”论。以之比较德国著名的美术史家汉斯·贝尔廷的“艺术史终结”论，既可以看到所谓的“终结”都是指单一的、线性的艺术史或绘画史，也不难获悉高氏观察中国绘画线性发展成熟的标准是真实再现自然世界技巧的完善，其着眼点同样沿袭了西方模拟自然的传统。

惟其如此，高居翰虽然看到了后期中国绘画史上那种不直接师法自然的风格创造，但却不太理解中国绘画的写意精神与写意笔墨，他在莫菲讲座丛书《中国绘画的三种另类史》中，批评“中国绝大多数理论家和批评家以及阐释其艺术实践的艺术家中间写意优于写生这种看法已呈现出教条的特征”，并且提出“写意是中国晚期绘画衰落的原因之一”。

高氏之所以一概否定 17 世纪以降简约而率意的写意画风，在于他没有从绘画本体着眼，不认为写意是文化问题和趣味问题，更没有把写意的提炼与伪写意的粗率认真区分，看不到真放中的精微，而是认为市场的需求导致了简约率意缺乏质量的写意画的发展。如果认真研究金农、李鱓、吴昌硕等人的写意艺术，谁都不认同这种比较表面和片面的看法。

世纪之交以来，另一位对中国美术史研究发生影响的柯律格（Craig Clunas），是英国研究中国美术史和物质文化史的年富力强的重要学者。他的《长物志：早期现代中国的物质文化与社会地位》《明代中国的园林文化》尚无中译本，而《明代的图像与视觉性》《中国艺术》和《雅债：文徵明的社交性艺术》已经翻译出版。

柯律格的研究强调艺术作品影响社会环境同时也受社会环境的影响，打破了前人著作以美术家美术作品为主的研究角度，从看重作品的艺术质量转到着重其传播途径，从研究单个美术品转到研究特定图像在不同美术门类以致其他视觉文化中的分布和演变。他从物质文化和视觉文化角度对美术史的研究，新颖而别致，开拓了研究的领域，对我们很有启发。

他不仅研究“画”，而且研究“图”。在中国历史上，具有审美价值的“画”和不具有审美价值的“图”，虽均属视觉文化，但性质不同，各有功能，长期以来并行不悖，不存在谁压倒谁的主流地位的问题。柯律格却称：“到 1707 年为止，作为个人表现的绘画（按即画）较之于作为地形、地貌记录的绘画（按即图），似乎已拥有压倒性的优势。”这一论断是不能令人信服的。

他的《雅债》，从人情往来与礼物交换的角度重新审视画家文徵明，把美术史作为更宽广的学科，并试着与其他领域所关心的知识课题相联结，不但揭示古代文人雅士在世俗生活中的书画应酬这并不超脱的一面，而且揭示了“雅债”这种友谊式的应酬并不是中国古代特有的现象。不过，也正像作者自己深感不足的那样，本书对于文徵明艺术的风格与笔墨却略而不详。

我不赞成用中西文化二元对立的思维，看待当下的美术史论研究中的问题。艺术史论的研究，既有跨文化的一面，又有民族价值观和民族特色的一面。不过，需要明确的是，他者眼光，虽对我们有启发，但不能代替我们以自己的眼睛看世界。被动仿效照搬来的鞋子，未必适合自己的脚。

英国美术史家苏立文（Michael Sullivan），曾经来中国参加抗日，是20世纪系统向西方世界介绍中国现代美术的第一个西方学者，是当代西方研究中国现代美术史的泰斗，著有《东西方美术的交流》《中国艺术史》《山川悠远》和《20世纪中国艺术与艺术家》，早已为中国的美术界所熟知。

他亲身接触过很多中国美术家，也颇有20世纪中国美术品的收藏。他为西方了解中国艺术所作的努力是值得称赞的，但引人注意的是，他对徐悲鸿的选择并不理解，以致认为徐悲鸿“与毕卡索和马蒂斯同居于巴黎，他似乎对此完全漠视”，认为徐悲鸿的绘画也“缺乏刘海粟和林风眠那样的热情和虔诚，……几乎仅仅止于合格而已”。

然而这位热爱中国的学者，却能够十分客观地看待中西的交流中“他者的眼光”。他在《20世纪中国艺术与艺术家》自序中说：“作为局外人，无论怎样好意，都不可避免地缺乏任何受过教育的中国读者所具有的那种天然的有关中国文化、历史和艺术的知识，但是我相信，来自彼种文明的作者，所写的论述此种文明的艺术的书，也自有它们的价值。”

对此，我们更应该加强跨文化交流中的文化自觉，并且以卓然自立的精神在美术理论的建设中发挥他山之石的积极作用而避免外国专家也不欣赏的盲目追随。

作者系中央美术学院教授、博士生导师
本文原载于《美术观察》2014年第6期

杨晓升

世俗生活中的浓郁诗意
——浅谈钟正林的小说创作[①]

2006年，钟正林在《北京文学》第9期发表短篇小说处女作《斗地主》，从此一发而不可收并跻身文坛。数年来，他的中短篇小说小说频频出现在全国各大文学期刊，数量之多，备受瞩目，令人欣喜。

作为《北京文学》负责人，我由衷为正林感到高兴，因为正林是从《北京文学》起步的。《北京文学》历来有重视新人、扶持新人的优秀传统，浩然、王安忆、刘恒、余华、张辛欣等作家，无不是在《北京文学》发表处女作并登上文坛的。因《北京文学》成名的作家更是数不胜数：汪曾祺、邓友梅、张洁、陈建功、陈祖芬、理由、荆永鸣等等。新世纪以来，《北京文学》更是加大对文学新人的扶持力度，开辟“新人自荐”专栏，专门为文学新人的小说处女作提供发表园地。钟正林的短篇小说处女作《斗地主》，正是从“新人自荐”这个栏目推出来的。

迄今为止，除了处女作《斗地主》，钟正林在《北京文学》还发表了两部中篇小说：《穿过秋雨的节日》和《晾雪眼》。

处女作《斗地主》是正林小说创作的起点。斗地主是一种民间娱乐游戏，更是一种人际应酬交往方式，乍看轻松热闹的“斗地主”背后，隐含的是人与人之间明争暗斗相互角力。文化馆副馆长喻腐败，在工作和交际场上如鱼得水，斗地

① 本文系2013年12月16日在四川什邡参加由四川省作协、四川省德阳文联联合召开的钟正林小说研讨会上的发言，而后刊于2014年2月28日《中国艺术报》，发表时略有删节。

主是他和朋友们最喜欢的娱乐方式。可牌场春风得意的他却在人际场和官场上碰了壁，原本有望升任馆长的他因一次意气用事，恃才傲物，盛气凌人地顶撞文化局长而失掉晋升机会，可见官场和人际远不像斗地主这种游戏那样轻松好玩。斗地主表面是一种娱乐，其背后的人际场和官场却高深莫测。作者将自己对世事和人心的洞察，巧妙地聚焦到斗地主这种娱乐方式上，将生活中的各色人等、各种面目与性格演绎得栩栩如生，活灵活现。这是一幅精彩传神的当代中国世俗图像，也是中国当代社会众生相，传达的是现实中国当今的人情世态和人际奥秘。生活化、口语化的描述，独具特色的川味语言，充满烟火气的世俗和世态描写，尤其是对斗地主这种民间游戏的熟稔及其游戏者心理的准确把握，均显示出作者厚实的生活积累及熟练驾驭语言的能力，其叙事之老到和老练，令人刮目。《斗地主》是一篇成熟的小说，更是一篇优秀的处女作。正林这篇处女作的发表，可以说出手不凡，让人预见到他小说创作的潜力，他是站在高起点上蓄势待发。正林此后的创作，也正印证了这一点。

正林在《北京文学》发表的第二篇小说《穿过秋雨的节日》也颇具特色。小说描写一起因土地转让归属不清引发的纠纷：商人雷火神要把省高院的牌子摘了寄往北京，叫省高院的人到北京取牌子，到北京断公道。原来雷火神在城市的边上买了一家不景气的化工厂，办了一个粉骨厂，当时地方政府和原化工厂都没有提土地权的归属问题。小说故事紧凑，一气呵成，充满现实感和时代气息。商人用聪明的特殊手段处理了一起土地纠纷，并化干戈为玉帛，令人称奇、也发人深省。

当然，正林更多的优秀小说，像《鹰无泪》《可恶的水泥》《河雾》《人人偷盗》《秃了》等等，散见于全国的其他刊物，如《中国作家》《江南》《钟山》《长城》《长江文艺》等。

纵观正林几年来的小说创作，大致可以看出以下几个显著特点。

首先是数量可观，既有中短篇小说三十余篇（部），又有长篇小说，总字数恐怕已经接近百万字。短短数年，这样的数量已属高产，至少在《北京文学》“新人自荐”栏目发表小说处女作的众多作家中，正林是走得最快、作品发得最多，也最引人注目的作家之一。这让我由衷高兴，也倍感欣慰。如果说，正林在《北京文学》发表处女作《斗地主》时，还仅仅是文坛的一棵新苗，那么若干年过去，如今的正林已经在文坛的沃土中，逐渐长成一株枝叶茂密的绿树。虽然，这棵树目前可能还不够高大，却枝繁叶茂、多姿多彩，异常茁壮，让人充满期待。

正林小说创作的第二个特点，是对当代社会现实的关切与冷峻思考，对社会百态和世道人心的细微洞察。像《斗地主》《穿过秋雨的节日》《晾雪眼》《鹰无泪》《人人偷盗》等等，无不如此。以《可恶的水泥》《气味》等为代表的作品，则是对中国农村城镇化进程中，生态环境乃至人文环境被无情破坏、日益恶化的深度担忧与追问。他在处女作《斗地主》的创作自白中这样表达他创作的初衷："工业让环境变得愈来愈糟糕，多少年后，花朵和飞鸟是否还存在，至少它们的姿影是否还像初始般明媚，鸟鸣的声音是否还那么清澈；物质让许多美丽的面孔和心灵扭曲并破碎，许多美好的事物在自己眼前灰飞烟灭。""人类文明发展到当代，社会生活中角斗的方式愈来愈有技巧，许多争权夺利的确是杀人不见血的，要过许久那疼痛的血才从你的心上弥漫出来。"可以说，对现实的关切、担忧和对美好生活、理想社会的向往，是正林小说创作的动因。而小说中所有对现实的关切、思考、担忧与追问，都体现了一个作家在残酷的现实和强大的世俗面前应有的良知、责任与担当，也显示了作家应有的精神特质与精神高度。

正林小说创作的第三个特点，就是对川味语言的自觉运用与娴熟驾驭，这种驾驭是自然的，与生俱来的，这使得他小说的语言与故事、人物和生活场景高度融合、浑然天成，也使得小说始终飘逸出鲜明的、浓浓的四川风味。正林的川味语言，无疑使小说更加生动，更具魅力，也更具鲜明的地方特色。当然，过分痴迷于地方方言也存在危险，那就是对于更广泛的、非川籍的读者，会或多或少带来阅读障碍。我已经不止一次从编辑同事和一些读者中听到这种评价，所以正林对此要葆有警惕。如何合理、巧妙地使用川味语言，是正林在接下来的小说创作中所要注意的问题。

正林小说的第四个特点，是一定程度上呈现出来的诗性，包括象征、隐喻、意象、意蕴等的呈现。写小说之前，正林是诗人出身。诗人出身的正林写小说时，自觉不自觉会融入诗歌的元素与气质。这首先体现在他许多小说的题目上，像《穿过秋雨的节日》《鹰无泪》《气味》《河雾》《黛色的核桃花》等，每个题目都充满了诗意。具体到作品中，正像其他评论家已经指出的那样，《鹰无泪》的开篇就有一句很有诗意的话："当时队长钟二哥正在做梦，梦见祖母在天穹似的苍蓝的青牛沱水里向着自己微笑，他向着祖母报以虔诚的微笑。"而他许多小说中对四川农村生态自然景色及民俗风情的描写，也大都呈现出浓郁的、令人向往的诗意。

正林的小说创作，总体上虽然成绩斐然，但并非已经十全十美。比如，已经发表的众多中短篇小说，虽不乏优秀之作，但个别作品因写得仓促或随意，难免粗糙。就我看过的作品和稿子而言，有的作品角度、题材和开掘还欠斟酌，新意和深度流于平淡甚至平庸，手法也略显俗套与粗糙，也有的作品写得太实，缺少提炼与升华。因而在我看来，正林在写什么和怎么写方面，还需要进一步磨砺、修炼与提高。

正林以后的创作，我以为不要贪多求快，宁可放慢脚步，写得少一些、写得精一些，扎扎实实，一步一个脚印往前走，要力争不断突破从前、超越自己。以正林已经具备的潜质与实力，我以为他前面还存在很大的提升空间，只要保持清醒的头脑，潜心修炼，持之以恒，他一定能长成文坛的一棵大树、甚至是参天大树。

我对正林充满期待，并由衷祝福！

作者系《北京文学月刊》社长

本文原载于2014年2月28日《中国艺术报》

於可训

方方的文学新世纪
——方方新世纪小说阅读印象

一

一个成熟作家的创作，像米酒酿造，经过一个发酵过程，那些坚硬的米粒，就变成了醇厚的浓浆。虽然其中仍不免有些微的浮渣，但却不影响酒浆的澄澈透明、清冽甘甜。我读方方新世纪以来的小说，就有这样的印象。

方方出生于知识分子世家，有“学院派”背景，但她的某些经历和独特个性，却注定了她是一个很“生活化”、或曰很“世俗化”的作家。正因为如此，她早期的创作，无论是取材于校园，还是取材于市井，抑或是曾经的职业生涯所接触的人事，都是“源于生活”。都是她从一个激变时代的社会生活中，所汲取的积极乐观的人生态度，和她的率直纯真的自然天性的表现。但这种依靠即时即地的生活感受，和本于“自性”的创作，很快就发生了变化。这变化便是方方看人看事的眼光开始由单纯变“复杂”，由面对“复杂”而深感“失望”，以至于“身不由己地陷入一种无边无际而又无言无奈的痛苦之中”[①]。在论及《白梦》的创作时，方方曾谈到过引起这种变化的原因。但她所说的某个具体事件，无

① 关于这件事，方方说：“一夜之间，我就醒了过来，就仿佛一个复杂不过的人生和世界一下子摊开在了我的面前，睁眼也罢，闭眼也罢，总之，萦绕在眼前在心头的是一种永远也抹不掉的失望”，“以后，我就在那样的心境中越沉越深，甚至无法使自己挣扎出来”；“1986年后我写小说便身不由己地陷入一种无边无际而又无言无奈的痛苦之中。”（参见《方方文集·白梦·自序》，长江文艺出版社1995年版）

疑只是她的创作将要发生变化的一个偶发的契机。事实上，在她的创作中，这期间已经有一种东西，开始从她对生活的直接经验中升华出来，就像正在发酵的米粒，开始有酒浆从中溢出一样。这酒浆，将要浸透这米粒，助它继续发酵，让随后溢出的酒浆由清淡变醇厚，由酸涩变甘甜，终至成为真正的琼浆玉液。这最初溢出的酒浆，便是日后在她的创作中，逐渐得到强化，乃至起支配作用的一种理智，或曰理性精神。我曾经说她此后一个时期的创作，有"三副面孔"："比较冷峻的，如《风景》的揭示人生世相；比较深沉的，如《祖父在父亲心中》的透视家族历史；比较轻松的，如《白驹》的玩笑世间物事。"[①] 这三副面孔，便是在她这期间的创作中，逐渐生长着的理性精神的三个不同侧面的表现。

进入20世纪90年代以后，方方创作中的这"三副面孔"，迭经变化："揭示人生世相"的，由市井进入校园，如《行云流水》等；"透视家族历史"的，由个体旁及群落，如长篇小说《乌泥湖年谱》；"玩笑世间物事"的，则由社会乱象直击警匪故事，如《行为艺术》等。创作题材的这种大幅度转移，无疑表明作家在对创作做一次新的调整，也是由此日渐走向深化的表现。在这个过程中，方方把对人的生活和人性最初的那一点"失望"，留在了发酵过后的酒米之中，变成对人生问题的一种终极追问，而将她从生活中汲取的积极乐观的精神，和天性中的那一点率直纯真，酿成一种面对"失望"隐忍求生的韧性的人生哲学。这种哲学甚至也影响到她对爱情婚姻的态度，只不过在这类题材的作品中，主人公大多要用一种激烈的手段反抗这"失望"，而在其他日常生活题材中，则表现出更多顺应的态度。至于历史，方方则本着她一贯的人道立场，探求隐含于其中的个人和群体的命运，不同的是，她逐渐将关注的目光，由知识者移向平民，由知识者的人格变异，移向平民的意义生成，将之发展成一种带有人本主义或人道主义色彩的历史哲学。

方方的文学新世纪，便是由这样的一些创作组成的一幅文学图景。

二

方方近期有一篇小说叫《刀锋上的蚂蚁》，作品的主人公是一位落魄的画家，当有人问及他年轻时的心态，这位在极端政治化的年代经受过挫折的画家

---

① 於可训：《论方方近作的艺术》，《文学评论》1993年4期。

说，“就仿佛刀锋上的蚂蚁，每爬一步，都怕受伤。”虽然这只是作品主人公在特定年代的个人感受，但把他的这种个人感受，稍作转换，就成了方方新世纪小说处理人生问题的一种主要方式。借用这篇小说标题的句式，这种处理方式也可以叫作“刀锋上的人生”。具体体现于她的创作，则常见她把笔下的芸芸众生置于“刀锋”之上，让他们一步一步地艰难爬行，看他们如何承受这份“刺”激和“锋”险：是颓然仆倒，被“刀锋”割成碎片，还是履险如夷、顺利到达终点，抑或歪歪扭扭、磕磕碰碰，任尔遍体鳞伤，也不惧身处“刀锋”之上。我把这种处理方式，称为“极端叙事”或曰“绝地叙事”，也可以直接叫做“刀锋叙事”，是方方上述“冷峻”的写作风格在新世纪创作中的一个新发展。你也许觉得这样的处理方式，未免失之残忍，但或许方方正是想通过这种方式，将人生诸问题推向极致，置于绝地，以见出其中的利害，测得人性的斤两，甚或还能照出其他种种人生和社会的病相。

就拿这篇《刀锋上的蚂蚁》来说吧。像这位落魄画家这样的“刀锋心态”，但凡经历过“文革”及其前某些极端政治化年代的中国人，尤其是那些有着这样那样的“政治问题”的中国人，多少都有所体会。这自然是中国特产，放在本土语境中，见不出有什么特别。但是，如果换一个地方，植入他种语境，情况又会是怎样呢？比如说就像这位落魄画家这样，遇上了一位好心的德国老人，帮他出国，助他成名，让他过上了美好的生活，改变了他的命运。在这个过程中，画家不常怀感恩之心，却时有警惧之意，总怀疑别人有不良企图，生怕自己受骗上当，“战战兢兢，如临深渊，如履薄冰”。这样的心态，又岂是“特别”二字能言？你当然可以说，这是文化差异使然，一个历经磨难、艰难求生，尤其是经历过那个人与人的关系高度紧张的阶级斗争年代的中国人，又如何能够理解一个衣食丰足、心无挂碍的德国老人要以余生余力做成一件事，以收获其中的快乐的心愿呢？但作者既将主人公置于这种文化差异极大的环境之中，显然不是要他在洋人面前出乖露怯，也不完全是要批评他日后的忘恩负义，而是想借此表明，一个自由的灵魂一旦折了翅膀，即使有人帮他解开绳索，也不能真正自由地飞翔，更遑论享受自由飞翔的快乐和幸福。这样说来，方方把这个折翅的画家送到异国他乡，让他在那里小心翼翼地伸展翅膀的同时，是否也会勾起人们想起那个折翅年代的一些事情？除此而外，这篇小说似乎还有另外一个主题，就是从那位德国老人的角度看，“不要以为你能改变别人的人生”，“你给了这个人幸运，却又给了另外的人不幸”，“甚至你给人带去的幸运，或许也不一定就是幸运”。这自然是典型的德国式的思辨。这种颇带辩证色彩的思辨，是否也表明，一个人的命运无论存在多少变数，也不管这变数因何而起，最终的根源都在“自性”，比如这画家的“刀锋心态”。所谓“幸”与“不幸”，都因这心态而起，或许，这也是人生的一种宿命。

就这篇小说而言，异域毕竟不是绝地，虽然主人公怀着“刀锋心态”，但《刀锋上的蚂蚁》还不是“刀锋叙事 ”的极致。另有两个中篇，可以当此“极致”之名，一篇叫《出门寻死》，一篇叫《万箭穿心》。这两篇小说的题目，已经明白地昭示，作者要将主人公置于绝地。不同的只是主人公的选择，一者求死，一者求生。因了这选择的不同，也就有了不同的意义。

把这两篇小说放在一起作比较分析，饶有兴味。主人公的身份，都是家庭妇女、下岗女工，又都是因为一些日常生活矛盾和家庭纠纷而走向绝地或濒临绝境。不同的是，《出门寻死》的主人公何汉晴是自找的，而《万箭穿心》的主人公李宝莉却是被迫的。何汉晴“出门寻死”不为别的，只为一些鸡毛蒜皮的家庭琐事和日常生活矛盾，让她觉得活着很是“烦”“累”，这种“烦”“累”郁结于心，竟成为一个解不开的死结，于是就决定“出门寻死”以求解脱。李宝莉却是因为丈夫的背叛，一念之间断送了丈夫的性命，也改变了儿子和自己的命运，最后竟至于弄得众叛亲离，被公婆和儿子逐出家门。虽然二者都被作者推上了绝境，但过程和结局却大不一样。何汉晴虽然决心“出门寻死”，但她却想不到，“寻死”竟如“觅活”一样，也是一件万难之事。在“出门寻死”的过程中，不但这些家庭琐事和日常生活矛盾，仍然萦绕于心，而且还有对家人的牵挂和对世俗生活的留恋，时刻在下意识深处与死亡抗争。她时刻放心不下、割舍不断的，正是那些让她身心疲惫又欲罢不能的家庭琐事，正是那些让她爱怨交织、气恼莫名的家人。这样一来，她的内心深处就不能不处在一种“剪不断、理还乱”的矛盾纠结之中。这样的矛盾纠结，不但没有加速她走向死亡的步伐，相反，却促成了她在“寻死”途中的许多“义举”和“善行”，不断动摇她走向死亡的决心。“生存还是死亡”，这个普通的家庭妇女在自己“濒死”前的“高峰体验”中，竟一步一步地走到了一个人生的终极问题面前。这是近年来我读到的一篇情节极端吊诡又极富心理张力的小说。结果是，何汉晴不但“寻死”不得，反而挽救了另一个“寻死”的女人的生命。同样要面对“生存还是死亡”的问题，李宝莉的内心没有这么多纠结。丈夫死后，她忍受着身心的创痛，靠卖苦力一个人挑起家庭生活的重担，默默地承受冥冥中的惩罚和“报应”。尽管这样做仍得不到家人的宽恕和谅解，但她却咬紧牙关，一如既往满怀达观地坚持走完自己余下的人生路程。如果说何汉晴是通过救人而自救的话，那么，李宝莉就纯属是一种自我拯救。二者都在这种“刀锋”状态下，完成了各自对人生的体验。

方方是一个下笔极“狠”的作家。她刻画人生、解剖人性从来不留情面。她曾在《风景》中写过“七哥”一家猪狗一样的生活，和“七哥”不择手段地向上爬的经历；又在《落日》中让两个亲生儿子把尚未断气的母亲送进火葬场，还让他们编出无数“合情合理”的借口；在《一波三折》中，她不惮于暴露一个受伤的灵魂如何变得卑劣；在《桃花灿烂》中，又不惜在一对情侣的生死恋情中插进一丛别样肉欲的“桃花”；在《祖父在父亲心中》中，她甚至忍心让一位“几十年夙兴夜寐，勤奋不懈地钻研和苦学”的“父亲”，走着“一条不通向任何地方，而直指死亡的路”，让他“存在的意义”变成“他行进时痛苦而扭曲的姿势”，如此等等。我曾经从人与环境的关系和人性自身的缺陷的角度，讨论过这个问题。认为这些创作，表现了人与环境的一种紧张关系，和因了人自身的弱点和人性的缺陷，而与环境“联手”打败了人自己[①]。但在这两部作品中，方方的这股子狠劲似乎有所改变。从表面上看，方方对这两篇作品的主人公仍下手不轻，但同时却也往她们的内心深处灌注了少有的温情。这温情就作品的叙事层面上看，虽然表现为主人公割舍不断的亲情和对世俗生活的留恋，但方方所着意表现的，却不完全是诸如亲亲孝悌之类的伦理关系，和众生皆俱的人间情怀，而是对个体生命的体认和自我价值的确证。因为无论是何汉晴的“出门寻死”，还是李宝莉的绝处求生，前者怨，后者愤，却都有一个共同的系念：“我”死了或“我”不活着，“他们”怎么办？“他们”的生活怎么办？这个“他们”以及“他们”的生活，在方方笔下，不是孤立的、外在于何汉晴和李宝莉的对象，而是已经内化为何汉晴和李宝莉的生命的有机组成部分，是她们的生命和她们的存在价值的体现。对“他们”和“他们”的生活的系念，大到丈夫的事业、儿子的前途，小到公婆的早点，乃至“垛”在炉子上的一壶水，日常生活中的“一箪食，一瓢饮”，就是对自己的生命的体认，是对自我存在价值的确证。“人只有凭借现实的、感性的对象才能表现自己的生命。”[②]只有在“他们”身上，才能证明自己的存在，才能体现活着的价值。抛弃了“他们”和“他们”的生活，

① 参见於可训：《论方方近作的艺术》，《文学评论》1993年4期。

② 马克思：《1844年经济学哲学手稿》，北京，人民出版社1985年版，第124页。

也就意味着抛弃了自己的生命和自己存在的价值。因为共有这样的系念，所以她们在发泄“怨”“愤”的同时，也都清楚地意识到，她们的肉身虽然是自己的，她们活着却是“为别个”的，她们的这条命是“归蛮多人所有”的。因此，她们没有权利选择死亡。她们唯一可能的选择，只有李宝莉的母亲指出的一个“忍”字，如黑格尔所说：“人的特点就在于他不仅担负多方面的矛盾，而且还忍受多方面的矛盾，在这种矛盾里仍然保持自己的本色，忠实于自己”[①]，即在韧性的坚持中走完属于自己的人生路程。这种“忍”的哲学，并非我们通常所说的屈服和无能的表现，而是在百般无奈的人生面前，接受命运的安排，与命运达成和解。你也许会说，这有悖于我们向所提倡的与命运抗争的人生理念，但在一个高扬主体性、把人的积极能动的主体作用发挥到极致的年代过去之后，重新正视人的感性存在的“受动性”，难道不也需要有一个与之相适应的主体人格的重新建构吗？从这个意义上说，方方这两篇作品的主人公，分别从不同的方面体现了这种主体人格的重建过程，是近期小说中出现的一种新的人格类型。

如果说在这种主体人格重建的过程中，上述两部作品的主人公各有“偏至”的话，那么在方方的长篇小说《水在时间之下》和中篇近作《涂自强的个人悲伤》中，水上灯和涂自强的人生经历，就比较集中、也比较典型地反映了人如何在马克思所说的“受动”（“受制约的和受限制的”）状态下，显现自己“感性存在”的生命本质[②]。如同何汉晴与李宝莉一样，这两个人物也存在着极大的个体差异。虽然水上灯由一个弃儿，成为一个汉剧名角，经历了无数磨难，涂自强由一个农村青年，成为一个大学生，也吃尽千辛万苦，但水上灯毕竟大红大紫过，曾经到达过人生“灿烂”的极点，而涂自强则终其一生，默默无闻，一事无成，虽“从未松懈，却也从未得到”。一者辉煌，一者平淡，二者在世俗生活中所发挥的能量和价值，显然判若云泥。尽管如此，在生命的终点，方方却给他们安排了一个近似的结局：她让水上灯历尽劫波，泯灭恩仇，最后洗净铅华，归隐市井，在了却生前身后事之后，如入睡般平静地死去。又让涂自强失去工作、患上绝症，在得知自己来日无多之后，安排好母亲的“后事”，也如水上灯一样，平静地走向死亡，像他在人生来路上一样，“一步一步地走出这个世界的视线”。二者都以令人备感悲凉或备觉“悲伤”的方式，结束了各自的人生历程。

① ［德］黑格尔：《美学》第 1 卷，北京，商务印书馆 1979 年版，第 306 页。

② 参见［德］马克思：《1844 年经济学哲学手稿》，北京，人民出版社 1985 年版，第 124 页。

这样的结局自然是悲剧性的，但正是在承受这种悲剧性命运的过程中，这两篇作品的主人公都活出了各自的“真意”和本色，活出了生命的高贵和尊严。方方曾说《水在时间之下》“是一本有关尖锐的书”[①]。这“尖锐”，我以为不仅在于她一如既往地把笔下的人物置于“刀锋”之上，让他们承受种种人生的“刺”激和“锋”险，而且也在于，她以“刀锋”一样的笔触，刺破了人们向来妄自尊大的假面，让人在这种“刀锋”状态的人生体验中，得见生存的本相。

如果联系世纪之交以来的小说创作，我们不难看出，方方上述小说所追求的“刀锋叙事”，是上世纪90年代末以来“极端化”写作潮流的一个重要方面的表现。这股小说创作潮流，始于余华的《活着》和《许三观卖血记》等小说的“苦难叙事”。其特点，是将众多的人生苦难加诸主人公的一生，或人生的一个阶段，借以反映主人公所处的“艰难时世”，或所经历的“苦难的历程”。这类小说就中国传统而言，有“经磨历劫”的文化原型，如《西游记》的历经九九八十一难而取得真经。就西洋小说的影响而言，则与西方近代带有“自传体”性质的小说，如《大卫·科波菲尔》，和“成长小说”，或“大河小说”有关，如《约翰·克利斯朵夫》等，包括现代“百炼成钢”式的革命小说的影响等。当然，这是就其深层的文化渊源和文学影响而言，如放在现实的社会文化语境中来考察，则不能不说，从这种“极端化”的“苦难叙事”中，也不难看到当代大众文化，尤其是某种流行的电视剧模式影响的痕迹。如从《渴望》开始，到近期以各种不同身份的家庭成员为主人公的、表现嘉德懿行的电视剧作品。因为存在接受这种影响的可能，所以这些作品就不免要把人生写成“苦海”或“炼狱”，把人物写成受难者或苦行僧。失去了上述小说所具有的深广的社会生活内容和丰富的人物性格内涵。尤其是主人公所经历的某种“艰难时世”和“苦难历程”，往往是在一个线性时间的维度上，由无数接踵而至的或突如其来的人生苦难叠加、累积而成的受难图或苦行图，而不是如上述小说那样，是主人公的精神追求和人格理想与成长环境的冲突造成的人生困境，或由主人公所经历的艰难困苦而折射出一个时代的巨变。因而在这些小说中，所谓“艰难”和“苦难”，虽然也有它特定的意义指向，但就其对主人公的作用而言，似乎仅止于测试主人公身心的韧性和耐力，失去了它所应具的激励人格、完善人性的功能和价值。从这个意义上说，包括方方的上述小说在内，近期小说的这种“极端化”的“苦

① 方方：《水在时间之下·后记》，上海，上海文艺出版社2008年版。

难叙事”，确实值得引起我们的深思和注意。

三

如果要用形象一点的说法，方方是带着一团《奔跑的火光》走进她的文学新世纪的。这篇作品写的是一个“杀夫”的故事，主人公英芝因不堪忍受丈夫的滥赌和无赖，点火烧死了自己的丈夫。这样的故事很容易让人想起台湾女作家李昂的小说《杀夫》。不同的是，《奔跑的火光》并无多少女权意识或反封建倾向，英芝也不是为了争取女权或妇女解放而杀死了自己的丈夫。恰恰相反，这是一个具有独立的经济地位和生存能力，因而也具有独立人格和独特个性的女性，为拯救自己的人生所采取的决绝行动。英芝的婚姻后来固然逐渐埋葬了爱情，但最初却是受着自己的情欲的驱使和对生活的憧憬，嫁给这个叫作贵清的男人的。贵清的滥赌和无赖，不但耗尽了她靠走村串户四处演出的辛苦所得，让她在家庭内外陷入困境，而且也断送了她重整家庭生活、重建人生图景的努力和希望。既然爱和婚姻包括全部人生幸福，都不能在自己所寄望的对象身上得到实现，相反却要受到对象的威逼和纠缠，让对象消灭也许是这个走投无路的女人唯一可能的选择。这样的选择自然为法律和道德所不容，所以在作出这个选择的同时，她也把自己送上了不归路。如同上述小说一样，这无疑又是一种“刀锋叙事”，只不过这种“刀锋叙事”，不是宏观的历史或中观的人生，而是历史和人生的一种具体化形式，即所谓爱情和婚姻生活。或许因为这篇小说是始作俑者，所以方方这期间涉及爱情、婚姻题材的小说，大都有一个与自我拯救相关的主题，且大都被作者推到“刀锋”之上，让主人公在自我拯救的过程中，显示爱的一种自给自足和自洽自为的状态。从这个意义上说，《奔跑的火光》包含了这类小说一些基本的意义元素。

为了说明问题的方便，我想把这类小说分为如下几种情况：

第一种情况是以消灭对象或自我的肉身为手段的拯救，如《水随天去》《闭上眼睛就是天黑》。像《奔跑的火光》一样，《水随天去》也以一个杀人案结束。只不过小说主人公的性别发生了转换，由受伤害的女主角，转换为代女主角发泄怨恨的男性。作品中的那个少年，不堪忍受和目睹自己心爱的女人，遭受丈夫的抛弃和凌辱，愤而杀了他心目中的情敌。他保卫和拯救了自己的爱，但最终并没有真正得到他为之付出生命代价的那个女人的爱。这自然也是一种悲剧，但与《奔跑的火光》不同的是，这悲剧不是在爱与被爱（包括婚姻）的双方之间发生的一种对抗性的悲剧，而是爱的一方的自足性的悲剧。即在他沉溺其中的性爱生活图景，包括与之相关的婚恋生活图景中，通过释放仇恨以获得自我满足的悲剧。如果说《水随天去》消灭的对象，是主人公心目中的情敌，那么，《闭上眼睛就是天黑》企图消灭的对象，就是主人公的情欲对象化的肉身。这篇作品的主人公虽然也是男性，但这是一个对一切都视而不见，不愿正视也不敢正视现实，且缺少道德感和责任心的男人。他把自己封闭在本能和情欲之中，任其自然发展，并不顾及由此而引起的一些生活的、道德的、法律的等现实问题。所谓“闭上眼睛就是天黑”，作为主人公的一种人生态度或人生哲学，那一团黑暗的深渊，正是他的本能和情欲之所在。虽然他在背叛妻子的过程中，也有过犹豫和“思想斗争”，但最终仍无法摆脱情欲的牵引，与情人双双私奔；被情人背叛后，也自觉痛不欲生，甚至还想到过报复，但最终仍采取逃避的态度，听其自然。他的世界，是一个以本能和情欲为中心的世界。他在这个世界里，自给自足，自洽自为，需要恋爱时恋爱，需要结婚时结婚，需要偷情时偷情，需要私奔时私奔，并不顾及他人的感受和反应。尽管他可以用“闭上眼睛”来逃避自己制造的种种麻烦，但这个充满麻烦的世界，最终却逼得他不能不用自杀的方式来了却这一切。虽然主人公企图消灭的是自己的肉身，但这个肉身，同时也是他的情欲物质化了的对象。消灭了这个肉身，也就消灭了这个对象，他就可以永远地“闭上眼睛”，在另一个世界里得救，永享安宁。他的自杀未遂，并非作者心慈手软，而是意在用这种“刀锋”状态，显示拯救的希望和可能。

第二种情况是一种纯粹精神性的自我拯救，如《树树皆秋色》。这是一篇包含有双重对话关系的复调的诗性小说，是方方近期中篇小说的极品。如果说上述作品都带有比较浓重的功利的或肉欲的倾向，那么，这篇作品就是一种超功利、超肉欲的精神恋爱。作品主要的对话关系，是主人公华蓉通过电话，与一个外号老五的男性之间的“对话”，次要的对话关系，则是华蓉与同事梅芫夫妇之间的日常“对话”。这两重对话关系互为“和声”，相互映衬、相互补充，通过一个“复调”旋律，把华蓉拒绝功利、悬置肉欲，追求心灵慰藉的爱情心理表现得淋漓尽致。作品中的老五虽然始终没有出现在华蓉面前，甚至还不止一次地婉拒或回避了华蓉要求见面的暗示或安排，但却不影响他一步一步地潜入华蓉的生活、深入华蓉的心灵的自然进程。正是这个“但闻其声，不见其人”的幽灵一样的老五，夺走了华蓉向所寄情的山、水——她的“丈夫”和“情人”，日深月久，潜移默化，竟演成了她一直在“等待”和“渴望”着的那份“爱情”。

华蓉“爱”上老五，显然与世俗的功利和肉欲无关，而是她的内心深处潜藏已久的一份有关爱的情感的外化，老五无意中便成了这外化的对象。通过这个老五，并在这个老五身上，华蓉确证了自己的爱，获得了一种精神的满足。但当这种精神的满足，被老五后来捉摸不定的行踪所烦扰，华蓉感到自己的感情可能被老五所亵渎和戏弄，或因此而陷入世俗的爱情陷阱的时候，她立即中断了与老五的交往，让这段可能的爱情“胎死腹中”，永远地封闭在自己的感受和想象之中。从世俗的角度看，这样的结果或许可以理解为缘分未到，但从华蓉所经历的一场精神恋爱的角度而论，则是她的爱情得救。她重新回到了她先前的“丈夫”和“情人”的怀抱，回到了她向所寄情的山水之中，只不过这山水已非旧日的模样，华蓉也非旧日的华蓉。“树树都舒展着秋色，这秋色染透了华蓉的心。”这篇作品的结局虽然十分平淡、波澜不惊，甚至还有些诗情画意，但华蓉与老五的关系“情”到深处，戛然而止，也可以看作是“刀锋叙事”的一种变体。

第三种情况是从断裂的人生中实施爱的拯救。如《有爱无爱都铭心刻骨》《琴断口》。从某种意义上说，这两篇作品兼有上述两类作品的情节元素，尤其是死亡，更是其共有的情节元素中的核心元素。在《有爱无爱都铭心刻骨》中，瑶琴的男友杨景国死于车祸，在《琴断口》中，米加珍的男友蒋汉死于断桥，两篇作品，都是因为爱人的死亡，才造成了主人公人生的断裂，当然同时也造成了主人公情感的断裂或爱的断裂。因而修复断裂，重建人生，再造爱情，就成了这两篇作品的主人公所无法回避的生活课题。但问题是，断裂了的人生和爱情，不是《琴断口》中白水河上的那座断桥，说修复就能修复，说重建就能重建。它有太多的过去需要清理，有太多的旧情需要了结。这过去了的生活和未了的旧情，对“重建”人生和“再造”爱情来说，又免不了是一种障碍和负担。例如瑶琴在与后来的男友陈福民相处，乃至谈婚论嫁的过程中，始终不能忘怀杨景国，米加珍虽然在蒋汉死于断桥之前，已爱上了杨小北，但无论婚前婚后，蒋汉仍是她与杨小北的婚恋生活中一个有形无形的障碍。轻易地告别过去，轻率地了断旧情，对主人公来说，既是一件违心之事，也是一件悖德之行，所以要有一个曲折而漫长的过程，甚至要付出新的断裂的代价，例如陈福民因摔了杨景国的相片而被瑶琴一击致残，杨小北因不堪忍受舆论的压力而与米加珍离婚出走。这样的结局，对两篇作品的女主人公来说，自然又是一种“刀锋状态”，但正是这种“刀锋状态”，让她们维护了“旧爱”的完整和尊严，也让她们获得了再造“新爱”的希望与可能。从这个意义上说，她们是从这断裂的人生中，拯救了各自心灵中那份万劫不隳且生生不息的爱。

如同面对人生的“失望”一样，方方对爱情和婚姻，似乎也没有太多的信心。在先前的作品中，她写过爱的“沉没”（《船的沉没》），也写过爱的“屈辱”（《随意表白》），还有诸如《桃花灿烂》那样的爱的悲剧，诸如《无处遁逃》那样的夫妻陌路，以及穿插在诸多作品中的家庭纷争，等等。不同的是，她此前的这类作品，受伤害者虽然也多为女性，但却大多逆来顺受、听其自然，并无多少自觉的反抗意识，也少见有自我拯救的努力，或虽则“反抗”和“自救”，但却往往采取一种扭曲或变态的方式，如《随意表白》中靳雨吟的刻意“滥交”，《在我的开始是我的结束》中黄苏子的甘做“暗娼”，等等。你可以把这样的结果归因于某种男性的“权力”或女性的宿命，但就方方这类题材的创作历史来看，她似乎是在一步一步地逼近爱情的本质。在《琴断口》中，不止一个人物说过这样的话：“爱情不是一切，也创造不了一切”；“这世上，有无数的困难，不是靠爱情就可以克服的”；“所谓爱情的力量原是我们所想象的，一直以来，我们虚夸了它，其实它经不起什么。与日常琐细相比，它就像玫瑰，远不及杂草的旺盛和坚实。一有风吹草动，它便溃不成军”；“爱和爱情是两回事。爱很伟大，爱情却很脆弱”。虽然在作品中，说这样的话，或有这样的“觉悟”的，依旧是经受过爱情挫折的男性，但却也折射了方方在此类作品中有关爱情观念的一种蜕变。如果要对上面的话做一点咬文嚼字的解析的话，这里所谓的“爱”，应当是指对异性的一种渴求，包括感情的和欲望的，或曰精神的和肉体的，也包括自觉的和不自觉的，或曰意识的和潜意识的，等等。所谓“爱情”，则是这种“渴求”异性的“爱”的一种外化，或曰对象化，是在所“爱”的对象身上得到确证的一种现实性形式。只有通过这种现实性形式，“爱”才不是一种本能的欲望或心生的意念，而是一种有血有肉的“感性存在”，或曰现实性的情感。“爱”在外化为这种“感性存在”或现实性情感的过程中，又不免像鲁迅笔下的涓生所说的那样，要有所“附丽”：“人必生活着，爱才有所附丽。”因为“爱”所“附丽”的这“生活”，所以才有了与“爱”有关的许多人生纠葛，包括与所“爱”对象的诸多日常生活的和情感的纠葛，等等。而当这种纠葛不再能在所“爱”的对象身上确证“爱”，甚至破坏了这“爱”的时候，从前的作家多让女性取忍耐的态度，或作出自我牺牲，所以就常有悲剧发生。虽然这期间经历过启蒙思想的洗礼，也有过女权主义或女性主义之类的觉悟，但方方的近期作品，似乎仍刻意要确证“爱情”的本质，探求“爱”在现实人生中得到实现的种种可能和方式，包括不能得到实现的种种影响和后果。这种执意探求的结果是，在方方笔下，“爱”和涉“爱”的感情，只要是在人生中现实地经验过的，不论成与败，喜与悲，幸与不幸，美与非美，都会在人的生活中搅起一场波澜，在人的心灵中刻下深深的烙印。从这个意义上说，“有爱无爱都铭心刻骨”，也可以看作是方方的近作对“爱情”这种社会性情感的一种新的理解。

与上述作品对两性情感的“极端化”书写不同，方方最新发表的中篇小说《惟妙惟肖的爱情》，似乎又回到了两性情感书写的常态。这种所谓常态，相对于上述作品而言，亦即是把两性情感关系，作为人的现实关系的一种，将之置于各种现实关系之中加以描写，而不是像上述作品那样，刻意把它从各种现实关系中凸显或剥离出来。因此，在这篇作品中，发生在惟妙、惟肖兄弟和他们的女友或妻子之间的纠葛，就不像方方的上述作品那样，仅仅是或主要是两性之间的“战争”，而是同时还通过这种两性的“战争”，揭示了当今社会错乱的情感状态和颠倒的价值观念。惟妙的第一次婚姻，是为了帮助一个从乡下出来的女大学生满足留城的愿望，所以，当成了他的妻子的这个女人另择“高枝”的时候，他毫不犹豫地“成全”了她，“帮助”她进一步继续改变自己的命运。惟肖的第一次婚姻，则明知应该是他哥哥的女友马小珍“弃兄就弟”，是贪图自己有车有房，所以当自己另结新欢的时候，也就能“开一个大价”，毫不费力地搞定马小珍。而这一切情感的错乱，又都与这个书香之家在读书有用无用问题（即所谓“永乐派”和“臭屁派”）上的价值颠倒有关。在他们背后，则是一个更为广大的也更加光怪陆离的现实生存图景。从这个意义上说，这篇作品“惟妙惟肖”地反映的，也就不仅仅是两个年轻人的“爱情”，而是当下社会生态和价值关系的真实图景。相对于上述小说而言，这篇小说似乎也可以看作是方方的这类小说，从“极端化”的“刀锋叙事”中，“大踏步地撤退”（莫言语）和向社会“还原”的表现。

四

进入新世纪以后，方方写过两本与武汉这座城市的历史有关的书，一本叫《汉口的沧桑往事》，另一本叫《汉口租界》。这两本书的写作，让方方沿着汉口老旧的“里分”，武昌残剩的城墙，和那些而今缠绕三镇的通衢大道，当年却宛转于街巷的阡陌小径，一步一步地走进武汉这座城市的历史深处。虽然在这个过程中，她也曾在今天的武汉街头作过短暂的停留，写过中北路上一个下岗工人“空荡荡”的失落心理（《中北路空无一人》），也关注过一个爱好摄影的年轻人走出昙华林的命运（《春天来到昙华林》），这些，都是她置身剧变中的武汉所发抒的沧桑之慨和无常之叹。但武汉这座城市更令她不能释怀的却是，这些年她才从浩繁的史料中结识的，那些静静地躺在“时间之下”的“武汉人”，尤其是那些在近现代历史上，曾经让武汉这座城市烜赫一时、彪炳千秋的人们。为了这些土生土长的和被历史从四面八方召集起来的“武汉人”，她写下了《民的1911》和《武昌城》这两部格式特别的“历史小说”。

熟悉《风景》的读者，应该不会忘记作品中那个出生才半个月就死去了的男孩，方方让这个常眠地下的男孩，“以十分冷静的目光一滴不漏地看着”他的家人的生活，“看着他们劳碌奔波，看着他们的艰辛和凄惶”。这个独特的“幽灵视角”，曾经为众多论者所称道。《民的1911》无疑沿用了这个视角。不同的是，《民的1911》中的这个叫“民”的男孩，不是一个“死魂灵”，而是被作者“设想”为一个“无处不在”的活人。凭着这双“无处不在”的活人的眼睛，方方让他见证了1911年在武昌爆发的那场革命的全过程，从秘密串联到密谋策划，从酝酿起义到机密败露，从仓皇无计到瞬间爆发，乃至首义功成，大乱甫定，民国建立。在这个过程中，“民”既作为方方“设想”的一个“无处不在”的观察者，时刻注视、关切着这场革命，同时也作为作品中的一个小人物，一个剃头匠的儿子，以自己的微弱之躯、微薄之力，尽其可能，与武汉民众一道，参与、援助这场革命。这种虚实相生的双重身份，无疑使“民”成了这篇作品的一个“象征物”。在他身上，既隐约可见活动在革命党人身边的民众的身影，又仿佛可触游荡在革命党人头脑中的民魂，激励革命党人为之奋斗牺牲的民众的意志和精神。通过这个“象征物”，方方从一个作家所持的朴素的民本立场出发，诠释了1911年发生在武昌的这场革命，如何从“帝王的国”进到“民的国”的伟大转变，让“民”的意义通过文学叙事，得以在历史的层积中生成和凸显出来。

如果说，在《民的1911》中，无论是作为一种“全知”的视角，还是作为一种意义的抽象，“民”都不免带有某种形而上的虚幻性质，那么，到了《武昌城》中，无论是在“平民”的意义上，还是在“民众”的意义上，“民”已经不再是这种“寓言式的抽象品”，而是一些活生生的有血有肉的实体。在这部以北伐战争中武昌城的攻、守战为上、下篇对应结构起来的长篇小说中，方方把这些活生生的个体或群体的命运，交给敌对的双方，让双方面对他们的生死存亡，作出各自的选择。这个选择对攻城的一方来说，自然是以夺得武昌为目标，因为只有夺得这座城池，才能保证此后的北伐顺利成功，才能最终实现国民革命的理想，救“民”于水火，解“民”于倒悬，包括从北洋军阀的统治下“解救”眼下被围困在武昌城的百姓。但这样的胜利，须得付出极为惨重的代价，除了像梁克斯、莫正奇这样的革命军人的牺牲，还有被围困的武昌城的民众在死亡线上的挣扎。而对守城的一方来说，这挣扎在死亡线上的武昌城的民众，正是他们选择的艰难之所在：继续固守，必致生灵涂炭；放弃坚守，民众得救，却有悖军人“天职”，还要背负骂名，接受军法审判。方方虽然写出了他们的矛盾和痛苦，尤其是守城主将刘玉春和他的“副手”马维甫的内心冲突，但最终还是让马维甫选择了“弃守”。马维甫说：“就算今生今世被打上懦夫或者叛徒的印记，我也选择弃守。以我一己的遗臭万年，来拯救众生。个人名节被毁固然可惜，设若这毁灭能换取无数人的生命，便是值得。”这个选择的结果，不仅是马维甫内心的道义和良知的胜利，同时也是高于军人“天职”的普遍的人道的胜利。方方让马维甫作出这样的选择，无疑意味着，梁克斯、莫正奇等为国民革命的理想而牺牲，与马维甫的最终以自杀殉人道，在“人本”或“人道”的意义上，其内在精神有着某种契合与一致。正是这种契合与一致，使得这部长篇小说超越了一般意义上的进步与反动、正义与邪恶的道德评价，表现了作者对历史事件和历史人物的一种“了解之同情”的态度。

方方在《武昌城》的后记中说：“守城和攻城，各有自己的角度，各有自己对事情的看法，也各有自己的痛苦和悲伤。战争将人性中的大善大恶都张扬了出来。我相信，无论革命军还是北洋军，投身行伍，有人是为了解决饥饿，有人是为了反抗压迫，有人是因为天性尚武，也有人就是无可奈何。但亦有人，为的就是理想。这理想便是希望中国有个美好的未来，希望能投入自己的一己之力让国家和平安宁。他们的理想是相同的，只是选择不同结果也全然不同罢了。”[①] 这样的说法，似乎有悖于我们向所习惯的阶级分析，但正如雨果在《九三年》中，对革命和人道主义的论定一样，在一个某些时代可能“绝对正确”的阶级分析之上，似乎也有一个在任何时代都可能“绝对正确”的人道主义。正是基于这种人道主义的“同情”，方方才有可能对这些人物的个体差异和生存动机的多样性，有足够充分的“了解”，也只有对这种差异性和多样性有足够充分的“了解”，才能把敌对阵营的这些人物，从阶级对立和军事对抗的壁垒中剥离出来，将其“还原”成带着各自的动机和目的，具备各自的个性和气质，“有意识的，经过思虑或凭激情行

① 方方：《武昌城·后记》，北京，人民文学出版社 2011 年版。

动的”[①]个人。这样的个人，自然不仅因为选择的不同而分属不同的阵营，或者也可能因此而打上不同阵营的思想烙印，有不同的情感倾向和行动目的，但在他们的内心深处，同时还应该有一种普遍的人道主义同情，一种人所应具的道义的或良知的诉求，或者说是人所应具的一种“类的属性”，即我们通常所说的人性。正因为如此，所以，无论是罗以南的愤慨于同学的被杀，物伤其类，在出家途中改变初衷追随梁克斯参加北伐；还是陈明武的以一介书生，在乱世中肩起保护老弱妇孺的责任；抑或是孟洋人冒险出城，要说服北伐军停止炮击，以免伤及无辜；一个普通学生冒着杀头的危险，力谏马维甫开城投降，以拯救苍生。甚至也包括刘玉春对喜云一家的关心，和在情急之中作出同意难民出城觅食的决定。当然也包括出没于炮火之中的双方救护人员，冒着生命危险救死扶伤，和汉口各界对难民的援助、关注与同情，以及北伐军对北洋军的“给食”“疗伤”等人身救助，等等。不能说这些都不关乎战争双方的义务和责任，但方方所着力表现的，似乎更多的是这其中所体现出来的人道精神和人性内涵，而不是直接的政治或军事目的。从这个意义上说，这部作品与其说是写武昌城的攻守战，不如说是写攻守双方的人性较量，和围城之内各色人等的人性“表演”。而这一切，又都系乎武昌城二十万百姓的生命安危，是他们的生命安危激起了攻守双方，包括他们自身的道义和良知，怜悯与同情，当然也有义务和责任，而造就了这样的一场“人性的战争”。武昌城的最后弃守，固然与“大势已去”的战场态势有关，但最终让马维甫作出开城的决定，一个最直接的促成因素，毕竟是全城百姓的生命安危。尤其是舅舅一家的遭遇和他所爱的表妹的惨死，更是他不忍再睹的悲剧。从这个意义上说，1926 年发生在武昌的这场四十天围城战事的结束，并非完全的军事上的胜利，同时还有，或者说更多的是人道和人性的胜利。在方方笔下，民众或平民作为一种力量，决定战争胜负，进而影响历史的进程，并非我们通常所说的人心向背，而是他们的生命和存在本身所具有的意义和价值。以这样的眼光看历史，她的历史观因而带有较重的人本主义或人道主义色彩。

作者系湖北省文艺理论家协会主席、武汉大学文学院教授
本文原载于《文学评论》2014 年第 4 期

---

① [德] 恩格斯:《路德维希·费尔巴哈和德国古典哲学的终结》，见《马克思恩格斯选集》第 4 卷，北京，人民出版社 1972 年版，第 243 页。

张　法

中国型艺术学理论：基本概念的困境与出路

当“艺术学理论”作为中国教育体制中的法定一级学科，出现在2011年公布的国务院学科委员会和教育部颁布的新学科目录中时，中国文化走向现代化进程建立现代学术体系的一个一直都存在的问题突显了出来。这就是：中国人文学科的学术语汇究竟应有怎样的性质。

由西方文化主导的世界主流学术，要求从日常语汇中提炼抽象出一批学术语汇，进而对之进行严格的定义，以建立正规的学术体系。当中国自清末进入现代化而进行现代学术体系建设以来，人文学科的学术语汇建立，在接受西方规训和改造中国传统两方面进行着持续的努力，取得了很大的成就，但在文化转型和中西对话中，一些本质性问题，仍未获较好的技术解决，对其中的一些深层问题，尚未有完全的理论自觉。而新的艺术学理论一级学科的设立，以及由之必然要进行的学科建设，把这一问题突显了出来。特别体现为“艺术学理论”一级学科中的基本语汇上。

在2011年的新一轮学科目录，艺术学升级为学科门类，下设五个一级学科，艺术学理论、音乐与舞蹈学、戏剧与影视学、美术学、设计学，其学科的逻辑结构显然是把艺术学理论这个一级学科作为其他四个具体艺术门类的一级学科的理论统摄。然而，当艺术学理论，要用一个统一的理论体系从理论上去把握各类具体艺术门类时，这个理论的建立本身，遇上了基本学术语汇的定义困难。按照以西方文化为主导的世界学术语汇的基本原则，正规的学术语汇，一是要进行严格的理论界定，二是在学术性叙述上要语用一致。而“艺术学理论”一级学科，从其命名到学科的基础语汇：艺术、艺术史、艺术批评，都无法与这两条基本原则相符。且先看是怎样的不相符，同时分析不相符而又存在的原因，然后揭示这不相符而又存在，对于中国现代人文学术建设的意义。

艺术学理论：语源与语用

艺术学理论作为一级学科的命名，就与上面讲的学术语汇的两条基本原则相悖。此命名，包括“艺术学”和“理论”两个词的组合，艺术学一词，来自于德文的 kunstwissenschaft，直译是艺术科学，德文的 wissenschaft（科学）与英文的 science（科学）不同，后者在英语里专指自然科学，而前者在德语里指一切严格的理论，狄尔泰提出 geisteswissenschaften（精神科学），李凯尔特提出 kulturwissenschaft（文化科学），麦登和谢勒尔提出 literaturwissenschaft（文学科学），皆非自然科学而乃人文学科，但中国在现代性进程中产生的“科学”一词，主要对接是英语 science 的含义。因此，当民国 kunstwissenschaft 进入中国，宗白华和马采两位美学大家都将之译为艺术学，成为定论，正如 literaturwissenschaft（文学科学）进入东亚，日本和中国都将之定译为文艺学。如果把德文的 kunstwissenschaft 译成英文，到位的译法也不是 art science，而是 art studies，中文的艺术学译成英文，也应是 art studies。这说明了什么呢？艺术学之“学”（wissenschaft）本身就是理论，再在上面加“理论”，成为“艺术学理论”，同义反复，好不啰唆，从学术术语的严格性讲，大有问题。

另外，中国的艺术学，不仅来自于德国的 kunstwissenschaft（艺术科学）对中国的影响上，更在于俄国的 литературоведение（文学科学）的作用，德国的艺术学虽然包括文学在内，但是以造型艺术为核心的，而俄国的艺术体系与中国一样，是以文学为核心的，从普希金到屠格列夫到托尔斯泰，文学在整个艺术中具有核心和先锋的作用，俄国的文学科学来源于德国的文学科学，但德国的文学科学只重视文学理论和文学史，正如德国的艺术科学只重艺术理论和艺术史一样，而俄国的文学科学把文学批评放到与文学理论和文学史一样重要的地位，从而文学科学由三大部分组成，文学理论、文学史、文学批评。由于文学科学的示范作用，艺术学也是由三大部分组成，艺术理论、艺术史、艺术批评。从这一层级结构来看，“艺术学理论”一词，既有作为总体的“学”（wissenschaft），又有作为“学”之一的“理论”（theorie），而且按中国语序，重点落在“理论”上，一旦知晓西方艺术学的层级结构，“艺术学理论”一词显得很是别扭。

艺术学理论的形成在于历史和当下。艺术学理论来源于上一次（1997年）学科目录在艺术学一级学科下面的二级学科艺术学。加上“理论”二字，一是避免了原来目录中同一术语出现在不同层级易于产生的用语混乱，二是强调了整个艺术学术语体系中“学”的统一性。强调“学”是1997年学科目录的特征。将之与再上一次即1990的学科目录比较一下就更为清楚。1997年学科目录里一级学科艺术学下面有8个二级学科：艺术学、音乐学、美术学、设计艺术学、戏剧戏曲学、电影学、广播电视艺术学、舞蹈学。1990年的学科目录里一级学科艺术学下面有28个二级学科：音乐学（含音乐教育）、作曲与作曲艺术理论、音乐表演艺术（含指挥、键盘乐器、管弦乐器、中国乐器、声乐）、美术学（含美术教育、民间美术）、绘画艺术（含中国画、油画、版画、壁画）、雕塑艺术、工艺美术学、工艺美术设计（含陶瓷设计、梁织设计、装潢设计、书籍装帧、服装设计、装饰雕饰、金属工艺、漆工艺）、环境艺术、戏剧学（附戏曲学）、戏剧、电影文学、导演艺术及表演艺术、舞台美术及艺术、电影历史及理论、工业造型艺术、乐器修造艺术。1990年的目录虽然琐碎些，但却反映了中国艺术学科里的实际，包括艺术实践（创作）和艺术史论两个部分，1997年的目录，把艺术实践和艺术史论都统一到学上，这个“学”的正确释义，不应仅是作为理论的学术之“学”（wissenschaft），还应是教育体系中的学科之“学”（discipline）。只有把艺术各学科之学作如是二合一的新解，目录上的各个学才是名实相符的，遗憾的是由于各个学都被理解成（按照此一词汇的历史演进和词典定义也只能被理解成）学术之学，因此引起不少的误会。按此理路，也是按照中国艺术院校中学科的实际，中国历次学科目录上的艺术学，都应首先理解为学科之学（discipline），然后再加上学术之学（wissenschaft）。这样，“艺术学理论”这一概念在词汇内部的整体张力中，“学”完全成为discipline（学科），“理论”则完全是wissenschaft（具有学术体系性的“学”）。按此理路，艺术学理论这一概念就是没有问题的了。然而这样一来，艺术学理论中的“学”字在具体的含义上，既约不同于作为门类名称的艺术学之“学”的词义，也稍不同于其他四个具体艺术一级学科名称中的“学”的词义，这会增加艺术学理论话语中的阐释困难。

因此，艺术学理论，陷入一种命名的悖论中，本身讲通了，又与学科的上下层级中的释义不一致，与上下层级的释义一致了，自身又会出现释义困境。

艺术：语源与语用

无论是作为学科门类的艺术学，还是作为一级学科的艺术学理论，以及学科的基础课程艺术学原理，其核心语汇都是艺术。艺术（art）一词，从希腊文τεχυη（技艺）到拉丁文ars，词义近于英文technique（技艺）或artfulness（精技），它存在于宇宙间一切事物之中，有日常之技（如理发技术），美术之艺（如绘画技艺）、哲学之术（如逻辑之术）……在中世纪，艺术被分为两类，一是主要与动手能力和工艺程序相关的技艺，从等级上说叫“粗俗艺术”（vulgar art/servile art），从技艺上讲叫“机械艺术”（mechanical art），绘画、雕刻、建筑都要动手，有艺匠的性质，也属这一档次。二是主要与心灵思维能力相关的高尚之艺，如几何、算术、天文、修辞、音乐之类，名为自由艺术（free art）。到文艺复兴的意大利，绘画、雕刻、建筑被灌注进高尚的思想、科学的精神和优美的情感，在文化重新建构和知识重新分类中，三者与一般的技术区别开来，成为意大利中的“美的艺术”（Arti del Disegno，直译为设计的艺术）一词。此词传到西方各国，法文词是beaux arts（美的艺术），法国学人进一步扩大词义，使之成为既区别于行业工艺也区别于道德之善和科学之真的现代美学意义上的艺术体系，即把建筑、雕刻、绘画、音乐、诗歌（包括文学和戏剧），以及建筑和舞蹈，作为整体。艺术的目的是追求美，与现实之艺的功利不同，与科学求真和伦理求善不同。随着大英帝国在世界现代性中的绝对优势，由对应beaux arts的英语词fine art把西方现代艺术体系带向世界。在历史演进中，fine art变成Art；其后又变为art。无论怎么变，art（艺术）都是包括文学在其中的区别于日常之技、科学之真、道德之善的以追求美为目的的艺术。在文艺复兴的美术中，处于最高地位的是绘画，这在达·芬奇的言说中很明显。因此历史原因，艺术一词可以特指绘画。美的艺术首先是在建筑、雕刻、绘画一体的造型艺术即美术中产生出来的，因此，艺术又可以特指作为造型艺术的美术。美的艺术在法国学人那里形成整个艺术体系，因此，艺术又指整个艺术体系，不管以后有什么艺术门类如电影、电视、摄影之类加入进来，艺术都指作为门类艺术的总和，即区别于生活、科学、道德的、以追求美为目的之艺术。在西方文化由词汇史而来的艺术的一词三义（绘画、美术、艺术整体）中，艺术整体之义最为重要。

当西方文化大举进入中国，而中国的艺术是以文（以诗文为主体的文学）为核心的，面对西方的艺术体系，中国学人用了文艺一词去对应，文艺一词方面把文学与其他艺术区别开来，保持了文学的核心地位，另一方面又承认西方的基本思想，文学也是一门（区别于日常技术和科学之真的）艺术。在艺术体系的学术语汇中，一方面，文艺成为艺术体系的整体，这里是文学加上其他艺术门类等于艺术整体，另一方面，西方艺术学原著大量翻译成中文，在忠于原意的翻译史上，艺术曾被译成雅艺，进而译成美术，最后定型为艺术，在这些论著中，艺术是包括文学在内的整体。这里，艺术在现代汉语的无论是日常语汇还是学术语汇，都有两种词义，一是包括文学的西方原义，一是把文学排斥在外的中国新义。二者并行不悖。

艺术一词的多义，还在于，在学科体系里，学科门类中，既有文学门类，又有艺术学门类，文学和艺术是分开的，还有建筑学，放在工学里面。这样，现代汉语的日常和学术语汇中，从西方译著而来的用法里，艺术包括文学中内，在中国由文艺影响而来的日常和学术语汇里，艺术是不包括文学的，而严格的学科语汇里，艺术是除了文学和建筑之外的一切艺术。这样，艺术一词在语用上，就有三种语义。

不过，建筑在艺术之外，在日常和学术语用里，范围较小，影响不大，最主要的是，艺术是包括文学的艺术，还是不包括文学的文艺，成为经常出现的不可回避的现象。这造成了中国学术体系和学科体系的最大悖论。在学科目录里，是按照现代汉语的文艺的逻辑，文学与艺术明明是分开的，而在艺术学门类和艺术学理论的一级学科中的教材里，在绝大部分的“艺术（学）概论（或原理或理论）”的论著中，又是按照西方艺术一词的原义，把文学包括在其中的。因此，在艺术学理论的学术语用里，以及在现代汉语的日常语用中，艺术一词都是两义并用。从而，对艺术一词，既无法严格定义，也不能一以贯之。

艺术史：语源与语用

艺术学从美学中独立出来，是从20世纪初以德国开始的，这一独立运动主要体现为两个方面：一般艺术学和艺术史，前者在西方的演进失败了，后者却成功了[①]。艺术史的成功，使之成为西方学科体系中一个固定学科。然而，又因其成功时的特殊背景，当时的艺术史实际上只限于美术史，主要体现为莫雷利（Giovanni Morelli，1816—1891）的鉴定学，里格尔（Alois Riegl，1858—1905）

① 对此问题，参拙文《艺术学：复杂演进与术语纠缠》，《文艺研究》2011年第3期。

的纹饰学，沃尔夫林（Heinrich Wölfflin，1864—1945）的风格学、潘诺夫斯基（Erwin Panofsky，1892—1968）的图像学。这样，艺术史（art history）一词因学科的历史而词义稳固，其内涵就是美术史。而中国的学科体系中自1997年目录中有了艺术学的二级学科，特别是在2011年目录升级为艺术学理论一级学科之后，一直在建构一个艺术学理论的学科结构。各家的言说，除了艺术管理、艺术文化等有不同看法之外，对其学科结构的基础核心，基本上都参照西方的艺术理论和文学理论的理路，定位在艺术原理、艺术史、艺术批评三大块上。艺术原理体现为艺术学原理（或概论或理论）的教材，其语义悖论，主要体现在“艺术”一词上。这节主要讲艺术史一词的悖论，下节再讲艺术批评一词的悖论。

艺术史，西方就是美术史，但在中国的学科体系中，正如艺术（学）原理包括各门艺术一样，艺术史也应是对各门艺术的历史进行一个总括，呈现其共同的艺术发展规律。这里不讲如何把各门艺术，特别是性质不同的艺术，如绘画、电影、设计、摄影等，汇成一个共同的艺术史，所面临的困难，只讲艺术史这一术语在语汇上的悖论。在中国学科语境里的艺术史，必然是一个包括各门艺术在内的艺术史，而西方学科体系中的艺术史，则只是美术史。前面讲了，艺术一词在西方文化的发展中，具有三义：绘画、美术、艺术，且主要落实在第三义即作为艺术整体上。原因在于艺术哲学即美学的巨大影响。而在艺术史这一语汇中，艺术语义则仅固着在第二义即美术上，原因在于艺术学独立时形成的艺术史学科的巨大影响。

在全球化时代中西学术和学科广泛交流与频繁对话的现实中，大量的西方艺术史的论著译成汉语，其语义只是美术史，而中国艺术学理论的学科建设中的艺术史又一定要成为超越美术史的统合各门艺术的艺术史。在如是的现实中，一方面，我们不能斩断西方的艺术史论著进入中国，另一方面，我们又不断不按照中国的学科要求在超越美术史的更广阔的语义上使用艺术史这一语汇。因此，由中西的差异而来的语汇悖论，必然长期地在艺术史的日常和学术语用中存在，因而在艺术史这一术语的学术语用中无法一以贯之，这会极大地困扰着中国艺术学理论的学科建设。

艺术批评：语源与语用

艺术批评，在讨论艺术学理论一级学科设置的学者中，被认为是其中一个重要的二级学科，与艺术史具有同等的地位。从艺术学理论的学科语境来看，艺术批评，当然是包括美术批评、音乐批评、戏剧批评、舞蹈批评、电影批评、电视批评、设计批评等各个艺术门类的批评在其中，并对之进行总括，是超越具体艺术批评而具有整体共性的艺术批评。然而，正如艺术学、艺术史都来自西方，艺术批评（art criticism）一词，也来自西方，而且在其历史形成中，具有固定语义界定。最要命的是，艺术批评，在西方是学术历史中，不是指的各门艺术总和而来的批评，而是仅指美术批评。

文艺复兴时期，随着文学由诗到小说的演进，以及美术在文化中地位的巨大提升，意大利语的 critica（批评）一词复活了在古希腊文里 kritesn（判断者）、kfinein（判断）等词的古意，并以时代新义开始在文学、美术以及其他文化领域中活跃起来。批评在文学上的演进的结果，是在英语世界里形成了文学批评（literary criticism）和在德语世界里形成了文学科学。在重视从经验总结出理论来的英语世界里，"批评"等同于"理论"。温彻斯特《文学批评原理》（1899 年）、瑞恰兹的《文学批评原理》（1924 年）、兰色姆《新批评》（1941 年）、弗莱《批评的解剖》（1957 年），都是标准的文学理论著作。英语世界中的文学批评相当于德语世界中的文学科学。在美术里，则形成了艺术批评。西方具有现代型态的艺术，是在建筑、雕刻、绘画在文化中的地位得到提升之后而形成的，因此，艺术可以指美术。本在文化高位的文学形成了（英语世界的）文学批评和（德语世界的）文学科学，新进入高位的美术，则主要在英法世界形成了艺术批评和在德语世界形成了艺术史。艺术批评一词是英国画家理查森（Jonathan Richardsonin）在其 1719 年的《艺术批评论集》（*An Essay on the Whole Art of Criticism*）中首先提出来的，在此书中，他运用打分方式评价艺术品的优劣。然而，这一术语之产生和流行，除了文艺复兴以来"批评"一词在西方各国的流行之外，更在于英法两国的艺术背景，"艺术批评"一词主要得力于伦敦的夏季美展和法国巴黎的沙龙，并在英法的美术界流行开来。18 世纪，以巴黎沙龙为背景的狄德罗成为艺术批评的旗手。19 世纪，英国的罗斯金和法国的波德莱尔最为著名；20 世纪初，英国的贝尔和福莱，以后在美国的纽约，艺术批评的名家辈出。对本文来说，重要的不是艺术批评在英语和法语世界有怎样的演进，而在于艺术批评这一术语，无论在其产生还是在其发展中，都被归在美术范围之中，其语义仅是美术批评。大量的关于英法世界的艺术批评的论著译成中文，形成了汉语里关于"艺术批评"一词的词义理解，这一词义特别在美术学界大行其道。而在艺术学学科门类形成的语境和艺术学理论一级学科所形成的学理要求的结构里，艺术批评不能仅是美术批评，而必须是综合各门类艺术的各种批评为一体，具有艺术共性和整体性的艺术批评。历史的惯性和学科的要求在“艺术批评”这一语汇上产生了悖论。前者得到了源源不断进入中国来的西方论著和译文的大力支持，后者是中国学术体系和学科体系的必然要求。这一语义矛盾必然会长期地存在于中国的日常和学术用语之中，极大地困扰着中国艺术学理论的学科建设。

西方型学术语汇的严格性还是中国性汉语性质的灵活性

如上所述，在艺术学理论学科中，无论是学科命名还是学科基本语汇：艺术、艺术史、艺术批评，充满了词义的多义性和语用的多样性，不符合学术概念的基本原则，然而，这些基本语汇不符合学术原则却又一直都存在着，并未引起中国学人的强调的关注，这意味着什么呢?

这显示了中国现代学术的混合性质，即一方面中国现代学术引进了西方学术要求学术语汇的严格性原则，另一方面中国现代学术由传统转化而来，又保留着中国传统学术对学术语汇的灵活性。也可以说，中国现代学术语汇，在表层，运用的西方语言的原则；在深层，却保留着中国语言的特性。因此，在一定的意义上，艺术学理论上的语汇问题，透出的汉语的特性。

汉语，是在上古时代东南西北各族（西部的羌氐各部，北部的戎狄各部，东部的夷越各部，南部的蛮族各部）汇集到中原，在互动中融合成多样一统的华夏族时而产生的，因此，汉语是一种混合语。从远处的来源讲，汉语既有由从南岛语、南亚语、苗瑶语、侗台语、藏缅语汇成的华澳语系的关联[①]，又有从印欧语到北高加索语、土火罗语、阿尔泰语的影响[②]，从近处来讲，由东和南而来的诸夷语和诸越语和由西与北而来的诸羌语和诸狄语共汇成了上古汉语。具有混合性的汉语，一开始就具有一种灵活的特点。表现为——

第一，一字多音。如此“好”，不但有作为形容词的好坏之好，读上声；还有作为动词的好恶之好，读去声；还为呼厚切，音吼；滂佩切，音配；呼侯切，

① 参见潘悟云：《对华澳语系假说的若干支持材料》，载［美］王士元主编：《汉语的祖先》，李葆嘉译，北京，中华书局2005年版，第242—287页。

② 参见周及余：《汉语印欧语词汇比较》，成都，四川人民出版社2002年版，第8—21页。

音诟……

第二，一义多词。这在《尔雅》中鲜明地体现出来。比如：初、哉、首、基、肇、祖、元、胎、俶、落、权舆，始也。

第三，两可词序。比如：公鸡／鸡公，蔬菜／菜蔬，计量／量计，打击／击打，介绍／绍介。

第四，两可语序。兼有顺行结构和逆行结构。

如此等等。这些特征使得中国文化对待语言，不像西方人那样要求语言自身的明晰和语言与所指对象的清楚，而是讲究语言自身的弹性（比如：提倡一词在上下文中而产生的“互文见义”；再如，音同义通，因同音的关联而让此字引起在词典上未曾定义之词义。又如，无字处皆其意，句段所含之义并不是落实在每一具体的词汇上，而由句段中各个词的互动而产生出来）和语言与对象关系上的灵活（在语言与主体内心的关系上，讲“由言入意，得意忘言”；在语言与客观物象的关系上，讲“由言入象，得象忘言”）。

正因为汉语自古以来就有如上所说的这些特性，当艺术学理论的基本语汇，艺术、艺术史、艺术批评，在学科话语的行文中不断地变换着词义之时，对于西方型的严格的学术言说来讲，是很糟糕的事，但对于中国传统的学术言说而论，又是正常的事。对待学术概念，宋代哲学家张载在《正蒙·乾称》中说：“道则兼体而无累也。以其兼体，故曰一阴一阳，又曰阴阳不测，又曰一阖一辟，又曰通乎昼夜；语其推行故曰道；语其不测故曰神；语其生生故日易。其实一事，指事异名耳。”这是讲一个事物，具有多样的属性，因此可以用不同的语汇去表达，用词不同，突出此物的特点不同，但讲的还是这一事物。另一方面，事物是复杂的，一个与之对应的语汇，根据具体情况，其含义也会有不同，同一个语汇，可作不同的理解。明末清初哲学家王夫之在《夕堂永绪论·外编》中说：“统此一字，随所用而别，熟绎上下文，涵泳以求其立言之指，则差别毕见矣。”从中国文化关于语言的性质，艺术学理论中的这些基本语汇，无论在一般语用中，还是在学术语用和学科语汇中，具有不同的词义，不但可以理解，而且应当如是。重要的不是一种词汇生硬的处处要一致，而是不同的语用是否恰当地反映了具体的情况，而让人体悟其实质。这里关系到现代汉语在世界现代化进程中由中、西、日文化的互动而形成，进而在新的全球化多元文化中重新定型的大问题，不在此处展开，仅从这一角度，去思考艺术学理论中基本语汇的语义弹性和灵活变性，正是中西文化在复杂的全球化语境中互动的产物。

理解了汉语的特性，以及汉语特性对中国现代学术语汇的影响，并从这一影响来看中国现代学术语汇的特质。一方面可以更深刻地理解艺术学理论在基本语汇中的弹性和灵变，另一方面可以通过艺术学理论的基本语汇所呈现出的现象去进一步体会：中国现代学术语汇，以及中国现代学术的语言表述，究竟具有怎样的特质。质言之，中国现代学术语汇实际上是由两个方面构成的，一是建立在西方语言基础上的西方型学术语汇的严格性，二是建立在中国语言基础上的中国型学术语汇的灵活性。清末和“五四”的大举学习西方以来，国人一直强调的是西方型学术语汇的严格性，而对中国型学术语汇的灵活性基本忽略，并将之视为一个必须克服的东西。然而，这一必须克服的东西却一直存在着，也一直在暗中起着巨大的作用。艺术学理论中的基本语汇，无非把这“一直存在”和“巨大作用”突显出来了而已。

从更为宏观的汉语演进史看，中国的学术语汇经历了三大时段。首先，是汉语在东西南北中的族群融合中产生，形成了自身的特性；接着，是中国在世界现代化进程中进入以西方为主导的世界现代化进程，在中西文化和中西语言的互动中形成现代汉语，以西方语言的逻辑性和明晰性重建中国现代学术语汇；而今，在全球化时代中国与西方的互动，一方面重思汉语的内在特征，另一方面在意识西方语言明晰性的巨大优点的同时，反思其固有的局限，而寻找当代学术汇的新原则，而中国学科体系中的艺术学理论一级学科，由于正处在中西差异的冲撞的核心，最容易把这一问题暴露出来。艺术学理论中基本语汇的悖论，在表层上，与这些基本语汇在西方文化中的词义起源及历史演进与中国现实中学科逻辑之间的差异性有关；在深层上，却与西方语言要求的学术规范性和汉语内在特质的灵活性的不同相关。只有把这两个方面结合起来进行思考，艺术学理论中的基本语汇才会从现有的困境摆脱出来。

因此，对艺术学理论一级学中的基本语汇进行新的理解和诠释，通向无比广阔的历史和现实之海，它让仍在此中载沉载浮的我们去重新思考：中国现代学术语汇的基本原则究竟应当是怎样的？

作者系中国文艺评论家协会理论委员会副主任、中国人民大学哲学院教授
美学与现代艺术研究所所长、博士生导师
本文原载于《文艺争鸣》2014年第9期

周　星

观念转化与精神坚守辩证法
——中国电影市场批评分析

2014 年暑期档过后，中国电影市场的局面不仅令人松一口气，而且还颇为可喜，以暑期档为核心，9 月初，2014 年国内影市的总票房已超过 200 亿元。按照数据，迈过 200 亿的门槛的中国电影比去年提前 90 余天。想想这样的情形：中国电影从破 20 亿到破 100 亿，用时 5 年；从破 100 亿到去年破 200 亿，用了 3 年时间；而不到一年的现在，票房已经超越 200 亿，接下来几个月还将有全年最大影片汇聚且数得着电影值得期待，于是 2014 年突破 300 亿也就可能实现。在经历市场蓬勃发展的局面后，中国电影和国家经济一样，在世界上早已不是微不足道的角色，而已经成为举足轻重的存在。中国已经是国内生产总值世界第二的国度，中国电影市场也是世界第二位的国家市场，“2012 年中国电影年度票房首次超过日本，成为全球第二大电影市场，仅次于美国”[①]。无论怎样，中国电影的重要价值都毋庸置疑。也因此，中国电影市场超出了简单艺术需求和娱乐玩闹的品质，需要放到更为宏阔的平台上来度量。对于电影局面、对于票房攀升价值、对于长远发展，我们评论界做好准备了吗？是不是还处在旧有模式中一成不变的自说自话？也许需要辨析。

必须强调，2014 年的中国电影正因为体量增大、市场指标扩展、关注度增加，也在某种程度上复现着以往社会关切而议论纷纷的局面。不同的是，在计

---

① 刘浩东主编：《2013 中国电影产业研究报告》，北京，中国电影出版社 2013 年版，第 4 页。

划经济年代，一部电影全民关心的时候，更多是政治性的形态导致的社会反响议论；而当下电影遭遇社会呼应，更多是文化评价的反映，和知识层面的说辞。这一方面正好证明中国电影自身的重要性，已经得到应获得的文化地位，同时也越来越突显出一个急迫的问题：对于市场条件下的中国电影认知，需要新的视野和跟进时代的文化认知标准。文化自身就是一种人文存在，而汇聚成的文化认识，对于文化现象的演进变化必须敏感。一成不变的观念，无视现实的僵化认识，对于文化成长不用说无力判断，对于自身的文化影响也不可能是正向积极的，这一解说自然是针对迅速变化的电影文化现象，也包含了需要审慎看待和解说的问题。还没有哪一个传统文化领域像电影那样，越来越增多变量，也越来越难以琢磨。而我们的评价是不是具有适应性却是一个问题。

2014 年中国电影一度遭遇到的似乎是两年前的境况，即在贺岁档期收尾的 2 月，市场收益峰值达到顶点，而到了年中，随着好莱坞大片的涌进，中外片市场的比例猛然陡转，跌破一半以下的国产电影状况犹如 2012 年情形，2012 年"年度国产片票房占全年总票房 48.46%，是近五年来国产片市场占比首次低于 50%"[①]。2014 年中的情形同样令人担忧。随后，一批青年导演创作密集加入市场竞争局面，开始显示敢于碰硬的初生牛犊不怕虎的架势。而正是此刻，未曾怪罪好莱坞大片席卷局面的一些传媒，出现了各式各样的对于青年导演创作批评的议论，从《小时代 3：刺金时代》《分手大师》到《后会无期》等等，熟悉反而挑剔，排内故而严辞，缘于艺术讲究而头头是道批评，认定不如意乃至于全盘反对市场存在等等形势，让原本显示气色的市场，充满了一种责怪充斥的批评声音。其实这一局面，早从 5 月张艺谋《归来》的多样批评，延续到年中对于青年导演创作的非议，一直流荡在 8 月著名大学教授重磅文章挑剔《后会无期》的余绪里。一个明显大大超越以往市场的收益局面，被过度的批评弄得似乎有些里外不是人的模样。

认知的疑惑还可以从现象的社会反响和票房反应的复杂关系中去梳理。这一年里，年初《白日焰火》同时收获柏林电影节金熊奖、银熊奖的少见佳绩，后来市场收获也出乎意料的好，打破了得奖艺术片一般难以兼顾商业需要和创作讲究都如意的市场状况，但影片得到褒奖的评论也未见增多。随后，一个《爸爸去哪儿》市场大卖，舆论界惊讶该片非同传统电影样式法则的出格形态，多给

① 刘浩东主编：《2013 中国电影产业研究报告》，北京，中国电影出版社 2013 年版，第 4 页。

予不佳判别，让新形貌电影重演了去年一种低票价高票房的活剧。5 月，张艺谋全力打造的“文革”反思电影《归来》，几乎是在青年未必了然意义因而未见多捧场情形，但了解历史的文学界人则斤斤计较于改编原著不到位进而跨界挑剔，一些挑剔的理论家，认为影片没有更大力度表现“文革”不满而责难，加上《归来》在市场上没有期望更大收益的现实，再一次让艺术创作认同感遭遇危机。到了 7—8 月之际，批量青年导演的电影，如上举的《小时代 3：刺金时代》《后会无期》等收到高涨票房的受众欢迎，而评论家依然怪罪不已，包括从形式、内容和走向的责难，形成一种不满电影生存状态的现象。再接着，青年导演的《绣春刀》出场时，论题材和动作情感表现，本该期望青年热捧欢迎，实际上无论理论家还是大众都给予良好评价，但意外的是受众票房却并不好，有些令人匪夷所思。有意思的是，在这两个月的青年创作中，既有低评价却高票房的，如《小时代 3：刺金时代》和《分手大师》，也有高分数也慢慢获得高票房的，如《后会无期》，以及高票价却票房不高的，如《绣春刀》等，却似乎都一样挡不住苛刻的批评文字。如何评判电影，如何看待电影现实，如何给予电影本身的价值与社会的价值判断，如何分析电影艺术文化需求等等，都成为一个日渐繁难的问题。而重要的是，中国电影的现实市场良好局面和艺术批评之间日渐形成未必良性互动的态势，于是市场罔顾批评、批评也不关现实的忧虑难免出现。

显然，无视 2014 年中国电影发展现实的利好走向，是不客观的表现。我们没有理由对于国产电影在市场上迭出新作、纷呈风格表现和新人崭露头角报以不屑。根据《京华时报》报道：自 6 月开始，截至 8 月 31 日，2014 年暑期档以破 90 亿元的票房成绩收官。今年的暑期档在票房上又创新高，诞生了新的内地影史票房总冠军。报道称这个夏天，有笑有泪，有话题有口碑。除了票房，这个夏天还留给了中国电影什么？比较一下就明白，较 2013 年档期 58 亿的总票房同比增幅超 50%。这一事实如何看待需要客观面对现实，也需要我们的认知观念具有全面性和真切针对性。而这暑期档中，凸显的是青年创作者勇敢地用自己的作品去正面相撞强敌，占领市场。在大格局的中国电影发展角度和具体对象的青年新人的出现上，都值得给予积极的鼓励。去年，中国电影冒出的黑马青年，以导演处女作《人再囧途之泰囧》猛然获得超过 12 亿多元的票房，稍稍低于第一位也是风靡世界的《阿凡达》，实属难得。而今年中国市场票房第一号又被外片《变形金刚 4》拉高逼近 20 亿元，于是，不妨设想今后一段时间，我们会不会紧逼乃至于超过它的电影票房数据呢？有了暑期档年轻导演的血战成绩后，贺岁档更多的成熟导演大力上场，应当有力量攀升这一指标，我们应该有信心相信这种可能性。

我们需要辨析的就是，在几乎没有大导演冲杀暑期档的时候，青年创作者的作品，的确遭遇到不少批评，包括作品的艺术批评和形态批评。然而这正是因为青年导演创作凸显的缘故。根据数据，2013 年情形是："青年导演（包括一鸣惊人的处女作导演）所占的排行席位明显超越有资历的导演，而回报率都在十数倍以上。"[①] 因此而开始成为批评关注的对象。你不能说这些批评所指对象没有道理，比如对于《小时代 3：刺金时代》的指责，但只及一点不及其余的认识其实是片面的。关于青年导演创作的现象和青春电影创作，从 2013 年大密度的出现，到 2014 夏天的群体出击，研究界就应当有公正的认识，即在鼓励来之不易的创作新潮和新人出现上、支持国产电影市场发展上、站在抗击来势汹汹的好莱坞技术大片的本土立场上、培育新生换代力量获取新一代受众关注上，给予现实充分的理解和善意的分析批评。关于新人创作的挑剔似乎情有可原，他们一定不完善，或者说，他们创作的质地需要改善。比如郭敬明的《小时代 3：刺金时代》，无论就此前作品的风尚表现还是所谓的奢靡之气的表露，都值得分析。是不是真的触及现实生活中一代人或者一个群体的生存本相，人们存在怀疑，单就影像中的基本炫耀表现而论就不值得倡导。问题在于，为什么郭敬明的票房一直上升？批评家需要冷静的分析，分析是研究者首先需要做的事情，感情用事的后面需要注意理性的支撑，比如郭敬明去年《小时代》1—2 两部，以 4000 万的投入换取了 7 亿多的票房，当时还一度招致主流机构的严厉批评，[②] 后来批评偃旗息鼓也还是可能考虑到批评得过于大张旗鼓了。而今年的《小时代 3：刺金时代》则以单部创作冲破 5 亿元票房，显然有受众的好恶在支持着。我们不能简单地按照既有情感"杀无赦"。在 9 月 3 日人民网的一篇文章谈及：第四季度国产片将进入又一个黄金期，不出意外的话，国产片全年的整体票房将会超出进口片不少。而值得关注的是，今年的新导演的作品票房惊人：陈思诚、郭敬明、韩寒、邓超四位的作品都拿到了 4 亿以上的成绩。恰恰这后三位在媒体舆论和批评家眼里遭遇到的批评最多。我们的分析自然首先是针对作品，

---

① 周星：《华语电影融通背景下的香港电影认知》，见张燕、周星主编：《跨世纪定格：香港电影 100 年》，北京，中国电影出版社 2014 年版，第 173 页。

② 《人民日报》在 2013 年 7 月《小时代 1》出现时连续发文认为"不能无条件纵容小时代 2—3 出现"。

对于郭敬明的《小时代 3：刺金时代》，可以挑剔其连前两部的自我创造性都没有，除了开场女孩们操场比赛还有一些独特的炫耀和镜头把握外，整个片子花团锦簇的闺蜜们，不时尔虞我诈和莫名的相互支持交织依旧，却没有了新鲜的桥段设计，最为无奈的是匪夷所思的周崇光假死换名情节，虚假得一塌糊涂，而炫耀般的女孩四处追击偷包贼的跑动，简直是时装展示却显摆十足，哪里是追击，明显是展示雍容华贵，等等。但青年观众的票房拥戴不减一定有其原因。笔者也一样因为在电影感知上对影片表现发笑，犹如大众打分一样都显然看低，但进入影院的观众是不是粉丝之类的众多拥戴者是否值得研究？于是我们需要思考观众趣味和创作原本适合的贴切度，从而在此基础上阐发电影一般审美原则的销蚀缘由，以及电影时代如何重建美学表现基础。至于电影本身的得失也要站在历史氛围中来衡定。专家对于自 2013 年已经呈现的青年导演创作所给予的好评值得关注："……一批青年导演更是将其个人的现实审美经验与经典叙事技巧相结合，将个体叙事视角与大众接受需求相融合，创作出一批具有鲜明时代感、贴近性和青春气息的现代题材影片"。[①]

难题在于我们能不能换位思考，在支持国产电影市场发展上的一点非审美角度判断？如果把视野落在中国电影必须面对和好莱坞大片对峙的层面，我们就应该肯定这些青年导演的勇气。好莱坞大举进击已经是不争的事实，"好莱坞通过合拍、借用中国故事、启用中国影人和在电影中加入中国元素等谋求进入中国电影市场"[②]。这在 2014 年的几部大片已经呈现得十分明显。诚如贾磊磊教授有言的："中国电影产业在逐渐扩大进口影片的情况下，将面临越来越严峻的价值观挑战。"[③]所以，我们需要守住本土电影市场而来保卫我们的价值观影响。但好莱坞的强大人所共知，在谁都有些畏惧而试图避开直接抗击的时候，几乎上半年大导演都没有敢于担当抗击重责的，就一个张艺谋在"5·16"上映的《归来》，既没有太好票房又招致各种非议。而 6 月开始的避难期，出色导演作品都销声匿迹，是为了更为耀眼的挣钱档期的利益考量，还是有意躲避迎面相撞的真实心理？不得而知，但显然，没有人为此而责怪避讳的不出场作品，却到处都是责怪有出场勇气的青年导演，显然有失公平。这个特殊时期无论是不得已，还是只能选定上场的年轻导演，其实这些年轻人客观上具有了一种胆量，至少

① 尹鸿、刘浩东主编：《2014 中国电影艺术报告》，北京，中国电影出版社 2014 年版，第 11 页。

② 刘浩东主编：《2014 中国电影产业研究报告》，北京，中国电影出版社 2014 年版，第 31 页。

③ 贾磊磊：《中国电影产业的战略性变局》，《当代电影》2012 年第 5 期。

在打破市场利益得失的魔咒上作出了贡献，有意无意地为中国电影薄弱期填充了创作，丰富了市场国产片比重，而且还意外获得了自己难得的收获。是的，站在现实角度应该先给予这样的人以必要肯定吧？哪怕不足很多，也还可以期望他们更好创作，培育才是合宜的。也许我们应当反思批评的要旨是什么，是打击还是警醒？是对放弃逃弃的视而不见，还是要伤害敢于上阵难免被关注的年轻人？依然要说，电影本身的得失可以也应当分析，但站在抗击来势汹汹的好莱坞技术大片的本土立场上、培育新生换代力量获取新一代受众关注上，给予现实充分的理解和善意的分析批评实属必要。

更何况，我们市场需要思考电影兴旺和发展的基础建设背景。当今电影具有可资谈论的丰盛或者可以挑剔的先决条件，是创作市场和观影市场的大大超越以往。我们相信这一点："种种迹象表明，中国（大陆）电影经过 20 世纪 80 年代高潮期、90 年代低谷期后，现在已经重新步入良性循环和加速发展的轨迹，开始进入一个新的黄金机遇期。"[①] 正因如此，有理由进行艺术批评，是和有理由为构架电影国家基础而善待创作相互为一体的。即便站在世界电影竞争视野，和基于本土文化保护立场上的电影观，也没有理由打击行动者而排斥本体创作的努力。因为这一点是事实："2013 年，全球范围内，好莱坞电影继续保持主导地位，法国、英国、德国等欧洲区域市场中好莱坞以压倒性的优势战胜本土电影。"[②] 中国电影市场突飞猛进的事实，是建立在持续性的鼓励支持的基础上，因此站在大市场格局上判断问题，应该是批评值得参照的一个方面。回顾中国刚刚加入世贸组织的时候，电影处在低谷时期，那时中国电影可怜："90 年代下降到 70—80 部——2000 年全国（大陆）票房仅 9 亿元。"[③] 随着中国电影市场化改革发展，市场迅速跃进。据媒体 2014 年 8 月 5 日报道，国家新闻出版广电总局电影局副局长栾国志提及：中国现已拥有影院数量 4677 家，2014 年上半年中国城市新增电影银幕 2785 块，电影银幕数量已达 20980 块。这一发展态势依然不减，于是，好莱坞当然要绞尽脑汁进入中国市场。国家新闻出版广电总局发布数据提到：2014 年 1 至 6 月，全国电影票房收入 137.43 亿元。其中，国产片 66.34 亿元、进口片 71.09 亿元。数据显示，在进口影片的强势冲击下，国产片

---

① 张思涛、赵卫防主编：《华语电影新视野》，北京，中国电影出版社 2014 年版，第 7 页。

② 刘浩东主编：《2014 中国电影产业研究报告》，北京，中国电影出版社 2014 年版，第 29 页。

③ 张思涛：《重视对"华语电影"的理论研究》，见张思涛、赵卫防主编：《华语电影新视野》，北京，中国电影出版社 2014 年版，第 7 页。

市场份额为 48.27%，未达到总票房收入一半以上。显然，如果不是后来这一批青年导演的闯出而表现出色，暑期档未必有翻转过来的可能。暑期档总票房超过 90 亿，几乎赶上了 2010 年全年的票房成绩。相比起来，2013 年的暑期档总票房大约有 60 亿元，也还是一批青年导演的创作创造出这一比 2012 年数字增长超过 40% 的成绩，而 2014 年较之 2013 年又有了 50% 的增幅，这个成绩不可谓不惊人。比照来看，北美 2014 年的暑期档（5 月到 8 月），票房总收入较去年下滑近 20%，到 7 月 9 日为止，北美市场票房收入仅为 23 亿美元。虽然依然比中国票房高一大截，但较 2013 年同期的 28 亿美元收入有 5 亿美元的差距。相比之下，中国票房的丰收和增速的确令人艳羡。而我们当然有责任对国家电影市场的本体履行保护义务，支持青年导演创作也是越来越必要的举措。在中国电影市场日渐兴旺的时候，人们的见地越来越多样化。但有一条是绝对需要的，就是支持本土电影多样化丰盛发展。抗击好莱坞哪怕出色创作，是超越电影创作自身的要务。正因为有我们自身强大的市场容量，才可能招引到好莱坞修改剧本、专为中国市场拍片、急赤白脸地派出主创来中国等等事情发生。自身强大和获得更大的机会之间，不能依赖丢失市场、一味屈就来建设本土创作。必须说，短期内在技术上难以匹敌好莱坞，但我们可以借助于它。无论是商业利益还是国家政治与文化渗透掠夺，都不能妄想好莱坞给你道德的发展支持，但只要自身强大就可以成为如卢燕女士所言的相互“依偎”对象[①]。

所以，回到中国电影自身，哪怕当下的创作再有一些不如意，也奠基了占据半壁江山的难得局面——韩国电影如此出色的抗衡，也一样要力保自身的本土江山，而欧洲电影也在挣扎间力求却难以获得优势。我们期待中国电影的多样性探究和观赏可能，我们需要新一代电影人占据主流位置的局面，我们期望在数量基础上的艺术多样风格的表现，都似乎在出现。随之可以预期，下半年被激励的老电影人的整体出现，将带来中国电影 2014 的新老互相携手的少有局面，我们为此惊讶而感奋。在此基础上，中国电影人有了更多的发展机会，电影观众有了真实表达自身选择的局面，不是坏事。哪怕我们批评目前观众的选择其实凸显观影的随意、创作者自律意识需要培育、电影审美观念需要修正、老电影人需要跟上时代步伐等等，也都是建立在中国电影持续发展的基础上。

---

① 卢燕：《谈中美文化交融》，卢燕、李亦中主编：《聚焦好莱坞　类型电影的衍变与创新》，上海，上海交通大学出版社 2014 年版，第 2 页。

于是，2014 年中国电影给予了新的探究可能，我们为什么不为此而高兴？无端批评和武断指责自有其观念的支配，但是不是要看到时代变化后的批评角度和眼光需要调试？不错，我们也期望中国电影艺术有长进，但长进的理由和自身的长进是同步的。否则难以实现真正的艺术增进。电影被时代接受、市场接纳和受众拥戴，也一定是要有与时代共同前进的观念。

问题在于，随着中国电影市场的日渐兴旺，舆论的要求也随之提高，无论是大导演还是新导演，创作的认知差别更大，而交织在市场予夺和艺术生产的两种形态交织中的电影认识成为焦点问题。单一看待艺术不顾其他，与专事适应市场而忘却责任，以及定位于受众而俯就生产，都可以归结为单一化的认识。事实上，我们需要辨析评价的单一性和复合性问题，也要顾及评价的艺术追求和为了艺术更好发展的现实积累问题，更要看到艺术在对待电影单个产品上，和整体电影是市场文化产品的属性上的分寸问题。这三者的辨析，绝不意味着迁就电影朝着缺乏文化的方向发展，而是为了增厚电影艺术之间的基础和发展可能性。也许我们习惯用对一个作品的审美情状的喜好来判断一切，也许我们依然需要将审美理想灌输到电影艺术表现的精神中枢，只有让现实立足和本土影像具有坚实基础，则一切才可以期待，这有利于电影艺术的长远利益。

必须承认，许多人习惯按照传统来对待电影，比如按照计划经济时代的电影单一性原则而忽略市场越来越起着取舍生存的作用。其实悖论时常发生：创作者责难排片或者自认没有好档期，才使得自己的“杰作”“藏之名山”。其实，他们批评市场时常是不知市场规律，以为可以按照一厢情愿的要求来实现市场价值，这显然用的是非市场思维。而认定自身作品很好却受到不公待遇，多是不解电影内容产品的法则是受众来决定而非主观先定。如何是好本身就有时代差异。在批评者方面也有明显的误区，比如对电影艺术判断的期望压倒市场取舍的要求，不说时光不再，不能以主观判定作为市场判定的准则，就是真的电影优劣，也并非个人好恶可以确认的，因为时过境迁的审美修正的确提到议事日程上来，一些电影按照传统表现似乎无从挑剔，却实际上隔了时代老套而不能得到现实呼应。评判艺术真的遭遇到如何适应现实巨大变化的问题。何况一代网络观众成长起来，他们对于游戏的熟悉、对于技术大片的热衷，他们所选择的习惯的确不能简单予以批驳了事。当《变形金刚 4》出现时，影院排队几个小时抢票的现象表明了什么？自然，我们有理由相信人类传承下来的内容产品的精神价值永在，但表现和接受却不能弃之不顾。批评家尤其需要敏锐的眼光，看待电影的传统标尺是单个电影的艺术表现，这固然不错，而且依然还是判断的重要标准，但放大到造就好电影出现的可能性，再到一个时段电影受众的好恶和票房表现，再大到国家电影的整体格局和生存环境，就不能以单一标尺看待，比如关于当下电影都难以避开传播吸引的“话题”问题，似乎与艺术创作本身无关却需要正视。《2014 中国电影产业研究报告》对于 2013 年的评价提及：“国产电影的市场表现较为亮眼，中等成本影片出现高票房作品，但大多数依靠话题效应及营销手段。”[①] 及至 2014 年暑期档创作，以业界同感遗憾的青年导演的好电影《绣春刀》来看，UME 影院总经理刘晖就谈及当下电影的营销需要制造话题：“因为口碑这东西比较慢，先得吸引观众进影院看了才有口碑。而现在影片数量多，档期短，如果要等上一两星期的口碑发酵时间，肯定就过了上映期。——就比如《绣春刀》这样的片子，大家看了之后都觉得不错，但之前宣传期一没有话题，二也没有做销售平台的推广，最后只能以低票房收官。”这一业界说法是不是通用法则另说，但显然看待电影、判断电影需要更为多样的市场分析，无视于此显然论不到点子上。因为电影不是单一的艺术读物，而是大规模化的产业构成，是面对好莱坞这“巨无霸”的创作（国家在面对世界格局中的道德、信义和安全的时候，依然要顾及如何对应的问题）。实际上除了好莱坞的难以匹敌外，世贸协定的紧箍咒、市场原则和受众越来越把自己的喜好放在首位，这时，对应单一性判断必须具有宏观大局意识，而档期的客观性市场，投放的收看原则，投入产出的回报法则，以及整个电影业的生存死亡规则都需要整体来看待，于是艺术法则的后面就有别的支撑需要把握，法则没有谈论余地的时候，电影就失去了机制来维持。电影似乎也是一个国家实力和建设的缩影。艺术要和软实力法则相一致——实力加策略加努力加含金量。

我们绝对不否认电影从根本上讲还是内容产品，其创作的精神价值和内涵决定着判断的重要标准。但如何实现电影价值，如何认定电影意义，却需要新的思维来丰富。中国电影业正在高速上升，正如专家在《2014 中国电影艺术报告》开篇论定的：“目前，中国电影业正处于从电影大国向电影强国迈进的蓬勃发展期，日益丰富的社会生活、宽松的创作环境、充裕的资金给中国电影业带来巨大的生机和活力。”[②] 而网络时代的到来，对于电影表现的美学原则的改变和

---

① 刘浩东主编：《2014 中国电影产业研究报告》，北京，中国电影出版社 2014 年版，第 3 页。

② 尹鸿、刘浩东主编：《2014 中国电影艺术报告》，北京，中国电影出版社 2014 年版，第 1 页。

接受都带来新的问题，好莱坞越来越进入中国市场的迫近性、好莱坞大片高科技创造的影像奇观对于年轻一代的影响力不可低估。这时，追随时代的电影认知和坚守本土电影创作与市场就成为要务。批评家需要审时度势，更要适应现实接地气，才能对这样的时代电影创作提出切中的认识，也才能有真切的影响力。

作者系北京师范大学艺术与传媒学院院长、教授、博士生导师
本文原载于《当代电影》2014 年第 10 期

朱晨霞

成功的戏剧不一定要重金打造
——谈戏剧的经济投资及一度创作与效益之间的关系

投资成功的剧目多体现为经济效益和社会效益的统一，可成为预期效益，能不断转化成资产

随着市场经济与现代化建设的发展，投资在社会经济生活中的地位与作用越来越重要，我国国民经济与社会发展的各个时期都投入巨额资金，用于现代化建设。戏剧事业作为社会主义文化建设的重要动力，它的投资和任何一项投资一样，通常都是通过主体（国家财政拨款）投资来完成和发展的。戏剧投资是文艺单位最能体现国家的投资政策和意向的活动，也就是说对它的投资所享用的专项拨款具有严格的使用范围和特定的用途。戏剧投资主要用于创作、排练和道具制作以及每演出一场的损耗。如化妆用品，灯具报废添置，舞美设计，布景更换，道具耗损及服装再制，乐器陈旧更换，演出角色的新老更替或演员技艺优劣方面的角色更换，培训新生，外请导演，作曲修排再创作等，经常需要大量的资金投入，尤其一部新编剧目的投资既能体现专项拨款这种特定的经济活动，又可能获取预期效益并不断转化成资产。投资成功的剧目，除少数公益性演出外，大多属营利性演出。一般的公益性演出主要指：献礼演出、节目调演和一些社会服务性公演任务、扶贫慰问、宣传教育、送戏下乡等。这类公演所投费用基本都是政府补贴，剧目组合居多，形式多彩多样，所到之处均能产生强大的社会影响力，使民众能够享受到真正的精神文化大餐，能达到很高的社会效益。本文重点要说的是新编剧目投资上演及创收方面的情况，也就是营利性演出情况，通常叫经济效益。

当一部新编的剧目投资后进入市场运作时，不论利率的高低，首先应该考虑的是如何把使用的投资回收，这样就可能保证剧目在社会效益方面提升的同时，也进一步推动投资回收。因此，只要把握好回收环节的有效途径就能够进行良性循环周转，积累和扩大再投资能力，若再要出台一部大戏，就可以给国家财政减轻负担，继而促进戏剧艺术顺利发展。这里，拿近年来我们眼前经常看到的一些成功的剧目而言，它们的发展和实践就能充分证明这一点。如兰州市歌舞剧院当时投资300多万元创作演出了大型舞剧《大梦敦煌》，首演连续160余场，在国外演出至今达600多场，国内已达3000多场，最初的门票均在400元左右，所以资金不但很快收回，而且盈利不少。该剧进入了国家舞台艺术“十大精品工程”行列，成为轰动全国乃至世界艺坛的一部力作。甘肃省敦煌艺术剧院（甘肃省歌舞团）早在三十多年前创排的《丝路花雨》足迹几乎踏遍了世界各国，倾倒了国内外观众，成为世界艺坛的伟大巨作。其投入回收可想而知，就目前在国内的演出费每场不低于人民币30万元。打造出了甘肃省第一个“金”字牌文艺团体，敦艺人始终吃着这部经久不衰的“老本”，傲立于艺术之林。同时，这也是对《丝》剧艺术设计者的宏观调控和观念更新能力所做的最好鉴定和回报。再拿地方戏来说，它也有极强的创造和生命力。如陕西戏曲研究院创编的现代眉户剧《迟开的玫瑰》在国内各地巡回亮相，首演连创了百场以上的纪录，而后场次累增，尤其是该剧光碟的大量出版发行，使社会效益和经济效益并茂，载誉非凡。如此成功的剧目还有好多恕不一一列举。上述事例说明，成功的剧目含有经济效益和社会效益的统一。可见，成功的剧目投资是完全可以回收和增值的。同时，文学类荣誉和政府奖励项目授予其奖赏也是其当之无愧，可昂然受之的，主体投资也应该是放心的了。这又说明一部投资成功的剧作不论是推人才，还是推剧目，都有良好的效益所在。

决策不慎，直接影响戏剧艺术的生命力，重视剧目的一度创作和必要的审查论证，是提高上演效益的绝对保证

在当前市场经济条件下，全国各类文艺院团都在相互学习和竞争中发展着，尤其大型剧目创作的屡屡成功，为本行业起到了一定的典范与导向作用。在这

种形势下，有些剧团也试行创作了大型剧目，也投入了大量的资金，结果不尽如人意。其原因是投资了上百万元或几百万元把新编的剧目搬上舞台演数场，回收投资还不到几万元，就彻底放弃上演，使团体各方面发展大伤元气，然后歇缓两年再创编一部剧目，想方设法“申请救助”，再投资三四百万元，甚至更多，然后公演几场，不断地在网络或一些新闻媒体上进行宣传和炒作，即使这样还是达不到预期的社会效益，要回收投资就更成了一句空话。

为什么会导致这种现象的存在，主要是因为一些剧目的创作不但严重缺乏前期准备工作，而且在创作上缺乏民主意识，把可行性研究作为“可批性研究”，搞先上马后论证。随后下请“一桌”专家，而不是接受上派一组专家来论证。“下请”来的专家说话口软，顺情讨好，导致一度创作定位不准。也有些一度创作者缺乏历史凭据，完全按个人心思闭门造车，或是揣摩“长官”个人心思，“长官”喜“甜”，创作者就造一本“甜”剧作；“长官”喜酸，创作者就造一本“酸”剧作。尤其是个别文艺院团的负责人借此嗜好投机钻营，开辟“试验田”，大出“政绩戏”，以急功近利的动机找“枪手”，挂己名，进行一度创作，全凭个人意志创作的剧本内容脱离人民群众的心声和现实精神需求。拿着这种半成品的所谓剧本，又凭借手头权力之便，花费九牛二虎之力，用昂贵的财力聘请“大腕”执导，进行二度创作和包装后，先送票请观众欣赏。当然，包装后的舞美展现着现代化喷绘技术，电脑灯光的变换，服饰的华丽，立体音响的音乐效果等，还算是花了一番心思，真是代价非凡，直觉上确实能够使人享受到现代化舞美制作的美感愉悦，但观剧两个多小时之后，观众对剧目内容的最终感受是：“没意思！”这并不是舞台上的表演者们“对牛弹琴”，而是这个“没意思”完全是有出处的。就拿甘肃省秦剧团2001年创编的现代眉户剧《思源》、2007年创编的现代秦剧《大河情》和2012年创编的现代秦剧《敦煌之恋》来说，这是该团先后分别投资了400多万元、600多万元和300多万元，进行华丽包装后，各自上演了不到10场，回收资金总共还不到5万元，然后彻底报废停演的三部剧目。相似之处是三部剧目的一度创作不但出自一人之手，而且操作手段也如出一辙。究其失败之因，三剧都遵循“长官意愿”，犯了“先上马后论证”之过，而后为了弥补一度创作上的不足，在二度创作方面大下功夫时，“创新”的步子迈得太大，借鉴的手法过于牵强。且不说《思源》和《敦煌之恋》“伤口”太多无法“触摸”，就说《大河情》吧，该剧中夹杂了五花八门的“新花样”：有民族舞蹈，也有流行音乐，幕间伴唱还是通俗歌曲，尤其是从头到尾夹进了大量段落的临夏、青海等地域流行的“花儿”。当然，“花儿”是一种很好的民间艺术，它有自己的表现手段及艺术规律，更属我国非物质文化保护遗产。不能说是个好东西就把它随意加进来，就像香蕉和牛奶，都是好东西，但同时食用会大伤脾胃。这里，把“花儿”大量地、原汁原味地没有丝毫变更或“靠秦”的艺术手段加工就编排在秦剧中，不伦不类，严重影响着整个剧目的质量和效果，使人观剧的视觉、听觉忽出忽进，甚至时而令人啼笑皆非，浑身不爽，像吃着土豆喝“茅台”的感觉。

地方戏首先是以腔为主来命名的，比如说秦腔就是秦腔，它是具有浓郁地方特色文化内涵的剧种。不管是你的创作水平多高，万变不能离其宗，这是地方戏要遵循的死规律。在我国上百种地方剧种中，秦腔号称“戏剧之母”，和它有同样表演程式的剧种统称“梆子戏”，“梆子戏”的叫法是演唱时由打击乐器“梆子”控制节奏而得名。它们遵循着相同的表演程式即：唱、念、做、打，手、眼、身、法、步，这就是中国传统戏剧表演程式中著名的四功、五法。所有的“梆子戏”皆是“一母同胞”，但因生长的环境不同，行腔表白都是用地方语言或富有地域特色的音韵做表达。比如，豫剧就说河南话，行河南腔；晋剧就说山西话，行山西腔；秦腔就说陕西话，行陕西腔等等。而秦剧《大河情》因一度创作失败，目的在二度创作上力求标新立异，不料“画虎不成反类犬”。它在二度创作上的最大败笔恰恰是悖逆了地方戏特定的行腔规律，正当在本剧矛盾冲突发展的关键时刻，应该用几句沁人心脾的秦腔或富有浓郁秦韵的台词作完全表达，来诠释剧情的完美，但随心所欲的“创作者”硬要用“花儿”或与戏剧格调毫无关联的内容来“嫁接”。把南腔北调用移花接木的手段融入剧中，亵渎观众的感情和戏剧的灵魂，观众那种由衷的“没意思”或许就是最高的定论。

这种包装华丽的、缺乏情节、舞美效果雷人而不感人的剧目，那不叫艺术，它只能靠奢华的大制作来糊弄观众，取悦观众。其实，好的剧作不需要无谓的巨额投资，世界著名的古希腊悲剧的演出从来都是朴素的，莎士比亚戏剧演出的鼎盛时期舞美设置都很简陋。靠金钱装饰的华丽外表所上演的剧目，也可能迷哄人眼球瞬间，邀宠于市场一时，其结果却使戏剧艺术始终无有生命依托。

如上所说，当一部巨额投资的新编剧目问世，既没有社会效益，更没有经济效益时，决策者就要自觉地考虑所投资的剧目是否有误？投资决策是否正确或有足够的保证？是否对投资的剧目进行了充分的审视和研究论证？对上述问题若有一项处理不当，肯定会制约新创剧目在演出效益上的获得。我们少数剧目投资之所以失败，皆因忽视和漠视前期创作工作所致。对于一度创作的前期走访调研和咨询论证不足，尤其是一部大型剧目，应该是集体智慧的结晶。因此，在原创作上，一定要体现集体的智慧。作为精神文化的戏剧，起源于生活，又高于生活，尤其是历史题材的创作，剧本内容中不但要具备充分的艺术表演空间和渲染手段，而且要还历史本来面目。现代剧也一样，比如：前文提到的几部成功的剧目，在创作之前，由好几十位专业人员组成一个创作班子，深入民间进行了近一年的走访和收集素材工作。它之所以成功，说明他们的取材是敏锐的，创作是一流的，机制是健全的，决策是正确的。这正是创作者们应该汲取的经验。的确，一部宏大的演出作品要面世时，成功的主要因素首先取决于一度创作，它是剧目成功收到良好效益的前提和基础。它更是经受民族最高水准的思想文化陶冶的产物，是反映时代精神，表现民族灵魂的壮丽篇章。衡量这种“壮丽篇章”具有发言和评论权的就是广大观众，有了观众戏剧才有发展，轻视观众和观众的意志，创作的意义犹如“画饼充饥”，使戏剧无法生存，何谈出人出戏，又何谈投资回收！ 这也是最能检验“行与不行，市场有价”的唯一标准。因此，投资主体和创作团体事前必须认真地对投资的剧目进行严格审查和充分论证，才有可能使新编的剧目成功，上演后更可能顺利获取社会效益和经济效益。

慎重把握和适度安排投资规模，是所投剧目获取效益的可行手段

1. 近年来，国家对文化建设方面的项目扶持力度很大，好政策就是好后盾，正是文艺工作者们放开思路，大显身手的绝佳时机，但剧目投资不一定非要贪大求全，我认为可“因地制宜”，也不需要一味地依靠专项拨款，在专项投资不能完全保障的情况下，适当地修排或改编多部传统剧目，把灯、服、导、效、化在原来的基础上加以创新和改进，观众是非常欢迎的。因为一部脍炙人口的传统剧目是经过多年的打磨和锤炼后被人们认可了的。经实践，尤其对于外种剧目移植而言，如越剧《梨花情》、豫剧《清风亭 》、京剧《曹操与杨修》等，经再度创新后移植为秦剧，凡演出所到之处，深受广大观众欢迎。其实他们的修排投资都不是很大，一般情况下，一部修排的优秀剧目最多超不过 20 万元。因此，像这样的小规模投资是很有必要持续进行的，对团体保证完成 100% 的演出场次任务、拓展市场是有很大帮助的。这里，有部值得一提的移植剧——《锁麟囊》，它是由甘肃秦腔艺术剧院投资了 50 万元左右，从京剧陈派名剧移植而

来，是近年来该团移植最为成功的作品。说起本剧的移植筹备工作，起初是苏凤丽在全国各类剧目里千挑百拣为自己量身定做，她个人出资3万元启动的项目。在剧本改编方面，她请了甘肃省著名的文学家付胜、戏剧家王登渤两位大家执笔，国家一级导演崔华功先生执导，而担任本剧作曲的是陕西戏曲研究院著名作曲——老一辈的优秀秦腔音乐设计者吴复兴先生，号称“秦音一宝”。当时，移植过程中阻碍重重，亦困难重重，有人说：“这不是糟蹋经典吗！胆子太大了，敢动经典名剧的人还没出世哩！”有的说：“谁都是能演主角的料吗？”还有人说：“开玩笑哩，还没见过鸡仔子打鸣的……”总之，将要领衔主演的苏凤丽让这些此起彼伏的冷嘲热讽击得喘不过气来。就这样，移植工作拖了又拖，放了又放，几乎封杀。后来，文化厅党组的主要领导明确指示：“我们就是要移植名剧，没有影响的剧目搬过来有什么用，何况我们有苏凤丽这样优秀的演员领衔主演怕什么！经费是困难，我们可以从其他方面稍作调整，勒紧肚皮挤一挤、凑一凑，不信扶不上马！”剧组人员得到这个“尚方宝剑”，瞬间来劲了。移植工作再次启动，请来了全国著名的戏剧导演李学忠，他导演过的剧目中担任主角的全国各省的演员，基本上都是“梅花奖”得主，故称为“梅花奖”专业户。有这位大家加盟，不到三个月时间，一部同名经典剧《锁麟囊》问世了。这一亮相，震动非凡，可谓一鸣惊人，售票演出座无虚席，场场爆满，该剧不但轰动了西北五省演艺界，还在北京梅兰芳大剧院一炮走红，京剧名家、戏剧专家以及《锁》剧原版、陈派传人李世济等大艺术家们都观看了演出。她们用一连串的“没想到……”来对本剧的成功移植作出充分肯定，并对苏凤丽的演技给予了高度评价。

2011年，甘肃省广电总局出资投拍的第一部数字电影就是苏凤丽版的秦剧《锁麟囊》。仅一个多月时间内，全省各地放映高达两万多场，同时，本部电影的光碟出版上市后，至今供不应求。而苏凤丽本人以此剧摘得了中国戏剧最高奖“梅花奖”的桂冠。可见，小规模投资的剧目也可以既有社会效益，也有很好的经济效益。也就是说新创和修排剧目兼并进行，既能充实和丰富团体演出资源，也能达到社会效益和经济效益双赢。

2. 戏剧投资太少或不投资，不用说连一般业务实施都很困难。如一些专业团体，有的演员常用的靴子、水纱等行头破烂不堪，把白色的搭领用成棕色或黑色了，还无资更换。有的演员就纯粹自己掏钱买行头，因为受经济限制，买来的行头廉价或劣质的居多，根本就达不到专业表演的标准与效果，这是不可行的。我认为这种现象是戏剧事业衰败低落的危险信号，长期持续下去，其结果必然悲哀。

3. 戏剧投资规模太大，安排不当也会造成浪费。有的把全年大量的事业预算资金投入在一部所谓的自创剧目上，搬上舞台“昙花一现”，压在“箱底”而后无人问津，年年有新作品，年年没保留剧目，犹如黑瞎子掰苞谷，边干边遗，使演出剧目无法保障，资金日趋匮乏。有时又为某种剧作或剧作者迎风头、争褒奖，就赶忙工拆东墙补西墙，导致简单的再出作品难以为继，职工生活水平严重下降。如前些年，有个市级剧团就曾经发生过这样的事：为搞一部“政绩戏”，挪用了职工的薪水，每个在职职工每月只领取 100 元生活费的态势持续了一年多时间，这使剧团整个生活与经济水平失调，职工叫苦连天，怨声载道；为维系生计，有的演职人员干脆弃艺从商，有的转行另谋出路，一时造成了演职人员大量流失的局面，给团体经济和事业发展带来了很大的危害。最可悲的是，这个团体已经名存实亡了。所以，合理计划、适度安排戏剧投资规模，完善戏剧投资宏观调控，是提高戏剧投资效益和事业发展的良好保障。

大型新编剧目在进行巨额投资时，实行法人负责制和目标责任制，对加强戏剧投资责任和监管、提高戏剧投资效益必将产生积极作用

像前文所提议，新创的大型剧目投资按“长官意志”决策，按“长官行为”实施，本身就是一种错误倾向，就会使决策和实施过程与实际意义相隔离，使投资的剧目注定没有经济效益和社会效益。多年来，一些戏剧院团享用国家对文化建设采取专项拨款的方式进行投资，在不产生借贷关系的前提下，像搞“试验田”式的消费作风，养成了“花他二爸的钱不心疼”这种错误意识，使新创剧目投资无人承担责任，最终还是给国家经济造成了很大损失，这种损失其实就是人们常说的“潜在投资风险”。目前，全国各类文艺院团都在实行文艺体制改革，顺应国家“保留一批，分流一批，整合一批”的政策，绝大部分文艺院团面临具有历史性意义的现实考验和转折，由原来受政府职能部门管理的事业单位转变为演艺集团主管的有限责任公司。这样一来，主管部门对大型新编剧目投资在完善领导体制和工作机制的过程中，完全可以实行法人投资责任制，不论是“保留”团体还是“改企”团体，按照“谁决策，谁负责”的原则，实行保值、增值的全过程负责，合理地承担投资决策责任。这样，有了责任和风险约

束，大型新编剧目投入就不会盲目和任意上马，对发展戏剧事业和提高投资效益都将产生积极作用。同时，只要更进一步建立对剧目投资用途、去向的制约和监督机制，也可能防止专项资金浪费现象的发生。

以上是我从事文艺工作三十多年来，有耳闻目睹的，有亲身经历的，由于社会的责任和职业的良知，促使我对戏剧创作和投资问题所阐发的点滴愚见，不一定准确，敬请大家批评指正。

作者系甘肃省文艺评论家协会秘书长、《甘肃文艺》副主编
本文原载于《甘肃文艺》2014 年第 6 期

后　记

近年来，中国文联高度重视文艺评论工作，密切关注文艺创作动态和实践，精心实施文艺评论工程，开展积极健康的文艺评论，得到了一大批专家学者的高度认可和大力支持。按照中国文联“文艺评论工程（2014 年）项目”实施方案，我们联系了部分文艺评论家，向他们征集本年度优秀成果，在此结集出版，以供大家学习交流。

编　者

2015 年 5 月